A PEQUENA LIVRARIA dos CORAÇÕES SOLITÁRIOS

ANNIE DARLING

A PEQUENA LIVRARIA dos CORAÇÕES SOLITÁRIOS

Tradução
Cecília Camargo Bartalotti

20ª edição
Rio de Janeiro-RJ / São Paulo-SP, 2024

VERUS EDITORA

Editora
Raïssa Castro

Coordenadora editorial
Ana Paula Gomes

Copidesque
Maria Lúcia A. Maier

Revisão
Cleide Salme

Capa
Adaptação da original (Alexandra Allden
© HarperCollinsPublishers Ltd 2016)

Ilustração da capa
© Carrie May

Projeto gráfico
André S. Tavares da Silva

Diagramação
Daiane Cristina Avelino Silva

Título original
The Little Bookshop of Lonely Hearts

ISBN: 978-85-7686-588-9

Copyright © Annie Darling, 2016
Todos os direitos reservados.

Tradução © Verus Editora, 2017
Direitos reservados em língua portuguesa, no Brasil, por Verus Editora. Nenhuma parte desta obra pode ser reproduzida ou transmitida por qualquer forma e/ou quaisquer meios (eletrônico ou mecânico, incluindo fotocópia e gravação) ou arquivada em qualquer sistema ou banco de dados sem permissão escrita da editora.

Verus Editora Ltda.
Rua Argentina, 171, São Cristóvão, Rio de Janeiro/RJ, 20921-380
www.veruseditora.com.br

CIP-BRASIL. CATALOGAÇÃO NA FONTE
SINDICATO NACIONAL DOS EDITORES DE LIVROS, RJ

D235p

Darling, Annie
    A pequena livraria dos corações solitários / Annie Darling ; tradução Cecília Camargo Bartalotti. -- 20. ed. -- Rio de janeiro, RJ : Verus, 2024.
    23 cm.   (A Livraria dos Corações Solitários ; 1)

Tradução de: The Little Bookshop of Lonely Hearts
ISBN: 978-85-7686-588-9

1. Romance inglês. I. Bartalotti, Cecília Camargo. II. Título. III. Série.

17-40386   CDD: 823
                                        CDU: 821.111-3

Revisado conforme o novo acordo ortográfico.

Do *London Gazette*

OBITUÁRIO

Lavinia Thorndyke OBE,
1º de abril de 1930–14 de fevereiro de 2015

Livreira, mentora e incansável defensora da literatura, Lavinia Thorndyke faleceu aos oitenta e quatro anos.

Lavinia Rosamund Melisande Thorndyke nasceu em 1º de abril de 1930, caçula e única filha mulher de Sebastian Marjoribanks, terceiro lorde Drysdale, e sua esposa Agatha, filha do visconde e da viscondessa Cavanagh.

O irmão mais velho de Lavinia, Percy, foi morto lutando pelos legalistas na Espanha, em 1937. Os gêmeos Edgar e Tom serviram na RAF e morreram com um intervalo de uma semana durante a Batalha da Grã-Bretanha. Lorde Drysdale morreu em 1947, e seu título e propriedade familiar em North Yorkshire passaram para um primo.

Lavinia e sua mãe estabeleceram residência em Bloomsbury, perto da Bookends, a livraria que foi dada de presente a Agatha em seu aniversário de vinte e um anos, em 1912, na esperança de que pudesse distraí-la de sua participação no movimento sufragista.

Em uma coluna que escreveu para a *The Bookseller* em 1963, Lavinia recordou: "Minha mãe e eu encontrávamos consolo entre as estantes. Para compensar a falta de uma família, nós nos sentíamos alegremente adotadas pelos Bennet, em *Orgulho e preconceito*, pelos Mortmain, em *I Capture the Castle*, pelos March, em *Mulher-*

zinhas, pelos Pocket, em *Grandes esperanças*. Encontrávamos o que buscávamos nas páginas de nossos livros favoritos".

Lavinia foi educada na Escola Camden para Moças, depois graduou-se em filosofia pela Universidade de Oxford, onde conheceu Peregrine Thorndyke, o terceiro e mais novo dos filhos do duque e da duquesa de Maltby.

Eles se casaram na Catedral de St. Paul, em Covent Garden, em 17 de maio de 1952, e iniciaram a vida de casados no apartamento situado no andar de cima da Bookends. Com a morte da mãe de Lavinia, Agatha, em 1963, os Thorndyke mudaram-se para a casa dela, na Bloomsbury Square, e muitos jovens escritores foram orientados, formados e alimentados em volta da mesa de sua cozinha.

Lavinia foi condecorada com o título de Dama da Ordem do Império Britânico (OBE) em 1982 por sua contribuição ao setor livreiro.

Peregrine morreu em 2010, após uma curta batalha contra um câncer.

Lavinia continuou sendo uma presença constante em Bloomsbury, percorrendo de bicicleta o caminho entre sua casa e a livraria Bookends. Há uma semana, depois de uma recente colisão com outro ciclista que não resultou em nada além de arranhões e contusões, Lavinia faleceu em casa, de maneira repentina.

Deixa uma única filha, Mariana, condessa di Reggio d'Este, e um neto, Sebastian Castillo Thorndyke, empreendedor digital.

O funeral de Lavinia Thorndyke foi realizado em um clube privativo de mulheres amantes da literatura, na Endell Street, em Covent Garden, ao qual ela pertenceu por mais de cinquenta anos.

Em uma sala revestida de madeira no segundo andar, com janelas abertas para as ruas movimentadas lá embaixo, as pessoas se reuniram para lembrar. Embora os enlutados tivessem vindo direto do enterro de Lavinia, havia um arco-íris de cores em exibição. Mulheres em vestidos florais de verão, homens em ternos brancos e camisas impecáveis em tons pastel, ainda que um deles usasse um blazer amarelo-gema, como se fosse sua missão pessoal compensar a falta de sol naquele dia cinzento de fevereiro.

As instruções de Lavinia haviam sido muito claras na carta que deixara detalhando os preparativos para o seu funeral — "Nada de preto, apenas cores alegres" —, e talvez fosse por isso que a atmosfera era menos fúnebre e mais como uma festa no jardim. Uma festa no jardim muito barulhenta.

Posy Morland estava vestida com o mesmo tom rosa-claro das rosas favoritas de Lavinia. Havia desenterrado o vestido do fundo do guarda-roupa, onde estava pendurado languidamente fazia quase uma década, escondido atrás de outro, de pele sintética de leopardo, intocado desde seus dias de estudante.

Os anos que se seguiram foram regados a muita pizza, bastante bolo e enormes quantidades de vinho. Não era de admirar que o vestido estivesse apertado nos seios e nos quadris, mas era esse que Lavinia gostaria que ela usasse, então Posy puxou sem muito efeito o tecido apertado de algodão cor-de-rosa e tomou mais um gole de champanhe, outro desejo expresso de Lavinia.

Com o champanhe fluindo, a conversa na sala havia alcançado um *crescendo* ensurdecedor. "Qualquer imbecil pode montar uma produção de *Sonho de uma noite de verão*, mas precisa de muita coragem para fazer isso com togas", ela ouviu alguém zurrar em uma voz retumbante de ator de teatro, e Nina, que estava sentada a seu lado, soltou um risinho e, depois, tentou disfarçar com uma tosse delicada.

— Tudo bem, acho que temos permissão para rir — Posy lhe disse, porque os dois homens no canto atrás delas gargalhavam tão ruidosamente que um deles teve de parar e segurar os joelhos. — A Lavinia sempre dizia que os melhores funerais se transformam nas melhores festas.

Nina suspirou. Ela havia combinado o vestido leve xadrez com os cabelos, que atualmente eram de um azul da prússia vibrante.

— Puxa, eu vou sentir falta dela.

— A livraria não vai ser a mesma sem a Lavinia — disse Verity, sentada do outro lado de Posy e usando cinza, porque cinza não era preto, e ela não tinha compleição nem disposição para usar cores alegres. — Eu ainda fico esperando vê-la entrar de repente, toda entusiasmada, agarrada a um livro que passou metade da noite lendo.

— E ela sempre se referia às cinco da tarde de sexta-feira como a hora do champanhe — disse Tom. — Nunca tive coragem de dizer a ela que não gosto de champanhe.

As três mulheres e Tom, que constituíam o quadro de funcionários da Bookends, tocaram seus copos, e Posy tinha certeza de que todos eles estavam percorrendo mentalmente suas lembranças favoritas de Lavinia.

A voz agitada e infantil, o inglês perfeito da década de 30, como um personagem de um romance de Nancy Mitford.

O modo como ela lia de tudo e conhecia todo mundo, mas continuava animada ao pensar em novos livros e novas pessoas.

As rosas do mesmo tom do vestido de Posy que ela comprava nas manhãs de segunda e quinta, as quais arrumava sem muito capricho, mas com tanto bom gosto, em um vaso de vidro lascado que comprara no Woolworths nos anos 60.

O modo como ela chamava todos eles de "querido", e como isso podia soar afetuoso, reprovador, brincalhão.

Ah, Lavinia. A doce e divertida Lavinia, e as centenas de pequenas gentilezas que ela fizera a Posy. Depois que os pais de Posy morreram em um acidente de carro, sete anos atrás, Lavinia não só lhe dera um emprego como deixara que ela e seu irmão mais novo, Sam, ficassem no apartamento no andar de cima da Bookends que sempre havia sido o lar deles. Então a tristeza por Lavinia ter partido assim, tão de repente... Uma tristeza que lhe penetrava os ossos e se assentava fundo em seu coração.

Mas seus pensamentos abrigavam também preocupação, e uma ansiedade insistente se apossara dela. Agora que Lavinia se fora, o que seria da Bookends? Era improvável, praticamente impossível, que um novo proprietário deixasse Posy e Sam continuarem morando de graça no apartamento sobre a livraria. Isso simplesmente não fazia sentido em termos financeiros.

Com o magro salário de Posy, eles certamente estariam fadados a alugar aquelas minúsculas acomodações, sempre muito distantes de Bloomsbury. Então Sam talvez tivesse que mudar de escola e, se o dinheiro ficasse muito apertado para continuarem em Londres, poderiam ter que se mudar para o País de Gales, para Merthyr Dyfan, onde Posy só havia morado quando criança, e acampar na frente do pequeno sobrado de seus avós. Além disso, Posy teria que tentar arrumar um emprego em uma das poucas livrarias locais, se não tivessem todas fechado.

Portanto, sim, Posy estava triste, desesperadamente triste e pesarosa pela perda de Lavinia, mas também tensa de preocupação. Não tinha conseguido engolir sequer uma torrada aquela manhã, e se sentia culpada por estar tão cheia de preocupação, quando só deveria estar triste.

— Vocês têm alguma ideia do que vai acontecer com a livraria? — Verity perguntou, hesitante, e Posy percebeu que os quatro estavam ali sentados em silêncio, perdidos nos próprios pensamentos, havia longos minutos.

Posy sacudiu a cabeça.

— Tenho certeza de que logo vamos ficar sabendo. — Ela tentou dar um sorriso tranquilizador, mas o sentiu mais como uma careta de desespero.

Verity respondeu com outro sorriso do tipo.

— Fiquei desempregada por mais de um ano antes que a Lavinia me contratasse, e isso só aconteceu porque ela disse que Verity Love era o nome mais incrível que já tinha escutado na vida. — Ela se inclinou um pouco para sussurrar no ouvido de Posy. — Eu não sou muito boa com pessoas. Não me saio bem em entrevistas de emprego.

— Eu nunca nem fiz entrevista de emprego — disse Posy, porque ela sempre havia trabalhado na Bookends. Tinha passado vinte e cinco dos seus vinte e oito anos na livraria, onde seu pai era gerente e sua mãe administrava o salão de chá anexo. Posy aprendera o alfabeto enquanto arrumava os livros nas estantes e os números contando moedas. — Não tenho currículo e, mesmo se tivesse, ele não ocuparia nem uma página.

— A Lavinia não se preocupou em olhar o meu. E foi ótimo, porque eu fui demitida dos meus três últimos empregos. — Nina estendeu os braços para eles verem. — Ela só pediu para ver minhas tatuagens e pronto.

Em um braço, Nina tinha um longo desenho de pétalas e espinhos de rosas emoldurando uma citação de *O morro dos ventos uivantes*: "Seja do que for que nossas almas são feitas, a dele e a minha são iguais".

No outro braço, em uma mudança de estilo, tinha uma tatuagem de manga inteira representando o chá do Chapeleiro Maluco, de *Alice no País das Maravilhas*.

Então as três moças se viraram para Tom, porque era a vez dele de confessar sua inadequação para outro emprego que não fosse na Bookends.

— Estou fazendo doutorado — ele lembrou a elas. — Poderia facilmente conseguir trabalho em pesquisa ou dando aulas, mas não quero. Quero trabalhar na Bookends. Temos bolo às segundas-feiras!

— Temos bolo todos os dias — Posy corrigiu. — Bom, nenhum de nós sabe o que vai acontecer, então acho que simplesmente continuamos como sempre, até... hum, não continuarmos mais. Vamos aproveitar o dia de hoje para lembrar como amávamos a Lavinia e...

— Ah! Aí estão vocês! Os pequenos órfãos da Lavinia! Seu alegre bando de desajustados! — declarou uma voz. Uma voz profunda e agradável que poderia ser descrita como atraente, se as coisas ditas por ela não fossem sempre sarcásticas e cruéis.

Posy levantou os olhos para o rosto de Sebastian Thorndyke, que seria um rosto muito atraente, se não estivesse sempre com ar de desdém, e esqueceu que deveria recordar como amava Lavinia.

— Ah, Sebastian — ela revidou. — O suposto e autoproclamado homem mais grosso de Londres.

— Não autoproclamado nem suposto — respondeu Sebastian, com o jeito presunçoso, pretensioso e arrogante que aperfeiçoara desde os dez anos e que sempre fazia Posy apertar as mãos em punhos. — O *Daily Mail* disse isso de mim, e o *Guardian* também, então deve ser verdade. — Ele se voltou para Posy, os olhos demorando-se sobre seus seios, que de fato testavam os botões do vestido até quase estourar. Qualquer movimento súbito e ela exporia seu sutiã barato de estampas bobinhas para a sala inteira, o que seria incrivelmente inadequado em qualquer situação, mas especialmente em um funeral. E especialmente na frente de Sebastian, que já tinha parado de olhar para seus seios e agora olhava em volta, provavelmente para ver se havia alguém que ele ainda não tivesse insultado.

Com Sebastian, o único neto de Lavinia, tudo era possível. Posy havia se apaixonado instantaneamente por ele quando chegara à Bookends aos três anos e vira pela primeira vez o menino insolente de oito, com um sorriso doce e olhos tão escuros quanto o mais amargo dos chocolates. Continuara apaixonada por ele, seguindo-o pela Bookends como um cachorrinho devotado e fiel, até que, quando ela estava com dez anos, ele a trancou no úmido depósito de carvão debaixo da loja, onde moravam aranhas, besouros, ratos e todo tipo de criaturas horríveis, rastejantes e sujas.

Depois ele negou saber onde ela estava e só confessou quando a mãe de Posy, em pânico, disse que chamaria a polícia.

Com o tempo, Posy superou o Caso do Depósito de Carvão — embora, até hoje, se recusasse até a espiar pela abertura —, mas Sebastian permaneceu como seu arqui-inimigo desde então. Ao longo de seus carrancudos e mal-humorados anos de adolescência, depois em seus vaidosos vinte anos, quando ele fizera fortuna desenvolvendo sites horríveis (Pegar ou Largar? tinha sido um particularmente deplorável, mesmo para seus padrões) e, agora, em seus devassos trinta, sempre alvo das notícias, geralmente acompanhado de uma bela modelo/atriz/qualquer coisa loira a tiracolo.

Ele atingira o ápice da fama depois de seu primeiro e último comparecimento ao programa *Question Time*, da BBC, quando falou para um deputado de cara vermelha completamente furioso com tudo, de imigrantes a impostos verdes, que ele precisava de uma boa trepada e um cheeseburger. Depois, quando uma mulher do auditório se empolgou em um discurso longo e sinuoso sobre salários de professores, Sebastian resmungou: "Que tédio. Não consigo aguentar isso sóbrio. Posso ir para casa?"

Foi então que os jornais começaram a chamá-lo de O Homem mais Grosso de Londres. A partir daí, Sebastian vinha agindo de acordo com o título — não que ele precisasse de muito incentivo para se comportar de modo desagradável e totalmente ofensivo. Posy desconfiava de que o gene ofensivo compunha pelo menos setenta e cinco por cento do DNA do rapaz.

Portanto era de fato muito fácil detestar Sebastian, mas também muito, muito fácil apreciar sua beleza.

Quando seus lábios não estavam curvados em escárnio, Sebastian tinha um sorriso doce e olhos muito escuros herdados do pai espanhol (sua mãe, Mariana, sempre tivera um fraco por homens do Mediterrâneo). Os cabelos eram escuros e ondulados em cachos querubínicos, feitos para as mulheres enrolarem nos dedos.

Era esguio (um metro e noventa de altura, de acordo com a revista *Tatler*, que insistia, apesar de todas as evidências em contrário, que ele era um dos solteiros mais qualificados do país), tinha pernas longas e gostava de ternos feitos sob medida que se ajustavam tão adoravelmente ao corpo que ficavam a menos de um centímetro de ser obscenamente apertados.

Hoje, em deferência aos últimos desejos de Lavinia, o terno de Sebastian era azul-marinho, a camisa vermelha de bolinhas brancas, combinando com o lenço no bolso...

— Morland, pare de olhar tão fixamente para mim. Você está começando a babar — disse ele, e o rosto de Posy ficou tão vermelho quanto a camisa dele, e sua boca, que estava aberta, fechou-se depressa.

Mas Posy logo a abriu de novo.

— Não estou olhando para você. Por que eu faria isso? Só nos seus sonhos mesmo!

O protesto dela deslizou ineficaz pela cobertura de teflon de Sebastian. Estava pensando em dizer algo realmente arrasador para ele, assim que conseguisse encontrar algo realmente arrasador para dizer, quando Nina a cutucou.

— Posy, tenha dó — ela disse, entredentes. — Acabamos de chegar do enterro da avó dele.

Era verdade. E Lavinia sempre havia sido um ponto fraco na construída armadura hostil de Sebastian. "Vamos, vovó, vou te levar para uns coquetéis", ele anunciava ao irromper na livraria. Ele nunca entrava em um ambiente quando podia irromper nele. "Que tal um martíni maior que a sua cabeça?"

Lavinia amava Sebastian, apesar de seus muitos defeitos. "É preciso dar uns descontos", ela gostava de dizer, quando pegava Posy lendo sobre o ato desagradável mais recente do neto, fosse um caso adúltero ou seu aplicativo de encontros insensível, o HookUpp, que havia lhe rendido milhões. "A Mariana sempre mimou demais o pobre garoto."

Mais cedo, na igreja, Sebastian tinha lido uma homenagem a Lavinia que enchera o ambiente de risadas. Enquanto a maioria das mulheres, e alguns dos homens, esticava o pescoço para ter uma visão melhor dele, Sebastian traçou uma imagem viva e vibrante de Lavinia, como se ela estivesse de pé ali, ao seu lado. Mas então terminou com uma citação do *Ursinho Pooh*, um livro que, conforme revelou, Lavinia tinha lido para ele incontáveis vezes na infância.

"Que sorte a minha ter algo que torna tão difícil dizer adeus", Sebastian declarou, e só alguém que o conhecesse tão bem quanto Posy poderia perceber a falha em sua voz, uma fratura minúscula e terrível. Ele baixou os olhos para o papel, que não havia consultado nem uma vez antes, depois levantou a cabeça, sorriu seu sorriso radiante e despreocupado, e o momento passou.

Agora, Posy percebia que, por mais que doesse nela, devia estar doendo mais em Sebastian.

— Desculpe — disse ela. — Todos nós sentimos muito por sua perda, Sebastian. Eu sei como você vai sentir falta dela.

— Obrigado, agradeço sua gentileza. — A voz dele falhou outra vez, seu sorriso escorregou, mas retornou no tempo que Posy levou para piscar. — *Sentimos muito por sua perda.* Isso é tão clichê. E na verdade não significa nada, não é? Eu detesto clichês.

— As pessoas falam isso porque pode ser muito difícil encontrar o que dizer quando alguém...

— Você está sendo muito séria, Posy. Que tédio. Prefiro quando você é irritante — disse Sebastian, e Verity, que odiava qualquer coisa que se assemelhasse levemente a um confronto, cobriu o rosto com um guardanapo, Nina fez um som assobiado e Tom olhou com ar de expectativa para Posy, como se esperasse que ela fosse revidar com sua língua afiada, mas, nesse caso, sua espera seria muito longa.

— Quanta grosseria — foi o que ela disse. — Eu achei que pelo menos hoje você pudesse tirar uma folga de ser tão totalmente insuportável **quanto** normalmente é. Que vergonha!

— É, uma vergonha. E eu achei que pelo menos hoje você iria escovar o cabelo. — Sebastian teve a ousadia de levantar uma mecha do cabelo de Posy antes de ela o empurrar.

Posy queria ter cabelos que pudessem ser descritos como ondas, cachos ou uma cascata sedosa. Mas eram de um castanho-avermelhado, que ela gostava de pensar como ruivos sob determinada luz, e atraíam nós como o mel atrai abelhas. Se ela os escovasse, eles se transformavam em uma bola peluda gigante e, se decidisse penteá-los, era um exercício de dor e inutilidade que só resultava em mais nós, então ela preferia levantá-los e prendê-los com qualquer coisa que estivesse ao alcance. Geralmente um lápis, mas hoje Posy fizera um esforço especial e usara fivelas, embora fossem todas de cores diferentes. Sua esperança era de que o efeito fosse inusitado e não convencional, mas aparentemente seu plano não deu certo.

— Meu tipo de cabelo não dá para escovar — ela disse, defensivamente.

— É verdade — concordou Sebastian. — Está mais para aquele tipo que os passarinhos adoram para fazer de ninho. Agora venha, levante!

O tom dele, como sempre, era tão autoritário que Posy fez menção de levantar, mas parou a tempo quando se deu conta de que não precisava fazer nada daquilo. Estava confortável ali e, além disso, tinha tomado duas taças de champanhe com o estômago vazio e suas pernas estavam moles feito geleia.

— Vou ficar aqui mesmo, se não se importa... Ei, o que você está fazendo?

Sebastian a estava puxando à força, era isso que ele estava fazendo. Suas mãos estavam sob os braços dela, na tentativa de levantá-la da cadeira, mas, como Posy era feita de um material muito mais denso e forte do que as mulheres com quem ele costumava desfilar, ela permaneceu exatamente onde estava, até que a insistência dele e a resistência dela resultaram no inevitável: dois botões do corpete de seu vestido desistiram da luta e, de repente, Posy exibiu o sutiã para qualquer um que por acaso olhasse em sua direção.

O fato era que a maioria dos presentes estava mesmo olhando para eles, porque não era comum ver duas pessoas quase se estapeando em um funeral.

— Tire as mãos de mim! — Posy grunhiu, enquanto Verity lhe dava um guardanapo para que ela pudesse proteger sua decência. Os dois botões rebeldes haviam voado para o outro lado da sala com a força de sua trajetória. — Olhe só o que você fez!

Ela olhou para Sebastian, que olhava para o que ele tinha feito sem a menor preocupação em disfarçar a expressão maliciosa.

— Se você tivesse levantado quando eu pedi...

— Você não pediu. Você ordenou. Nem disse "por favor"!

— De qualquer modo, o vestido estava apertado demais. Não é nenhuma surpresa se seus botões resolveram dar um grito de liberdade, depois da provação que você fez os coitados passarem.

Posy fechou os olhos.

— Vá embora. Eu *não* posso lidar com você. Hoje não.

Suas palavras não fizeram a mínima diferença para Sebastian, que agora a puxava pelo braço.

— Pare de agir feito um bebê. O advogado quer falar com você. Vamos logo, anda.

A vontade de infligir algum dano corporal sério em Sebastian cresceu e passou, substituída por uma agitação desagradável em sua barriga que de repente a fez agradecer por não ter conseguido comer nada.

— Agora? Ele quer falar comigo agora?

Sebastian inclinou a cabeça para trás e suspirou.

— É! Caramba! É mais rápido ganhar uma guerra que tirar você da cadeira.

— Mas você não falou o que era. Só ficou dando ordens e me puxando.

— Estou falando agora. Sinceramente, Morland, estou ficando cansado.

Posy fechou os olhos novamente para não ter que ver o rosto ansioso dos funcionários da Bookends.

— Por que ele quer falar comigo? Estamos no funeral da Lavinia. Isso não pode esperar?

— Aparentemente não. — Foi a vez de Sebastian fechar os olhos e massagear o alto do nariz elegante e aquilino. — Se não começar a se mexer, vou jogar você por cima do ombro, mas eu realmente preferiria passar sem essa hérnia.

Isso fez Posy levantar depressa.

— Eu não peso *tanto* assim. Obrigada! — ela acrescentou para Nina, que havia encontrado um alfinete no fundo da bolsa e o balançava na frente do rosto de Posy.

Então, com Sebastian segurando seu cotovelo, porque era incapaz de manter as mãos quietas, enquanto ela tentava juntar os dois lados do vestido, Posy foi arrastada para fora da sala.

Eles caminharam — Sebastian a passos largos e Posy correndo para acompanhá-lo — por um longo corredor decorado com retratos de estimadas senhoras do clube já falecidas.

Assim que alcançaram uma porta com a placa "Privativo", esta se abriu de repente e uma mulher miúda vestida de preto apareceu, fez uma breve pausa e se lançou sobre Posy.

— Ah, Posy! Não é terrível?

Era Mariana, mãe de Sebastian, filha única de Lavinia. Apesar do pedido de Lavinia, ela estava vestida de preto da cabeça aos pés, e o traje austero era completado por uma bela mantilha rendada comprida, que representava um toque de exagero, mas Mariana nunca resistia a um gesto dramático.

Posy correspondeu ao abraço da mulher, que se agarrava a ela como se ela fosse o último colete salva-vidas do *Titanic*.

— Sim, é terrível — disse Posy, com um suspiro. — Não tive oportunidade de falar com você na igreja, mas sinto muito, muito mesmo pela sua perda.

Mariana não fez nenhum comentário sarcástico sobre o uso da velha frase batida. Em vez disso, segurou com força as mãos de Posy enquanto uma lágrima descia lentamente por sua face lisa de bebê. Ela havia usado alguns artifícios, mas mesmo um preenchimento habilidoso e discreto e um pouco de botox não podiam ofuscar a beleza frágil e delicada de Mariana.

Ela lembrava a Posy uma peônia gloriosamente desabrochada, a um dia de pender com suavidade e graça, suas pétalas murchando muito levemente sob um exame mais atento.

— O que eu faço agora sem a mamãe? — Mariana perguntou a Posy, chorosa. — Nós conversávamos todos os dias, e ela sempre me avisava quando o prêmio do EuroMillions acumulava, para eu poder mandar o mordomo comprar um bilhete.

— *Eu* vou ligar para você quando o prêmio estiver acumulado — Posy disse, enquanto Sebastian cruzava os braços e se recostava à porta com um suspiro de desgosto, como se também estivesse prestes a ser arrastado para a submissão à loteria EuroMillions.

As pessoas achavam que Mariana era uma mulher frívola, porque cultivava um vago ar de desamparo que já havia atraído quatro maridos, cada um mais rico e titulado que o anterior, mas também era tão bondosa quanto Lavinia havia sido. E mais doce, porque Lavinia se recusava a suportar gente idiota, enquanto Mariana era tão amorosa que sofria com qualquer pessoa que estivesse sofrendo.

Quando os pais de Posy morreram, Lavinia e seu marido, Peregrine, tinham sido duas rochas de firmeza para ela, mas Mariana viera de Mônaco, levara Posy e seu irmão, Sam, para a Regent Street e a conduzira — ainda atordoada por ter se transformado de repente em órfã aos vinte e um anos e responsável legal por um menino arrasado de oito anos — a uma loja de roupas finas para comprar um casaco e um vestido para o funeral. Enquanto Posy tirava e punha automaticamente as roupas que lhe eram passadas, Mariana entrara no provador, segurara o rosto de Posy nas mãos e dissera: "Eu sei que você me acha frívola e vaidosa, mas o funeral vai ser difícil, provavelmente o dia mais difícil que você vai enfrentar na vida, minha querida. Um vestido bonito e um casaco bem cortado são como uma armadura. E serão duas coisas a menos para se preocupar quando eu sei que você deve estar com o peso do mundo sobre os seus ombros tão jovens".

Vestido e casaco comprados, Mariana os levara a uma loja de brinquedos e comprara um trem enorme para Sam, que, depois de montado, ocupava toda a sala de estar e boa parte do corredor da casa deles.

Desde então, a cada poucos meses, Mariana enviava para Posy lindas roupas de grife e, para Sam, uma caixa enorme de brinquedos. Embora Mariana parecesse pensar que Posy podia se espremer dentro de um modelo PP quando vestia pelo menos M, e que Sam havia permanecido com oito anos durante os últimos sete, ela fazia isso com a melhor das intenções.

E, no que devia ser o dia mais difícil da vida para Mariana, Posy queria fazer o que fosse possível para lhe oferecer algum alívio. Então apertou as mãos de Mariana.

— Sinceramente, se tiver alguma coisa que eu possa fazer, qualquer coisa que precisar, eu tentarei ajudar. Não estou dizendo isso só porque é o que as pessoas dizem nessas situações. É sério.

— Ah, Posy, ninguém pode me ajudar — Mariana respondeu, lacrimosa, e Posy tentou pensar em alguma outra palavra de conforto, mas sentiu a garganta doer, os olhos arderem, como se suas próprias lágrimas fossem rolar a qualquer momento. Então não disse nada e só ficou olhando para baixo, para o alfinete que prendia seu vestido, até Mariana soltar suas mãos. — Preciso ficar sozinha com meus pensamentos.

Sebastian e Posy observaram enquanto Mariana deslizava pelo corredor, até que ela virou em uma curva e sumiu.

— Garanto que ela vai ficar entediada depois de três minutos sozinha com seus pensamentos — ele disse para Posy. — Cinco no máximo.

— Ah, claro que não — Posy rebateu, embora também duvidasse do poder de concentração de Mariana. Não se podia esperar que alguém que havia tido tantos maridos soubesse ficar sozinha. — E o advogado?

— Aqui dentro — disse Sebastian, abrindo a porta e dando um empurrão firme em Posy, como se desconfiasse de que ela pudesse fugir. Ela certamente estava pensando nisso. Mas Sebastian dobrou os dedos contra as costas dela, o que bastou para impulsioná-la para a frente em um esforço de se afastar da marca de fogo do toque dele através do algodão de seu vestido.

Era uma saleta pequena, onde o onipresente revestimento de madeira fora abandonado em favor do chintz. Uma profusão de chintz, decorando e revestindo tudo, das cortinas e seus arremates ao sofá e o conjunto de poltronas. Hesitante, Posy parou à porta enquanto Sebastian se sentava no sofá e cruzava as pernas. Suas meias eram do mesmo tom de vermelho da camisa e do lenço no bolso do paletó. Até os cadarços dos sapatos pretos reluzentes eram vermelhos.

Posy se perguntou se Sebastian teria diferentes cores de cadarço para combinar com cada uma de suas camisas e se ele gastava cinco minutos todas as manhãs passando-os em seus sapatos ou se tinha um lacaio para fazer isso...

— Terra chamando Morland! Não me diga que precisa ficar sozinha com seus pensamentos também.

Ela piscou.

— O quê? Não! Seus sapatos.

— *O quê?* — ele ecoou em um tom exasperado. — Acho que você deveria cumprimentar o sr. Powell. E pensar que você vive me acusando de ser grosso...

Posy arrancou seu olhar de Sebastian e viu que, sentado do outro lado da sala, havia um homem de meia-idade com um terno cinza e óculos de leitura. Ele agitou os dedos em um cumprimento hesitante.

— Jeremy Powell, procurador da falecida sra. Thorndyke — disse, depois baixou os olhos para o maço de papéis que tinha no colo. — E você é a srta. Morland?

— Posy. Olá. — Ela respirou fundo e apertou as mãos. — É sobre a livraria? Todos nós já pensamos nisso, mas... eu não achei que seria tão rápido. Vocês vão vendê-la?

Já haviam perdido tanto, ela e Sam: a mãe e o pai, Peregrine, depois Lavinia e agora a Bookends, que era mais do que apenas uma livraria. Era seu lar. O lugar para onde eles sempre voltavam. E não teriam mais nem isso.

— Sente-se, Morland, e pare de enrolar — Sebastian disse bruscamente, indicando o sofá. — Ninguém gosta de enroladores.

Com um olhar ameaçador para Sebastian, Posy contornou o sofá e sentou na poltrona diante do sr. Powell. Sebastian levantou uma garrafa de champanhe do balde de gelo a seu lado. Tirou a cápsula metálica, abriu a gaiola de arame, depois, lentamente, soltou a rolha com toda a habilidade de um virtuose, fazendo-a sair com um estouro discreto, mas enfático. Posy não havia notado as delicadas taças sobre a mesa, mas Sebastian pegou uma, serviu o champanhe e a passou para Posy.

— Eu não devia beber mais. — Se más notícias a aguardavam, talvez conhaque fosse melhor. Ou uma xícara de chá bem doce.

— Ordens da Lavinia. — Sebastian olhou para ela, e sua expressão crítica, combinada à certeza de que um comentário antipático viria em seguida, foi demais para Posy. Ela desviou o olhar e, embora tivesse planejado tomar só um gole, apenas por educação, acabou virando o champanhe de uma vez, sem a menor elegância.

Depois, teve de se concentrar para não arrotar enquanto Sebastian sorria com ar de superioridade e fazia um gesto para o advogado.

— Sr. Powell, poderia nos dar a honra agora?

Posy temia pelo pior, mas esperava que o pior fosse breve: "Por favor, desocupem o apartamento o mais rápido possível e deem o fora daqui", o sr. Powell diria, embora, talvez, com palavras mais educadas. Em vez disso, ele se inclinou para a frente e entregou um envelope a Posy.

Um envelope em papel Cream Wove Quarto, da Smythson. Lavinia tinha uma caixa deles no escritório nos fundos da loja. O nome de Posy estava escrito na bonita letra cursiva de Lavinia, com a tinta azul-marinho que sempre fora sua preferida.

De repente, as mãos de Posy se recusaram a funcionar. Estava tremendo tanto que mal conseguia abrir o envelope.

— Deixe que eu faço isso, Morland!

Mas suas mãos recuperaram a firmeza quando o assunto foi dar um tapa na mão de Sebastian, e então ela passou um dedo sob a aba do envelope e tirou duas folhas do mesmo papel creme, totalmente preenchidas com a caligrafia de Lavinia.

Minha querida, queridíssima Posy,

Espero que o funeral não tenha sido muito deprimente e que não tenha faltado champanhe. Sempre achei que a melhor maneira de enfrentar funerais e casamentos era ficar um pouco bêbado.

Também espero que você não esteja triste demais. Eu aproveitei bem a vida e, embora mesmo nesse estágio tão avançado ainda não tenha certeza se acredito em vida após a morte, se ela existir, estarei cercada pelas pessoas que eu amo e que me fizeram uma falta tão terrível. Reunida a meus pais, meus lindos irmãos, todos aqueles amigos que se foram e, o melhor de tudo, ao meu querido Perry.

Mas onde isso deixa você e Sam, minha adorável Posy? Tenho certeza de que minha morte, meu falecimento, minha passagem (qualquer que seja a palavra que eu escolha, ainda parece impensável, absurdo, que eu tenha me libertado do tumulto da existência) trouxe de volta memórias de seus pais. Mas então você deve se lembrar do que Perry e eu lhe dissemos naquela noite terrível, depois que o policial foi embora.

Que você não se preocupasse. Que a Bookends era tanto sua quanto nossa e que você sempre teria um lar ali.

Posy, querida, isso ainda vale. A Bookends é sua. Tudo da porta para dentro, inclusive aquele volume de *Homens são de Marte, mulheres são de Vênus* que não conseguimos vender nos últimos quinze anos.

Eu sei que a livraria não tem ido bem. Tenho sido tão intratável e resistente a mudanças desde que Perry morreu, mas acredito que você pode mudar a sorte da loja. Faça dela o sucesso que era quando seu pai e sua mãe a administravam. Tenho certeza de que você vai pensar em muitas ideias interessantes para transformar esse velho lugar. Com você no leme, a Bookends iniciará um novo capítulo em sua história, e eu sei que não poderia deixar minha amada livraria em melhores mãos.

Porque você, minha querida, mais que qualquer outra pessoa, sabe que lugar mágico uma livraria pode ser, e sabe que todos precisam de um pouco de magia na vida.

Nem posso lhe dizer como fico feliz de saber que a Bookends continuará na família, porque você e Sam sempre foram como da família para mim. Além disso, você é a única pessoa em quem eu realmente confio para proteger o legado e mantê-lo seguro para as futuras gerações de apaixonados por livros. Estou contando com você, querida Posy, então não me decepcione! É muito importante para mim — meu último desejo, se quiser assim — que a Bookends continue viva depois que eu me for. Mas, se você decidir que não quer essa responsabilidade ou — detesto dizer isso — se ela não estiver operando com lucro dentro de dois anos, a posse da livraria passará para o Sebastian. A última coisa que eu quero, Posy querida, é que você se sinta sobrecarregada com algo que acabe arruinando-a, mas sei que não chegará a esse ponto.

Não tenha receio de pedir ajuda ao Sebastian. Tenho certeza de que você o verá muito mais agora, de qualquer modo, porque ele herdará o restante de Rochester Mews, portanto vocês serão vizinhos e, espero, amigos. Já é hora de deixar para trás toda essa amargura por causa da história do depósito de carvão. Sim, é verdade que o Sebastian pode ser um pouco indisciplinado, mas ele tem as melhores intenções. Mesmo assim, não tolere nenhuma tolice dele. Eu realmente acho que ele poderia se beneficiar de um bom puxão de orelha de tempos em tempos.

    Então, adeus, minha querida menina. Seja corajosa, seja forte, seja um sucesso. Lembre-se sempre de seguir o seu coração e você não se perderá.

Com muito amor,
Lavinia

A Bookends se situava no extremo norte de Bloomsbury. As pessoas que caminhavam de Holborn pela Theobalds Road em direção à Gray's Inn Road muitas vezes não percebiam a Rochester Street, uma pequena rua de calçamento de pedras, à direita. Se por acaso a notassem e decidissem que valia a pena explorá-la, era bem provável que parassem logo ao passar pela delicatéssen para olhar os queijos, as linguiças e os outros artigos comestíveis de cores vibrantes dentro de jarros de vidro, todos adoravelmente exibidos na vitrine.

Talvez dessem uma olhada nas butiques cheias de lindos vestidos e blusas de lã macias e alegres. Depois o açougue, o barbeiro, a papelaria, até chegarem ao pub na esquina, o Midnight Bell, do outro lado da rua do restaurante de peixe e fritas e da loja de doces antiquada que ainda pesava balas de goma, balinhas de limão, bolas de anis, jujubas, barras de alcaçuz e confeitos de todo tipo e os despejava em pequenos sacos de papel listrado.

Pouco antes do fim dessa rua encantadora, como algo saído de um romance de Dickens, havia uma pequena vila à direita: Rochester Mews.

Rochester Mews não era bonita nem pitoresca. Havia bancos de madeira gastos dispostos em círculo no centro da praça, floreiras cheias de mato... até as árvores pareciam já ter visto dias melhores. De um lado do pátio havia uma pequena fileira de cinco lojas vazias. Pelas placas desgastadas e desbotadas, era possível discernir que, em outra vida, os locais haviam abrigado uma floricultura, um armarinho, uma loja de café e chá, um comércio de selos e uma farmácia. Do lado oposto do pátio havia outra loja, maior, embora parecesse mais uma coleção de lojas agrupadas para compor um todo improvisado. Tinha janelas salientes antiquadas e um toldo desbotado de listras pretas e brancas.

Na placa acima da porta lia-se BOOKENDS, e, naquele dia específico de fevereiro, com o sol da tarde já afundando e as sombras ficando mais longas, um pequeno carro esporte vermelho entrou no pátio e parou na frente.

A porta se abriu e um homem alto de terno escuro e camisa do mesmo tom vermelho do carro saiu do banco do motorista, reclamando o tempo todo que as pedras do calçamento estavam acabando com a suspensão do seu Triumph vintage.

Ele deu a volta até o lado do passageiro, abriu a porta e disse:

— Morland, eu não tenho o dia inteiro. Trouxe você para casa, fiz minha boa ação do dia, agora será que você pode tirar esse traseiro daí de dentro?

Uma jovem de vestido cor-de-rosa saiu desajeitada do carro, então ficou parada ali, oscilando ligeiramente sobre pernas instáveis, como se ainda estivesse se acostumando com a terra firme depois de meses no mar. Em uma das mãos, segurava um envelope creme.

— Morland! — O homem estalou os dedos na cara da mulher e ela levou um susto.

— Grosso! — ela exclamou. — Muito grosso.

— Bom, você está aí parada feito um poste — disse ele, depois se recostou na parede enquanto ela procurava um molho de chaves dentro da bolsa. — Não vou entrar agora — o homem disse, fazendo um gesto para a praça esquecida e abandonada. — Que lixo. Acho que a gente vai ter que conversar sobre isso logo. Não posso fazer muita coisa tendo você aqui como inquilina na livraria, não é?

A mulher ainda brigava com as chaves para abrir a porta, mas parou e virou para ele, com o rosto pálido e os olhos arregalados.

— Mas eu não sou inquilina, sou? Achei que fosse a proprietária. Bem, por dois anos, pelo menos...

— Agora não, Morland. Sou um homem muito ocupado. — Ele já estava voltando para o carro. — Tchau!

Ela ficou olhando enquanto ele ia embora forçando as marchas, depois abriu a porta da loja e entrou.

Posy não se lembrava de ter saído do clube com Sebastian, entrado no carro, prendido o cinto de segurança — nada disso. Era como se tivesse acontecido alguma ruptura no contínuo do espaço-tempo assim que ela dobrou a carta de Lavinia e a colocou de volta no envelope.

Ainda o segurava agora, parada dentro da loja escura, o formato tão conhecido das estantes, as pilhas de livros, o cheiro reconfortante de papel e tinta por toda a volta. Estava em casa e, de repente, o mundo recuperou o foco, mas Posy ainda continuou ali, sem saber se seria capaz de andar, muito menos de pensar em um destino para seus pés.

Então ouviu o sino retinir acima da porta. Deu um pulo com o som e se virou, dando de cara com Sam, com a mochila da escola pendurada no ombro e o casaco aberto, apesar do frio e de ela lhe dizer todas as manhãs para fechá-lo até em cima.

— Meu Deus, você quase me matou de susto! — ela exclamou. Estava completamente escuro agora, e ela não sabia por quanto tempo tinha ficado parada ali. — Chegou tarde hoje.

— É terça-feira. Treino de futebol — Sam respondeu, passando por ela com o rosto na sombra, mas seus passos ligeiramente tortos fizeram o coração de Posy se apertar, porque isso significava que os sapatos dele estavam ficando pequenos e ele não queria lhe dizer, porque ela havia acabado de lhe comprar um novo par na liquidação de janeiro.

Nessa época, um ano atrás, ele estava da mesma altura dela, mas agora havia espichado uns bons quinze centímetros; ia ser alto como o pai. Quando Sam chegou ao balcão e acendeu as luzes, Posy viu suas meias brancas sujas, o que significava que a calça da escola já estava pequena também.

Ela não previra calças ou sapatos novos no orçamento daquele mês. Então baixou os olhos e viu a carta de Lavinia ainda em sua mão.

— Você está bem, Posy? Foi muito horrível? — Sam se apoiou no balcão e franziu o cenho. — Você vai chorar? Quer um chocolate?

— O quê? Não. Sim. Quer dizer, o funeral foi difícil. Foi triste. Muito, muito triste.

Sam olhou para ela sob a franja, que ele se recusava a cortar, apesar da ameaça de Posy de se esgueirar para dentro de seu quarto com a tesoura de cozinha enquanto ele estivesse dormindo.

— Ainda acho que eu devia ter ido. A Lavinia era minha amiga também.

Posy finalmente se moveu. Alongou braços e pernas, que estavam duros de ficar tanto tempo parados, e caminhou até o balcão, onde afastou os cabelos dos olhos de Sam. Eram do mesmo azul que os seus próprios olhos, do mesmo azul que os olhos de seu pai. Azul-miosótis, como sua mãe sempre dissera.

— Sinceramente, Sam, quando você ficar mais velho, vai ter um monte de funerais para ir — ela disse com suavidade. — Você vai ficar enjoado de funerais. E vai acontecer um memorial daqui a algum tempo. Você pode ir, se não for dia de aula.

— Até lá talvez a gente nem esteja mais em Londres — Sam comentou, balançando a cabeça, de modo que seu cabelo caiu sobre o rosto outra vez. — Alguém disse o que vai acontecer com a livraria? Você acha que vão nos deixar ficar aqui até a Páscoa? O que vai acontecer com a escola? Eu preciso saber logo. Este ano é muito importante para os meus estudos!

A voz dele esganiçou, depois falhou na última frase. Ele parecia aflito, e Posy engoliu em seco, compreendendo o sentimento.

— Ninguém vai nos tirar da livraria — disse ela. Falar aquilo em voz alta não fazia parecer menos inacreditável. Nem mais verdadeiro, porque Sebastian parecia ter planos para aquele espaço que não envolviam a Bookends ou Posy. — A Lavinia deixou a livraria para mim. Eu sou dona da loja, portanto imagino que seja dona do apartamento em cima da loja também.

— A troco de que ela ia deixar a loja para você? — Sam abriu a boca, provavelmente para soltar toda uma leva de perguntas, mas a fechou novamente. — Quer dizer, foi legal a Lavinia te deixar a loja, mas você não tem permissão nem para fechar o caixa no fim do dia sem alguém para supervisionar.

Isso também era verdade, desde um incidente envolvendo a falta de cem libras, que no fim não estavam faltando, era só que a tecla 0 na calculadora da loja tinha ficado pegajosa porque Posy estava comendo um Twix enquanto fechava o caixa.

— A Lavinia foi generosa, quis garantir que nós ficaríamos bem, mas não sei se essa era a melhor maneira — Posy admitiu. — Ah, Sam, não consigo nem pensar direito. Você tem lição de casa?

— Você quer falar de lição de casa? *Agora?* — Posy tinha certeza de que Sam revirava os olhos embaixo da franja. — Qual é o seu problema?

Por onde começar a responder?

— Em primeiro lugar, estou com fome. Não comi nada o dia inteiro. Que tal sanduíches de isca de peixe no jantar? — Eles sempre comiam sanduíches de isca de peixe no jantar quando um dos dois estava triste. Vinham comendo sanduíches de isca de peixe com muita frequência ultimamente.

— Batata frita e feijão também — Sam decidiu, enquanto seguia Posy pelo escritório dos fundos e escada acima até o apartamento. — Para a aula de inglês, eu preciso pegar a letra de um rap e reescrever no estilo de um soneto de Shakespeare. Você pode me ajudar com isso?

꼬

Mais tarde, depois de comerem os sanduíches de isca de peixe e concluírem a lição de inglês de Sam com uma taça de vinho e só um pouquinho de irritação e portas batendo (principalmente por parte de Posy), ela desceu as escadas de volta para a livraria.

Sam deveria estar quieto, se aprontando para dormir, mas ela escutou um som metálico abafado, vindo de um jogo de computador no quarto dele. Posy não tinha energia para mais uma discussão, não depois de tentar reescrever "99 Problems", do Jay Z, em pentâmetros iâmbicos.

Ela acendeu apenas as luzes laterais, de modo que a loja ficou na penumbra, depois caminhou lentamente pela sala principal. Estantes ocupavam as paredes do chão ao teto; havia uma grande mesa com livros expostos no centro da sala, rodeada por três sofás em estágios variados de desgaste. Arcos abertos à esquerda e à direita levavam a uma série de salas menores recortadas por estantes de livros. Posy desconfiava de que as estantes se reproduziam durante a noite. Às vezes, estava passando por uma das áreas mais distantes da loja e dava de cara com uma estante que ela jurava que nunca tinha visto antes.

Seus dedos correram pelas prateleiras, as lombadas dos livros, enquanto fazia um inventário silencioso. A última sala à direita, acessada por portas de vidro duplas, havia sido um pequeno salão de chá no passado. Agora era uma sala de depósito fechada por cortinas; as mesas e cadeiras empilhadas de um lado, os suportes de bolo e porcelanas amorosamente adquiridos em brechós, feiras de antiguidades e vendas de artigos de segunda mão empacotados em caixas. Se Posy fechasse os olhos, podia imaginar como era antes. O aroma do café e dos bolos saídos do forno flutuando pela loja, sua mãe andando entre as mesas com os longos cabelos loiros escapando do rabo de cavalo, as faces rosadas, os olhos verdes cintilando enquanto servia bebidas quentes e retirava pratos vazios.

Na loja, seu pai teria arregaçado as mangas da camisa — ele sempre usava camisa e colete com a calça jeans — e muito provavelmente estaria se equilibrando em uma escadinha enquanto selecionava uma série de livros para um cliente que esperava lá embaixo. "Se gostou daquele, vai *adorar* estes", ele diria. Lavinia o chamava de Rei do Boca a Boca. Quando Posy chegou à seção de poesia, seus olhos buscaram imediatamente os três livros de poemas que seu pai havia escrito e que eles sempre mantinham em estoque. "Eu acho que, se Ian Morland não tivesse sido arrancado de nós tão cruelmente, tão subitamente", Lavinia escrevera no obituário dele, "teria se tornado um dos maiores poetas ingleses."

Não houve um obituário escrito para sua mãe, mas isso não significava que a falta dela fosse menos sentida. Longe disso. Enquanto Posy retornava para a sala principal, não caminhava por uma loja, mas por sua casa, com lembranças de seus pais vivas a cada passo.

No escritório dos fundos, uma das paredes estava coberta de autógrafos de escritores visitantes, de Nancy Mitford e Truman Capote a Salman Rushdie e Enid Blyton. Os entalhes na madeira dos batentes da porta registravam fielmente a altura das crianças da Bookends, começando por Lavinia e seus irmãos e terminando com Posy e Sam.

Na praça do lado de fora, costumavam fazer festas de verão e feiras de Natal. Posy lembrava como as árvores eram enfeitadas com luzes coloridas para festas de lançamento e leituras poéticas ao ar livre. Certa vez, fizeram uma recepção de casamento lá fora depois que dois clientes se apaixonaram louca e instantaneamente na companhia de um exemplar de *A insustentável leveza do ser*.

Sob as prateleiras, em um canto junto ao balcão, estava o cubículo onde seu pai havia construído para ela um pequeno espaço de leitura. A mãe de Posy fizera quatro almofadas gordas para ela se acomodar enquanto lia.

Foi na Bookends que Posy conhecera algumas de suas melhores amigas. Pauline, Petrova e Posy (de onde vinha seu nome) Fossil, de *Sapatos de ballet*, o livro favorito de sua mãe. Sem falar em Milly-Molly-Mandy e Little-Friend-Susan, as meninas das séries Santa Clara, O Colégio das Quatro Torres e Chalet School. Scout e Jem Finch, de *O sol é para todos*. As irmãs Bennet. *Jane Eyre* e a pobre e louca Cathy, andando infeliz pelas charnecas à procura de seu Heathcliff.

E fora em uma noite muito parecida com aquela, mas muito, muito pior, que ela caminhara pela loja escura, ainda vestida de preto do funeral, ainda vendo os dois caixões sendo lentamente baixados ao chão. Naquela noite, incapaz de dormir, determinada a não chorar porque sabia que faria barulho e não queria acordar Sam, ela pegara um livro, um livro qualquer, das estantes e se enfiara em seu cubículo.

Era um romance de Georgette Heyer, *Regency Buck*. Uma jovem bela e impulsiva, Judith Taverner, tem uma relação hostil com o irônico e pedante Julian St John Audley, seu guardião legal. Judith se lança na sociedade londrina, vive aventuras inconsequentes em Brighton, conhece e encanta Beau Brummel e o Príncipe Regente e tem muitas discussões ácidas com o arrogante Julian, até que ambos são forçados a admitir seu amor.

O livro tocou em pontos que Posy nem sabia que existiam dentro dela. Os romances do período da Regência de Georgette Heyer não eram *exatamente* como *Orgulho e preconceito*, o padrão máximo, a estrela de ouro dos livros românticos, mas chegavam perto.

Nas semanas atordoadas que se seguiram, quando apenas sobreviver intacta a mais um dia já era um grande triunfo, Posy leu todos os romances da Regência que Georgette Heyer havia escrito. Implorou para Lavinia encomendar outros e, quando terminou todos, pesquisou na internet para encontrar escritoras consideradas sucessoras de Heyer: Clare Darcy, Elizabeth Mansfield, Patricia Veryan, Vanessa Gray — elas não conseguiam igualar a incrível atenção a detalhes de Heyer ou seus diálogos espirituosos, mas ainda havia as jovens herdeiras impulsivas e os homens sarcásticos tentando controlá-las até que o amor prevalecia.

Posy assumiu uma sala da livraria e a encheu de romances de Julia Quinn, Stephanie Laurens, Eloisa James, Mary Balogh, Elizabeth Hoyt e outras. E, quando terminou de ler todos os romances do período da Regência inglesa que conseguiu encontrar, havia outros livros, muitos, em que a moça não só conseguia o rapaz, mas também o "felizes para sempre" que todos mereciam. Bem, quase todos. Assassinos em série, pessoas que eram cruéis com animais e motoristas bêbados — principalmente motoristas bêbados, como o que havia atravessado o canteiro central da estrada e colidido com o carro de seus pais; nenhum desses merecia finais felizes, mas todas as outras pessoas mereciam.

Acabou que muitas das mulheres que trabalhavam nas lojas e escritórios nas proximidades e passavam pela Bookends para dar uma olhada nos livros na hora do almoço também eram ávidas por romances bem escritos. Como ninguém comprava muitas biografias sofridas ou livros áridos sobre história militar para justificar o espaço nas prateleiras, Posy convenceu Lavinia a lhe conceder mais duas salas da loja.

Mas, atualmente, as pessoas não compravam livros suficientes de nenhum tipo. Não da Bookends, pelo menos. Em sua carta, Lavinia parecia ter certeza de que Posy arquitetaria imediatamente um plano infalível para atrair as pessoas de volta à loja para comprar livros em grande quantidade, quando nada poderia estar mais distante da realidade.

De repente, Posy sentiu que não conseguia permanecer na livraria nem por mais um minuto. Aquele sempre tinha sido seu lugar feliz, sua estrela-guia, um cobertor quentinho feito de madeira e papel, mas agora aquelas fileiras de estantes zombavam dela. Era tanta responsabilidade, e Posy não era muito boa em assumir responsabilidades.

Ela apagou as luzes da loja, fechou a porta que separava a livraria da escada que levava para seu apartamento, a qual geralmente era deixada aberta, depois subiu os degraus devagar. Já ia abrir a porta do quarto de Sam sem bater quando se lembrou, bem a tempo, da regra de "bater primeiro" que havia estabelecido depois que ele entrou de repente no banheiro e a pegou no chuveiro, esganiçando "Bohemian Rhapsody" em seu microfone de frasco de xampu.

— Sam? Você está vestido? — Bom Deus, não deixe que ele esteja fazendo coisas indecentes, porque ela não estava pronta para aquilo. — Posso entrar?

Ouviu um grunhido afirmativo e empurrou a porta com cautela. Sam estava deitado de bruços sobre o edredom, olhando para seu notebook.

— O que foi?

Posy sentou na beira da cama e olhou para os ombros ossudos do irmão curvados sobre a tela do computador. Mesmo agora, embora ele estivesse em sua vida fazia quinze anos (seu bebê fora do tempo, seus pais haviam dito de Sam, e na época Posy, aos treze anos, ficara horrorizada ao imaginar o que os pais andaram fazendo para gerar um bebê fora do tempo), ela às vezes ainda sentia uma necessidade absurda de apertar Sam até ele gritar, tamanha a profundidade de seu amor por ele. Contentou-se em despentear o cabelo do irmão, mas ele afastou a cabeça.

— Ei, sai fora! Você andou bebendo?

— Não! — Posy se contentou então em cutucá-lo com o cotovelo. — Preciso falar com você.

— Nós já falamos sobre a Lavinia e eu já disse que estou triste e que tudo isso é uma droga, mas, sério, Pose, não estou a fim de mais discursos sobre sentimentos e emoções. — Ele fez uma careta. — Podemos pular essa parte?

Posy estava cansada de fazer discursos sobre sentimentos e emoções, então isso não seria problema, mas ainda era a irmã mais velha. A figura parental. A adulta encarregada. A pessoa *responsável*.

— Mas você sabe que, se quiser conversar, eu estou aqui. Pode me contar qualquer coisa.

— Eu sei. — Sam tirou os olhos do computador e deu um sorriso pouco entusiasmado para ela. — Acabamos?

— Na verdade, eu queria falar de outro assunto. — Deveria funcionar dos dois lados. Ela deveria poder falar com Sam sobre qualquer coisa, exceto sua menstruação, seu peso, sua vida amorosa ou a falta dela (ele tinha feito uma lista), mas aquilo estava se mostrando mais difícil que o esperado. — Eu sei que você não teve muito tempo para pensar nisso, mas como se sente com a ideia de eu ser a dona da livraria? Eu posso me dar bem, não é? Afinal, vender livros está no meu sangue. Tipo, se você me cortar, vou sangrar palavras, então quem melhor para assumir a Bookends do que eu? — Os ombros de Posy se curvaram. — Embora eu imagine que isso signifique ser muito adulto e responsável.

— Detesto ter que te falar isso, Pose, mas você tem vinte e oito anos. Portanto, tecnicamente, é uma adulta. — Sam se ergueu sobre os cotovelos, e Posy viu a expressão pensativa no rosto dele. Tomou nota mentalmente de não recorrer a Sam se um dia precisasse de uma testemunha de seu caráter. — E imagino que seja responsável... do seu jeito. Quer dizer, você foi responsável por mim nos últimos sete anos, e ainda estou vivo e não sou raquítico nem nada assim.

Não era exatamente o tipo de validação que Posy esperava.

— Mas e quanto a ser responsável pela loja? Tenho dois anos para virar o jogo. Para transformar a livraria em um negócio viável.

— Menos de dois anos, na verdade, porque a loja não está indo muito bem, não é? Não dá lucro há séculos e só continuou funcionando até agora porque a Lavinia era de uma família rica. — Sam deu de ombros. — Foi isso que a Verity disse para o Tom quando ele pediu um aumento.

O problema de Sam era que ele era espertinho demais para o gosto de Posy. O outro problema era que ele ouvia coisas que não deveria ouvir e depois se preocupava com elas quando não precisava se preocupar. Era trabalho de Posy se preocupar por ambos.

— Nós não precisamos ficar. Eu posso desistir da livraria, e aí acho que poderíamos mudar para algum outro lugar e eu poderia arrumar outro emprego...

Sam levantou a cabeça na mesma hora.

— O quê? Não! Eu não posso sair da escola agora, meus exames estão chegando! E onde a gente ia morar? Quanto você ia conseguir ganhar? Tem alguma ideia do preço médio de um aluguel em Londres? — Ele parecia estar prestes a se desfazer em lágrimas. — Nós teríamos que mudar para muito longe. Sei lá, para *os subúrbios*.

Do jeito que Sam falava, parecia que os subúrbios eram apenas uma maneira mais elegante de se referir a uma fossa.

— Muita gente mora nos subúrbios, Sam. Ou então nós poderíamos mudar para outra cidade grande que não seja tão cara quanto Londres. Como Manchester ou Cardiff. Se a gente voltasse para o País de Gales, ficaríamos perto dos nossos avós.

— Mas Manchester ou Cardiff não são aqui, certo? Quem ia querer morar em outro lugar sem ser aqui? — Sam perguntou, com a arrogância de alguém felizardo o bastante para ter morado a vida inteira na área central de Londres. O parque Coram Fields era como o jardim de sua casa, e o Museu Britânico era sua loja de esquina cheia de múmias, fósseis e armas antigas. Em cinco minutos eles podiam estar no Soho, na Oxford Street ou no Covent Garden. Podiam entrar em um ônibus ou metrô e toda a Londres estava a seu alcance.

Quem não conhecia Londres achava que era um lugar frio e insensível, mas a Londres deles não era nada disso. Posy e Sam conheciam todos os lojistas da Rochester Street (Posy até fazia parte da Associação dos Lojistas da rua) e pagavam preços camaradas em tudo, de peixe com fritas a velas perfumadas. Sabiam o nome de seus atendentes favoritos no supermercado Sainsbury, na frente da estação Holborn de metrô. Posy era voluntária na antiga escola primária de Sam e ia lá uma vez por semana para sessões individuais de auxílio a leitores relutantes, e os melhores amigos de Sam, Pants e a Pequena Sophie, que trabalhava na Bookends aos sábados, moravam logo virando a esquina, no grande conjunto habitacional social.

Era como viver em uma cidade pequena sem os inconvenientes de viver em uma cidade pequena. Quando eles foram ficar com seus avós galeses, tudo lá fechava às seis da tarde, à uma hora nas quintas-feiras, *o dia inteiro aos domingos*, então que Deus os ajudasse se tivessem esquecido de repor o estoque de chocolate.

— Então você quer ficar aqui? — Posy perguntou, porque estavam naquilo juntos, ela e Sam. — Você acha que eu consigo fazer a livraria decolar?

— Sim. Você tem que tentar pelo menos, não acha? Era isso que a Lavinia queria. — Sam olhou para seu notebook e suspirou. — A única coisa é que... Não estou dizendo que vai ser assim, mas se tudo der completamente errado, o que vai acontecer com a gente? Podemos acabar devendo dinheiro, em vez de sermos só pobres. E aí, como vamos pagar a escola e todas essas coisas?

A vontade de apertar Sam tomou conta de Posy outra vez, e ela precisou deslizar as mãos para baixo das pernas.

— Você não precisa se preocupar com isso — disse, engolindo em seco. — Quando eles morreram, a mamãe e o papai... eles tinham um seguro de vida. Eu não toquei em nem um centavo do seguro, porque guardei para pagar a sua faculdade. Tem dinheiro suficiente para você se formar, talvez até para uma pós-graduação, se você só comer macarrão instantâneo. Então não precisa se estressar por causa disso, está bem?

— Tá bom. Uau! Eu não esperava por isso. — Sam respirou aliviado. — Eu estava preocupado pensando como a gente ia pagar os meus estudos. Se você realmente precisasse de dinheiro para, sei lá, pagar o salário dos funcionários, talvez eu pudesse pular a faculdade e arrumar um emprego.

— Você vai para a faculdade — Posy declarou, com determinação. — Estamos claros quanto a isso?

— Estamos — Sam concordou, e Posy achou que talvez ele estivesse sorrindo, embora estivesse de costas para ela e nenhum dos dois tivesse sorrido muito naquela semana. — E, até lá, vamos ficar aqui. O que é bom, porque eu detesto mudanças.

— É, eu também — Posy disse com sinceridade. — Nunca parecem ser mudanças boas, não é?

Sam rolou na cama e se apoiou em um cotovelo.

— Sobre a livraria... — disse ele. — Você vai se dar bem. Mais que bem. Você vai ser fantástica. Vai ser a melhor livreira de todos os tempos. Tem que ser, Posy, porque senão vamos ficar sem casa, bem na época dos meus exames. Quer motivação maior do que essa?

— Acho que é motivação mais que suficiente — respondeu Posy, embora, em vez de incentivá-la, as palavras de Sam a tenham enchido do temor da ira divina. — Mais meia hora e apague a luz.

— Pode me dar um beijo, se quiser — Sam ofereceu, magnânimo. — No rosto.

Posy se contentou em despentear os cabelos do irmão, o que fez Sam protestar, como ela sabia que ele faria. Essa foi a única razão para ela sorrir quando fechou a porta do quarto.

Contar a Sam que ela iria assumir a Bookends e fazer todo o possível para transformar a livraria em um negócio sustentável foi moleza, brincadeira de criança, um passeio, em comparação a ter que contar a novidade para os funcionários da loja.

— O que aconteceu com você ontem? — Verity perguntou quando chegou para trabalhar na manhã seguinte, seguida de perto por Nina, depois por Tom. — Você desapareceu com o insuportável do Sebastian e não te vimos mais.

Nina estava na pequena cozinha ao lado do escritório, mas pôs a cabeça na porta, com a chaleira na mão e um sorriso no rosto.

— Ele tomou alguma liberdade com você? Você deu um tapa na cara dele e saiu furiosa?

— Ele não tomou nenhuma liberdade, mas tive vontade de bater na cara dele várias vezes — disse Posy, enquanto ligava a caixa registradora. — Chegou um ponto em que tive que me segurar.

— Ele te arrastou para falar com o advogado da Lavinia? — Tom levantou os olhos do panini que comia como café da manhã. — Ah, meu Deus, eram más notícias, não eram? Eles vão vender a livraria?

Os três a olhavam com expressões semelhantes, que poderiam ser resumidas por "O fim do mundo está próximo", quando, na verdade, não estava. Pelo menos Posy achava que não.

— Ninguém vai vender a livraria. — Posy segurou com força o balcão em busca de apoio moral e sentiu a firmeza da madeira polida e gasta sob os dedos. — A Lavinia deixou a livraria para mim, e eu vou continuar aqui mesmo.

Posy parou e esperou. Não sabia bem o que estava esperando; talvez cumprimentos sinceros, talvez um "Aí, garota!". Em vez disso, recebeu silêncio e três rostos perplexos olhando para ela. Será que em algum lugar haveria alguém que tivesse pelo menos um pouquinho de fé nela? Tirando Lavinia, cuja fé em Posy, ao que parecia, era inteiramente equivocada.

Ela esfregou as mãos, nervosa.

— Não que vá ser fácil, mas o Sam e eu estamos prontos para o desafio. Bom, o Sam está disposto a enfrentar, pelo menos. Mas eu vou... nós vamos... ter que fazer... Vai haver mudanças, mas... hum, mudanças boas. Há... mudanças empolgantes.

— Então você está no comando? Você é a nossa chefe? — Era impossível saber como Verity se sentia em relação a isso. Na verdade, era impossível saber como Verity se sentia em relação à maior parte das coisas. Ela era muito difícil de decifrar, por mais que Posy a conhecesse há quatro anos e a considerasse uma de suas melhores amigas. Verity também era a gerente assistente da Bookends, o que significava que ficava no escritório fazendo a contabilidade e as compras do estoque, recusando-se a interagir com qualquer pessoa que viesse à loja para comprar um livro. Ela havia sido o braço-direito de Lavinia, enquanto Posy navegava pela loja colonizando mais espaço para seus livros de romance. Sem Verity, a Bookends teria deixado de funcionar em questão de dias. Em questão de horas.

— Chefe é uma palavra muito dura — Posy disse, tranquilizando-os. — Nada vai mudar. Bom, algumas coisas vão ter que mudar, mas eu não vou virar uma bruxa e gritar "É do meu jeito ou rua!" sempre que discordarmos em alguma coisa. Ainda vou fazer chá, pôr os livros nas prateleiras e me entupir de chocolate.

— Então o meu emprego está garantido? — Era fácil saber o que Nina pensava, porque ela mordia o lábio, franzia a testa e parecia, de modo geral, imaginar que Posy estivesse prestes a lhe entregar um formulário de demissão para assinar. Ainda que, mesmo que fosse o caso, Posy não tivesse a mínima ideia de como fazer isso. — E o Tom ainda vai poder trabalhar em meio período? Ou, para ser mais precisa, quando ele estiver disposto a nos honrar com sua presença? Ou vai ser, tipo, o último que chegou é o primeiro a ir embora? O que significa que essa pessoa seria eu, porque só estou aqui há dois anos. Embora, *tecnicamente*, eu tenha trabalhado mais horas que o Tom.

— Pare com isso — Tom protestou. — É claro que a Posy não vai mandar ninguém embora, porque ela é nossa amiga, além de ser nossa nova chefe. Nossa doce, querida e boa amiga. E posso dizer que você está particularmente linda hoje, Posy?

— Pode, mas vou te denunciar por assédio sexual — ela respondeu, fingindo anotar algo em seu caderno, o que era uma brincadeira antiga na loja e Tom era sempre o alvo, então ele fingiu fazer cara feia e Nina voltou à cozinha para pôr a chaleira no fogo. Só Verity continuou de pé ali, com as mãos na cintura.

— Fico contente por você, Posy. Seria horrível se você e o Sam tivessem ficado sem casa. Mas não vai demorar para você não ter como pagar *nenhum* funcionário, nem em tempo integral, nem em meio período — ela acrescentou em um sussurro, embora Tom estivesse mais interessado no panini que na conversa. — Essas mudanças que você mencionou... O que você pretende fazer?

Até aquele momento, as mudanças ainda não haviam se revelado para Posy. Ela precisava de mais tempo para pesquisar e refletir e, talvez, fazer algumas listas, quem sabe um gráfico também. Então, esperava que pudesse ter uma grande ideia, um plano grandioso para a Bookends, que ela apresentaria a Verity e ao restante da equipe com tanta paixão e convicção que eles também embarcariam no projeto com entusiasmo. O que poderia ser mais simples?

Ocorreu a Posy, enquanto tentava não encarar Verity, que ela não havia nascido para ser líder. Também não era uma seguidora, nem mesmo uma obstinada. Os obstinados pelo menos acabavam chegando um dia ao seu destino. Mas não: Posy ia para onde o vento a levasse, feliz em fazer suas próprias coisas e flutuar com a maré, e aquilo tudo era um pouco demais, e um pouco cedo demais, quando ela ainda estava atordoada com a ausência de Lavinia.

— Como eu disse, vão ser mudanças boas — Posy murmurou vagamente, sentindo o suor brotar na testa e sobre o lábio superior, ao mesmo tempo em que suas mãos gelavam. Também tinha um gosto terrível na boca, como se tivesse lambido pilhas. Era medo. Um grande e fedorento medo. Levantou os cantos da boca em uma tentativa deplorável de produzir um sorriso confiante. — Mudanças empolgantes. Muito, muito empolgantes. Vou precisar da sua ajuda, não vou conseguir sem você.

Verity concordou com a cabeça.

— Desde que essas mudanças não sejam como daquela vez em que você quis organizar os livros por cores e não por ordem alfabética... — disse ela.

— Mas teria ficado bonito — Posy protestou fragilmente.

— Que Deus nos ajude. — Verity sacudiu a cabeça e voltou para o escritório.

Contar a seus colegas que agora eles eram seus funcionários tinha sido mais difícil do que Posy previra, e então ela percebeu que tinha o futuro deles também para se preocupar. Não eram só ela e Sam. Ela não queria ser a pessoa que separava a equipe da Bookends do desemprego, ou talvez da penúria.

⁂

Quando acordou na manhã seguinte, Posy se sentiu entusiasmada para entrar em ação. Deveria, no mínimo, escrever uma lista de coisas a fazer. Talvez dar uma passada na elegante e novíssima livraria Foyles, na Charing Cross Road, para avaliar a concorrência.

Nem ela nem Sam eram pessoas matinais. Tinham uma regra entre eles de que ninguém falava no café da manhã, a menos que fosse absolutamente necessário. Com os olhos semicerrados, Posy fez torradas e ovos mexidos para Sam, que ele enfiou na boca enquanto terminava sua lição de história. Ele deveria ter terminado na noite anterior, mas Posy, ainda na metade de sua primeira xícara de chá, não teve energia para repreendê-lo por isso.

Sam pôs o prato e a caneca dentro da pia e saiu para a escola com um grunhido que poderia ter sido um "tchau", deixando Posy sentada ali, tomando chá e lendo *A procura do amor*, embora já tivesse perdido a conta de quantas vezes havia lido esse livro. Ele sempre a fazia lembrar de Lavinia e de como sua vida devia ter sido antes da guerra.

Posy tinha uma afeição especial por aquela hora em que ainda estava de pijama e meio desorientada de sono. Era a única parte do dia que era dela e apenas dela.

Era uma pena que ninguém tivesse pensado em avisar isso à pessoa que esmurrava a porta da livraria, ignorando a placa que dizia muito claramente, na linguagem mais simples possível, que eles só abriam às dez. Também não estavam esperando nenhuma entrega e, de qualquer modo, os motoristas sabiam que deviam vir até os fundos e tocar a campainha.

Posy deixou a xícara e o livro na mesa e desceu a escada de chinelos. Quanto mais perto chegava, mais fortes eram as batidas. Resmungando baixinho, ela atravessou a loja e, quando se aproximou da porta, viu quem era o responsável por perturbar sua paz.

— Pare de fazer tanto barulho! — Posy bateu no vidro para chamar a atenção dele. — Estou destrancando a porta.

— Minha reunião no café da manhã foi cancelada — Sebastian informou a Posy, enquanto a empurrava para passar. — Meu Deus, Morland, você ainda nem está vestida!

Tecnicamente, Posy estava vestida: de calça de pijama estampada com pudins de Natal, uma velha camiseta do Minecraft de Sam e um cardigã puído.

— Ainda não são nem oito e meia, Sebastian. Eu não estava esperando visitas.

— É isso que você usa na cama? — Ele apertou os olhos, que não estavam inchados de sono como os dela. Posy teve certeza de que ele podia ver que ela estava sem sutiã através das camadas de roupa. Ela cruzou os braços. — Que brochante.

— Cale a boca! O que você está fazendo aqui? — Posy indagou, mas estava falando com as costas de Sebastian. Ele já havia feito um circuito completo pela sala principal e estava passando pelo balcão.

— Achei melhor dar uma boa olhada antes de tomar qualquer decisão — ele falou da escada. — Venha logo! Não tenho o dia inteiro.

Posy correu atrás dele.

— Que tipo de decisão? — ofegou, enquanto subia os degraus rápido demais para alguém que não havia terminado seu primeiro bule de chá. — Esta é minha casa, você não pode ir entrando sem pedir permissão.

Sebastian já estava espiando o quarto de Sam.

— É mesmo? Por que não? Que coisas inconfessáveis você tem aqui? Por acaso tem algum homem no local?

O último homem no local tinha sido Tom, quando subira para consertar uma torneira gotejante. Embora não tenha consertado nada, mas apenas olhado para a torneira com uma expressão divertida, depois para a chave de fenda que Posy lhe dera, e encolhido os ombros. "Só porque sou homem, não quer dizer que eu saiba fazer coisas úteis", ele disse, antes de descer outra vez.

A torneira ainda pingava e Sebastian também não parecia o tipo de homem que sabia fazer coisas úteis. Suas especialidades eram ser grosseiro e não ter absolutamente nenhum respeito pela privacidade alheia.

— Não é da sua conta o que eu faço com meu tempo livre — ela respondeu, indignada. — Eu poderia ter um time inteiro de futebol aqui em cima, se quisesse.

Sebastian tirou a cabeça do quarto de Sam, bateu a porta e virou para ela com ar de superioridade.

— Altamente improvável. Acho que jogadores de futebol preferem mulheres vestidas com algo um pouco mais atraente do que calças de pijama largas com estampa de cocô. Você é uma garota estranha, Morland.

— Não são cocôs! São pudins de Natal! Este é meu pijama de Natal! — Posy segurou e mostrou o pijama duvidoso, mesmo sabendo que nunca mais o usaria. Ia queimá-lo na primeira oportunidade que tivesse.

— Mas estamos em fevereiro — Sebastian a lembrou, prestativo, enquanto passava por ela e entrava na sala de estar. — Este lugar é um risco de incêndio. Por que você precisa de tantos livros? Não tem o suficiente lá embaixo?

Posy o seguiu para dentro da sala.

— Estes são para meu uso pessoal — disse com ar respeitável, como se jamais tivesse lido um livro das estantes com muito cuidado para não dobrar a lombada, depois o colocado de volta delicadamente na prateleira. — E, de qualquer modo, livros nunca são demais.

— Ah, às vezes são, sim — Sebastian lhe garantiu, aproximando-se de uma das estantes montadas nos espaços dos dois lados da lareira, onde havia livros em cima de livros. — Eu diria que você chegou ao limite vários anos atrás. Tem livro por toda parte! — acrescentou com desgosto, movendo-se em uma curva abrupta para a esquerda que fez uma pilha de romances desabar no chão. — Você deve ser pessoalmente responsável pela destruição de pelo menos três florestas tropicais.

— Eu reciclo muito, então com certeza eu compenso — disse Posy, e, como Sebastian obviamente pretendia ficar ali por algum tempo (no momento, ele estava acendendo e apagando a luz do teto, embora ela não tivesse ideia do motivo), decidiu deixá-lo sozinho e ir fazer um bule novo de chá. Para não ser totalmente desprovida de boas maneiras, ela ofereceu: — Quer um chá?

— Café. — Sebastian olhou para a mesinha de centro, onde ainda estavam os pratos do jantar da noite anterior, e seu belo lábio superior em formato de coração se curvou. — Grãos da Sumatra, se você tiver. Se não, quero um peruano.

— Por acaso isso aqui parece uma filial do Starbucks?

— Não, não parece. Se fosse uma filial do Starbucks, já teria sido fechada pela vigilância sanitária há meses.

— Você pode tomar café instantâneo direto do frasco. E é seu dia de sorte, meu querido: o Douwe Egberts estava em promoção — disse Posy, e saiu da sala com toda a majestade possível para alguém usando pijama de pudins de Natal e chinelos de coelhinho.

Ela não ficava à vontade deixando Sebastian desacompanhado, mas qualquer coisa era melhor que ver o ar de desdém em seu rosto e ouvi-lo fazer julgamentos sobre suas escolhas pouco exigentes de decoração e estilo de vida.

Lavinia havia mandado consertar o telhado alguns anos atrás, depois de ter subido ali e visto as vasilhas e pires posicionados para recolher os diversos vazamentos, mas o apartamento não fora redecorado durante todo o tempo em que Posy morava lá. Redecorar significaria ter que empacotar tudo e colocar em um depósito, e pensar nisso não era agradável, então Posy nunca pensava.

Ela fez um bule novo de chá e preparou o café de Sebastian em uma xícara de *O homem invisível*, da Penguin Books — ilusão sua, principalmente quando descobriu que Sebastian não estava mais na sala. Com um peso no coração, percorreu o corredor e o encontrou em seu quarto, deitado em sua cama desarrumada e olhando para a pilha de roupas amontoadas na poltrona azul-clara. Ou talvez ele estivesse olhando para a pilha de roupas amontoadas no chão. Ou para as roupas transbordando das gavetas abertas. Ou para as pilhas instáveis de livros ao lado da cama, embaixo da mesinha de cabeceira e ao lado das estantes, que vergavam sob o peso de ainda mais livros.

Era estranho, absurdamente estranho, ter Sebastian, entre todas as pessoas, estendido sobre seus lençóis de listras coloridas em mais um terno impecavelmente cortado e quase obscenamente justo — este era de tweed cinza-claro, combinando com camisa, lenço de bolso, meias e cadarços azul-céu. Fazia muito tempo que ela não tinha um homem em sua cama, mas não era sedução que Sebastian tinha em mente, graças aos céus. Não quando sua atenção estava voltada para a barra de chocolate comida pela metade, um frasco melado e sujo de Vick Vaporub e um par de meias enrolado sobre a mesinha de cabeceira. Era como se Posy tivesse uma placa sobre a cama dizendo: "Abandone toda a esperança aquele que aqui entrar".

— Nem uma palavra — Posy avisou. — Ou você vai vestir este café.

Sebastian ergueu as mãos em uma rendição simulada.

— Ah, Morland, não há palavras. — Ele se apoiou nos cotovelos e olhou para o sutiã da véspera, pendurado solitário em uma das pontas da cabeceira antiquada da cama, onde Posy o jogara quando vestira o pijama na noite anterior. — É a segunda vez em três dias que vejo um dos seus sutiãs. As pessoas vão começar a falar.

— Meus sutiãs não lhe interessam. — Posy fez um pequeno movimento com a mão para mandá-lo embora e derrubou café sobre um exemplar de *O vale das bonecas* virado com as páginas para baixo. — Saia já daí!

Sebastian pulou da cama, pegou a caneca da mão dela e já estava fora do quarto e pronto para entrar no aposento seguinte, quando parou. Uma porta trancada tinha esse efeito.

— O que tem aí dentro? — perguntou.

— Não é da sua conta, porque você não vai entrar — Posy respondeu, tentando parecer firme. — Seja como for, você não pode ir invadindo minha loja, minha casa, e começar a bisbilhotar como se...

— É aí que você enterra os corpos? — Ele experimentou a maçaneta da porta outra vez com tanta força que Posy temeu por sua resistência. Ela se enfiou entre Sebastian e a porta e logo desejou não ter feito isso, porque agora eles estavam nariz contra nariz. Ou melhor, o nariz dela estava em algum ponto nas proximidades do queixo de Sebastian, e ela inspirava o perfume dele. Seu cheiro era celestial, uma mistura intoxicante de florestas musgosas, poltronas de couro aconchegantes e clubes masculinos enfumaçados.

Não só aquilo era perturbador. Sebastian estava em uma posição perfeita para olhar direto para o decote largo de sua camiseta. Quando ele abriu a boca para fazer mais um comentário sarcástico, Posy pôs a mão no centro do peito dele e o empurrou para trás. Ele era tão quente, todo ossos e músculos e...

— Cuidado. Acho que isso conta como toque inapropriado — ele disse com suavidade.

— É você! Você que é inapropriado! Esse é o quarto dos meus pais, e você não vai entrar aí.

Sebastian franziu o cenho.

— Era. Não é. Era o quarto dos seus pais. Eles morreram há... o quê... cinco anos?

— Sete anos, na verdade. — Embora fossem, de fato, seis anos, oito meses, uma semana e três dias, porque a data exata da... partida deles estava entalhada no coração de Posy.

— Sete anos e você mantém uma estranha espécie de santuário aí dentro? Que doentio.

Posy respirou fundo e tentou soltar o ar entre os dentes apertados.

— Não é doentio e não é um santuário. E, mais uma vez, não é da sua conta.

Talvez fosse um santuário, e talvez a livraria fosse também, e por isso ela estava tão determinada a se agarrar àquilo com todas as suas forças, mas não diria isso a Sebastian. Ele tinha a inteligência emocional de um peixinho dourado. Nem de um peixinho dourado. Posy ouvira histórias de peixinhos dourados que definharam após morar com outro peixe que, depois, tivera a infelicidade de morrer. Não, Sebastian tinha a inteligência emocional de um mosquito.

— Não é um santuário — ela repetiu. — Eu entro aí. Passo o aspirador, tiro o pó, essas coisas.

Sebastian levantou as sobrancelhas.

— Sério? — A palavra pingava cinismo. — Está me dizendo que tem um aspirador de pó e que às vezes até o usa? E você *tira o pó*? — Então, porque ele era tão mais alto e tão mais irritante do que ela, Sebastian esticou a mão sobre a cabeça de Posy, passou um dedo sobre a moldura da porta e o expôs para inspeção. — Olhe só isto aqui! Está tão preto quanto meu terno Alexander McQueen favorito.

Estava preto. Preto de anos de sujeira e umidade acumuladas, mas quem tinha tempo de limpar todos os cantos?

— Alguém não disse uma vez que, depois de três anos, o pó não piora mais? — Posy sugeriu, com um sorriso frágil. — De qualquer modo, um pouco de pó nunca causou nenhum mal. Na verdade, até ajuda a desenvolver um sistema imunológico saudável.

Ela estava falando para as paredes; certamente não falava para Sebastian, que havia saído de repente da órbita dela e descia a escada, gritando para trás alguma coisa sobre corretores e consultores imobiliários.

— ... vão ter que trocar todas as janelas e com certeza as instalações elétricas estão prestes a explodir. O lugar inteiro é uma ratoeira. Não vale a pena gastar para deixá-lo de acordo com as normas de segurança, se você só vai ficar aqui por mais dois anos. Provavelmente menos de dois anos. Melhor você já transferir para mim agora e nós o colocamos no mercado para redesenvolvimento urbano.

Posy alcançou Sebastian no escritório e não teve escolha a não ser agarrar sua manga e puxá-lo com tanta força que ele gritou:

— O terno, não! Nunca toque no terno!

— Senta! Agora! — ela disse em um tom de voz que nunca, jamais teve de usar com Sam, porque ele era um adolescente exemplar e nunca sonharia em fazer nada tão terrível que a obrigasse a despejar a Ira de Deus sobre ele. Aliás, ela nunca havia usado aquele tom de voz com ninguém em toda a sua vida, mas estava usando agora e pareceu funcionar, porque Sebastian sentou imediatamente na grande cadeira giratória de couro, embora virasse para cá e para lá com um sorriso no rosto para mostrar que não estava completamente dominado.

— Que autoritária. Está parecendo uma dominatrix que eu conheci uma vez — ele comentou, depois baixou os olhos recatadamente e tomou um gole de café, incapaz de disfarçar uma careta quando seus lábios fizeram contato com uma bebida que havia começado a vida como grãos desidratados.

Posy sacudiu a cabeça. Tudo o que precisava fazer era contar a Sebastian sobre seus planos para a Bookends, e fazer isso de forma rápida e, de preferência, indolor.

— Eu não vou me desfazer da loja — falou com firmeza. — Os outros imóveis da praça são assunto seu, mas a Lavinia deixou a Bookends para mim e eu posso administrá-la perfeitamente bem sem a sua ajuda. Eu disse *ajuda*? Desculpe, eu me enganei. Eu quis dizer *interferência*.

— O que você vai fazer com a Bookends? — perguntou Sebastian. Ele olhou em volta no escritório, a única sala no prédio que era um modelo de eficiência e organização. E isso se devia a Verity. — O que eu quero dizer é por que *motivo* você quer assumir um negócio fracassado?

— Não está fracassado!

Sebastian fez um som de desdém, muito elegantemente, dentro de seu café.

— Imagino que você ainda não tenha examinado os livros contábeis, certo? Porque, se tivesse, teria visto que a livraria está perdendo dinheiro dia após dia.

Não era por esse tipo de livro que Posy se interessava, mas tomou nota mentalmente para pedir a Verity que os examinasse com ela. Ou melhor, que lhe mostrasse as partes mais importantes e terríveis.

— É óbvio que vou ter que fazer algumas mudanças drásticas, mas a Lavinia me deixou a loja porque sabia o que ela significa para mim e que eu honraria o que a livraria significava para ela. Este é o legado da Lavinia.

— Você sabe quantas livrarias fecharam nos últimos cinco anos? — Sebastian pegou um celular em um bolso interno de seu paletó e o levantou. — Quer que eu pesquise no Google? Ou deixo para a sua imaginação?

Posy não precisava deixar para sua imaginação. Ela já sabia. Algumas pessoas percorriam Londres fazendo uma rota de banheiros públicos e lojas do McDonald's, mas, para Posy, Londres era uma coleção de livrarias com ruas ligadas a elas. E elas estavam desaparecendo rapidamente. Posy sentia uma pontada de medo e apreensão cada vez que passava por uma livraria onde já havia desfrutado muitas horas felizes olhando as prateleiras e descobria que era agora um novo café ou um bar com manicure.

Mas ela também sabia que a ascensão dos e-readers e a recessão não haviam matado a palavra impressa. As pessoas ainda adoravam ler. Ainda adoravam se perder em um mundo criado em papel e tinta. Ainda compravam livros e, com o tipo certo de plano e paixão, elas os comprariam na Bookends.

— Não me importo — Posy disse para Sebastian, embora se importasse muito. — A Lavinia deixou a loja para mim e eu posso fazer o que quiser com ela.

— Sim, mas ela fez de mim seu testamenteiro. Isso significa que eu ajo no melhor interesse do patrimônio. — Posy não tinha muita certeza disso. O advogado, de quem ela não lembrava o nome, havia dito algo sobre ir a seu escritório assinar alguns papéis e, então, a Bookends pertenceria a Posy. Será que Sebastian contestaria o testamento, alegando que Lavinia não estava em plena posse de suas faculdades mentais quando o escreveu?

— A Lavinia falou que eu tinha dois anos para fazer a loja decolar. Se você quiser me forçar a desistir e te entregar a loja, vai estar indo contra os últimos desejos dela. Vai querer isso em sua consciência? — Posy perguntou, embora não estivesse muito certa de que apelar para a consciência de Sebastian funcionaria. De qualquer modo, ele havia levantado da cadeira e voltava para a loja, com uma pausa apenas para sorrir com ar predador para Verity quando ela entrou.

Verity lhe dirigiu seu característico olhar de pedra, que usava com grande eficiência com clientes que pressupunham que, pelo fato de trabalhar em uma livraria, ela estava lá para ajudá-los com todas as suas necessidades livrescas. Do mesmo jeito com homens que tentavam lisonjeá-la, comprar-lhe um drinque ou puxar assunto. Isso geralmente fazia a outra pessoa recuar e pedir um milhão de desculpas, mas Sebastian não pareceu se abalar. Ele deu de ombros e sorriu consigo mesmo, como se dissesse: "Bem, não se pode ganhar todas", depois caminhou até a mesa de centro e parou de repente.

Tradicionalmente, a grande mesa redonda no meio da sala principal da loja era onde ficavam expostos os lançamentos, mas ontem, em seu primeiro ato como proprietária, Posy rompeu essa tradição. Ela comprou um buquê de rosas cor-de-rosa, as favoritas de Lavinia, e as colocou no vaso trincado do Woolworths de que Lavinia gostava tanto, ao lado de uma foto emoldurada de Lavinia e Peregrine de pé atrás do balcão, tirada pouco depois de eles se casarem. Digitou, então, uma nota e a imprimiu em um belo cartão:

```
Com amor, em memória de Lavinia Thorndyke, livreira até os
ossos. Nesta mesa está uma seleção dos livros favoritos de
Lavinia, os que lhe trouxeram a maior alegria, que eram
como velhos amigos. Esperamos que você possa encontrar a
mesma alegria, a mesma amizade.

"Se não se pode ter prazer em ler um livro repetidas vezes,
não há por que lê-lo vez alguma."
                                              — Oscar Wilde
```

Por algum milagre, Sebastian finalmente ficou em silêncio. Ele pegou a fotografia e um longo dedo acariciou a curva do rosto de Lavinia; uma Lavinia congelada em preto e branco que seria sempre jovem e alegre, olhando para Peregrine com uma expressão brincalhona e amorosa.

— Há... isso... isso foi muito... delicado. — Ele engoliu em seco para falar a palavra, como se ela tivesse ficado presa na garganta. — Às vezes o Perry dizia para a Lavinia que ela amava esta loja mais do que a ele. Então ela ria e dizia que ambos estavam no mesmo nível.

— A Lavinia amava mesmo a loja. — Posy apertou as mãos e tentou se recompor. Precisava ser entusiástica, mas se manter no controle; entrar em algum discurso incoerente e confuso não ajudaria sua causa. — Isto aqui é mais que uma livraria. É parte da sua história, Sebastian. Foi fundada por sua bisavó, Agatha. Sobreviveu à guerra. Todo mundo, de Virginia Woolf a Marilyn Monroe e aos Beatles, passou por aquela porta. Mas é parte da minha história também. É o único lar que eu já conheci. Pode não estar dando dinheiro agora, mas já foi lucrativa e pode voltar a ser. — Posy torcia as mãos mais do que as segurava, e sentiu Verity parar e lhe apertar o ombro enquanto passava pelo balcão no caminho de volta para o escritório. — É porque a Lavinia deixou a livraria para mim? Você está bravo por isso?

— Bravo? — Sebastian trocou sua expressão usual de condescendência desdenhosa por uma boca aberta de descrença. — O quê? Não! História, livros, um lugar coberto de poeira. O que eu ia querer com isso? Eu já sou rico o bastante para não ter sonhos de avareza.

— Eu pensei...

— Escuta, Posy, estamos nos aproximando perigosamente de falar sobre nossos sentimentos. Coisas confusas, os sentimentos. Quase tão confusas quanto o seu apartamento. Vamos voltar à parte em que você explica por que deseja cometer suicídio financeiro. É quase a mesma coisa que acender uma fogueira na praça ali fora e jogar todo o seu dinheiro nela. — Sebastian levantou os olhos para o céu. Era uma posição favorável para ele, mostrando a beleza esguia e forte de seu pescoço.

Posy piscou e tentou prestar atenção no que Sebastian dizia, mas, considerando que ele estava determinado a tocar o dobre de finados para a Bookends, ela não sabia por que deveria se importar.

— ... e depois tem a livraria London Review e a nova Foyles logo ali adiante. Que é *enorme*. Depois temos a loja principal da Waterstones, em Piccadilly. É um desafio à lógica, de verdade, imaginar por que alguém iria querer vir aqui. Ou mesmo comprar um livro. É tão mais fácil baixar direto para um e-reader. E bem menos empoeirado. Você devia experimentar, Morland.

Não adiantava querer explicar para Sebastian como era bom abrir um livro novo e inspirar aquele aroma maravilhoso. Ou o cheiro poeirento, quase terroso, dos livros velhos. Sentir o peso reconfortante de um romance no colo, ou deixar as páginas umedecerem ou ondularem enquanto se lê na banheira. Ele não entenderia. Ela teria que se ater aos fatos, ganhar com seu plano de negócios, que não era mais do que uma lista de coisas a fazer rabiscada em um velho caderno, e com Verity escutando a conversa do escritório.

— Não podemos competir com as grandes cadeias de livrarias, eu sei disso — Posy falou calmamente, embora essa fosse praticamente a única coisa que sabia com certeza. — Mas a Bookends é mais do que apenas uma loja que vende livros. É a experiência e o conhecimento que podemos oferecer. Nós não vendemos livros como se eles fossem latas de feijão ou barras de sabonete. Nós *amamos* livros, e isso se reflete no modo como os vendemos.

— Não que vocês vendam muito. Bem ao contrário — Sebastian disse com uma fungadela presunçosa, como se fosse um entendido no assunto. — Talvez vocês amem demais os livros, Morland, e seja por essa razão que suas vendas são tão ruins. As pessoas entram para comprar um livro e vocês as assustam espumando pela boca enquanto tagarelam interminavelmente sobre o novo Dan Brown.

— Eu não espumo. E certamente não pelo Dan Brown — disse Posy, irritada. — Você não sabe do que está falando. Mas eu sei. Eu sei do que estou falando. Foi por isso que a Lavinia me deixou assumir as três salas da direita para vender ficção romântica. — Não era a intenção de Posy; ela se sentia orgulhosa, mas falou as duas últimas palavras quase em um sussurro, e enrubesceu quando Sebastian fez uma cara de sofrimento, como se ela lhe tivesse feito café instantâneo com leite talhado. — E está indo muito bem, porque eu sou apaixonada por ficção romântica. Duvido que exista outra livreira em Londres que tenha lido tantos livros românticos quanto eu, e isso se reflete em minhas vendas. Tenho recebido muitos pedidos online também, apesar do nosso site ser bem básico. Então, para sua informação, nossas vendas de ficção romântica aumentaram... muito.

Posy gostaria de surpreender Sebastian com porcentagens e margens de lucro, mas nunca havia se preocupado com esse lado das coisas. No entanto, era uma especialista em ficção romântica. Se fosse ao *Mastermind* com ficção romântica como tema de especialidade, acertaria todas. Sim, ela seria um desastre na parte de conhecimentos gerais, mas e daí? O problema do conhecimento era ele ser muito geral, muito amplo, impossível de saber tudo e...

Era isso! Posy teve de se segurar em uma estante, porque estava tendo uma ideia. Uma grande ideia. Um grande plano. Um diferencial. Agora ela sabia! Caramba, ela sabia!

— Está com tontura, Morland? — Sebastian perguntou, solícito. — Não me surpreende. Tenho certeza de que você inala todo tipo de bolor no seu apartamento.

— Nós não temos bolor — Posy revidou. Não ia deixar que Sebastian a desviasse do assunto agora. — Como eu estava dizendo *antes de ser tão grosseiramente interrompida*: em vez de tentar fazer tudo, competir com as grandes livrarias, o que é uma tarefa impossível, a Bookends vai se especializar em um único gênero. Encontre seu nicho ou entregue os pontos.

— Posy fez uma pausa para efeito dramático... e porque quase não podia acreditar no que ia dizer em seguida. — Nós vamos nos tornar a única livraria na Grã-Bretanha, talvez no mundo, especializada em literatura romântica. E então, o que você acha disso? Ei! Você ouviu o que eu acabei de dizer?

Posy estava falando para as costas de Sebastian outra vez. Ele tinha desaparecido dentro da primeira sala da direita, e Posy não teve escolha a não ser ir atrás. Alcançou-o quando ele começava a puxar um livro de uma das prateleiras. Era um livro importado americano, o que explicava ter uma capa que mostrava um garanhão de cabelos compridos e abdome tanquinho montado sobre uma mulher de camisola transparente exibindo uma boa quantidade de pernas, como era adequado a alguém que estava prestes a ser *Seduzida por um canalha*. Sebastian olhou para a capa com ar horrorizado e enfiou o livro de volta no lugar errado.

Enquanto Posy o recolocava no lugar certo, Sebastian já estava diante da seção de clássicos de seu pequeno feudo de romances e acenava com um volume de *Orgulho e preconceito*.

— Chato! — proclamou, o que era traição. Alta traição. Antes que Posy tivesse tempo de reagir, ele já tinha pegado *I Capture the Castle*. — Banal! — E *Suave é a noite*. — Ingênuo!

— Você é tão previsível! Critica todos esses livros românticos e aposto que nunca leu nenhum. O mundo inteiro gira em torno de pessoas que se encontram e se apaixonam; se isso não acontecesse, a raça humana se extinguiria, seu tolo, ignor... *mppppffffhhhh!* — Ela não pôde prosseguir, porque Sebastian havia posto a mão sobre sua boca.

Que vontade de morder aquela mão. Talvez isso ensinasse uma lição a Sebastian sobre invadir seu espaço. Chegou tão perto que ela podia sentir o calor que emanava dele.

— Nem mais uma palavra! — Os olhos dele faiscavam, não de raiva, mas de animação, como se aquela fosse a maior diversão que ele houvesse tido toda a manhã. — Pare de tagarelar sobre livros românticos e *amorrr*. Juro que estou sentindo meus testículos murcharem.

Posy arrancou a mão dele de sua boca.

— Pelo menos eles devem ter entendido que é hora de vazar.

— Boa ideia! — Sebastian escancarou a porta da loja, porque não era capaz nem de abrir uma porta sem transformar isso em um grande gesto dramático. — Volto a entrar em contato — disse, com um aceno vago da mão. E se foi.

Posy levou a mão ao coração acelerado.

— Caramba! Isso foi estimulante. — Verity finalmente achou que era seguro sair do escritório dos fundos.

— Parece que acabei de correr com os touros em Pamplona. — A frequência cardíaca de Posy estava voltando ao ritmo normal de tartaruga. — Obrigada por toda a sua ajuda, Very.

Verity pareceu totalmente tranquila. Na verdade, até acenou também, em uma boa imitação da rápida despedida de Sebastian.

— Gosto de escolher minhas próprias batalhas — disse ela. — De qualquer modo, você parecia ter as coisas sob controle. — Ela cruzou os braços. — Então essa é a sua grande ideia: uma livraria que venda apenas títulos românticos?

Posy confirmou com a cabeça.

— Sinceramente, você não pode estar mais surpresa do que eu. Mas *não* é uma ideia ruim, é? Uma única livraria para todas as suas necessidades de ficção romântica. — Ela mordeu o lábio. — Preciso pensar nos detalhes. Com flipcharts e tudo o mais, mas, até lá, você poderia manter isso só entre nós?

— Só vamos vender livros românticos? Mais nada? — A voz de Verity era mais plana que a Holanda. Ela olhou em volta. — Não vai encher a loja inteira, vai? Eu entendo a ideia de nicho, mas não é meio nicho demais?

— Não, não é. As pessoas adoram livros românticos. Aqui, na sala principal, poderíamos ter os lançamentos, best-sellers e ficção contemporânea. E também todos os mais famosos do gênero: *Bridget Jones*, Jackie Collins e chick lit... embora eu tenha *grandes* problemas com esse termo. *Grandes*. — Posy moveu-se pela loja e entrou na sala da esquerda. Agora que havia começado a pensar nisso, parecia tão óbvio. — Poderíamos pôr os clássicos aqui: Jane Austen, as Brontë, poesia, teatro, e então, na próxima sala...

Verity levantou a mão.

— Chega!

Posy virou para ela com uma expressão preocupada.

— Você não acha uma boa ideia? Mas você gosta de livros românticos, Very! Eu sei exatamente o que você compra com seu desconto para funcionários, e até a Nina diz...

— A Nina vai chegar daqui a pouco. O Tom vem à tarde. Vamos fechar uma hora mais cedo e você vai nos falar sobre esse plano. — Verity ainda não parecia achar que era um bom plano, mas Posy tentou não tomar a reação dela como algo pessoal. Aquele era o jeito de Verity. Uma vez ela passou ao lado de Benedict Cumberbatch no Midnight Bell e nem pestanejou, mas depois teve que ir ao banheiro e respirar dentro de um saco de papel porque estava hiperventilando. — Vou deixar você pegar algum dinheiro da reserva para comprar um flipchart — Verity acrescentou, gentil. — Depois que tiver posto a chaleira no fogo. E tirado esse pijama. O que são esses desenhos, afinal? Parecem montinhos de cocô.

— São pudins de Natal! Não dá para ver os ramos de azevinho? — Posy segurou e mostrou a calça duvidosa que ela nunca, *jamais* usaria outra vez. — *Você* põe a chaleira no fogo. Eu vou tomar um banho.

4

Às cinco horas daquela tarde, Posy surfava uma onda de ansiedade enquanto lutava com o flipchart e o cavalete em que o papel devia ficar preso.

Tecnicamente ela era a chefe agora, então o que ela dissesse era o que valia, mas ela não se *sentia* a chefe. Embora Nina e Verity tivessem a mesma idade que ela, Posy sempre se sentira uma subordinada. Ainda se sentia, mas agora tinha três funcionários, três pessoas que contavam com ela para continuar recebendo o salário, para que pudessem pagar seu aluguel, suas contas, sua comida e, talvez, uma atrevida taça de vinho e uma ida ocasional ao cinema.

Posy xingava baixinho cada vez que o flipchart se recusava a cooperar com seus planos. Como podia esperar assumir uma livraria deficitária e transformá-la em um próspero negócio de sucesso se não conseguia nem lidar com um cavalete de flipchart?

— Você tem que fazer assim — disse uma voz atrás dela, e Sam aliviou-se do peso de sua mochila escolar simplesmente largando-a no chão para poder ajudá-la. Em questão de segundos, ele prendeu as folhas de papel firmemente ao cavalete e foi saindo do escritório. — Tirei só B no meu rap em pentâmetros iâmbicos. Você vai ter que fazer melhor da próxima vez.

Sam andava com estranhos movimentos de pinça e mostrava ainda mais meia do que alguns dias atrás. Posy anotou mentalmente que precisava levá-lo para comprar calças e sapatos novos. Talvez também pudesse comprar alguns suplementos de ervas que fizessem Sam parar de crescer em um ritmo tão alarmante e dispendioso. Porque não era só a equipe da Bookends que dependia dos planos de Posy; era Sam também. A loja era tanto legado dele como dela, por isso cabia a Posy não estragar tudo.

Nesse exato momento, ouviu a porta da loja fechar, depois a chave virar na fechadura, e Nina e Tom, seguidos pela Pequena Sophie, a garota dos sábados, e finalmente Verity entraram no escritório. Vieram com uma bebida quente para cada um deles e uma caixa de bolinhos. Era difícil entrar no clima para expor seus planos empolgantes e revolucionários para a Bookends enquanto as pessoas brigavam por bolinhos confeitados.

— Bom, tudo bem. Bem-vindos à nova e melhorada Bookends — disse Posy, enquanto revelava com um gesto desajeitado um desenho malfeito da fachada da loja, delineado com caneta marca-texto azul e verde. — Uma única livraria para todas as suas necessidades de ficção romântica.

Todos — exceto Verity, que já tinha ouvido a notícia — pararam de brigar para ver quem ficaria com o bolinho de cobertura cor-de-rosa e olharam para Posy. Isso era bom; tinha conseguido a atenção deles, embora eles não precisassem ficar olhando tão fixamente, e Tom não precisasse encará-la como se ela tivesse começado a falar em línguas.

— O que é ficção romântica? — Posy indagou. Era uma pergunta retórica, então ela ignorou a mão levantada da Pequena Sophie. — Pode ser alta literatura, como *Romeu e Julieta*, de Shakespeare, ou *Orgulho e preconceito*, de Austen. Pode ser ficção comercial, como *Um dia* ou *O diário de Bridget Jones*. Pode ser um romance histórico erótico ou um romance erótico explícito. Pode ser um livro sobre uma mulher dona de seu próprio destino que abre uma pequena loja de doces em uma cidadezinha adorável ou...

— Espera aí! Tempo! — Tom, que acabara ficando com o bolinho de cobertura cor-de-rosa, endireitou o corpo na cadeira. — Nós só vamos vender chick lit? Ai! Para de me bater!

Nina já estava com a mão levantada para atacar outra vez.

— Não há nada errado com chick lit — ela declarou. — O único problema é que romances escritos essencialmente para mulheres, sobre mulheres e por mulheres são desdenhosamente e depreciativamente chamados de "chick lit", como se não tivessem nenhum mérito.

— Não foi isso que eu quis dizer. — Tom fez uma grande demonstração de passar a mão pelos cabelos. — O que eu quis dizer é: você vai mesmo se desfazer da seção infantil e da seção de autoajuda? Dos livros de culinária? Dos livros de suspense? Você vai parar de vender tudo isso?

— As crianças nem estão vindo à livraria ultimamente — Posy explicou. — Só nas férias escolares, quando querem brincar na escada de rodinhas. E quantos livros de autoajuda nós vendemos nos últimos tempos? Ou qualquer tipo de livro, para ser mais exata. Podemos tentar ser como todas as outras livrarias da região, ou podemos fazer uma coisa só e fazer bem. Quem sabe nos tornamos famosos por vender ficção romântica; uma livraria que os leitores procuram. Pense em todas as pessoas que vêm a Londres para passar o dia e que podem querer conhecer a loja porque sabem que temos o maior estoque de ficção romântica da cidade! Do país!

— Calma aí, Posy — disse Sam, aparecendo na porta. De repente ela teve dificuldade para respirar, mas era menos de nervoso e mais porque Sam havia se encharcado de um perfume masculino tóxico, provavelmente com um nome bem másculo, quando percebeu que Sophie estava no recinto. Como Posy sentia falta daqueles dias inocentes em que Sophie e Sam não eram nada mais que colegas, antes da chegada dos hormônios. — Isso quer dizer que os vendedores das editoras não vão mais me dar quadrinhos de graça?

Então ele percebeu que devia ter soado incrivelmente chorão na frente de Sophie, que evitava olhar para Sam e se concentrava intensamente no esmalte cintilante em suas unhas.

— Tenho certeza que vão — disse Posy, com firmeza — quando virem quantos livros românticos estamos vendendo.

— E como a loja seria organizada? — Verity perguntou, com um grande bloco de papel no colo, no qual fazia anotações diligentemente. — Você não estava dizendo algo sobre deixar a sala principal para contemporâneos, ficção popular e lançamentos?

— Sim! Sim, isso! — Posy concordou com a cabeça e virou o papel do flipchart no cavalete para mostrar o novo layout da loja. Ainda que fosse ela mesma dizendo, o fluxo de fato parecia muito melhor depois de ter reconfigurado algumas das estantes mais aleatórias. — Depois, à direita, uma sala para o período da Regência inglesa, depois uma sala de romances históricos, e a sala menor no fundo pode ser para paranormais, fantasia e... hum, eróticos. Sam e Sophie, vocês não vão poder entrar nessa sala se não estiverem acompanhados por um adulto responsável, está bem?

Sam gemeu como se estivesse sentindo alguma dor e Sophie lançou para Posy um olhar ligeiramente piedoso, porque, quaisquer que fossem as obscenidades que espreitassem as páginas dos romances eróticos, com certeza não chegavam nem perto da sujeira que ela poderia acessar no computador de sua casa.

— À esquerda da sala principal será a sala dos clássicos: Jane Austen, as irmãs Brontë, esse tipo de coisa, além de teatro e poesia. Depois, a sala seguinte será para literatura jovem. Sophie, pensei que você poderia me ajudar com isso. E a última sala será não ficção e uma seção para línguas estrangeiras. — Posy soltou o ar. — E esses são os pontos principais.

— E o salão de chá? Você vai pôr livros lá também? — perguntou Nina, que ficou fazendo gestos positivos com a cabeça e dando sorrisos encorajadores para Posy durante todo o discurso.

Tudo estava indo rápido demais.

— Ainda não planejei essa parte — Posy respondeu, embora isso não fosse algo que precisasse de muita reflexão. O salão de chá era de responsabilidade da sua mãe. Não havia como Posy cogitar a ideia de tomar conta dele, pintar e reorganizar o espaço, fazendo desaparecer qualquer traço que ainda restasse de Angharad Morland. — Já temos trabalho suficiente a fazer na livraria para nos preocupar com o salão de chá também.

Nina não parecia inclinada a deixar a questão para trás.

— Mas talvez, em algum momento no futuro, você pudesse contratar alguém para cuidar do salão de chá, assim...

— Não — interrompeu Verity, enfática, então Posy não precisou responder. — Vamos alugar para alguém. Assim a gente garante uma entrada de dinheiro e o locatário se encarrega de todas as questões de saúde e segurança. Já vamos ter muito o que fazer na livraria. Depois a gente volta a falar do salão de chá. O que tem na próxima página, Posy?

As palmas das mãos de Posy ainda estavam úmidas, dificultando a tarefa de virar a folha para a parte de seu plano referente ao site. Embora, na verdade, a página dissesse apenas: "FAZER UM SITE MELHOR".

— Eu cuido disso para você — Sam ofereceu timidamente, como se pudesse produzir um da noite para o dia. Seria mesmo tão simples assim?

— Talvez seja difícil colocar todo o nosso catálogo online, mas a gente poderia oferecer uma seleção de livros...

— Isso! Nossos cinquenta mais vendidos, por exemplo, e... e a gente poderia ter um livro do mês também — disse Sophie, inclinando-se para a frente na cadeira, toda animada. — Talvez oferecer um desconto para esse livro.

— Se formos ter um livro do mês, por que não fazer um clube de leitura? — sugeriu Nina. — As pessoas poderiam se reunir uma noite por mês. E, se reabríssemos o salão de chá, o que eu imploro que você considere, porque isso significaria um estoque constante de bolos na loja, também teríamos as instalações e o pessoal para organizar lançamentos e visitas de escritores. Noites de autógrafos também. Mas acho que isso a gente poderia fazer de qualquer jeito.

— E, se a livraria vai ter um site decente, precisa estar no Instagram e no Tumblr também — insistiu Sophie. — Senão, para quê? Eu posso criar e administrar a conta da loja no Twitter, e podemos pôr links para tudo isso no site, não é, Sammy?

Sam jogou a franja para trás, tirando-a dos olhos.

— Acho que sim. Tem que ser multiplataforma. Mas nós vamos querer uma comissão, certo, Soph? Digamos, dez por cento de tudo que você ganhar com o site.

Posy cruzou os braços.

— Que tal me reembolsar por toda a comida, roupas e videogames que eu comprei para você nos últimos sete anos?

— Para sua informação, há leis rígidas sobre trabalho infantil neste país. — Sam cruzou os braços também e pôs o queixo para a frente para reforçar.

Posy não queria repreendê-lo nem mandar que ele subisse para o quarto na frente de Sophie, especialmente porque ele era a única pessoa que ela conhecia que poderia criar um site.

— Oito e meio por cento. Oferta final.

— Vocês dois estão tentando nos levar à falência? Se quiserem comissão, Sam, vão ter que ver isso comigo. Sou eu que faço as folhas de pagamento e talvez tenha condições de considerar três por cento, depois de deduzidos os custos — disse Verity. Ela estava ficando com aquele ar impaciente de quando já havia enfrentado um dia inteiro de trabalho e ainda esperavam que interagisse com outras pessoas. Posy podia ver que Verity estava chegando ao seu limite, mas, antes que isso acontecesse...

— Na verdade, a outra coisa importante que eu queria discutir com vocês é o nome da livraria.

Tom havia afundado tanto na cadeira que seu queixo estava apoiado no peito, mas agora encontrou energia para levantar a cabeça.

— O que tem de errado com o nome da livraria? A Bookends é uma instituição.

— *Era* uma instituição. E esse é o problema — respondeu Posy. Esse era um tema para o qual ela sempre acabava voltando depois de horas andando mentalmente em círculos. — *Era* uma instituição, mas a maioria das pessoas que vinham para a Bookends por causa da história, da atmosfera, da reputação da loja eram contemporâneas da Lavinia, e elas estão se extinguindo. Sem elas, a Bookends é só mais uma livraria lutando para sobreviver. Se vamos nos especializar em ficção romântica, precisamos de um nome que reflita isso.

— Então, você pensou em um nome? — perguntou Tom. Ele continuava afundado na cadeira, irradiando o absoluto oposto do entusiasmo.

— Sim. — Posy fez um gesto para o flipchart como uma apresentadora de game show mostrando um freezer de última geração para um público de TV extasiado. — Que rufem os tambores, por favor!

Ela recebeu um bater de pés pouco animado enquanto virava a folha de papel, e seguiu-se o silêncio. Pior que silêncio. Era uma expressão coletiva de *mas o que...?* nos cinco rostos ali presentes.

Posy pôs as mãos na cintura.

— O que acham? Eu sei que é um pouco diferente, mas é marcante, não é?

— "Leitor, Eu me Casei com Ele" — Tom leu em voz alta, como se tivesse acabado de aprender a ler. — Não. Não, certo? — Ele virou para Nina, sentada à sua esquerda. — Ei, eu não posso ser o único que acha que a Posy andou cheirando cola de novo.

— Aquilo foi só uma vez e foi um acidente — Posy protestou. — Você está do meu lado, Nina! Você adora as irmãs Brontë! Isso é de *Jane Eyre*!

— Ah, não, spoiler! — exclamou Sophie, mas então deu uma risadinha e sorriu para Sam, que tentou sorrir de volta, mas decidiu que era melhor esconder o rosto atrás da franja. Às vezes Posy tinha vontade de bater a cabeça daqueles dois uma na outra.

— Eu sei que é de *Jane Eyre*, mas... Desculpe, Posy, eu te adoro, só que esse é um nome horrível para uma livraria — disse Nina. — Nem todo livro romântico termina com uma caminhada até o altar. Fala sério! Estamos no século vinte e um.

— Vocês acham que uma livraria de ficção romântica é uma péssima ideia? — Posy teve que se segurar ao cavalete em busca de apoio. Achou que havia encontrado a resposta para todos os seus problemas, mas, agora que parava para pensar no assunto, Verity não tinha expressado uma opinião a favor ou contra e, quanto a Sebastian... ele deixara sua impressão bastante clara.

Ela não tinha mais ideias. Era aquilo ou nada. Fazer sucesso com romances ou desistir. Ou deixar Sebastian ficar com a livraria e fazer sabe-se lá o que com ela. Ele não tinha nenhum respeito pelo que a Bookends representava. Todas aquelas salas, todas aquelas estantes carregadas de livros que levaram seus leitores a terras mágicas e a belas verdades, o cantinho da leitura, o assoalho gasto por tantos clientes vindos em busca de histórias...

— Merda, Posy! Você está chorando? — Nina levantou depressa para envolver Posy em seus braços e pressioná-la contra seus belos seios, que, a bem da verdade, eram sempre muito reconfortantes.

— Não estou chorando — disse Posy, mas suas palavras foram abafadas pelo peito de Nina, e ela de fato estava meio que chorando. Havia algumas lágrimas e um nó na garganta. Era um pré-choro.

— É um nome horrível, não uma ideia horrível — Nina insistiu, enquanto acariciava compassadamente as costas de Posy — É uma boa ideia, não é? Quem não adora um pouco de romance? Ler sobre isso é o mais próximo que eu consigo ter. Na maioria das vezes, tenho sorte se encontrar um cara que me pague um jantar, e mesmo assim só porque ele acha que vou deixá-lo vir para casa comigo e me ver nua.

— Caramba, Nina, tem crianças aqui!

Posy não pôde ver Tom porque continuava com o rosto enterrado no peito de Nina, mas a voz dele pareceu tensa.

— Eu não sou criança — ela ouviu Sam reclamar.

— Os caras realmente esperam ver você nua só porque te pagaram um jantar? — Essa era Sophie. — Mas um jantar bem caro ou, assim, uma lanchonete mesmo?

Eles estavam se desviando do assunto. Posy se libertou do abraço de Nina e fungou. Depois olhou com ar de súplica para Verity, porque Verity era a adulta responsável pela Bookends.

— Eu acho que a sua ideia é viável, desde que possamos realizá-la com um orçamento de, bem, zero libras e nenhum centavo. — Verity pressionou um punho fechado contra a têmpora direita, como se estivesse chegando ao limite de sua resistência. — Mas esse nome, eu não posso nem dizer em voz alta.

Se Verity estava dentro, então só faltava Tom, que não estava exatamente balançando no lustre de alegria. Embora o lustre, como tudo o mais na loja, já houvesse visto dias melhores e mal pudesse suportar o peso de uma lâmpada ecológica e uma cúpula de papel.

— E aí, Tom? Você toparia vender unicamente ficção romântica se eu prometer não pintar a loja de cor-de-rosa? Eu sei que você está fazendo doutorado em literatura inglesa, mas isso seria descer um degrau grande demais?

— Não é só literatura inglesa. É bem mais complexo — respondeu Tom, porque o tema de sua tese era um mistério para todos eles. Sempre que Posy lhe perguntava a respeito, ele começava a usar palavras compridas e difíceis, como epistemologia e neorrealismo, então Posy continuava sem ter nenhuma noção do que se tratava. Provavelmente era melhor assim.

— Enfim, eu não sou totalmente *contra* a ideia de ficção romântica. Mas eu *não* vou trabalhar em uma loja chamada Leitor, Eu me Casei com Ele. Dá para imaginar como seria ter que dizer isso na hora de atender o telefone?

— Alô, aqui é da Leitor, Eu me Casei com Ele, como posso ajudá-lo? — Sam falou em tom de piada, depois olhou para Sophie, que o recompensou com um sorriso.

— Está bem, já entendi — disse Posy em um tom resignado. — Então que nome vamos dar para a livraria?

— A Tenda do Amor? — sugeriu Nina. — Se bem que parece loja de brinquedos eróticos. Que tal Meet Cute? Essa é uma das minhas partes favoritas de uma boa história de amor.

— O que é meet cute? — Sophie perguntou. O que já eliminou a opção, porque nem todo mundo sabia o que aquilo significava. — Não podemos chamar simplesmente de História de Amor?

— Muito vago — disse Verity. — Vamos lá, pessoal, pensem! Por que as pessoas gostam de ficção romântica?

Eles ficaram sentados em um silêncio ensurdecedor pelo tempo que o relógio na parede levou para dar uma volta completa até atingir a marca do minuto com um clique ressoante.

Posy tentou pensar no que havia nos livros românticos que a fazia deixar de lado os cuidados com a casa, a TV e a vontade de sair com pessoas para tentar encontrar um romance na vida real. "Melhor uma noite em casa com um bom livro do que uma noite fora com algum cara chato que nem se importa o bastante para vestir uma camisa limpa", ela gostava de dizer.

Seriam as heroínas impetuosas que não desistiam do amor, por mais que ele as fizesse sofrer? Seria o herói, com sua beleza arrojada e seus comentários sarcásticos, que talvez abrigasse também um coração partido? O primeiro beijo arrebatador? Os olhares demorados? A inegável atração? Eram todas essas coisas que sempre atraíam Posy de volta, mas, acima de tudo, era o final feliz. Eram o herói e a heroína caminhando para fora da página em direção ao sol poente de mãos dadas. A vida nem sempre trazia um final feliz, Posy sabia muito bem disso, mas um bom romance sempre terminava com um final feliz e, se não terminasse, ela sentia que havia sido enganada. Houve até algumas ocasiões em que ela chegou a atirar o livro para o outro lado da sala de tanto desgosto.

— É o final feliz — ela disse em voz alta. — Todo mundo quer um final feliz.

— Final Feliz? — Verity murmurou, pensativa. — Talvez.

— Ah, não. Não. Não. Não. — Nina pareceu horrorizada. — Você não pode dar o nome de Final Feliz. Parece um puteiro disfarçado de casa de massagem.

— É? Por quê? — Sophie e Sam pareceram confusos. Por baixo da franja de Sam, Posy quase podia ouvir as engrenagens girando e, então, a luz se fez. — Ah! Entendi! É, você não pode chamar a loja de Final Feliz. Iam acabar comigo na escola.

— Meu Deus, por que tudo tem que ter um segundo sentido obsceno? — Posy lamentou. — A felicidade para sempre deveria ser uma coisa bonita, não algo com um duplo sentido sujo. É exatamente por isso que precisamos de mais romance no mundo e não... Ei! É isso! Felizes para Sempre! É perfeito. Não é perfeito?

— Um Felizes para Sempre garantido ou o seu dinheiro de volta! — exclamou Nina. — Podemos usar isso como slogan.

— Só que poderíamos ter que devolver muito dinheiro para as pessoas que comprassem *O morro dos ventos uivantes* ou *O grande Gatsby* — disse Tom, mas ele estava sorrindo. — Acho que eu encaro trabalhar em uma loja chamada Felizes para Sempre. Está ali, no limite.

— Felizes para Sempre, então. Esse é o nome da livraria — declarou Verity, enquanto começava a juntar suas coisas. — Todos que estiverem a favor levantem a mão. — Ela olhou em volta. — Isso inclui você, Tom. — Ele levantou a mão direita e mostrou o dedo do meio para Verity com a outra. — Ótimo. Todos concordam. Tenho que ir agora. Não estava planejando ficar até tão tarde hoje.

E ela já estava do lado de fora da porta, com o casaco metade vestido, metade pendurado, porque, quando Verity decidia que não aguentava mais, nem uma arma poderia detê-la.

— Felizes para Sempre. Gostei — comentou Nina, olhando para os outros. — Então, todos para o bar?

Sam concordou com a cabeça.

— Eu vou querer uma vodca com tônica, se você estiver pagando.

— Você não vai querer nada disso, porque não vai para o bar. E nem você, Sophie. Os dois vão subir e começar a lição de casa até que o pai da Sophie chegue para pegá-la — disse Posy, e Sam devia agradecer em vez de lhe lançar um olhar zangado, porque agora ele e Sophie poderiam se unir falando sobre a Guerra dos Cem Anos e sobre como Posy era uma chata.

Os dois subiram a escada batendo os pés e resmungando, e Posy seguiu Tom e Nina pela loja para fechar a porta quando eles saíssem.

Ficou observando enquanto os dois corriam pela praça. Estava chovendo. Nina deu um gritinho quando seu pé deslizou nas pedras molhadas do calçamento. Tom segurou o braço dela e eles viraram a esquina correndo juntos.

No andar de cima, ouviu uma porta bater e o som de música de repente começar muito alto, mas ali embaixo estava tudo silencioso e calmo.

— Felizes para Sempre — ela sussurrou, enquanto arrumava as mesas no lugar, ajeitava as almofadas e fazia um trabalho muito superficial de passar pano úmido no chão, porque não tinham condições de pagar uma faxineira e essa geralmente era função de Verity, pois, como ela dizia, era a única maneira de assegurar que o serviço fosse bem feito. — Felizes para Sempre.

Por mais que Posy repetisse essas três palavras, elas nunca perdiam o significado. A força. A promessa.

— Felizes para Sempre. — Ela parou no centro da sala, ao lado da mesa principal, com a mão sobre a fotografia de Lavinia e Perry. — Vocês gostam do novo nome?

Talvez Posy estivesse esperando um sinal, algum reconhecimento vindo de um poder mais alto de que ela estava fazendo a coisa certa para si própria, para Sam e para a Bookends. Dando à livraria um felizes para sempre também.

A loja continuou em silêncio, mas Posy sentiu a mesma satisfação reconfortante que sempre lhe acometia quando estava sozinha entre os livros. E aquela era toda a resposta de que precisava.

Estava tudo muito bem em ter um novo nome para a livraria e um argumento de venda diferente de todos os outros, mas Posy ainda não sabia como tirar seus planos do papel e levá-los para a realidade.

Felizmente, Verity e Nina estavam entusiasmadas e cheias de ânimo para agir quando entraram na loja na manhã seguinte. Ou melhor, Verity entrou discretamente, pois não era dada a grandes demonstrações, acenou para Posy, que examinava uma remessa de novos livros entregues, e disse:

— Andei pensando na noite passada e estou totalmente de acordo com Felizes para Sempre. Na verdade, estou muito animada. — Verity sacudiu os punhos como se fossem pompons de líder de torcida. — Viu? Esta sou eu muito animada. Agora tenho que fazer a contabilidade dos impostos, mas, mais para o fim da semana, acho que precisamos pensar em um plano de ação. Talvez uma planilha também. E definitivamente um cronograma. Que divertido!

Não soou exatamente divertido, mas, um momento depois, Nina explodiu — literalmente desta vez — pela porta.

— Tenho amostras de tintas! — ela gritou, segurando um punhado de mostruários coloridos. — E falei com o Claude, meu tatuador, e ele disse que pode desenhar um logotipo para a gente. De graça. Eu já dei tanto dinheiro para ele nesses anos que costumo brincar que ele devia me dar um cartão-fidelidade.

— Amostras de tinta? — Posy indagou. — Nós vamos pintar?

— Acho que devíamos. É muito escuro e, sei lá, muito cor de madeira aqui dentro, não é?

Era mesmo. Então, intercalando com o atendimento aos clientes esporádicos, dois turistas que não conseguiam encontrar o Museu Britânico — mesmo sendo um prédio enorme, muito bem sinalizado e a apenas cinco minutos de distância — e muitos que entravam para dar uma olhada, mas estavam lá mais para se abrigar do céu de chumbo de fevereiro e da garoa fina do que para comprar livros, Posy e Nina passaram uma manhã muito agradável debatendo esquemas de cores.

Decidiram-se por um cinza-claro aconchegante para as estantes e um rosa queimado para os acabamentos.

— Eu prometi ao Tom que não pintaria a loja de cor-de-rosa, mas é só uma cor para dar realce — Posy disse, levantando a amostra. — Não é um rosa de menininha.

— É um rosa-lavanda. Já pintei meu cabelo dessa cor durante minha fase Lolita gótica — disse Nina. — Agora vamos ver se conseguimos pensar no layout para a loja?

Enquanto elas discutiam o "fluxo" da loja e quantas estantes teriam que cortar para alcançar o resultado desejado, Posy pensou se deveria falar com Sebastian, atualizá-lo sobre o que iam fazer. Não que precisasse da permissão dele para fazer grandes mudanças no que pertencia legalmente a ela. Talvez fosse melhor contratar um advogado, alguém gentil e afável, que pudesse escrever uma carta para Sebastian e lhe passar essas informações. Um advogado gentil e afável que tivesse um preço razoável pelo uso de seu tempo, Posy pensou.

Estavam na sala principal agora, Nina tagarelando alegremente sobre como tornar a loja mais convidativa — "Você acha que o feng shui funciona mesmo? Nós temos algum livro sobre isso?" —, enquanto Posy imaginava Sebastian torcendo os lábios em zombaria quando visse os detalhes em rosa-lavanda espalhados pela loja.

— Sebastian! — ela murmurou com desdém.

— É, o que ele está fazendo lá fora? — indagou Nina. — E quem é aquele cara com ele? Ele é bem sarado, hein?

— O quê? Quem é sarado? O Sebastian? Não consigo nem imaginar o Sebastian na academia levantando peso. A única parte do corpo dele que faz exercícios é a língua — disse Posy, enquanto caminhava até a vitrine, de onde Nina observava Sebastian e o outro homem do outro lado da praça.

— Sua devassa! — Nina cutucou Posy e lhe deu uma piscadela teatral. — Como você sabe o que ele apronta com a língua? Alguma coisa que esteja precisando contar para a tia Nina?

— *O quê?* — Posy olhou confusa para a amiga, depois desejou não ter olhado, porque Nina fez algo obsceno com a própria língua que revelou o lado de baixo de seu piercing, o que sempre deixava Posy um pouco nauseada. — Eu não quis dizer nada disso! A língua dele não esteve em lugar nenhum da minha pessoa. Até parece! Eu falei da boca dele! Não desse jeito também. É que ele não para de falar, e geralmente é uma grosseria atrás da outra.

— Humm, protestando um pouco demais, não acha? — Nina provocou.

Elas estavam de pé junto à vitrine enquanto mantinham essa conversa, portanto era inevitável que Sebastian as visse. Ele olhou por cima do outro homem, que gesticulava intensamente, e levantou a mão em um cumprimento.

Não, isso teria sido educado demais. O que Sebastian estava de fato fazendo era chamar Posy com um dedo autoritário.

— O que será que ele quer? — ela murmurou, sem fazer absolutamente nenhum esforço para descobrir.

Um momento depois, o chamado se transformou em um estalar de dedos de Sebastian, como se ele estivesse convocando um lacaio relapso.

— Que grosso. Mas é melhor eu ir ver — Posy disse sem entusiasmo.

— Fique longe da língua dele! — Nina exclamou alegremente, enquanto Posy se preparava para enfrentar o vento frio de fevereiro e abria a porta.

— Morland! Rápido! Eu não tenho o dia todo — foi o cumprimento imperioso de Sebastian.

Posy atravessou a praça arrastando os pés, agradecida porque, ao contrário de seu último encontro com ele, dessa vez estava totalmente vestida, com sutiã, jeans, blusão e casaco, sem o adorno de nada que pudesse ser confundido com montinhos de cocô.

— Bom dia para você também! — ela falou, assim que chegou suficientemente perto para não precisar gritar. — O que foi?

— Brocklehurst, esta é a Morland, pretensa proprietária da livraria — Sebastian disse para seu colega. Posy virou-se para ele imediatamente.

— Não há nada de pretensa aqui. Sou a proprietária efetiva — revidou, furiosa.

— Eu disse que ela era atrevida — Sebastian suspirou. — Morland, este é Brocklehurst. Estudamos juntos em Eton.

— Olá, meu nome é Piers — disse o homem. — E me recuso a chamar uma mulher bonita pelo sobrenome.

— Posy. — Ela estendeu a mão, mas, em vez de apertá-la, Piers Brocklehurst a levou aos lábios em um movimento treinado para beijá-la. — É um prazer conhecê-lo.

Não foi exatamente... um prazer. Na verdade, Posy teve vontade de limpar a mão no jeans. Havia algo naquele gesto adocicado, um tom desagradável na fala de Piers, uma falta de correspondência entre seu sorriso fácil e seu olhar neutro e quase impassível, que assustou Posy. Na verdade, Piers lhe causava arrepios na espinha, apesar de ter uma beleza clássica, ainda que de um jeito ex-universitário rico. Era alto, com cabelos loiros penteados para trás, rosto másculo e músculos que se destacavam sob o terno risca de giz azul. Aquele homem não ficaria deslocado em um anúncio de loção pós-barba, sorrindo para a câmera como se uma mulher invisível deslizasse a mão carinhosa em seu peito, mas ele não era o tipo de Posy. Ela já tinha um ex-universitário rico extremamente irritante em sua vida e não precisava de mais um.

— Não, o prazer é todo meu — Piers murmurou com a voz rouca, e aquele seu olhar neutro e impassível pousou nos quadris, nos seios, no rosto de Posy, e então olhou além dela para a livraria, como se não tivesse encontrado nada ali para prender seu interesse.

— Chega dessa conversa — Sebastian interveio, pondo-se entre Posy e Piers. — A Posy só gosta de homens de livros românticos melosos, então não perca seu tempo. Agora, sobre a livraria, Morland, Brocklehurst estava falando em remodelar esta área, talvez construir um hotel butique aqui. — Sebastian fez um gesto para a fileira de lojas fechadas. — E, onde está a livraria, ele diz que devíamos erguer um prédio de luxo, com concierge, academia no subsolo, piscina e...

— Você ouve uma palavra que eu digo? — Obviamente, não. — A Bookends é minha por pelo menos dois anos e, como eu tentei lhe dizer na última vez em que nos vimos, vai ser a única livraria no país dedicada a ficção romântica. — Posy terminou sua fala com satisfação, porque havia conseguido deixar Sebastian mudo de espanto.

Era irritante, porém, que ele ainda ficasse bonito mesmo com a boca estupidamente semiaberta.

— Você está louca? — ele perguntou, com a voz áspera.

— Nem um pouco — Posy lhe garantiu, enquanto Piers murmurava algo que sugeria que ele também duvidava da sanidade dela. — E, como eu disse, sou a proprietária da Bookends pelo menos pelos próximos dois anos.

— É mais provável dois meses, se você insistir em levar adiante essa ideia *ridícula* de transformar a livraria em um palácio perfumado de alfazema, abarrotado de parede a parede com historietas açucaradas. Dois meses para o negócio falir e os oficiais de justiça aparecerem na sua porta — Sebastian concluiu com evidente prazer.

Posy sentiu calafrios, como se as palavras de Sebastian, além de magoarem em uma centena de maneiras diferentes, fossem uma profecia.

— Isso não vai acontecer — ela insistiu, com os dedos cruzados nas costas por garantia.

— Claro que não — disse Piers, como se fosse da conta dele. — Por que não deixa isso comigo, Thorndyke? — ele sugeriu, passando o braço sobre os ombros de Posy, e ela enrijeceu imediatamente como um gato bravo. Piers registrou a reação e seus olhos impassíveis ganharam vida de repente, faiscando de irritação ao constatar que seu evidente charme não estava funcionando. — Posy, eu tenho certeza de que você é bem-intencionada, mas está claro que não sabe administrar um negócio. Você nunca vai conseguir o movimento de que precisa enfiada nessa viela decadente.

— Não é uma viela, é uma vila — ela rebateu e, sem conseguir suportar o braço de Piers em suas costas nem mais um segundo, sacudiu os ombros para afastá-lo. Os olhos dele faiscaram outra vez. — Antigamente havia estábulos aqui. E nós temos movimento. Ou tínhamos, e podemos ter de novo. Havia placas na Rochester Street indicando a vila, e haverá de novo. Por que você não reforma e aluga as lojas vazias? — Posy disse para Sebastian, na vã esperança de convencê-lo. — Lembra quando o velho sr. Jessop tinha a loja de chá e café? Ele vendia biscoitos por quilo e torrava grãos de café nas tardes de segunda e quarta, e toda a área ao redor ficava com um aroma delicioso.

— Sempre achei que tinha cheiro de torrada queimada — disse Sebastian, aniquilador. — Mas, claro, teve a vez em que ele me pegou roubando biscoitos. — Ele sorriu com insolência e olhos brilhantes, das lembranças de travessuras passadas. — Puxou a minha orelha e me arrastou pela praça até a Bookends, e não me soltou até a Lavinia prometer me dar uma boa surra.

— O que aposto que ela não fez — disse Posy.

— É lógico que não. — Sebastian apertou os olhos com expressão de quem achava essa ideia completamente absurda, mas sua voz se suavizara ao mencionar a avó.

— Não posso acreditar que você está pensando em derrubar as casas da vila e construir prédios horríveis no lugar. — Posy apertou as mãos como se implorasse.

— Não vão ser horríveis — disse Piers. — Eu trabalho com um arquiteto especializado em design moderno.

Posy o ignorou.

— Você poderia alugar as lojas para comerciantes independentes e ainda teria algum lucro. É verdade que não tanto quanto um hotel e flats, mas você já tem montanhas de dinheiro, Sebastian, por que precisa de mais?

— Morland. Querida, inocente Morland. — Sebastian sacudiu a cabeça, condescendente, o que fez Posy apertar tanto os dentes que teve medo de abalar os molares. — Você não tem absolutamente nenhuma ideia de como o capitalismo funciona, não é mesmo?

— Eu entendo como ele funciona porque, ao contrário de você, não fui expulsa da universidade. Mas isso não significa que eu concorde com o capitalismo. Quer dizer, não tem problema se for com moderação...

Nisso, Sebastian e Piers fizeram um som de zombaria sincronizado que provavelmente aprenderam em Eton. Percebendo que a conversa estava desviando de seu propósito, Posy abandonou a tentativa de educá-los sobre os perigos do capitalismo selvagem.

— Seja como for — disse ela, com um tom de desespero infiltrando-se na voz. — Seja como for, você não pode simplesmente ir entrando aqui, mesmo sendo o dono, e decidir derrubar tudo. Há leis contra esse tipo de coisa! Você tem que fazer um requerimento para mudança de uso de um prédio. E eu tenho certeza de que não pode exceder a área construída dos prédios existentes, portanto...

— Alguém andou assistindo a programas sobre imóveis na televisão, hein? — Piers zombou. Posy achara impossível existir alguém no planeta mais arrogante que Sebastian, mas Piers vinha fazendo um bom trabalho para provar que ela estava errada. — Não precisa preocupar sua cabecinha bonita com isso. Um envelope de dinheiro para a pessoa certa na prefeitura e poderíamos demolir a viela inteira sem que ninguém se importasse.

— Eu me importaria! Sebastian, por favor! O que a Lavinia diria disso? — Posy sabia que bem, bem, *bem* no fundo Sebastian tinha uma natureza melhor, ou pelo menos ela achava que tivesse, e precisava apelar para ela. — A vila, a Bookends, todas as coisas que a sua avó adorava... Por que você quer se livrar delas?

— São só *coisas*, *lugares*, Morland. — Sebastian recuou e olhou para a praça de calçamento de pedras. — Não se pode viver no passado para sempre. A Lavinia sabia que havia deixado tudo permanecer do mesmo jeito por tempo demais. Quando as coisas não mudam, ficam estagnadas e apodrecem, e então são necessárias medidas drásticas.

Ele falava como se a vila e sua amada Bookends fossem algum carbúnculo monstruoso que precisasse ser removido o mais rápido e humanamente possível.

— Não é preciso fazer nada drástico — Posy protestou. — Só é preciso fazer algumas reformas, uma modernização. É incrível a diferença que uma pintura nova pode produzir.

— Não precisa se preocupar, Morland. Eu jamais poria você para fora — disse Sebastian, no que imaginou que seria um tom reconfortante. — Você poderia ficar com um flat novo e moderno, ter a propriedade de imediato, porque eu sei que isso é o que a Lavinia ia querer. E, se ainda quiser permanecer nesse negócio chato de vender livros, poderia arrumar um emprego em uma livraria, se for o caso...

Por um segundo, um nanossegundo, Posy pensou na ideia de ser proprietária de um apartamento novo e moderno e ter um emprego livre de estresse em uma grande livraria. Mas foi só por um segundo passageiro, e em seguida já pensava em como cada centímetro da Bookends significava algo para ela. Era onde estava seu coração. Seu paraíso. Seu lugar feliz. E, se a Bookends fosse demolida, se Posy e Sam não vivessem, rissem e amassem no mesmo lugar em que seus pais viveram, riram e amaram, as lembranças de seus pais se desvaneceriam e se dissipariam no pó dos destroços.

Posy olhou para a livraria e viu Nina ainda espiando pelo vidro, embora observando despudoradamente fosse uma descrição mais correta. Aquilo não tinha a ver apenas com ela e com Sam. Tinha a ver com a equipe da Bookends também. Até chegar à Bookends, Nina nunca havia conseguido sobreviver ao período de teste de seus três empregos anteriores. E Verity! A introvertida Verity, onde mais ela encontraria um emprego com pessoas que não se importassem se ela nunca atendesse o telefone?

— ... local muito seguro. Estamos falando de um condomínio fechado. A ralé não entra — Piers estava dizendo. Posy percebeu que tinha se desligado completamente dele. Era estranho. Ele era aquele tipo de pessoa que, quanto mais se olhava, menos atraente se tornava. Havia algo de feroz em seu sorriso. — E você não precisa se preocupar com os vizinhos. Os outros apartamentos serão adquiridos por corporações estrangeiras como investimento e ninguém vai morar neles, então você terá a academia e a...

Já era demais para ela! Posy abriu a boca em uma arfada de pura indignação.

— Não vai nem ser um tipo de moradia acessível? São pessoas como vocês que sugam a alma de Londres e matam o espírito comunitário — disse ela, balançando o dedo para Piers, depois para Sebastian, que suspirou como se Posy estivesse sendo teimosa por birra.

Mas ela não estava. *Eram* Piers e pessoas do tipo dele os responsáveis por descaracterizar totalmente uma área e substituí-la por empreendimentos imobiliários de luxo para os mais abastados, corretores que vendiam apartamentos nos empreendimentos imobiliários de luxo e talvez algumas cafeterias de propriedade de corporações que não pagavam impostos. Na verdade, eram pessoas como Piers os responsáveis pelas placas que haviam surgido nas proximidades, declarando que as áreas antes deliciosamente conhecidas como Bloomsbury, Fitzrovia e Clerkenwell seriam dali por diante chamadas coletivamente de Midtown. Só por cima do seu cadáver.

Por falar nisso... Posy pôs as mãos na cintura e fez sua melhor cara de luta.

— Não vou ouvir nem mais uma palavra — insistiu. — Esta área, a livraria foram um presente para sua bisavó Agatha, na esperança de que isso a distraísse e ela deixasse de ser uma sufragista.

— Pretende chegar a algum lugar com isso? — perguntou Sebastian, levantando ostensivamente o punho da camisa feita sob medida para consultar o relógio, enquanto Piers olhava irritado para Posy, como se tivesse vontade de demoli-la com as lojas vazias de Rochester Mews.

— Sim! A Agatha foi presa por se acorrentar às grades do Palácio de Buckingham, e eu vou me acorrentar à Bookends se for necessário para impedir vocês de acabarem com ela. — Posy esperava nunca ter que cumprir essa ameaça, mas, se chegasse ao ponto de aparecerem escavadeiras e bolas de demolição na praça, ela jurava que o faria!

Sebastian não pareceu muito convencido.

— Sem querer desrespeitar a minha bisavó, mas você é o típico exemplo de por que as mulheres nunca deveriam ter tido direito a voto, Morland — disse Sebastian, passando a mão pela frente do paletó como se Posy tivesse soltado um maremoto de cuspe durante seu discurso apaixonado, o que ela não havia feito. Ou pelo menos esperava que não. — Desde que passaram a votar, todas começaram a ter ideias sobre coisas que não lhes competem.

— É verdade, mulheres só são boas para duas coisas — Piers zombou. — Ou para uma coisa, se pudermos pagar um chef particular, o que eu posso.

— Meu Deus... — Posy começou, tão furiosa que mal conseguia encontrar as palavras. Felizmente, foi interrompida por uma batida em seu ombro.

— Qual é a outra coisa para a qual as mulheres são boas além de cozinhar? — perguntou Nina, em sua voz mais sexy, de trás de Posy. — Para serem incríveis?

Piers ficou boquiaberto enquanto absorvia a visão que era Nina. Quanto a Sebastian: bem, ele nunca olhara para Posy daquele jeito. Nem quando ela não estava de sutiã. Mas o fato era que Nina tinha o corpo de uma pin-up, completado com muitas tatuagens, piercings no nariz e no lábio e cabelo de um tom que ela descrevia como "sereia levada para a praia".

Piers sorriu de um jeito tão insinuante que parecia uma hiena com um terno caro.

— Que tal eu lhe contar enquanto tomamos um drinque? — ele sugeriu, desviando-se bruscamente de Posy para chegar mais perto de Nina, seus olhos percorrendo as curvas exibidas pelo vestidinho retrô preto. — Eu sou o Piers, e você... você é magnífica. Aposto que ouve isso o tempo todo.

Posy fez uma careta no exato momento em que Sebastian fez outra. Pelo menos podiam concordar que a cantada de Piers era tão ruim quanto seus planos de transformar Londres em uma terra árida e desolada de última geração e que a única pessoa que poderia ser tola o bastante para cair nela seria...

— Nina... e só parte do tempo. — Nina, que tinha o pior gosto para homens entre todas as mulheres que Posy já conhecera, estava sorrindo e pestanejando para Piers. — Posy, tem uma mulher no telefone querendo saber se você consegue encontrar um livro esgotado para ela.

— Bem, isso com certeza vai manter os oficiais de justiça longe — Sebastian comentou secamente, e parecia que eles tinham parado de concordar. De volta à programação normal. — Morland, eu diria que foi um prazer, mas seria mentira. Volto a entrar em contato.

— Não estou nem um pouco ansiosa por isso — Posy revidou. Na próxima vez que visse Sebastian, teria que ser só os dois, para que ela tentasse pôr algum juízo na cabeça dele sem uma plateia interferindo. Seria a tarefa mais difícil de sua vida. — Venha, Nina, temos trabalho para fazer, livros para vender...

Nina ainda estava enfeitiçada sob o olhar lascivo de Piers.

— Para sua informação, eu não transo no primeiro encontro — ela estava dizendo.

— É, no terceiro encontro é o padrão, a menos que haja champanhe no meio — disse Piers, o olhar demorando-se nos seios de Nina. — Essas suas tatuagens descem até onde?

— Isso só eu sei, mas você pode descobrir — ela respondeu.

Posy não podia acreditar no que via, e até Sebastian murmurou um "puta que pariu" quando Piers enfiou seu cartão entre os seios de Nina.

— Me ligue — disse ele.

— Convencido você, não? — ela ronronou.

Posy não podia mais aguentar. Quando Nina começava com o que ela chamava de gracejos e Posy chamava de malícia e insinuações, aquilo nunca terminava bem. Acabava com Nina saindo com mais um homem que não merecia nem beijar a barra de sua saia e tendo o coração partido. Mais uma vez.

— Eu posso e vou deduzir do seu pagamento, mocinha, se você não voltar para a loja agora mesmo — Posy disse, de uma maneira muito não Posy.

— Tudo bem, tudo bem, não precisa arrancar os cabelos — Nina resmungou, mas deixou que Posy a puxasse de volta para a livraria.

— Continuamos nossa conversa depois, Morland! — Sebastian gritou para ela.

Posy levantou a mão para indicar que tinha ouvido e empurrou Nina porta adentro.

— Se você sair com aquele Piers, eu te demito — alertou.

— Um juiz do trabalho não vai aceitar isso como justificativa — disse Nina, e voltou correndo para seu lugar junto à vitrine, com Posy logo atrás. — Ele é bem bonito, em um estilo *O lobo de Wall Street*.

— Ele é assustador. Como você pode não enxergar isso? — Posy perguntou, cansada, porque já haviam percorrido aquele caminho muitas vezes antes.

— Ah, não, eu acho que o Piers é diferente — Nina insistiu.

Elas ficaram olhando enquanto os dois homens caminhavam ao longo da fileira de lojas desocupadas, Piers parando para gesticular amplamente com as mãos de novo, como se descrevesse seus planos grandiosos para erradicar cada pedacinho do caráter e da história do local onde se encontravam. Sebastian estava estranhamente contido e silencioso, até que virou sobre os calcanhares de seus sapatos feitos à mão e disse algo a Piers que fez a boca do outro homem se abrir.

Sebastian saiu andando e deixou Piers para trás. Virou-se quando chegou à entrada da vila e olhou na direção da livraria, seus olhos procurando e encontrando Posy em seu lugar atrás da vitrine. Ele ergueu a mão, fez uma saudação exagerada e foi embora.

Finalmente, Posy pôde voltar a respirar.

A cena lamentável com Sebastian e o execrável Piers só fortalecera a determinação de Posy. E isso não era nada ruim, porque sua determinação geralmente era fraca ao extremo. Se começasse a semana em uma dieta, dificilmente chegava ao almoço de segunda-feira antes de mergulhar de cabeça em um pacote de biscoitos. E, quando ela e Nina decidiram fazer um janeiro sem álcool, Nina fora até fevereiro sem que uma gota tocasse seus lábios, enquanto Posy fracassara espetacularmente no terceiro dia de janeiro, quando descobriu que Sam não havia terminado nem uma página da lição de escola que deveria ser feita na semana do Natal.

Enquanto observava Sebastian e Piers irem embora, a determinação de Posy era tão forte que parecia ter sido forjada em titânio. No dia seguinte, porém, sentada atrás da caixa registradora com um caderno novo a seu lado no balcão, aberto na primeira página, na qual ela havia escrito "Felizes para Sempre", sentiu essa determinação vacilar.

Uma coisa era ter uma ideia, um plano infalível e à prova de recessão para transformar a Bookends novamente no palácio de histórias e sonhos que já havia sido no passado, mas Posy não tinha nenhuma ideia efetiva de como fazer aquelas três palavras que havia escrito no papel se tornarem realidade. Seria preciso mais do que folhear catálogos de tintas. Talvez ela realmente não fosse a mulher certa para aquele trabalho.

Suspirou. Em sua carta, Lavinia não mencionara sequer uma vez a possibilidade de deixar a Bookends aos cuidados de alguém que não fosse

Posy. Muito pelo contrário. "Porque você, minha querida, mais que qualquer outra pessoa, sabe que lugar mágico uma livraria pode ser, e sabe que todos precisam de um pouco de magia na vida", ela escrevera.

Lavinia depositara sua fé em Posy. Legara a Bookends para ela e Posy não podia decepcioná-la. Não duvidava de que, se o fizesse, Lavinia encontraria um jeito de voltar para assombrá-la. Deixaria mensagens fantasmagóricas em espelhos dizendo coisas arrasadoras, como: "Eu não estou brava, só estou muito decepcionada com você, mocinha" ou "Eu esperava mais de você, Posy". Viva ou morta, Posy não duvidava da habilidade de Lavinia para fazer um comentário aniquilador.

A Lavinia-Fantasma colocaria livros fora de ordem nas estantes, Jane Austen se aconchegando em Wilbur Smith, Jackie Collins ao lado de George Orwell. O boato de que a loja era mal-assombrada se espalharia e ninguém a compraria.

Nem mesmo Sebastian iria querê-la. Posy só imaginava o que a Lavinia-Fantasma poderia fazer com seu neto se ficasse sabendo de seus planos para a vila. Ela começaria pelos ternos, Posy decidiu. A ideia de Sebastian chegando em casa depois de um dia inteiro ocupado em ser rude com as pessoas e cafajeste com as mulheres e encontrando todos os seus ternos cobertos de ectoplasma verde-fantasmagórico fez Posy rir alto, atraindo um cenho franzido do homem que acabara de se aproximar do balcão para pagar um livro.

— Desculpe — Posy murmurou, enquanto Nina vinha do escritório, onde estava registrando novas encomendas, para atendê-lo.

— Como está indo com os planos para a loja? — Nina perguntou friamente. Era visível que continuava irritada com Posy por esta ter se comportado como uma mãe vitoriana superprotetora, arrastando-a de perto de Piers Brocklehurst na véspera, embora Posy estivesse lhe fazendo um favor. Quando até Sebastian achava que um homem estava tendo um comportamento abominável, era hora de repensar seu gosto em termos de homens.

Posy foi poupada de ter que explicar isso a Nina, ou de confessar que seus planos para a livraria consistiam em três palavras escritas em um caderno, graças ao bipe do seu celular.

Era uma mensagem de um número desconhecido.

> Venha para a casa da Lavinia agora.

Só podia ser Sebastian, como se ele pudesse sentir de imediato quando uma mulher estava pensando nele, por menos lisonjeiros que esses pensamentos fossem. Posy não sabia como ele tinha conseguido o seu número.

> É importante? Estou trabalhando.

> É. Muito mais importante do que esperar em vão por um cliente que possa realmente comprar alguns livros.

> GROSSO, SEBASTIAN! MUITO GROSSO!

> Não tão grosso quanto gritar em caps lock. Pare de perder tempo e venha para cá.

Provavelmente era melhor conversar com Sebastian cara a cara. Dizer a ele algumas verdades certeiras. Por outro lado, se ele viesse à livraria, pelo menos haveria testemunhas para contar no tribunal que ela só quebrara a cabeça dele com *As obras completas de Shakespeare* por causa da provocação extrema.

Seu telefone apitou outra vez.

> Está vindo? Depressa!

A casa de Lavinia ficava em uma bela praça ajardinada na Gower Street, onde as casas brancas de estuque tinham plaquinhas azuis proclamando que qualquer pessoa que fosse alguém, de exploradores lendários a ministros vitorianos, de artistas pré-rafaelitas a anfitriãs de saraus literários, já havia morado ali.

Posy achava que a porta da frente de Lavinia, pintada de um amarelo solar, era uma visão gloriosa mesmo nos dias mais cinzentos, especialmente porque Lavinia sempre esperava atrás dela com chá, bolo e bom humor.

Mas hoje não. E não só porque a lembrança de Lavinia ainda era dolorosa, mas porque hoje a porta já estava aberta.

Havia um caminhão de mudanças parado do lado de fora, e Mariana, vestida em renda preta, evidentemente ainda em pleno período oficial de luto, supervisionava enquanto dois homens carregavam a mesa da sala de jantar de Lavinia.

— Tenham cuidado, por favor, meus queridos, ela foi projetada por Charles Rennie Mackintosh.

Então Mariana, de sua posição elevada sobre os degraus, avistou Posy, que olhava para a cena com desalento. Claro que Mariana e Sebastian não poderiam manter a casa de Lavinia intacta, como uma espécie de museu em homenagem à antiga moradora, mas ainda lhe parecia muito, muito cedo para mexer em qualquer coisa.

— Posy! Minha querida! — Mariana estendeu os braços e Posy não teve escolha. Deixou-se ser puxada para o abraço com perfume de Fracas.
— Beijinho, beijinho — Mariana murmurou enquanto roçava o ar junto às faces de Posy. — Só estou tirando algumas coisinhas — ela explicou, embora o caminhão estivesse lotado. — Mamãe herdou tudo isso da vovó Aggy, então é certo e justo que passe para mim. Só que, e não quero parecer indelicada, elas não vão combinar muito bem na mansão. Mas essas situações são enviadas para nos testar.

Posy concordou com a cabeça.

— É verdade. — E fez um gesto indicando a casa atrás delas. — O Sebastian está aqui?

— Sim, minha querida viborazinha está na sala de estar. Que menino terrível. — Mariana levou a mão ao peito. — Ainda bem que eu o amo tanto.

Prendendo a respiração, Posy entrou no saguão. De imediato, pôde ver que a casa de Lavinia já era uma sombra de sua condição anterior, gloriosa e eclética. Havia rachaduras e manchas escuras nas paredes, onde antes estiveram móveis e quadros. Até mesmo os lindos abajures Tiffany tinham sido removidos. Sem dúvida estavam no caminhão, que agora se punha em movimento.

Com os pés pesados e o coração mais pesado ainda, Posy subiu a escada até a sala de estar no primeiro andar. Não só por medo de ter de falar com a víbora terrível, mas porque, na última vez em que estivera ali, Lavinia estava sentada em sua poltrona ao lado da enorme janela que se abria para um pequeno balcão, como o de Julieta. Embora um pouco frágil e com alguns arranhões e machucados por causa da queda de bicicleta alguns dias antes, Lavinia não parecia uma mulher que morreria dali a uma semana.

Na ocasião, quando Posy estava saindo, Lavinia pegou sua mão e a encostou em sua face fina e macia. "Minha querida Posy, não fique tão ansiosa", ela dissera. "Tudo vai dar certo, você vai ver."

Nervosa, Posy abriu a porta da sala de estar, mas, antes que tivesse a chance de entrar, uma voz excessivamente rabugenta soou:

— Meu Deus, que demora! Eu te disse que era urgente. Agora a Mariana já foi e levou a maior parte das coisas boas.

Sebastian estava de pé ao lado da bela lareira ladrilhada, com uma das mãos apoiada sobre a prateleira, como se posasse para uma propaganda de roupas masculinas. O terno de hoje era de tweed com um subtom rosa, acompanhado por camisa e acessórios cor-de-rosa. Deveria parecer ridículo — pareceria em qualquer outra pessoa —, mas até o ridículo ficava bem em Sebastian. Maldição.

De qualquer modo, sua beleza não era páreo para sua canalhice.

— O que você queria que eu fizesse? — perguntou Posy. — Que formasse uma barricada humana na frente da porta?

— Longe disso, mas o azar é seu. Não restou muito para você pegar agora — disse Sebastian, abrindo as mãos para indicar a sala, embora não parecesse que a investida de Mariana tivesse chegado até ali.

— Talvez haja coisas que você queira guardar — Posy comentou.

— Acho que não. — Sebastian pegou uma estatueta de latão na prateleira sobre a lareira. — O que vou fazer com tudo isso? A maior parte é art nouveau. Eu detesto art nouveau.

— Mas a Lavinia amava essas coisas, e você amava a Lavinia...

— Sim, mas amar a Lavinia significa que ela está aqui. — Sebastian bateu no bolso do paletó, onde seu coração devia estar, e, quando Posy começava a amolecer, ele tirou a mão e disse: — Não significa que eu precise dar abrigo àquele sofá. Dói só de olhar para ele.

Era um sofá perfeitamente bom, revestido de um tecido floral rosa e verde William Morris.

— Eu adoraria ficar com ele para a loja, se você não quiser. Poderíamos fazer mais algumas áreas de leitura.

— Não é uma biblioteca, Morland. A última coisa que você precisa é que os clientes fiquem sentados lá sem comprar nada, mas pode levar o sofá, e as poltronas também. O que mais você quer?

Então ele a segurou pela mão, como se fossem amiguinhos de mãos dadas, e a arrastou de um aposento a outro, ignorando seus protestos de que era de muito mau gosto saírem pegando as coisas de Lavinia como se fossem os primeiros a entrar em uma liquidação de Black Friday.

No fim, foram os livros que ganharam Posy. Ela reivindicou a coleção de Georgette Heyer, todos eles primeiras edições de capa dura com as sobrecapas originais. Também não pôde resistir à coleção completa dos romances de Barsetshire de Angela Thirkell, e estava empilhando alguns livros de Nancy Mitford quando admitiu para Sebastian que já tinha todos eles, "mas estas edições são tão bonitas", e ele a puxou dali.

— Chega — falou com firmeza. — Estou declarando uma intervenção.

— Seria como me mandar parar de respirar — Posy reclamou.

Ele levantou os olhos para o teto.

— Um dia você vai ser enterrada viva com o peso de todos esses livros, e vão se passar semanas até que alguém te encontre.

Depois disso, Sebastian ficou totalmente atento em mantê-la longe das estantes, assobiando e segurando-a cada vez que Posy tentava alcançar um livro. Ela acabou desistindo depois que ele acidentalmente (ou pelo menos foi o que ele disse) segurou seu seio direito na confusão.

— Bom, pelo menos você está de sutiã desta vez — disse ele, dando uma olhada na área em questão. — Não sei por que você está fazendo isso — ele acrescentou, quando Posy pressionou as duas mãos contra o peito, como se pudesse cancelar o toque dele. — Eu quase nem tive um gostinho. Foi só de raspão.

— Você é impossível! — Posy exclamou, e Sebastian sorriu como se tivesse sido um enorme elogio.

Ela acrescentou o lindo conjunto de chá amarelo-pálido à sua seleção de objetos, e alguns livros de receitas, depois parou na porta do quarto de Lavinia enquanto Sebastian caminhava para o guarda-roupa.

Aquilo era demais. Ela se sentia uma invasora.

— Aqui, pegue uns vestidos. — Sebastian virou-se para ela com os braços carregados de lindos vestidos de noite de corte enviesado, feitos de seda tão frágil quanto papel de seda.

— Ah, eu não entro em nenhum deles — disse Posy. Ao contrário de Lavinia e Mariana, que eram miúdas, Posy vinha de uma sólida linhagem de camponeses do País de Gales.

Sebastian olhou para os seios dela *outra vez*, depois para seus quadris, fazendo Posy lamentar cada um daqueles salgadinhos de queijo que havia comido direto da caixa na noite anterior.

— É verdade. Seus quadris. É isso que chamam de ancas boas para ter filhos?

Posy se eriçou. Literalmente se eriçou. Tinha certeza de que todos os pelos de seu corpo estavam arrepiados.

— Vamos acrescentar todas as partes do meu corpo à longa lista de coisas que não são da sua conta — ela revidou, mas foi como falar com um bloco de concreto.

— E você também pode levar a TV — ele disse, jogando os vestidos sobre a cama. — Eu comprei para a Lavinia faz poucas semanas. Depois que ela caiu.

Posy sempre esquecia que, apesar de Sebastian ser grosso, indescritivelmente grosso, ele fora devotado a Lavinia. Todos os dias em que Posy viera visitá-la depois do acidente, parando no caminho para comprar morangos fora de época, ou rolinhos de canela com o belo Stefan da delicatéssen, qualquer coisa que pudesse agradar-lhe o apetite, Lavinia lhe contava que Sebastian havia estado lá na noite anterior. E o rosto dela sempre se iluminava ao falar dele, por mais exasperada que ela soasse quando relatava a Posy as mais recentes travessuras do neto.

— A Lavinia sempre disse que foi bom ter tido só um neto, porque nunca poderia ter amado os outros do jeito que amava você — Posy lhe contou.

— É mesmo? — Sebastian virou-se para a janela, de braços cruzados. — Eu não acho que seja estritamente verdade. Ela sempre disse que considerava você e seu irmão netos honorários, e que vocês dois tinham muito mais bons modos do que eu.

Sebastian costumava ser um pouco relaxado, como se o esforço para se manter ereto fosse um tédio excessivo, mas agora seus ombros estavam tão tensos que os de Posy doeram em solidariedade. Por um momento, ela pensou em ir até ele e lhe dar seu apoio, pousando a mão em suas costas rígidas.

Mas permaneceu onde estava.

— Nós, o Sam e eu, sempre pensamos na Lavinia e no Peregrine como nossos avós honorários.

— Vocês não têm avós? — Sebastian perguntou, ainda olhando pela janela, como se a visão do jardim molhado de chuva fosse totalmente fascinante.

— Bom, os pais do meu pai moram no País de Gales, em uma cidade pequena no vale do Glamorgan. Temos algumas tias e tios por lá também e procuramos visitá-los nas férias escolares. A família da minha mãe também é galesa, mas ela era filha única... Meu avô, pai dela, teve um ataque cardíaco, e meus pais foram visitá-lo no hospital e estavam voltando de lá quando houve o acidente. Ele morreu pouco depois. Minha avó já estava apresentando sinais de demência, mas, quando tudo isso aconteceu, o estado dela se deteriorou, e agora ela está numa clínica... — Posy falou depressa essas últimas palavras e parou. Aqueles meses tinham sido horríveis, sofridos, uma sequência de catástrofes e luto. Depois Peregrine os deixara, e agora Lavinia, portanto não era surpresa que lágrimas estivessem descendo por seu rosto.

Ela fungou e enxugou os olhos com a palma da mão, e então percebeu que Sebastian havia se virado da janela e a olhava, horrorizado, embora não pudesse ser a primeira vez que ele se via na presença de uma mulher aos prantos. Provavelmente isso já havia acontecido muito — com Sebastian sendo responsável por noventa e sete por cento das lágrimas.

— Pare com isso! Pare de chorar imediatamente, Morland. — Ele levou a mão ao bolso, mas parou no meio do caminho. — Não vou emprestar meu lenço para você porque ele vai ficar todo sujo. Pare com isso agora mesmo! E essas coisas da Lavinia... você não vai trancá-las em algum lugar e nunca usar.

Essa última ordem de Sebastian abafou o soluço seguinte de Posy.

— Grosso! Você é mesmo o homem mais grosso de Londres. Não consegue ter nenhum filtro?

Ele encolheu os ombros.

— Filtros são para os fracos e os chatos. Agora, vamos falar sobre a livraria?

Posy fungou longa e profundamente para afastar as lágrimas.

— Isso! Vamos falar sobre a livraria. E eu vou dizer só uma vez, então preste atenção. Não existe absolutamente nenhuma chance de eu desistir da livraria para você incluí-la no pacote com o resto da vila e virar parceiro de um empreendedor imobiliário predador, que por acaso é um dos seus antigos colegas de faculdade, que não tem nenhuma noção de moral e adora negociações de baixo investimento e altos lucros.

Sebastian fez uma expressão intrigada, em que Posy não acreditou nem por um segundo.

— Quer dizer que estaria tudo bem para você se eu encontrasse outro empreendedor imobiliário, que fosse menos cruel e não tivesse feito faculdade comigo?

Se o que ele pretendia era irritá-la, estava fazendo um ótimo trabalho.

— Não! Isso vale para qualquer empreendedor imobiliário. Sem chance. E, já que estamos no assunto, por favor, pense com cuidado em *por que* a Lavinia deixou a vila para você. — Posy fez um esforço imenso para se acalmar, porque sua voz estava ficando muito aguda e as lágrimas pareciam estar se reunindo para um bis. — Talvez, como você disse, as coisas não possam continuar sempre as mesmas, elas precisam andar para a frente, mas já existe uma quantidade mais que suficiente de prédios de apartamentos frios, hotéis butique elegantes e restaurantes estrelados em Londres. Eu juro que nunca, nunca vou te perdoar se você demolir Rochester Mews para abrir espaço para mais coisas desse tipo.

— Você nunca me perdoaria? — Sebastian se recostou no guarda-roupa art déco de Lavinia e cruzou os braços. — Nunca?

— Nunca — Posy confirmou. — E pare de me olhar com esse ar petulante. Estou falando muito sério.

— Não, Morland, você está completamente exaltada — Sebastian disse, com jeito cansado, como se achasse a sinceridade estridente de Posy extremamente exaustiva. — Não tenho planos de demolir a vila, como você diz com todos esses termos melodramáticos. Tudo que estou fazendo é examinar as opções e jogar um osso para aquele detestável do Brocklehurst se divertir e parar de me atormentar com oportunidades de investimentos. — Sebastian inclinou a cabeça para trás, com aborrecimento. — Algumas pessoas não entendem o significado de um "não", não é mesmo?

Posy olhou para ele, incrédula.

— Com certeza. Na verdade, eu conheço alguém exatamente assim e...

— Enfim, eu não poderia vender a vila nem demolir sua triste coleção de casas mesmo que quisesse — Sebastian continuou, alegremente. — Acontece que, e ninguém poderia ficar mais surpreso do que eu com isso, o lugar é listado como grau dois de prédios de interesse especial a serem tombados.

— Sério? — Posy estava definitivamente mais surpresa que Sebastian. Ela amava a vila e suas lojas decrépitas e vazias, mas elas não tinham nenhum valor histórico que pudesse perceber. — Por que seria listado como grau dois?

— Sei lá, quem se importa? Assunto chato. Agora, vamos conversar sobre a Bookends, está bem?

— Não há nada para conversar. Eu já lhe disse: vamos investir em livros românticos. A equipe toda está de acordo, e é isso.

Para Posy, a discussão estava encerrada, então ela saiu da sala. Também queria limpar o nariz com as costas da mão sem que Sebastian a repreendesse por seus modos desleixados.

— Eu não posso deixar você fazer isso, Morland! A sorte da livraria não pode ficar entregue aos caprichos de um punhado de mulheres velhas e tristes que não conseguem arrumar um homem, então são forçadas a ler sobre isso nas páginas açucaradas de um livro romântico.

Posy estava descendo apressadamente a escada, mas fez uma parada tão abrupta que Sebastian colidiu com ela e teve que segurá-la pela cintura para que os dois não caíssem feio. Isso foi o que ele disse, mas pareceu apenas mais uma tentativa pilantra de vir com aquela mão boba para cima dela.

— Me larga! — Posy enfiou as unhas nas mãos inconvenientes de Sebastian até que ele a soltasse com um gemido. — Meu Deus, se nós estivéssemos na loja, com certeza eu ia te registrar no livro de assédio sexual.

— Você precisa melhorar suas ameaças.

Posy desceu depressa os últimos degraus para poder gritar com Sebastian sem risco de danos pessoais.

— Não se preocupe! Como você ousa falar isso das nossas clientes? Todos os tipos de mulheres leem ficção romântica. De todas as idades! E, notícia quente para você: algumas delas são casadas e felizes. Imagine só! E, mesmo que não fossem, não há nada de errado em acreditar em romance, acreditar que duas pessoas foram feitas uma para a outra.

— Ridículo! Tudo que a ficção romântica faz é estimular expectativas totalmente irrealistas na mente de mulheres impressionáveis. Há quanto tempo você está solteira? Pois eu lhe digo: tempo demais. E tudo porque você acha que todos os homens precisam estar de acordo com algum padrão impossivelmente alto e que...

— Eu saio com homens! — Posy interrompeu, porque ela saía. Uma vez por mês. Ela e Nina tinham um pacto de que sairiam em um encontro uma vez por mês, na esperança de que o primeiro levasse a outros. Dito isso, Nina tendia a ter uma média de pelo menos dez primeiros encontros por mês, enquanto Posy lutava para conseguir um. Não era sua culpa que as opções fossem poucas. Qualquer que fosse o site de encontros que Posy escolhesse, e por mais que tentasse exercer algum controle de qualidade, acabava invariavelmente passando duas horas por mês na companhia de um homem que não fazia nada se agitar dentro dela. Nem a menor tremulação. Nem a mais tênue brisa roçando as partes dela que estavam dormentes desde que seu último namorado, Alex, pedira desculpas e fora embora.

Quando ela e Alex começaram a sair juntos na universidade, depois que seus olhares se encontraram em uma sala lotada durante uma aula muito chata sobre *Beowulf*, no meio do primeiro período na Universidade Queen Mary, Posy era uma garota diferente. O tipo de garota que virava meio litro de cerveja em dez segundos e terminava com um delicado arroto feminino. Era sempre a última a sair de uma festa, geralmente dentro de um carrinho de compras roubado do supermercado local. Era cinco quilos mais leve e ria aproximadamente cinquenta e sete por cento mais, e era infinitamente mais cativante, mais convidável para encontros e mais divertida do que agora.

Alex, pelo menos, pensava assim. Ele estudava história medieval e Posy estudava literatura inglesa, e eles tinham sido feitos um para o outro. Faziam viagens de bate-volta para museus obscuros e monumentos antigos. Divertiam-se em grandes noitadas com seu grupo de amigos e foram morar juntos no último ano da faculdade, em um pequeno apartamento em Whitechapel.

Era clichê, mas não parecia clichê quando Posy dizia às suas amigas que, sem Alex, ela não se sentia completa. Nada parecia certo se a mão dele não estivesse na sua. Ela não conseguia dormir sem ser de conchinha com ele. Podiam passar horas no pub papeando sobre tudo, de poetas beat a por que a BBC deveria substituir o elenco de *EastEnders* por cachorrinhos. Mas também podiam passar horas juntos sem dizer nem uma palavra, felizes com a companhia um do outro.

Posy havia memorizado cada pinta de Alex, cada sorriso, até mesmo cada uma de suas palavras duras — porque eles brigavam às vezes. Depois sempre faziam as pazes e, ah, sim, ela sentia falta do sexo. Não só de sexo em si, mas do sexo com Alex, com alguém que a amava, se importava com ela e que sabia que não havia jeito de ela gozar sem uma quantidade prodigiosa de estímulo manual.

Mas então ela parou de ser aquele tipo de garota que se divertia em festas com a mesma intensidade com que amava, e todos os planos vagos que eles haviam feito para o futuro tiveram que ser reescritos, porque agora Posy ria pouco. Além disso, ela agora vinha com Sam a tiracolo e nada disso era o que Alex havia imaginado.

— Eu te amo, Posy, você sabe que sim, mas você não é mais a pessoa por quem eu me apaixonei — Alex lhe disse uma noite, seis semanas, cinco dias e três horas depois de seus pais morrerem. Ele tinha vindo para casa de seu emprego temporário de verão no Hampton Court Palace e encontrara Posy deitada no chão da sala, chorando com o punho na boca para que Sam não ouvisse.

Alex a tirou do chão, lavou seu rosto e a colocou na cama, e então terminou com ela muito doce e delicadamente.

— Não é o momento certo para nós — ele disse, enquanto a abraçava e acariciava seu rosto quente e inchado de lágrimas. — Um museu em York me chamou para uma entrevista e, se tudo estivesse normal, quer dizer, diferente, podíamos continuar juntos à distância por um ano ou dois, mas as coisas *estão* diferentes. Talvez daqui a dois anos você esteja em um lugar melhor...

— Daqui a dois anos meus pais vão continuar mortos e eu vou continuar tendo um irmão pequeno que precisa de mim — Posy lhe dissera em uma voz entorpecida, porque Sam era a pessoa mais importante em sua vida agora. Não Alex.

Eles conversaram sobre isso durante horas, dias, semanas pelo que parecia, mas estava acabado e foi um alívio quando Alex conseguiu o emprego em York. Eles prometeram manter contato, mas, antes do que poderiam supor, os telefonemas e e-mails constrangidos foram rareando. Agora, Alex era apenas um nome que aparecia no mural do Facebook de Posy umas duas vezes por semana. Ele emigrara para Sydney, onde não havia história medieval, era gerente assistente de um restaurante de comida natural e estava saindo com uma ruiva de aparência etérea chamada Phaedra, que fazia campanhas pelo meio ambiente. Posy achava que, se ela e Alex se encontrassem por acaso, não conseguiriam achar nenhum interesse em comum.

Ainda assim, Posy sabia a diferença entre estar apaixonada e ler sobre estar apaixonada em um livro. E ela saía com homens uma vez por mês para se manter na ativa, mesmo que seu coração não estivesse junto, portanto era bom que Sebastian calasse a boca.

— Eu saio com homens — ela repetiu, resoluta. — Mas prefiro estar solteira a me rebaixar a usar seu HookApp, ou seja lá como é o nome daquilo.

— É HookUpp, com dois ps. — Sebastian desceu a escada devagar, com os olhos fixos em Posy, que estava soltando fumaça.

— Como é possível formar um relacionamento significativo baseado em admiração mútua, confiança e paixão passando o dedo para cima ou para baixo na foto de alguém para aprovar ou reprovar a pessoa com base em sua localização geográfica e se ela se enquadra em uma definição superficial de atratividade? — disse Posy, com um desdém gelado.

Sebastian havia chegado ao último degrau da escada, então pôde se elevar sobre Posy e dar aquele sorriso presunçoso que fazia a pressão dela iniciar uma longa subida.

— Nem todo mundo quer um relacionamento significativo baseado em admiração mútua, confiança e paixão. — Ele repetiu as palavras dela com diversão. — Algumas pessoas, Morland, só querem transar.

— Bom para elas! Enquanto isso, vou vender ficção romântica para as muitas pessoas que gostam de ler esses livros. E, a menos que você sugira um plano melhor para a livraria, não quero ouvir mais nenhuma palavra sua. Está claro?

— Senhora! Sim, senhora! — Sebastian bateu os calcanhares de seus sapatos de couro feitos à mão e bateu continência vigorosamente. — A propósito, você parece saber bastante sobre o meu aplicativo, para alguém que tem uma opinião tão ruim a respeito dele.

Posy fechou os olhos. Não estava conseguindo mais lidar com Sebastian. Provavelmente ia chorar outra vez. E certamente ia gritar com ele e, então, quando ele continuasse a sorrir e a se elevar sobre ela e a fazer comentários imbecis, ela pegaria o atiçador na lareira do saguão e o usaria para enchê-lo de furos.

Bem melhor ir embora logo e fechar a porta atrás de si com tanta firmeza que talvez o ato pudesse ser classificado como batê-la.

Isso feito, ela seguiu pisando duro pelas ruas de Bloomsbury, que não estavam mais banhadas de sol como quando ela saíra da loja, mas lavadas por torrentes de chuva. O tempo ruim provavelmente também era culpa de Sebastian, Posy decidiu. Cada pingo de chuva avivava as chamas de seu mau humor; assim, quando abriu a porta da Bookends de uma maneira que faria Sebastian processá-la pelos direitos autorais do gesto, ela estava furiosa. Soltando fumaça. Fervendo.

— Ele não é só o homem mais grosso de Londres, é o homem mais grosso de toda a Grã-Bretanha — disse para Nina e para as duas mulheres com capa de chuva com quem ela estava falando. — O homem mais grosso da droga do mundo inteiro.

— Quer dizer que você teve uma conversa agradável com o Sebastian? — Nina perguntou. — E você sabe quando vai sair o próximo livro de Eloisa James?

— Se por conversa você quer dizer que ele fez vários comentários indelicados e pessoais e pôs as mãos nos meus seios em duas ocasiões diferentes, sim, nós tivemos uma conversa adorável. — Posy sentiu necessidade de pôr as próprias mãos sobre os seios para limpar o fantasma do toque de Sebastian. Não era surpresa que as duas mulheres com capa de chuva a olhassem espantadas, como se ela estivesse soltando ectoplasma preto pelas orelhas. — Desculpem, o que vão pensar de mim? Eloisa James. Não há informação de nada novo por enquanto, mas vocês já leram algum livro de Courtney Milan? Sua série Entre Irmãos é muito boa. Não está disponível no Reino Unido, mas temos em nossa seção de importados, se estiverem interessadas.

Depois de Posy vender três livros para cada uma e ter uma conversa animada sobre temas comuns nos romances do período da Regência ("Por que os heróis sempre têm uma parelha de cavalos cinzentos de passada alta? Devia ser o equivalente a um carro esporte na Regência!"), sua pressão saiu da zona de perigo.

Mas ameaçou subir outra vez quando Verity lhe apresentou um cronograma provisório para transformar a Bookends em Felizes para Sempre. Nele havia todo tipo de atividades trabalhosas, como desmontar cada sala, uma por vez, para pintar e renovar os estoques, devolver o estoque não desejado para as editoras e, ao mesmo tempo, negociar com elas para obter ficção romântica com descontos, itens promocionais e visitas de autores.

— Você quer que esteja tudo pronto para o relançamento no final de julho? São só cinco meses!

— O ideal seria reabrirmos pelo menos um mês antes disso, para aproveitar o começo da temporada de turistas e as férias escolares, mas há muito o que fazer. — Verity deu uma espiada sobre o ombro de Posy, para a lista que ela sabia que a assombraria em todas as horas em que estivesse acordada. Provavelmente se intrometeria também em suas horas de sono e lhe daria uns bons pesadelos sobre estantes de livros intermináveis, curiosamente resistentes a novas camadas de tinta e livros transformados em fatias de queijo. — Todos vamos ajudar. Eu não me importo de assumir o trabalho pesado, desde que não tenha que fazer nada que envolva conversar com estranhos.

— Nem pelo telefone? Nem pelo bem maior? — Posy perguntou, desalentada. Ela entendia que Verity era uma introvertida em um mundo de extrovertidos e que o dia mais feliz de sua vida foi quando caixas de autoatendimento foram instaladas no grande supermercado Sainsbury, na frente da estação Holborn do metrô, mas era muito complicado ter uma gerente assistente que recebia o toque do telefone com as palavras: "Que amolação é essa agora?"

— Posso enviar e-mails. Adoro enviar e-mails — Verity respondeu alegremente. — Vai dar certo. Será que é um bom momento para lhe contar também que ligaram do banco?

— Não muito — disse Posy, decidindo que aquele seria um bom momento para se esconder em seu quarto com a caixa de salgadinhos de queijo que ela não havia dizimado completamente na noite anterior.

As três folhas de papel que Verity havia entregado a Posy pareciam desafiá-la, então ela as virou ao contrário, mas isso a fez se sentir culpada.

Posy ligou o notebook e pensou em fazer algo útil, como enviar e-mails para seus representantes de vendas favoritos ou rascunhar uma carta para o banco, mas, em vez disso, só conseguiu se lembrar de Sebastian sendo totalmente impossível. Não que seu comportamento naquele dia tivesse sido mais impossível do que o habitual.

Exceto que, hoje, ele a havia acusado de ser uma velha mal-amada e chata, apaixonada pelos heróis ardentes da ficção romântica porque não conseguia ter satisfação com um homem real.

Posy abriu um documento em branco e, em vez de começar qualquer uma das muitas coisas trabalhosas que precisava fazer, viu seus dedos pularem sobre as teclas para produzir algo bem diferente.

Violada pelo devasso

Sebastian Thorndyke, terceiro conde de Bloomsbury, flagelo da alta sociedade britânica e o homem mais cruel de Londres, entrou no saguão de uma casa modesta, no lado leste de Holborn.

— Não precisa me anunciar — declarou com a voz profunda e adocicada que fora a ruína de várias jovens debutantes persuadidas a acompanhá-lo por trilhas escuras no parque Vauxhall Pleasure enquanto a mãe sempre vigilante se distraía. Jogou as luvas e a bengala para Thomas, o lacaio, que tentava corajosamente barrar a passagem do conde.

— Senhor, devo insistir que aguarde aqui.

— Ah, vai insistir? Bem, nesse caso...

O conde empurrou o fiel servidor da família para o lado e subiu as escadas até o primeiro andar, com Thomas cambaleando atrás dele.

— Senhor, minha senhora não está em casa. E o jovem senhor Samuel está na escola no País de Gales onde...

— Detesto chamar um homem de mentiroso, mas prefiro achar que ela está — rebateu Thorndyke, enquanto abria sem cerimônia a porta da sala de estar, assustando a jovem mulher que estava sentada à escrivaninha. — Ora essa, você é um mentiroso! Minha senhora decididamente está em casa.

— Por Deus, meu lorde, eu imaginaria que mesmo o senhor saberia a diferença entre estar em casa e estar em casa para as visitas — disse a calma e altiva jovem, virando-se da carta que estava escrevendo. — Thomas, parece que o conde vai ficar e certamente precisará tomar algo para se recompor. Deve ser mui-

to prejudicial à saúde irromper pelas casas de Londres exigindo audiências com as pessoas sem se importar com o que elas pensam disso. Talvez um chá? (Toma essa, Sebastian!)

— *Chega, srta. Morland! Estou ficando cada vez mais impaciente...*

— *Devo entender, então, que o senhor já está impaciente. Certamente não precisa muito para chegar a esse estado. O senhor é um mestre da impaciência.*

E Posy Morland, filha dos falecidos sr. e sra. Morland, livreiros que atendiam os bem-nascidos de Londres, virou-se novamente para sua correspondência, mesmo sabendo que homens menos importantes haviam virado as costas para Sebastian Thorndyke e se arrependido amargamente depois.

Lorde Thorndyke olhou para a cabeça inclinada da srta. Morland. Cachos avermelhados de cabelo sedoso escapavam da touca de renda que ela usava e que ele considerava uma terrível afetação. Sim, ela estava com vinte e oito anos e deveria ter se casado há muito tempo se não fosse por seus modos insolentes (ele mesmo já fora alvo de sua língua afiada mais vezes do que gostaria de se lembrar), mas ainda não era uma solteirona que precisasse usar aquela touca de renda e a expressão azeda. Ela trajava um vestido cinza sem graça, com um xale branco enfiado no decote discreto, que emoldurava as linhas delicadas de um pescoço que ele tinha vontade de torcer. Mas seus planos para a srta. Morland eram outros. A megera precisava que alguém baixasse um pouco a sua crista e ele era o homem certo para isso.

Após terminar de escrever a carta e usar o mata-borrão, Posy Morland deixou papel e pena de lado. Um momento depois, a Pequena Sophie trouxe a bandeja do chá e ficou parada no centro da sala, de olhos arregalados e assustada ao ver o conde refestelado em uma poltrona, com as botas apoiadas na mesa como se estivesse tomando cerveja na taverna mais vulgar e não em companhia de pessoas educadas.

Sussurrava-se à boca pequena que Thorndyke não permitia que seu valete se recolhesse antes de ter passado uma hora engraxando e polindo as botas Hessian de seu senhor. Dizia-se também que, certa noite, Thorndyke arrastara o pobre homem da cama e batera nele com seu chicote de montaria quando descobrira uma pequena mancha no couro.

— Tenha a gentileza de tirar suas botas de minha mesa. O senhor não está em uma sala de jogos — Posy disse com altivez, levantando-se de sua cadeira para pegar a bandeja das mãos da Pequena Sophie, que tremia tanto que parecia prestes a derrubar a fina porcelana dos Morland. — Obrigada, Sophie, pode se retirar.

A criada inclinou a cabeça e saiu apressadamente da sala. Posy pôs a bandeja sobre a mesa e se sentou em uma poltrona na frente de Thorndyke. Arrumou a saia e, então, pegou o bule de prata.

— Quer uma xícara de chá, meu senhor? — Posy indagou, embora preferisse que ele recusasse, porque seu precioso estoque de chá estava tristemente reduzido e não havia recursos para repor esses luxos. Na verdade, ela passara a manhã escrevendo para o quitandeiro, o açougueiro e o comerciante de tecidos, implorando que eles estendessem a linha de crédito dos Morland.

— Acredite, senhora, seria melhor não saber o que eu quero. Mas vou lhe dizer mesmo assim. — Thorndyke se inclinou para a frente, os olhos escuros dançando com ar divertido, o sorriso cruel. — É apenas uma questão de cinquenta guinéus que emprestei para seu falecido pai. Se você quitar a dívida, irei embora satisfeito.

Ele tirou uma carta do bolso de seu casaco de algodão caro, tão preto quanto seu coração, e agitou-a na frente de Posy, que mal conseguia respirar. Ela levou a mão instável ao peito, onde seu coração batia agitado como um passarinho na gaiola.

— Senhor... eu lhe imploro — ela pediu. — Nossa situação se tornou muito desfavorável nos últimos tempos, mas há uma *pequena anuidade que será paga a meu irmão Samuel quando ele atingir a maioridade. O senhor nos demonstrará alguma compaixão até lá?*

— Não, srta. Morland. Do mesmo modo como a senhora nunca demonstrou nenhuma compaixão por mim com sua língua viperina e seu frio desprezo. — *Ele se levantou, o corpo esguio, o rosto arrogante.* — Cinquenta guinéus até o fim do mês, ou verei a senhorita e seu irmão na prisão dos devedores.

— O senhor não pode fazer isso! — *ela exclamou.*

Ele segurou o queixo dela com a mão enluvada e levantou-lhe a cabeça, de modo que Posy pôde ver a satisfação perversa que animava seus traços bem torneados.

— Ah, eu posso e eu vou — *ele disse suavemente, depois endireitou o corpo, fez uma profunda reverência e partiu.*

Dois dias mais tarde, após uma manhã passada com o advogado de Lavinia, durante a qual teve de assinar tantos papéis que, no fim, sua assinatura já parecia um hieróglifo, Posy começou a fazer o inventário da loja.

Verity tinha lhe dito para fazer três listas: livros que poderiam ficar dentro do novo esquema, livros que seriam devolvidos para as editoras e livros que teriam que ser vendidos em uma superliquidação. Infelizmente, o plano havia saído dos trilhos assim que Posy encontrou *Alcova*, de Shirley Conran, na prateleira do alto, na sala principal. Fazia anos que tinha lido esse livro e agora estava agarrada ao degrau de cima da escadinha, relendo a cena do peixinho dourado. Não era muito higiênico, Posy pensou consigo mesma, nem muito agradável para o peixinho, e então sentiu a escada sacudir, deu um grito de susto e deixou cair o livro.

— O que está fazendo aí em cima?

Posy fechou os olhos e gemeu baixinho. Depois tornou a abri-los e viu Sebastian de pé abaixo dela, com o livro na mão, aberto bem na página que ela estava lendo.

Ele baixou os olhos para o livro e puxou o ar.

— Fazer *o que* com um peixinho dourado? Você precisa mesmo vender esses livros obscenos?

— É um clássico moderno — disse Posy.

Sebastian fez uma careta.

— Eu passo. — Ele levantou a cabeça e sorriu. — Agradeça por não estar usando saia, ou eu poderia ver tudo debaixo dela.

Felizmente, Posy estava de jeans. Quando começou a descer depressa os degraus, sentiu as mãos de Sebastian segurarem seus quadris, o que pelo menos foi uma mudança das mãos dele em seus seios. Elas eram grandes, com dedos longos, mas não tão grandes quanto o traseiro de Posy. Ela nunca fora tão consciente dessa parte de seu corpo, ou de como ele devia parecer pouco lisonjeiro conforme se aproximava do rosto de Sebastian.

— Eu sei descer a escada sozinha. Faço isso há anos — disse ela. — Portanto peço que remova suas mãos de mim.

Que ótimo! Agora ela estava falando como a Posy do romance bizarro da Regência que ela se pegara escrevendo na outra noite, o que provavelmente podia ser jogado na conta da TPM. Ou de comer muito queijo. Ou de insanidade temporária. Ou de alguma combinação intoxicante das três coisas.

— Estou removendo minhas mãos de você agora — disse Sebastian. — Eu disse que ela era temperamental.

Posy olhou para trás e viu que Sebastian tinha trazido reforço: dois homens de macacão azul carregavam um enorme aparelho de TV pela loja.

— Não encoste nas moças sem pedir primeiro, patrão — um deles disse, piscando para Posy, que ainda estava no meio da escada.

— O que é isso? — ela perguntou.

— É uma televisão, Morland. Nunca tinha visto uma? — O olhar de Sebastian era todo inocência, o que não combinava nem um pouco com ele. — A escada à esquerda do escritório. Podem deixar na sala de estar lá em cima, se encontrarem algum espaço livre no chão.

— Eu sei o que é. Por que está passando com ela pela minha loja?

Posy sentiu o chão firme sob os pés quando pulou da escada e correu para barrar a passagem da televisão.

— É a que eu comprei para a Lavinia. Não seja chata, Morland. Eu não preciso de uma TV. Já tenho uma enorme e também não preciso de um sistema de entretenimento ou de um PlayStation.

— Você comprou um PlayStation para a Lavinia? — perguntou Nina, que, aparentemente, estava atrás do balcão o tempo todo, como uma ninja furtiva de ouvidos atentos. — Por quê?

Sebastian suspirou dramaticamente como se a resposta fosse óbvia.

— Para melhorar as funções cognitivas e a capacidade visual e motora dela, claro. Que pergunta boba. Você não é aquela garota que ficou impressionada com o Brocklehurst? Te deixaram cair de cabeça quando era bebê?

— Não que eu saiba. E, para sua informação, o Piers e eu estávamos só flertando. Ele foi charmoso. Você poderia experimentar de vez em quando. Então, agora que esclarecemos isso, tenho uma queixa a fazer. — Nina saiu de trás do balcão e avançou para Sebastian, que de repente não pareceu tão autoconfiante como de costume. — Baixei aquele seu aplicativo de encontros ridículo e todos os homens que tentei foram um desperdício total de maquiagem. Um cara disse que era DJ, mas na verdade era peixeiro e nem tomou banho antes de aparecer querendo se enfiar dentro da minha calcinha.

— Bom... há... quando baixa o app, você concorda automaticamente com nossos termos e condições, que expressam com muita clareza que não nos responsabilizamos pelo nível de imbecilidade que você pode encontrar ali. Naturalmente, meus advogados incluem alguns "doravante" e um ou dois "indenização" para tudo soar de acordo com a lei. E aí, ele se enfiou dentro da sua calcinha?

— Sebastian, você não pode perguntar isso para uma pessoa! — exclamou Posy, e ele se virou para ela com uma expressão genuinamente surpresa.

— Por que não? Foi ela que tocou no assunto da calcinha — ele lembrou. — E então, ele conseguiu? — E se virou de volta para Nina, a imperturbável Nina, que não parecia se importar que Sebastian e os dois patetas que ele havia trazido consigo e esperavam junto às estantes de lançamentos estivessem tão interessados em sua calcinha.

— Não — respondeu Nina, com algum prazer. — Uma garota precisa ter alguns critérios. O sujeito que atrasou meia hora porque disse que tinha ido levar o hamster da irmãzinha ao veterinário também não conseguiu. Mas estou falando sério, você precisa ter um filtro melhor para babacas naquele aplicativo.

— Eu sempre tomo banho depois do trabalho e não tenho uma irmãzinha nem um hamster — disse o carregador de TV que Posy havia batizado mentalmente de Jovem Vaidoso. Ele tinha um cigarro enrolado atrás de uma orelha, um lápis atrás da outra, braços másculos, cabelos curtos e um sorriso presunçoso.

Bem o tipo de Nina. E com certeza devia ser melhor que Piers Brocklehurst.

Pelo jeito, Nina pensou a mesma coisa. Ela pegou o telefone dele; ele pegou o dela. Eles se encontraram no detestável aplicativo de Sebastian e se marcaram mutuamente como positivos, enquanto Sebastian observava com ar de papai orgulhoso.

— Vou mandar uma mensagem para você, tudo bem? — Jovem Vaidoso disse para Nina, que sorriu.

— Legal. Talvez eu responda sua mensagem.

Posy torceu tanto a boca que se perguntou se um dia ela voltaria ao normal. Onde estava o romance? Onde estavam dois estranhos se avistando de lados opostos de uma sala lotada, aquela faísca de reconhecimento, de algo profundo e mágico, de dois corações se encontrando? Sem corações envolvidos, só houve uma conversa sobre a calcinha de Nina. Não havia diferença entre os encontros modernos e uma compra online em um supermercado. Pelo menos, se você fizesse uma compra online em um supermercado e não tivessem seu item no estoque, eles o substituíam por outro mais caro.

— Certo, galã, agora chega — disse o colega de Jovem Vaidoso, que Posy batizou mentalmente de Velho Rabugento. — Vamos deixar a televisão aqui até a senhorita decidir. Onde é para pôr o sofá e as poltronas?

— No salão de chá à direita, por enquanto. Vai ser mais fácil eu abrir a porta da frente, assim vocês não precisam atravessar a loja — Posy disse, animada, porque quanto mais rápido resolvessem aquilo, mais depressa Sebastian daria o fora dali. — Vou pegar a chave.

— Não seja tonta, Morland — Sebastian se intrometeu, empurrando-a do caminho. — Pegue o sofá e as poltronas que estão na sua sala, coloque-os no salão de chá e leve o sofá e as poltronas da Lavinia para cima. Você vai ficar bem mais confortável. Eu sentei no seu sofá da última vez que estive aqui e quase fui sodomizado por uma mola solta.

Havia uma mola solta; ela e Sam sabiam como evitá-la, mas era a droga da mola deles e o sofá deles, e Sebastian não tinha nada que entrar ali e tentar assumir o controle de tudo: sua vida, sua loja, até sua escolha de onde se sentar.

— É muito gentil da sua parte, mas é melhor deixar tudo aqui embaixo. Tem muita coisa no caminho que eu preciso tirar antes de começar a trocar a mobília lá de cima...

Posy caminhou até o balcão, de costas para Sebastian, para poder fazer uma careta e uma expressão de impaciência para Nina, já esquecido o desentendimento entre elas por causa de Piers, e procurou sob o balcão a chave do salão de chá. Assim que a encontrou, Sebastian já estava a seu lado, de modo que pôde arrancar a chave de suas mãos. Ele se recusou a entregá-la de volta, mesmo quando Posy tentou pisar em seu pé.

— Levem lá para cima, rapazes. Vão ter que abrir caminho entre os livros, mas não tem outro jeito.

— Sebastian, você não pode ficar entrando aqui e dando ordens como se fosse a sua casa. Este lugar não é seu. É meu — disse Posy, empenhando-se em manter a voz calma e equilibrada, mas não conseguindo evitar segurar o braço dele. Sob a manga de lã fina e macia de seu paletó, sentiu os músculos reagirem freneticamente quando ela fez contato.

— Já falamos sobre isso antes — Sebastian disse gentilmente, enquanto se desvencilhava dela. — Nunca, nunca toque o terno.

— Você é impossível — ela lhe respondeu, enquanto Jovem Vaidoso e Velho Rabugento subiam a escada com os rangidos dos pés acompanhados de exclamações sussurradas de "Puxa vida!" e "Ele não estava brincando sobre os livros". — E por que, desde que a Lavinia morreu, você não sai *daqui*? Não tem mais ninguém para você perturbar?

Sebastian estendeu o lábio inferior em um beicinho audacioso.

— Essa é uma atitude muito grosseira da sua parte, considerando que eu decidi presenteá-la com a riqueza da minha experiência, já que você está tão determinada a manter a livraria, mesmo contra os meus conselhos.

Posy sentiu mais que um incômodo; foi um mau pressentimento mesmo.

— Ah — disse ela, olhando de lado para Nina.

— Quer dizer, Sebastian, que você tem bastante experiência com venda de livros? — Nina perguntou docemente. — Trabalhou aqui nas férias escolares, nos velhos tempos?

— Até parece — Posy bufou. — Ele estava ocupado demais me trancando no depósito de carvão.

— Foi só uma vez, Morland. E eu só fiz isso para você parar de ficar se derretendo por mim. Ela teve uma fixação terrível por mim *nos velhos tempos* — ele acrescentou como explicação para Nina, que sorriu.

— É, "terrível" é a palavra certa. — Posy estremeceu ao pensar em sua paixão infantil.

— Enfim, eu cheguei à conclusão de que, se quisermos fazer esta livraria funcionar, temos que encontrar um nicho para explorar — Sebastian anunciou com orgulho, como se tivesse tido a ideia sozinho.

— Sim, foi o que eu disse — Posy o lembrou. — É por isso que vamos relançar a Bookends como uma livr...

— Uma livraria de literatura policial! — Sebastian disse depressa, com um olhar sério para Posy. — Por favor, não me interrompa. Isso é muito grosseiro. Prosseguindo, eu fiz algumas pesquisas. Bem, pus alguns estagiários para fazer. O dinheiro está nisso: nos crimes. Metade da lista dos mais vendidos em qualquer momento é composta de romances policiais. É perfeito. Brilhante! — Ele deu uma olhada para Posy, que não conseguia decidir entre impassível ou furiosa como expressão facial adequada. — Você está com dor de barriga ou o quê?

Por onde começar?

— Ponto número um: eu não gosto de ficção policial.

— Por que não? É fantástica. Há assassinatos, intriga, suspense, sexo, heróis e vilões, venenos que não deixam rastros. O que tem para não gostar? — Ele caminhou até o balcão, onde Nina suprimia um bocejo. — Você gosta de policiais, não gosta?

Nina sacudiu a cabeça.

— Não. Depois que eu descubro quem é o culpado, não vejo mais graça. Além disso, tinha uma loja de livros policiais na Charing Cross Road que faliu.

Imperturbável, Sebastian jogou os cabelos cacheados para trás.

— Provavelmente eles eram muito ruins para vender livros, mas nós não somos. Vamos arrebentar.

— Sério, você escuta quando as pessoas discordam de você ou seu cérebro bloqueia as palavras automaticamente? — Posy perguntou, com sincera curiosidade. — Nós não vamos vender policiais. Vamos vender romances.

— Romances, bobagens. — Sebastian pegou a mão de Posy, mesmo que ela tentasse se soltar, e a puxou para o meio da loja. — Vamos pôr os lançamentos e best-sellers aqui.

— Sou só eu ou você também tem a sensação de já ter visto essa parte? — perguntou Nina.

Posy sacudiu a cabeça. Não havia nada a fazer a não ser esperar que Sebastian perdesse o gás.

— Aqui será nossa sala de clássicos de assassinatos misteriosos — disse ele, puxando Posy para a primeira sala à direita. — Agatha Christie, Conan Doyle etc. Depois, por aqui, teremos literatura policial escandinava. Ah! E graphic novel. À esquerda, teremos crimes reais. Quem não adora um assassino em série?

— Muita gente — disse Posy. — As famílias das vítimas, qualquer cidadão decente respeitador da lei...

— Que tédio. E também devíamos vender outros produtos relacionados a livros: sacolas com a marca, canecas, papelaria. Sai a preço de banana no atacado, mais barato que banana, e você não imagina a margem de lucro que dá para pôr em cima disso.

Era mesmo uma boa ideia. Não os assassinos em série, mas quem não gostava de uma sacola bonita? Talvez velas perfumadas, cartões comemorativos relacionados a livros, papel de presente... Poderiam até oferecer um serviço de embalagens para presente. Posy decidiu que pesquisaria na internet tutoriais sobre como fazer embalagens de presente, porque todos os seus presentes pareciam ter sido embrulhados por uma criança de cinco anos sem polegares opositores.

Então se deu conta de que Sebastian continuava tagarelando.

— Obviamente temos que pensar em mudar o nome da livraria. Fiz uma pesquisa rápida no escritório para ver o que as pessoas pensavam do nome Bookends. A maioria não tinha opinião nenhuma. Acho que poderíamos pedir sugestões para sua equipe, mas o que acha de A Adaga Sangrenta?

— Garanto que ela vai estar bem limpa muito antes que a polícia a encontre ao lado do seu cadáver — Posy disse com voz indiferente.

— Isso! Você está entrando no espírito da coisa — respondeu Sebastian, porque ele era feito de teflon ou algum outro material impenetrável, o que tornava impossível para ele entender uma indireta ou perceber pistas sociais.

— Então, estamos de acordo: uma livraria de literatura policial, certo?

Ele nunca sairia dali. Continuaria lá até que eles concordassem em relançar a loja como uma livraria de literatura policial e a estocassem com romances sinistros e thrillers psicológicos tensos, todos com capa escura. E Posy não queria generalizar, porque odiava quando as pessoas faziam isso com a ficção romântica, mas parecia que toda ficção policial que já lhe caíra nas mãos era recheada de enormes quantidades de mortes e ameaças assustadoras. E um ex-policial emocionalmente abalado, atormentado pela morte de uma pessoa amada vítima de um assassino em série vingativo que haviam mandado para a prisão para uma pena de dez anos e depois foi absolvido com base em alguma tecnicidade. *Isso* era chato *e* deprimente, mas não adiantava falar nada para Sebastian. Ele se recusaria a ouvir.

O que Lavinia faria?, Posy se perguntou, como fizera com tanta frequência nos últimos dias.

Lavinia sempre havia lhe dito que ninguém jamais dizia "não" para Sebastian. "Mariana com certeza não dizia, nem nenhuma de suas babás, até Eton tentou e falhou. Perry e eu devíamos ter sido mais firmes com ele, mas era nosso único neto, então acabou sendo muito mimado, e agora ele simplesmente não responde a um 'não'."

Então Posy decidiu que não lhe diria "não". Voltou a atenção para Sebastian, que aguardava sua resposta.

— Livraria de literatura policial — ele repetiu. — Eu e você, juntos nisso?

— Ah, que seja — Posy disse, hesitante, porque isso não era sim nem não. Era um vago meio-termo que jamais poderia ser usado em um tribunal. — Estou cheia de falar sobre isso. Terminamos?

Não era um sim, realmente não era, mas Sebastian virou-se lentamente, sob um raio do sol poente, e sorriu para Posy como se ela tivesse gritado aos céus: "Sim! Sim! Mil vezes sim!"

E, por Deus, que sorriso era aquele. Sebastian sempre ficava bonito quando estava bravo, mas, quando sorria, ficava lindo, e também um pouco bobo e com jeito de garoto, de modo que Posy não teve como não sorrir de volta.

— Ah! — ele exclamou. — Eu sabia que você não conseguiria resistir a mim.

— Na verdade, é muito fácil resistir a você — respondeu Posy, mas, agora que achava que tinha conseguido o que queria, Sebastian estava ocupado demais tomando Posy nos braços e valsando com ela em volta da mesa central para ouvir qualquer coisa que ela dissesse. E era bom estar nos braços de alguém, especialmente alguém tão cheiroso e **tão mais** alto, que a fazia se sentir uma garotinha delicada. Estavam tendo um momento especial, até que ela pisou no pé de Sebastian.

— Você fez isso de propósito?

Posy foi salva de responder por um estrondo assustador no andar de cima, seguido por: "Tudo certo, senhorita. Não quebramos nada, só amassamos alguns dos seus livros". Então o sininho da loja tocou e Sam entrou, acompanhado de seu melhor amigo, Pants.

— Tudo bem? — Sam grunhiu, e teria continuado direto pela loja e escada acima se Pants não tivesse diminuído o passo, porque Nina ainda estava atrás do balcão e Pants acompanhava Sam da escola para casa todas as quintas-feiras só para poder olhar para Nina. Nina, a luz de sua vida, seu único e verdadeiro amor.

— Como vai, Pants? — Nina perguntou gentilmente, porque Pants fazia as pessoas quererem ser gentis com ele. Era baixo, gordinho, ruivo e até seus pais o chamavam de Pants.

— Ah, não posso reclamar, embora esteja frio demais para esta época do ano — disse ele, balançando para trás sobre os calcanhares, porque a outra coisa sobre Pants era que ele era um homem de meia-idade preso no corpo de um menino de quinze anos. Ele continuou a olhar para Nina, enquanto ela sorria bravamente, depois puxou sua mochila escolar mais para cima e começou a recuar. — Bom, tenho que ir. A lição de matemática não vai ficar pronta sozinha — disse e se foi.

— Desculpe — Sam se dirigiu a Nina. — Toda quinta ele diz que não vai vir para casa comigo, depois muda de ideia no meio da aula de geografia.

— Ah, tudo bem. Acho que o Pants é o meu relacionamento mais longo. — Nina deixou cair os ombros. — Bom, até ele crescer um pouco mais e começar a ir atrás de mulheres mais novas.

— É, isso é verdade — concordou Sam. Ele ainda não havia notado Sebastian, embora este o tivesse notado e o observasse da cabeça aos pés, com uma expressão estranha no rosto.

— É melhor você subir — Posy disse depressa. — Aposto que tem toneladas de lição de casa. Ah, tem dois homens lá em cima entregando um sofá de que não precisamos...

— Precisamos sim. Toda vez que eu sento no nosso, esqueço daquela mola solta e ela me espeta a bunda.

— Você devia ter mais cuidado — disse Posy. — Vá lá para cima e veja se eles não quebraram nada.

Sam fez uma careta.

— Que mandona.

— Ela é, não é? — Sebastian jamais aguentava ficar em silêncio por muito tempo. — Sou o Sebastian. Quem é você?

Sam recuou ligeiramente e Posy não teve escolha a não ser apresentá-los.

— Este é o Sebastian, neto da Lavinia. Você não lembra dele? Se bem que ele costuma vir nos importunar enquanto você está na escola. Ele também é muito mal-educado, então não tome pessoalmente nada que ele disser. Sebastian, este é o Sam, meu irmão menor.

— Não é irmão menor, Posy. É irmão mais novo. Eu sou bem mais alto que você.

Os dois, Sam e Sebastian, olharam um para o outro. Se Sebastian falasse alguma coisa das espinhas de Sam, ou de seus tocos de barba clara, sobre os quais Posy vinha querendo conversar com ele, ou sobre os três centímetros de meia que apareciam sob a calça, ela o mataria. Devagarinho. Muito, muito devagarinho.

Sebastian não fez nada disso.

— Esse não é o Sam — disse ele. — O Sam é uma criança. Mais ou menos desta altura. — Ergueu a mão até o bolso da camisa.

— Eu não sou dessa altura desde, hum, uns seis anos.

Foi a vez de Sam olhar Sebastian de cima a baixo. Era um pouco como observar dois alces naquela fração de segundo antes de eles travarem os chifres, enquanto David Attenborough fazia uma descrição detalhada da cena.

Então Sebastian encolheu os ombros e Posy relaxou.

— Ei, Sam. É um prazer conhecê-lo. Você gostaria de um PlayStation, um sistema de entretenimento de última geração e uma televisão de plasma com tela de quarenta e seis polegadas? Sua irmã está dizendo para eu levar tudo de volta.

— Por quê? — Sam lançou a ela um olhar positivamente demoníaco.

— Nossa televisão é um lixo. Eu quase nem consigo ver os canais digitais nela.

Posy sabia quando uma batalha estava perdida.

— Se aceitarmos... *se*... você só vai ter uma hora de televisão ou de PlayStation por noite, duas horas nos fins de semana, e tem que fazer toda a lição de casa primeiro. Promete?

— Ah, que seja.

Sebastian olhou para Sam de novo.

— É melhor você ajudar os caras a carregarem tudo lá para cima. Meu terno não é adequado para isso. Vocês têm biscoitos? Sua irmã não me ofereceu nem uma xícara de chá. Você devia ter uma conversa com ela.

— Ela deve ter comido todos os biscoitos — disse Sam, deslealmente, o traidorzinho, e então eles subiram a escada e Nina voltou todo o peso de seu olhar mais intimidador para Posy, que ficou devidamente intimidada.

— O quê? O que eu fiz?

— Nós vamos vender *livros policiais*? — Se um dia a equipe de *Downton Abbey* precisasse de uma dublê para Lady Violet, Nina estava pronta.

— Claro que não.

Agora foi a vez de Verity vir apressada do escritório, onde estivera o tempo todo de cara feia.

— Mas você disse para ele que sim. Eu ouvi. É a pior coisa que podia acontecer.

— Vai ser horrível. — Nina parecia próxima das lágrimas. — Uma loja de livros policiais. Um monte de psicopatas pervertidos vão vir aqui comprar livros sobre Ted Bundy e outros assassinos de mulheres, e depois vão nos seguir até em casa, nos matar horrivelmente e fazer roupinhas de bebê com a nossa pele.

— Parem com esse exagero todo — Posy protestou. — De qualquer modo, eu não concordei em transformar a Bookends em uma livraria de literatura policial. Eu disse "Ah, que seja", que não é a mesma coisa que dizer sim. Ele não ia parar de falar, então eu precisava dizer alguma coisa e ele não ouviria um "não". Enfim, ele tem a capacidade de atenção de uma mosca. Daqui a uma semana já vai ter esquecido tudo isso e nos deixar em paz enquanto inventa algum aplicativo nojento que permita trair o cônjuge sem que ele nunca descubra.

Verity continuava cética.

— Tem certeza?

— Nunca tive tanta certeza na vida. Apesar de que, para dar crédito a Sebastian pela primeira e última vez e nunca mais mencionar isso, foi uma ideia de gênio aquela de vender cartões, canecas e sacolas.

Nina bateu palmas.

— Eu sei! Adoro sacolas! Podemos desenhar nossas próprias sacolas com citações dos nossos romances favoritos.

— Mas só se os autores estiverem mortos há mais de setenta anos, para não precisarmos pagar direitos autorais — Posy observou, porque já se sentia totalmente pegando o jeito daquela história de ser dona de livraria. No fim do ano, provavelmente estaria circulando pela conferência anual dos proprietários de pequenos negócios, trocando ideias com outros pequenos empresários bem-sucedidos e marcando reuniões em cafés da manhã.

Por fim, Jovem Vaidoso e Velho Rabugento foram embora, mas não antes de derrubar um display de livros sobre Londres que Posy tinha arrumado para atrair turistas que porventura entrassem na loja. Depois, Nina e Verity fecharam tudo e também foram para casa, mas Sebastian *ainda* continuava lá em cima com Sam.

Enquanto Posy subia a escada, ouviu o murmúrio baixo de conversa vindo da sala e, quando abriu a porta, Sam e Sebastian olhavam para alguma coisa no computador.

Por um breve momento de pânico, Posy achou que pudesse ser pornografia, mas, ao chegar mais perto, viu o site rudimentar da livraria na tela. Sebastian e Sam não a ouviram entrar porque estavam falando sobre bancos de dados, folhas de estilo, painéis de propriedades e acrônimos estranhos que nem eram palavras.

Posy sabia que Sebastian era um empreendedor digital e ganhava montanhas de dinheiro com seus aplicativos, sites e sabe-se lá o que mais, mas sempre imaginara que ele só dava algumas ideias vagas para seus brinquedinhos tecnológicos e tinha uma equipe de serviçais que faziam o trabalho pesado. Ou a codificação pesada. Ou o que fosse. Mas, enquanto ele falava com Sam sobre algo chamado CSS, sem um único comentário sarcástico ou insulto direto, com os dedos voando sobre o teclado, Posy foi forçada a admitir que talvez estivesse enganada.

E Sam! Seu pequeno Sam. Seu irmãozinho, de quem ela sabia tudo, mantinha a conversa sem hesitação. Concordando com a cabeça, empurrando Sebastian da frente do computador para fazer alguma coisa que deixou a tela escura, depois trouxe letras verdes cintilantes enquanto falava animadamente sobre módulos de criação de hiperlinks.

Sam era uma pessoa autônoma, com sua própria vida acontecendo, seus próprios gostos e aversões, paixões e ambições, e logo não precisaria mais que ela ficasse pegando no seu pé para nada. O que era bom, pois significava que Posy havia feito a coisa certa com ele, que havia, mesmo que minimamente, exercido o papel de seus pais e agora poderia começar a viver sua vida. Então por que esse pensamento a deixava tão triste?

— Espero que isso signifique que você não tem lição de casa — disse Posy, apenas para lembrar a si mesma que Sam ainda precisava dela, mas soube imediatamente que fora a coisa errada a dizer, porque Sam virou com uma expressão magoada e Sebastian fez um som de desdém.

— Meu Deus, sua irmã é uma tremenda estraga-prazeres — disse ele. — E teimosa. Como você aguenta?

— Ela é legal. Em algumas coisas, pelo menos — Sam respondeu, com muito menos entusiasmo do que Posy gostaria. — Por exemplo, ela nunca grita para eu arrumar minha cama. Diz que eu vou desarrumar mesmo quando deitar outra vez... E então, quer ficar para jantar com a gente?

— Ei! Eu ainda estou aqui — Posy lembrou, porque não suportaria se Sebastian ficasse para jantar. Ele ia querer falar mais sobre a ideia de literatura policial que nunca, nunca ia acontecer, e eles só tinham macarrão com molho pesto para o jantar, com alguma verdura que tivesse sobrado na geladeira, porque Posy não tinha tido tempo de fazer compras.

Eles comiam macarrão com molho pesto no jantar pelo menos duas vezes por semana.

— Eu adoraria ficar para jantar, mas sua irmã deixa muito a desejar como dona de casa e eu detestaria morrer de botulismo — disse Sebastian, enquanto se levantava e relaxava os ombros. — Foi um prazer te conhecer, Sam. É o meu Morland favorito. De longe. Vou pedir para o Rob te mandar um e-mail sobre o site.

Sam não pareceu notar que Sebastian estava sugando todo o ar da sala simplesmente por existir e que acabara de insultar sua irmã pelo menos três vezes. Na verdade, o garoto nem tirou os olhos do computador.

— Legal. Até mais, então.

Posy conduziu Sebastian pela loja escura. Respirou fundo e decidiu dar um tempo para ele. Embora tivesse sido intrometido e autoritário, ele havia tido algumas boas ideias.

— Fiquei bem animada com a ideia das sacolas — ela lhe disse, enquanto destrancava a porta. — E foi muita gentileza sua ajudar o Sam com o site.

Em vez de sair pela porta, desaparecer na noite e esquecer tudo sobre seus planos de um império de ficção policial assim que um brilho qualquer na rua desviasse sua atenção, Sebastian parou na entrada da loja e pôs a mão na testa de Posy. A mão dele era fresca e a testa dela estava quente porque ela estava esgotada, e provavelmente estava calor o bastante agora para ela dispensar a camiseta térmica.

— Acho que você está ficando doente, Morland — disse Sebastian, com uma voz tão preocupada que beirava a paródia. — Acabou de me agradecer sem nenhuma ironia. Sério, estou emocionado.

— Aproveite esse sentimento, porque não acho que vai durar muito — respondeu Posy, empurrando-o pela porta enquanto ele reclamava por causa de seu precioso terno. — Muito obrigada por todos os seus conselhos para a livraria. Eu ligo se precisar de mais alguma ajuda.

Sebastian começou a dizer algo, mas Posy não ouviu o que era, porque fechou a porta, virou a chave e passou a tranca. Quando Sebastian ainda assim não fez nenhuma menção de se mover, ela abanou a mão mandando-o embora e fechou a persiana.

Violada pelo devasso

A chuva começou a cair enquanto Posy Morland percorria a reserva de caça conhecida como Marylebone Park.

Estivera visitando sua querida amiga Verity Love, filha de um reitor, na paróquia de Camden, onde elas praticaram ações de caridade, visitaram os doentes e leram para as crianças da pobre escola local.

Mas, agora, o fim de tarde escureceu mais depressa com as nuvens se fechando sobre sua cabeça e a chuva caiu com força. Logo seu vestido fino de musselina ficou ensopado; seu xale e touca não eram proteção contra a violência dos elementos.

~~Mais ou menos como naquela parte de Orgulho e preconceito em que a sra. Bennet não deixou Jane pegar a carruagem para Netherfield Park na esperança de que ela fosse apanhada pela chuva e tivesse que aceitar a hospitalidade do sr. Bingley.~~

Com os trovões ribombando e a chuva descendo como açoite, Posy levou algum tempo para perceber o som de cascos e, de repente, cavalo e cavaleiro surgiram do meio da escuridão.

Ela sufocou um grito de susto e esperou que a sombra das árvores a ocultasse. A reserva de caça era um conhecido refúgio de bandoleiros, assassinos e outras coisas piores.

Um raio súbito rasgou o céu e o cavalo empinou em pânico. Posy avistou o cavaleiro que amaldiçoava e lutava para manter a montaria sob controle. Viu as linhas sombrias e ameaçadoras de seu rosto antes de elas se tornarem indistintas novamente na obscuridade e começou a correr, embora o solo estivesse encharcado, as solas finas de suas botas não fossem adequadas para a lama e sua saia pesasse com a água.

Ouvia o cavalo atrás de si, imaginava poder sentir seu hálito quente beijar-lhe a nuca, e tentou acelerar os passos, mas tropeçou e entendeu as mãos à frente para amenizar a queda.

— Srta. Morland! Que moça tola e impossível! — gritou uma voz sarcástica conhecida. O cavaleiro se inclinava para erguê-la do chão (nota: isso é fisicamente possível? Talvez se ele andasse fazendo musculação e eu tivesse perdido uns dez quilos?), e ela aterrissou na sela com um baque deselegante e um gritinho ao sentir todos os ossos sacudirem no corpo. — Desse jeito vai acabar encontrando a morte, ou algum homem menos caridoso que eu.

Estava totalmente ensopada e trêmula, e não era fácil falar entre o bater dos dentes.

— Aposto que seria difícil encontrar um homem menos caridoso que o senhor mesmo que eu estivesse na taverna mais desprezível de toda a Londres!

Sebastian Thorndyke riu com gosto.

— Talvez eu devesse deixá-la aqui para se defender sozinha e lamentar a sorte do homem que tivesse a desventura de se deparar com tamanha megera. — Mas ele se ajeitou na sela enquanto o forte animal se movia sob eles, abriu seu grande casaco e puxou Posy para junto da parede firme e sólida de seu peito, para envolvê-la na lã macia e úmida. — Mas talvez eu não faça isso. Se algo desagradável lhe acontecesse, haveria pouca chance de eu conseguir recuperar os cinquenta guinéus que me deve.

— O senhor é completamente insuportável — Posy lhe disse, enquanto ele punha o cavalo em um trote suave, mas, verdade seja dita, estava grata por não ser deixada na reserva de caça encharcada para encontrar sozinha o caminho de volta para Bloomsbury. E isso era algo que jamais admitiria para Thorndyke, principalmente quando ele apenas riu e a segurou com mais força.

8

Posy sempre tivera admiração profunda pelas pessoas com talento e determinação para escrever um livro. Especialmente para *terminar* de escrever um livro. Mas agora suas próprias tentativas horríveis e rebuscadas de escrever em um gênero que ela amava, e que, portanto, deveria vir fácil para ela, davam-lhe um respeito inteiramente novo pelos escritores.

Ela desejava ser escritora desde quando podia se lembrar. No verão em que seus pais... no verão do acidente de carro, ela havia sido aceita no curso de mestrado em escrita criativa na Universidade de East Anglia para começar no mês de outubro seguinte. Tirando se casar com Ryan Gosling, a ambição de sua vida sempre tinha sido conseguir um lugar no mesmo curso de mestrado que aperfeiçoara os talentos de Tracy Chevalier, Ian McEwan, Kazuo Ishiguro e quase todos os outros romancistas que já haviam ganhado um prêmio. Posy chegara até a pensar em assumir sua vaga no curso e transferir Sam com ela para Norwich (embora seus avós tivessem dito que seria um prazer receber Sam para morar com eles no País de Gales, e Lavinia e Perry também tivessem oferecido hospedagem a ele durante o período escolar), mas ela e Sam já haviam perdido tanto que abandonar sua casa, sua vida cotidiana em Londres e um ao outro teria sido demais para eles.

Isso não significava que Posy tivesse desistido do sonho de se tornar romancista. No computador, havia nada menos que nove de suas tentativas de escrever o Grande Romance Britânico. Infelizmente, nenhuma delas era uma boa tentativa e foi por isso que ela as abandonou. Uma delas se chamava *A garganta do açafrão*, embora Posy ainda não tivesse entendido o que lhe passara pela cabeça ao decidir que seria uma boa ideia escrever um romance narrativo em forma de fluxo de consciência ou mesmo que açafrão tinha garganta.

Mas aquela... aquela *coisa*: *Violada pelo devasso*. Era profundamente, profundamente perturbadora. Não perturbadora o suficiente para que ela a apagasse, porque sempre poderia localizar e substituir os nomes (depois que conseguisse fazer uma reescrita e uma revisão decentes do texto e, quem sabe, deixasse mais alguém ler; talvez Verity, se ela jurasse segredo total), mas perturbadora o bastante para ela decidir gravar em um pen drive e não correr o risco de que Sam a encontrasse.

Ainda assim, seria alguma surpresa o fato de ela escrever uma fanfic ridícula sobre Sebastian, se ele era o único homem com quem ela mantinha contato regularmente? Tirando Tom, mas ele não contava. Ele era seu colega de trabalho, seu funcionário agora, e, embora fosse *bem* atraente de um modo jovem universitário, com seus blusões, seu topete e seu jeito vago, mas sério — ele conseguia vender livros para mulheres de meia-idade como se fossem produtos no mercado negro no antigo Bloco Oriental —, Posy não gostava de pensar nele de maneira sexual. Ah, Deus, não.

Ela realmente precisava banir todos os pensamentos em Sebastian de sua mente, de sua imaginação febril e de seu hard drive. Precisava de um homem com alguma urgência. Embora encontrar um homem decente com quem valesse a pena sair fosse como tentar encontrar um romance de Stephanie Laurens que ela ainda não tivesse lido. Posy não saía com nenhum homem havia semanas, e as mensagens recentes que recebera dos sites de encontros (estava inscrita em cinco, pela sua última contagem) eram todas muito abaixo da média.

Em seu perfil, Posy havia colocado como interesses longas caminhadas, visitas a galerias de arte e teatro, bem como se aconchegar no sofá com uma garrafa de vinho e um bom filme. Para ser sincera, só esta última era realmente aplicável, mas, se tivesse mais tempo livre, com certeza andaria por toda a Londres para aproveitar todo tipo de eventos culturais.

O problema era que Posy sabia que nunca teria um relacionamento significativo com um homem que lhe mandava a seguinte mensagem: "oi linda td bem?" Nunca poderia amar um homem que desprezasse letras maiúsculas e gramática rudimentar. O mesmo valia para as inúmeras variações de "uau! que foto sexy. quer sair?". Só para começar, não havia nada nem remotamente sexy na foto preto e branco de Posy lendo *Jane Eyre*, ou na que havia tirado na última festa de Natal, sentada na escadinha da livraria, ostentando orgulhosamente um blusão de rena *e* antenas que brilhavam no escuro.

Mas não havia tempo para se preocupar com isso agora. Posy precisava encontrar um homem e, se a internet não ajudava, teria que fazer as coisas do modo antigo.

— Por favor, podemos sair sábado à noite? — ela pediu a Nina e Verity quando elas entraram na quarta-feira de manhã, antes mesmo de tirarem o casaco ou discutirem de quem era a vez de fazer o chá. — Preciso conversar com algum homem que não seja o maldito Sebastian Thorndyke.

— Que tal o Tom? — perguntou Verity.

— O Tom não conta — Nina e Posy responderam em uníssono.

— Dá para imaginar sair em um encontro com o Tom? — Posy acrescentou.

— Especialmente se ele usar aquela gravata-borboleta de bolinhas que ele tira da gaveta em ocasiões especiais — disse Nina. — E, meu Deus, ia ser difícil. Já perdi a conta de quantas vezes fui para o bar com o Tom e ainda não sei o tema da tese que ele está escrevendo, com quem ele mora ou qualquer outra informação pessoal. Tenho trabalhado com a teoria de que ele está no programa de proteção a testemunhas.

— Ou ele esconde que é casado, tem cinco filhos e só vem para a livraria para ter um pouco de sossego — sugeriu Verity e, embora tudo aquilo fosse muito divertido, estavam se desviando do assunto que interessava a Posy.

— Vamos manter o foco? Eu preciso sair e beber meu peso em álcool para conseguir flertar com homens, que nem precisam ser bonitos, e esquecer a livraria e o Sebastian por algumas horas. Por favor, podemos fazer isso?

— Podemos fazer isso — Nina concordou. — Três palavras: homens suecos bonitos. Mais três palavras: vodca sueca gelada. Acabamos de encontrar o belo Stefan da delicatéssen e ele convidou a gente para a festa de aniversário dele no sábado. Disse que tem amigos que vieram da Suécia. Até a Verity falou que ia.

Verity estava na cozinha preparando o chá, mas apareceu na porta para fazer uma careta para Nina.

— Às vezes eu saio socialmente — disse ela. — Mas vou ter que sair mais cedo do trabalho no sábado, Posy, para poder ir para casa e dormir um pouquinho antes.

— Tenho que levar o Sam para comprar roupas no sábado — Posy respondeu, o que era outra razão para precisar sair à noite, porque comprar roupas com Sam era sempre uma provação e ela merecia uma recompensa depois, daí a necessidade de um monte de álcool. — Devo estar de volta lá pelas três horas, se não o tiver assassinado antes, e aí você pode sair.

Talvez agora que estava no comando Posy devesse estabelecer limites e ser mais rígida, mas Nina e Verity, e Tom também, eram seus amigos muito antes de se tornarem seus funcionários. Ela não duvidava de que, quando realmente precisasse deles, especialmente quando chegassem mais perto do relançamento em julho, os três estariam ao seu lado.

— A propósito, eu estava dando uma olhada nos livros contábeis ontem à noite — disse Verity, o que provava que Posy tinha razão. Só uma amiga de verdade passaria sua noite de terça-feira examinando as contas de uma amiga, especialmente sendo dia de *Masterchef*. — Não quero criar pânico, ou talvez a gente deva ficar um pouquinho em pânico, mas seria bom você conversar com o contador da Lavinia. Acho que vamos ter que antecipar o relançamento. Chá ou café?

— Chá, por favor — disse Posy, preocupada. — Antecipar, não adiar? Eu achei que fim de julho já era corrido.

Nina sumiu com um olhar horrorizado e um murmúrio sobre cobrar alguns pedidos pendentes, como se a palavra "contador" a tivesse assustado.

— Mal estamos conseguindo equilibrar gastos e receitas — disse Verity. — O movimento anda muito baixo e, se deixarmos assim por muito mais tempo, vamos entrar no vermelho e você vai ter que fazer um empréstimo no banco. — Ela pôs uma caneca de chá na frente de Posy. — Desculpe. Não queria jogar isso em você logo no começo da manhã.

— Não, não é sua culpa. — Posy suspirou e envolveu a caneca com os dedos como se pudesse absorver parte do calor até seu coração, que parecia apertado por um punho gelado. — Hum, eu preciso fazer um empréstimo já?

— Acho melhor não, a menos que queira se ver afogada em taxas e tarifas.

Foi então que Posy soube que a livraria devia estar mesmo mal, porque Verity a apertou em um abraço rápido, superficial, mas muito sincero, considerando que ela era a pessoa menos dada a abraços que Posy conhecia.

— Parece que é hora de recorrer às armas de guerra, Posy — disse Verity, pegando sua própria caneca.

Posy sentiu as mãos úmidas.

— Você não está falando do que eu estou pensando...?

— Sinto muito. — Verity concordou com um movimento de cabeça e um ar grave. — Um quadro de planejamento, uma variedade de canetas hidrográficas, adesivos coloridos e muitos pacotes de biscoitos.

— Ah, não, diga que não é verdade! — A última vez em que haviam usado os serviços de um quadro de planejamento e adesivos tinha sido quando estavam organizando uma semana de eventos para o centenário da Bookends. Posy lembrou agora, com um aperto no coração, que fora a última vez em que enfeitaram as árvores da vila com luzes coloridas. A grande comemoração do centésimo aniversário transbordara loja afora, como nos velhos tempos. Então fizeram um brinde aos amigos ausentes e Posy voltou para dentro da loja para estar com seus fantasmas, sua mãe, seu pai, só que Lavinia havia chegado lá primeiro e estava sentada, tristonha, em um dos sofás.

— Que falta eu sinto do Perry — disse ela, quando levantou os olhos e viu Posy parada na porta da livraria, com receio de ser inconveniente. — Acho que nunca vou me acostumar com a ausência dele.

— Sinto muito — Posy falou, esperando que essas duas palavras transmitissem que tinha um pequeno entendimento da medida da dor de Lavinia. — Você quer ficar sozinha? Eu vou embora se...

Lavinia sacudiu a cabeça.

— Pode ficar, se prometer permanecer quieta.

Então Posy se sentou ao lado dela, segurou sua mão e afagou a pele fina e suave, e nenhuma delas disse uma palavra sequer, porque palavras não eram necessárias naquele momento.

Mas, antes disso, tinha havido um quadro de planejamento pregado na parede e tantas brigas sobre quais adesivos usar e quanto tempo cada tarefa acrescentada deveria levar que Lavinia ficara mais brava do que Posy jamais a vira. Chegara a ponto de dizer a Posy e Verity (que tinha começado a trabalhar na Bookends havia apenas um mês) que bateria a cabeça das duas uma na outra se elas não parassem.

Mesmo assim, agora Verity achava que era exatamente de um quadro de planejamento que elas precisavam.

— É o único jeito — insistiu. — Pense bem. Você sabe que faz sentido.

Posy tentou revidar com uma defesa inflamada, mas Verity nem quis ouvir. Despachou Posy para a papelaria mais próxima para comprar o material e à delicatéssen do belo Stefan para trazer os doces que as ajudariam a manter a energia, mas se recusou a deixar o escritório.

— Tenho muito o que fazer e não estou emocionalmente preparada para lidar com o público hoje, nem mesmo com o belo Stefan.

— Você está assim todos os dias — Posy resmungou, mas acatou sua ordem. Para alguém tão introvertido, Verity era incrivelmente boa em conseguir que as coisas fossem feitas do seu jeito. Assim que se viu fora da loja, porém, Posy se sentiu feliz por ter a chance de distrair um pouco a cabeça antes de ser sequestrada no escritório pelo restante do dia.

Elas começaram a fazer o cronograma no quadro de planejamento com a melhor das intenções, definindo adesivos coloridos para diferentes aspectos do relançamento: verde para estoque, azul para redecoração e assim por diante. Verity, porque era capaz de escrever com letras muito pequenininhas, anotou cada tarefa individual no quadro, por menor que fosse.

Tudo começou a se complicar quando Tom, que deveria trabalhar naquela tarde, telefonou para avisar que estava doente, embora parecesse mais de ressaca que doente. Quando se trabalha com alguém há mais de três anos, a gente percebe a diferença, mas, além de pedir um atestado médico, não havia muito mais que Posy pudesse fazer a respeito.

— Você acha que pode cobrir o movimento da hora do almoço e depois ir embora uma hora mais cedo para compensar? — Posy perguntou a Nina.

— Não, eu não posso! Tenho planos — Nina respondeu depressa, como se Posy fosse a mais tirana das empregadoras, o que ela não achava que fosse. — Eu tenho uma vida fora desta livraria.

A razão para o comportamento defensivo de Nina entrou na Bookends às cinco para a uma. Piers Brocklehurst, cheio de ousadia, em um terno risca de giz ostentoso demais e uma camisa cor-de-rosa (muito mais berrante que a camisa cor-de-rosa de Sebastian) que conflitava com sua compleição corada.

— Sério mesmo? — Posy levantou as sobrancelhas para Nina, que recolhia às pressas casaco e bolsa para não ter que enfrentar o olhar de Posy nem por um momento além do que fosse absolutamente necessário. — Ele? E aquele outro cara? O que veio com o Sebastian e você curtiu no tal aplicativo de encontros?

— O que tem ele? Eu gosto de jogar por vários lados, você sabe disso. Sou muito nova para assumir compromissos — Nina sussurrou, enquanto Piers andava pela loja como dono do lugar, com os olhos avaliando a metragem como se estivesse calculando quanto poderia conseguir por ela.

— Então nos encontramos novamente, srta. Morland — disse ele, sem se preocupar em disfarçar seu desdém. — Tem tido notícias do Thorndyke? Ele é um cara difícil de manter contato.

Ah, se ao menos isso fosse verdade, Posy pensou consigo mesma. Se Sebastian de fato fosse uma criatura esquiva, em vez de um estorvo que entrava sem ser convidado na loja praticamente todos os dias...

— É mesmo? Então ele ainda não contou para você que estamos listados como grau dois? — Posy indagou, docemente. — Não só nós, mas a vila inteira.

— Em que planeta vocês estão listados como grau dois?

— Chega disso — cortou Nina, enquanto saía de trás do balcão em uma nuvem de Chanel Nº 5. — Tenho certeza de que podemos pensar em coisas mais interessantes para conversar sem ser a Bookends.

Posy levou a mão ao coração, como se tivesse sido esfaqueada. E de certa maneira tinha sido mesmo, mas Nina sacudiu a cabeça com firmeza, como se dissesse: "Agora não".

— Então, o que quer para o almoço? Algo quente e picante? — Piers fingiu avançar sobre Nina, que reagiu com risinhos e escapou dele sobre os saltos de dez centímetros que ela não estava usando de manhã.

— Ah, menino travesso — ela ronronou, e eles saíram, Nina ainda rindo enquanto Piers punha a mão em seu traseiro para conduzi-la pela porta.

— Ah, Nina — Posy disse alto depois que a porta se fechou. — Você tem o pior gosto para homens.

— Totalmente o pior — veio o eco do escritório, onde Verity ainda esperava. — Venha, vamos terminar isso aqui.

Foi muito difícil terminar o quadro quando as pessoas insistiam em entrar na loja no horário de almoço para comprar livros. Como Verity se recusava terminantemente a ficar na caixa registradora, coube a Posy cuidar de tudo na livraria por quase duas horas até Nina finalmente voltar.

Ela apareceu pouco antes das três, com o batom vermelho borrado e o cabelo, atualmente lilás, como um ninho de passarinho em vez da colmeia que havia sido antes do almoço.

— Desculpe, desculpe — ela murmurou quando entrou e viu a fila de pessoas esperando para pagar e Posy brigando com um rolo de papel novo na caixa registradora. — Eu devia ter te contado sobre o Piers e voltado uma hora atrás. Vou compensar trabalhando até mais tarde.

— Não tem importância — Posy respondeu, contendo a voz, porque não queria discutir na frente dos clientes, que já murmuravam sobre o tempo que ela estava demorando para trocar o rolinho de papel. — Nós não vamos ficar abertos até uma hora mais tarde, certo?

— É, acho que não — Nina disse baixinho. — Vou fazer um chá está bem?

Depois que Nina finalmente assumiu seu posto atrás do balcão com uma caneca de chá e seus All Star confortáveis, Sam chegou da escola com uma rara disposição para conversar, e já passava das cinco quando Posy conseguiu voltar para junto de Verity no escritório.

E, então, desejou não ter voltado.

— Very! O que você fez?

Verity apertou a mão nos cabelos.

— Acho que exagerei um pouco nos adesivos.

— Você acha?

O período de início de março até começo de julho, quando deveriam reabrir como Felizes para Sempre, estava coberto por um mar de adesivos. Havia adesivos sobre adesivos. Havia cores de adesivos que Posy nem se lembrava de ter comprado.

— O que os adesivos roxos representam? — ela perguntou. — E os dourados?

— Nem eu sei mais — Verity admitiu. — E também percebi que eu deveria ter acrescentado novos adesivos *depois* que uma tarefa tivesse sido completada, não antes. Uma tarde inteira perdida.

— Não foi perdida. Quer dizer, foi bom ter a ideia... Uau! Quanta coisa temos que fazer em tão poucas semanas.

Essa era a dica para Verity entrar com um discurso motivacional. Só que discursos motivacionais não eram o forte de Verity.

— Vamos pegar algum dinheiro da caixinha e comprar uma garrafa de vinho? — foi o melhor que ela pôde oferecer.

— Isso, boa!

Trinta minutos mais tarde, elas estavam no meio da garrafa de um cabernet sauvignon muito barato e muito ácido, quando Nina fez um comentário acusador de passagem enquanto fechava a loja.

— Tudo bem, eu não queria vinho mesmo — ela disse da frente da livraria. — Acho que vou só varrer o chão.

Posy e Verity a ignoraram enquanto tentavam soltar os adesivos um por um, mas eles se mostravam muito renitentes. Era como se os adesivos fossem uma metáfora para... alguma coisa. Não era um bom presságio para um relançamento se elas não conseguiam dominar nem um quadro de planejamento.

— O que há de errado conosco? Nós duas temos diploma universitário — Posy murmurou.

— Será que seria mais fácil se fizéssemos uma planilha no computador? — Verity sugeriu, mas Posy foi poupada de responder, porque a porta da livraria se abriu tão violentamente que bateu na parede.

Só havia uma pessoa que entrava em um lugar daquele jeito.

— Olá, Garota Tatuada, por que a cara de mau humor? Não! Não precisa responder, não estou tão interessado assim. A Morland está por aí?

Posy rezou para que Nina compensasse sua falha anterior mentindo por ela. Não teve essa sorte.

— Sim, lá no escritório — Nina informou alegremente para Sebastian.

Estava na hora de ter uma conversa com Nina sobre sua atitude. Ou, pensando bem, Posy preferia brigar com planilhas.

Ela mal teve tempo de ajeitar o rosto em uma expressão menos irritada antes que Sebastian irrompesse no escritório. Ele ocupou imediatamente cada centímetro de espaço livre enquanto Posy e Verity se encolhiam em suas cadeiras, que elas haviam afastado de trás da grande mesa antiquada no centro da sala para poderem se sentar diante do quadro de planejamento e olhar para ele com desânimo.

— Ah, aí estão vocês! E parecem mal-humoradas também. O que está acontecendo com vocês, mulheres? — Sebastian não parecia mal-humorado. Ao contrário, parecia extraordinariamente satisfeito consigo mesmo. — É alguma coisa hormonal? Será que seus ciclos...

— Por favor, não termine essa frase — Posy implorou, recostando-se na cadeira giratória. — O que está fazendo aqui? *De novo?*

— Eu precisava tirar umas medidas. Ali do outro lado da praça — Sebastian respondeu. *Que desculpa esfarrapada*, Posy pensou. — E também queria testar minha nova trena digital. Funciona a laser.

Meninos e seus brinquedinhos.

— É mesmo? — Posy perguntou. Não que se importasse. — Ei, você está apontando essa coisa para os meus seios?

Sebastian a enfiou rapidamente no bolso.

— Claro que não. Sinceramente, Morland, você está muito obcecada com a ideia de que eu estou obcecado pelos seus seios, o que eu não estou. — Mas deu uma olhada para eles mesmo assim, talvez para checar se continuavam lá. Posy cruzou os braços. — Enfim, já que estou mesmo aqui, achei que poderíamos conversar sobre nossa livraria de literatura policial. Devemos chamar a Garota Tatuada para fazer um brainstorm?

— Eu tenho nome! — Nina gritou da loja, enquanto Verity se reclinou na cadeira para poder bater a cabeça de leve na parede.

Posy massageou o nariz antes de falar.

— Desde quando ela se tornou *nossa* livraria? Ela é minha — começou, depois percebeu que não estava com energia para aquilo no momento. — E não vamos nos especializar em literatura policial — não resistiu a acrescentar.

— Nós já falamos sobre isso — disse Sebastian. — Ficou decidido. Você sabe que faz sentido.

— Não faz nenhum sentido. Eu só estava querendo que você parasse de falar. Imagino que saiba disso. — Posy e Verity trocaram olhares. Depois de quatro anos, podiam transmitir todo tipo de mensagens sutis por um mero mover dos lábios ou um leve arquear de sobrancelhas. Aquele olhar dizia muito claramente: "Não estou com nenhum ânimo para lidar com ele agora" e "Você quer que eu o mate para você e faça parecer um acidente?" Posy sacudiu a cabeça e decidiu tentar de novo. — Vou reabrir a loja como uma livraria de ficção romântica. Acostume-se com isso, Sebastian.

Ele segurou a cadeira de Posy, impedindo-a de continuar girando para a esquerda e para a direita com ar displicente e olhando-a bem nos olhos. Assim de perto, Posy podia ver que Sebastian, que maldição, tinha uma pele perfeita. Nem um único poro aberto, nem um só cravo solitário. Era a primeira vez que ficava tão perto de Sebastian para notar que seus olhos não eram simplesmente castanhos; as pupilas tinham um contorno esverdeado, e sua proximidade era perturbadora.

— Não posso deixar você fazer isso, Morland — disse ele. — Nem eu sou tão insensível.

Sebastian podia ser esteticamente agradável, mas também era incrivelmente irritante. Deve ter sido a maneira de Deus manter o equilíbrio.

— Existe alguma razão para você estar tão em cima de mim? — Posy empurrou Sebastian e ele estava prestes a dizer alguma coisa, ela sabia que ele estava, mas de repente seus olhos se depararam com o quadro de planejamento e se arregalaram enquanto ele dava um passo para trás, chocado.

— Meu Deus, o que é isso? Uma explosão em uma fábrica de adesivos?

— É nosso cronograma — Verity explicou. — Para o relançamento da livraria. Sabe, Posy, acho que vamos ter que comprar outro quadro e começar de novo. Mas você vai ter que se encarregar dos adesivos agora.

— Vou experimentar fazer uma planilha esta noite — Posy disse, levantando-se da cadeira, o que exigiu um esforço sobre-humano. — É impossível tentar durante o dia, quando sou obrigada a parar a todo momento para ajudar na loja.

— Você sabe fazer planilhas? — Verity e Sebastian perguntaram ao mesmo tempo, com o mesmo tom de incredulidade, o que machucava incrivelmente.

— Claro que sei! — Posy insistiu. — Então acho que é hora de me deixarem em paz para cuidar disso. Vocês não têm casa para ir?

⁓

Mais tarde naquela noite, com a ajuda do Google e de um fortificante queijo quente, Posy tentou dominar a arte das planilhas, mas era difícil com Sam em volta.

Ele se sentou ao lado de Posy no sofá para garantir que ela não fizesse nenhum estrago no notebook que *ela* havia comprado, embora Sam parecesse pensar que pertencesse somente a ele.

"Você quer mesmo fazer isso?", ele perguntava toda vez que ela fazia qualquer coisa tão ínfima quanto clicar com o botão direito do mouse. "Ah, eu não faria isso se fosse você." E: "Posy! O que eu já disse sobre comer e beber enquanto estiver usando o computador? Você está enchendo o teclado de migalhas".

Foi um alívio ver que havia recebido um e-mail, mesmo sendo de Sebastian, porque, felizmente, Sam não interferia no modo como ela navegava em sua própria caixa de entrada.

De: Sebastian@zingermedia.com
Para: PosyMorland@bookends.net
Assunto: Conheça Pippa, guru de gestão de projetos, que será sua por um breve período

Cara Morland,
Boa noite!
Espero que esteja aproveitando a rara experiência de se sentar em seu novo sofá sem ser cutucada. (Pelas molas, não por qualquer outra coisa, antes que você me meta um processo por assédio sexual.)
Estou muito entusiasmado com nosso trabalho conjunto, mas me ocorreu, depois de vê-la em ação hoje (e não vá ficar ofendida por causa disso), que você é melhor para receber ordens do que para dar.
Felizmente, eu sou ótimo em dar ordens. Também sou excelente em delegar funções, por isso pedi a Pippa, minha diretora de gestão de projetos, para entrar no jogo. Ela é um terror, mas também é fera em, bem, gerenciar projetos. Cronogramas, orçamentos, gritar com as pessoas. Esse tipo de coisa.
Seu único lado negativo é que ela tem paixão por frases inspiradoras e bordões da área de negócios, mas, se eu consigo tolerar isso, você também vai conseguir.
Vamos passar aí depois de amanhã à tarde para uma conversa rápida com a equipe. Você pode fechar a loja mais cedo, não pode? Afinal, não existem hordas de compradores de livros desesperados fazendo fila na porta.

```
Não é ótimo quando trabalhamos juntos em vez de brigar,
Morland?
Até mais,
Sebastian
```

Posy notou de passagem que, ao contrário do que acontecia com seus potenciais pretendentes na internet, o uso de maiúsculas e da gramática por Sebastian era exemplar. No entanto, o pensamento foi perdido rapidamente quando um tsunami de raiva absoluta a fez morder a língua enquanto dava uma bocada furiosa em seu sanduíche.

E então ela já estava fora do sofá (e lhe doía lembrar que bem na noite anterior havia comentado com Sam que era um alívio poder se jogar no sofá sem o receio de ser furada por uma mola) e de pé no meio da sala, agitando os braços, em fúria. Poderia ter continuado assim por algum tempo se Sam não estivesse olhando para ela com cara de susto, então ela baixou os braços e se sentou pesadamente.

Posy sabia qual era seu ponto forte: indicar e vender livros românticos. Ela também era boa em criar vitrines atraentes e, mais recentemente, em adquirir itens relacionados a livros para a loja. Ontem mesmo ela havia encontrado uma fabricante de velas em Lancashire que tinha uma variedade de velas perfumadas com palavras românticas, como Amor, Felicidade e Alegria, cobrava preços muito competitivos e, mais importante, prometera lhe enviar algumas amostras grátis.

Seus pontos fortes não eram organização e planejamento. E, embora Verity fosse ótima para fazer a contabilidade e enviar cartas austeras aos devedores, naquela manhã seu rosto havia perdido toda a cor quando falara em antecipar a data de relançamento e obter um empréstimo emergencial. E quem poderia culpar Verity por estar nervosa? Ela nunca havia relançado nada antes. Nem nenhum deles.

Se tentassem fazer tudo sozinhos, com um prazo tão apertado e absolutamente nenhum recurso para investir, seria como aqueles episódios de *Grand Designs* que Posy já conhecia. Entra em cena um casal infeliz que planeja construir uma casa enorme com zero emissão de carbono sobre um terreno lamacento com um orçamento de cinco libras, e Kevin McCloud pergunta se eles têm um gerente de projetos. O casal infeliz, que não tem absolutamente nenhuma experiência em montar nem mesmo uma estante, insiste que eles mesmos vão gerenciar o projeto da construção.

Nesse instante Kevin McCloud dá um riso maldoso e, durante uma hora, os repreende por não terem um gerente de projetos.

Posy não queria uma livraria mal-acabada e meia-boca e um orçamento fora de controle só por ter recusado uma gerente de projetos.

Sam havia pegado o notebook enquanto ela estava tendo sua crise de agitação de braços, mas Posy conseguiu soltar os dedos dele do computador e tomá-lo de volta para responder à mensagem de Sebastian.

De: PosyMorland@bookends.net
Para: Sebastian@zingermedia.com
Assunto: Re: Conheça Pippa, guru de gestão de projetos, que será sua por um breve período

Quanto essa consultora de gestão de projetos vai custar? Ela cobra por dia? Poderíamos, talvez, contratá-la por meio período se ela não for muito cara? Ela é mesmo tão assustadora assim?
(A propósito, esta sou eu ignorando todos os seus insultos e tentando estabelecer um tom mais profissional.)
Posy

Para um empreendedor digital e conquistador em série, Sebastian não parecia estar muito ocupado naquela noite, porque respondeu quase de imediato.

De: Sebastian@zingermedia.com
Para: PosyMorland@bookends.net
Assunto: Re: Re: Conheça Pippa, guru de gestão de projetos, que será sua por um breve período

Por Deus, Morland, não seja tão lenta! Estou lhe dando Pippa pelo tempo que precisar, embora ela tenha me dito que vai trabalhar fora daí a maior parte do tempo, porque tem alergia a pó.
Sim, ela é tão assustadora assim. Uma vez ela ficou tão brava comigo por ter ultrapassado o tempo que ela havia estabelecido para falar sobre um tema em uma reunião que puxou o lenço do bolso do meu paletó e o cortou. Na minha frente. Com uma tesoura.
Pensando nisso, tenho certeza de que você e Pippa vão se dar bem.
Agora pare de me perturbar com dúvidas triviais. Eu sou um homem muito importante.
Sebastian

Pippa parecia aterrorizante, mas também parecia ser exatamente a pessoa de que Posy precisava, e bem na hora. Pippa poderia transformar seus problemas em soluções.

Havia a questão de Sebastian acreditar, em seu estado de autoilusão, que eles abririam uma livraria de literatura policial.

E também a dificuldade da sessão de brainstorm com os funcionários que Sebastian parecia considerar necessária, mas isso não precisava ser um grande problema. Podiam simplesmente fazer o mesmo que já haviam feito na conversa anterior e só substituir a palavra "romântico" por "policial". Se isso era o que lhe custava para ter uma gerente de projeto, Posy levaria a farsa adiante de bom grado. Imaginava que Pippa ficaria mais envolvida com a logística e o processo mais amplo do que em fazer perguntas incômodas sobre quantos romances policiais Jilly Cooper havia escrito.

E, na verdade, era tudo culpa do próprio Sebastian por não escutar, por mais vezes que Posy já tivesse lhe dito que a Bookends seria o lugar para onde as pessoas iriam em busca de livros românticos.

Ele não poderia jogar a culpa em mais ninguém.

De: PosyMorland@bookends.net
Para: todos@bookends.net
Assunto: Brainstorm parte dois

Olá a todos.
Vou começar desejando uma excelente venda de livros esta semana, pessoal!
Teremos que fazer outro brainstorm amanhã no fim da tarde com o detestável Sebastian. Embora ele, na verdade, não esteja sendo tão detestável, porque vai nos emprestar sua gerente de projetos para ajudar no relançamento.
O nome dela é Pippa. Gostaria que a recebessem muito bem quando ela chegar. Gostaria também que tentássemos nos comportar como livreiros profissionais, então, por favor, não apareçam com caixas de bolinhos como fizeram na última vez, está bem? Ou qualquer outro tipo de comida.
Mais uma coisinha. Como vocês sabem, o Sebastian está pensando que vamos transformar a Bookends em uma livraria de literatura policial. (A Verity e a Nina vão informá-lo sobre isso, Tom.) Claro que isso não vai acontecer. De jeito nenhum. Mas vocês poderiam fingir que vamos, por

favor? É só tratar dos pontos principais que discutimos em nosso último brainstorm, sem mencionar nada que se refira a ficção romântica. Vamos manter uma conversa espontânea e entusiasmada sobre livro do mês, clube de leitura, visitas de escritores, sacolas etc.
A presença no brainstorm é obrigatória, mas depois podemos ir ao Midnight Bell participar do jogo de perguntas e tomar cerveja. Muita cerveja. Tenho a sensação de que vamos precisar disso.
Força, equipe!
Beijos de sua amiga amorosa e chefe completamente racional,
Posy

Posy pretendia fechar a loja às cinco horas no dia seguinte, mas, às quinze para as cinco, um ônibus inteiro de senhoras desceu à sua porta. Elas tinham vindo para Londres assistir a *Os miseráveis* e chegaram mais cedo com o único objetivo de visitar a Bookends.

— Eu li sobre a sua livraria no fórum de um blog. Diziam que você tem uma das melhores seções de literatura romântica do sudeste do país, e eu não gosto de comprar pela internet. A gente faz uma compra e logo alguém no Cazaquistão tem as informações do nosso cartão de crédito e o usa para comprar um lança-foguetes — uma das senhoras disse a Posy, e ela teve certeza de que sentiu o coração inchar de orgulho, ou talvez fosse por causa de todas as vezes que elas a fizeram subir a escada para pegar livros das prateleiras superiores.

Enquanto Posy registrava as compras e Nina tentava ajeitá-las em uma fila organizada, Sebastian surgiu dentro da loja seguido por uma mulher em um vestido fino de cor cinza, blazer justo laranja-vibrante e gargantilha turquesa, de modo que, em um único olhar, era possível dizer que ela estava arrumada e elegante e, ao mesmo tempo, tinha um estilo próprio. Só podia ser Pippa, que também tinha o cabelo mais balançante e o sorriso mais branco e perfeito que Posy já tinha visto, tirando a duquesa de Cambridge. Tinha o jeito de quem estaria usando um avental branco de laboratório e louvando as virtudes dos mais recentes avanços tecnológicos de xampus e pastas de dente quando não estava administrando projetos e repreendendo Sebastian.

— Se a senhora preencher suas informações em nosso livro, nós a incluiremos em nossa mala direta — Posy disse automaticamente para a mulher que havia comprado sete romances ambientados em Paris, porque seu marido se recusara a levá-la para lá na comemoração do aniversário de casamento. Baixou a voz para um sussurro furtivo quando viu Sebastian apontá-la para Pippa, que sorriu e acenou para ela. — Vamos fazer um relançamento daqui a alguns meses como uma livraria especializada em livros românticos e teremos um estoque maior ainda.

Ela observou enquanto Sebastian conduzia Pippa para a primeira sala à esquerda, com a mão em seu ombro.

— Desculpe, Pips, o lugar inteiro é um ninho de pó. Espero que não desencadeie sua alergia.

Era a coisa mais delicada que ela ouvira Sebastian dizer para alguém desde a morte de Lavinia, Posy pensou, enquanto cumprimentava a próxima mulher na fila, que tinha seis romances eróticos escondidos sob um volume de *Grandes esperanças*.

— Livros são um meio de cultura para germes — Posy ouviu Pippa dizer com um nítido sotaque de Yorkshire, o que a fez parecer menos intimidadora. A professora favorita de Posy na Queen Mary era de Huddersfield, por isso havia algo no sotaque de Yorkshire que ela sempre achava instantaneamente agradável. — Como pratos de amendoins de bar, que têm uns cinquenta traços diferentes de urina.

Ou talvez não.

— Eu acho que não são tanto os livros, e sim o fato de que a Posy, aquela atrás da caixa registradora com expressão de mau humor e dois lápis no cabelo, é muito desleixada. Você devia ver o apartamento no andar de cima. Parece um episódio de *Extreme Hoarders*, aquele programa sobre acumuladores compulsivos.

Ah, ela ia matá-lo. Horrivelmente. Mas, primeiro, Posy foi apresentada formalmente para Pippa, que sorriu outra vez, murmurou palavras de cumprimento, depois apertou a mão do restante da equipe com firmeza e determinação. Em seguida, fez uma declaração curta, mas cheia de entusiasmo:

— Nem tenho como descrever quanto estou animada por poder levar esse projeto adiante com todos vocês. Seremos um ótimo time. É preciso um time para fazer um sonho se tornar realidade.

Posy não ousou olhar para Nina ou Tom, e a cabeça de Verity desapareceu em seu pescoço, parecendo uma tartaruga muito triste e muito confusa. Ela ainda não havia levantado a cabeça meia hora depois, quando a excursão partiu rumo a *Os miseráveis*, a porta se fechou e todos eles se reuniram nos sofás. Sebastian se apoiou na escadinha vestido em mais um terno ridículo com acessórios verde-musgo; Pippa digitava coisas em um dispositivo eletrônico; e Posy batalhava com seu flipchart e falava de assassinatos sangrentos.

— Bom, então, este foi o nome que eu pensei para a livraria "policial" — disse ela. Por mais que se esforçasse, não pôde deixar de acrescentar aspas imaginárias em torno da palavra. — Covil do Crime. Alguma outra sugestão?

— Eu ainda gosto de A Adaga Sangrenta — Sebastian opinou, mas Posy não pretendia nem reconhecer a presença dele. Não depois de ele a ter chamado de desleixada. Além disso, ela havia levado *anos* para aperfeiçoar a arte de um coque frouxo seguro por dois lápis.

— Mais alguém? — Ela lançou um olhar de súplica para Tom, que se recusava a encará-la. Posy tinha uma ligeira desconfiança de que ele preferiria trabalhar em uma livraria que se especializasse em literatura policial. Era bem mais masculino do que trabalhar em uma livraria especializada em felizes para sempre. — Nina?

Nina não a decepcionaria, mas ela apenas fez uma careta como se estivesse em mil agonias e olhou para Verity, sentada à sua frente, em busca de ajuda. Verity encolheu os ombros.

— Há, bom, hum, Assassinato por Escrito? — Nina sugeriu. — Mas não sei se a gente pode usar nome de série.

Tom finalmente resolveu levantar a cabeça e encarar Posy.

— Que tal Leitor, Eu o Matei? — ele falou, de um jeito muito desafiador e pouco característico dele.

Verity bufou e Nina abafou um risinho; até Sam, que estava ali à força depois de muitos resmungos e esperneios, porque achava que era errado Posy mentir quando vivia repreendendo-o por dizer que tinha terminado a lição de casa quando isso não era verdade, deu um sorriso sob a franja.

— Não tem graça, Tom — Posy disse, séria, enquanto Sebastian dirigia a Tom um olhar de leve desagrado.

— Isso é algum tipo de piada interna de livreiros? — ele perguntou, com um levantar desdenhoso da sobrancelha. — Eu não entendi.

— Nem entenderia — Pippa interveio. Ela estivera em silêncio até então. — É uma brincadeira com uma frase de *Jane Eyre*. É um romance, Sebastian, escrito por uma mulher no século dezenove. Não existe sequer uma chance de você ter lido esse livro, então vamos prosseguir?

Posy achou que talvez tivesse acabado de se apaixonar por Pippa.

Ela virou para Posy.

— Continue — disse. — Estou muito entusiasmada com isso.

— Bom, vamos ficar com A Adaga Sangrenta por enquanto. — Posy não estava entusiasmada. Na verdade, já estava entediada com toda aquela farsa. — Tenho certeza de que vamos encontrar algo melhor nos próximos dias, então vou conversar com o tatuador da Nina para desenhar o logotipo e podemos encomendar todas as placas e materiais promocionais. Certo?

Houve um murmúrio de aprovação, mas Pippa parou de mover os dedos agilmente por seu dispositivo portátil.

— Você vai encomendar o logotipo, que vai ser usado em todas as suas marcas, a um tatuador? — perguntou, com ar de surpresa um pouco escandalizada. — Tem certeza de que é uma boa ideia?

Nina já estava arrancando o blusão.

— Ele é um excelente artista — disse, com irritação, enquanto mostrava para Pippa primeiro o braço *O morro dos ventos uivantes*, depois o braço *Alice no País das Maravilhas*. — Além disso, ele não vai cobrar nada, então assunto encerrado. Podemos por favor seguir em frente, porque aquela coisa importante para onde vamos depois começa daqui a uma hora?

Eu acho que seria uma ideia fantástica termos um clube de leitura se reunindo na livraria uma vez por mês.

Posy concordou com a cabeça.

— É uma *excelente* ideia. — Ela pretendia soar animada, mas pareceu mais histérica do que qualquer outra coisa. — E tem outra coisa que me veio à mente agora. Talvez a escolha do clube de leitura pudesse ser apresentada como o livro do mês no site da loja.

— Então vamos relançar o site também, ao mesmo tempo em que relançamos a loja? — Por fim, Nina estava entrando no espírito da coisa. — Já estava mais do que na hora de fazer isso mesmo. Claro, não temos como pôr o catálogo inteiro online, mas talvez os cinquenta mais vendidos?

— Estou adorando isso — Pippa interveio. — Vamos falar mais sobre o site.

— Sam, por que você não nos conta sobre seus planos incríveis para o site? — Aos seus próprios ouvidos, Posy agora parecia estar a poucos segundos de um surto psicótico.

— O quê? Você quer que eu fale tudo aquilo *outra vez*? Não se preocupe, Posy. Está tudo sob controle. — Sam suspirou tão forte que sua franja balançou com a corrente de ar. — A Sophie vai criar as contas da livraria no Twitter e no Instagram, talvez um Tumblr também, e eu não sei por que ela não está aqui. Ela é parte da equipe — ele acrescentou, em um tom ofendido.

— Ela tem um grande trabalho de história para entregar amanhã — Posy explicou, e Sam parou de olhar para ela no mesmo instante. — O que me faz pensar... isso não significa que *você* também tem um grande trabalho de história para entregar amanhã?

— Isso também está sob controle — Sam garantiu, ainda sem olhar para ela.

Posy assumiu sua expressão mais séria, o que vez Nina dar uma risadinha outra vez.

— Tem certeza?

Sam a olhou com ar furioso, Posy devolveu o olhar, um desafiando o outro a piscar primeiro, mas acabou em empate, porque os dois piscaram quando Pippa bateu palmas.

— Vamos mudar de assunto — ela aconselhou. — Sem energia negativa, pessoal, só pensamentos positivos sobre grandes sugestões que possamos concretizar e agilizar, certo? Tom, o que você tem para a gente?

Posy tirou os olhos de Sam com uma expressão que dizia muito claramente "ainda não acabamos" e focou a atenção em Tom, que fitava o teto, os olhos piscando, os lábios se movendo sem som, como se estivesse tentando lembrar o script.

— Ah, sim — ele disse por fim. — Poderíamos ter um grupo de escritores também, talvez visitas de autores. Qual era mesmo a outra coisa? — Tom não fazia absolutamente nenhuma tentativa de parecer espontâneo e entusiasmado. — Sacolas.

— Acho ótimo — disse Pippa. — E você, Verity? Está tão quieta.

Os ombros de Verity estavam tocando as orelhas a essa altura. Posy se sentiu mal por ela. Aquele brainstorm era a realização de todos os piores medos de Verity. Ela engoliu convulsivamente, guinchou "Marcadores de livros", depois afundou no canto do sofá e tentou parecer tão pequena quanto possível.

Era hora de acabar logo com aquilo antes que Posy perdesse a vontade de levar em frente não só o brainstorm, mas a própria vida. Além disso, Sebastian havia se mantido em completo silêncio até aquele ponto, mas, a julgar pelos olhares sinistros que ficava lançando na direção dos sofás e pelo modo como não parava de murmurar baixinho, não ia continuar em silêncio por muito mais tempo. Era um milagre que tivesse aguentado até ali. Talvez Pippa tivesse ameaçado investir com a tesoura contra os seus ternos.

— Acho que terminamos — Posy disse depressa. — Pippa, vou te mandar por e-mail o cronograma do relançamento e, se não for muito trabalho, você poderia dar uma olhada para ver se não esquecemos nada? Tenho certeza de que já tomamos muito de seu tempo hoje.

— Tempo é o recurso mais precioso da vida — disse Pippa. — Mas eu dou valor a você, Posy, e ao que estamos fazendo aqui, então fico feliz em gastar meu tempo te ajudando.

Posy não sabia bem como responder àquilo, ou mesmo o que significava, então apenas murmurou um agradecimento enquanto uma súbita movimentação tomava conta dos sofás. Depois de terem passado a última hora em uma representação desconfortável de bichos-preguiça, Tom, Nina e Verity de repente estavam de pé, com o casaco vestido e se dirigindo para a porta a uma velocidade que beirava o sobre-humano.

— Vemos você na coisa — Nina gritou, brigando com Tom para ser a primeira a sair da loja, e então os três correram, realmente correram pela praça, como se temessem que Posy os chamasse de volta para conversar melhor sobre as sacolas.

— Posso ir para a "coisa"? — Sam perguntou. — Porque eu já terminei mesmo meu trabalho de história, tirando uns pedacinhos aqui e ali que posso completar amanhã, e eu sei muito sobre esportes.

Era um exemplo terrível deixar Sam ir a um pub, especialmente quando ele tinha aula na manhã seguinte, e especialmente quando Posy sabia muito bem que os pedacinhos do trabalho de história que ainda precisavam ser feitos eram mais provavelmente pedações. Por outro lado, eles já haviam tomado surras homéricas no jogo de perguntas do Midnight Bell por não conseguirem acertar nenhuma pergunta da seção de esportes, e Posy não estava disposta a discutir com Sam. Não naquela noite.

— Tudo bem, pode ir — ela disse com voz cansada, mas Sam já estava se dirigindo para a porta com seu habitual arrastar de pés meio torto, porque ainda precisava de sapatos novos para a escola e Posy ainda não havia lhe contado que iam comprar roupas no sábado.

E sobraram três. Pippa franzia a testa sobre a tela de seu dispositivo móvel, o rosto de Sebastian passava de sarcasmo para mau humor e Posy fechou os olhos para contar até cinco, mas só conseguiu chegar até dois quando...

— Ponha essa turma na rua! Ponha todos eles na rua! Onde você encontrou esse pessoal? Algum programa comunitário de assistência a vagabundos apáticos e totalmente inúteis? Você realmente paga para eles? — Sebastian apertou os punhos como se estivesse agarrando o ar, levantou os olhos para o alto, depois enxugou a testa com o lencinho verde-musgo do bolso da frente do terno. — Nunca pensei que eu diria isso, mas acho que é hora de trazer de volta o serviço militar obrigatório.

— Ah, pobre Sebastian — disse Pippa, sem um único traço de compaixão. — Ficou segurando tudo isso durante uma hora inteira?

— Eu ainda mal comecei. — Sebastian chegou ao lado de Posy em três passos largos e segurou seus braços. — Você precisa se livrar deles! Eles não têm nenhuma ética de trabalho!

Posy soltou os braços.

— Eles têm uma ótima ética de trabalho! — protestou, porque eles de fato tinham, cada um à sua maneira, mas que não estivera muito em evidência naquela noite. — Eles só não se saem bem em um cenário de brainstorm para discutir uma livraria de literatura policial quando nenhum deles sequer gosta do gênero. Nós íamos relançar como uma livraria de literatura romântica — ela explicou para Pippa, que olhava, com alguma consternação, para um papel de bala jogado no chão. — Desculpe. Não tive tempo de pegar a vassoura antes de vocês chegarem.

— Ha! Como se você soubesse o que fazer com uma vassoura — zombou Sebastian.

— Posso pensar em pelo menos duas coisas que eu faria com uma — Posy retrucou. — Então, normalmente, quando não são forçados a participar de um esquema, eles trabalham muito bem.

— Forçados? — Pippa perguntou. — Então eles não estão de acordo com os planos do Sebastian de transformar a livraria em uma central do crime?

— Não muito...

— *Nossos* planos, Posy — Sebastian a lembrou com voz ofendida. — Você concordou que era uma excelente ideia. Que havia um mercado enorme para ficção policial, e que isso era sexy, e *adorou* quando eu falei sobre as sacolas.

— Sim! Eu adoro a ideia das sacolas — disse Posy e, naquele momento, gostaria de ter uma sacola à mão para poder enfiar a cabeça nela e não ter que ver Sebastian com aquele ar todo sério e sincero. A camisa verde-musgo fazia maravilhas com os olhos dele.

— E você adora a ideia de uma livraria de ficção policial — ele insistiu. — Não é?

Posy começou a formar a palavra "não", para confessar tudo. Sentiu a língua pressionando os dentes da frente em preparação para o som do N, mas Sebastian não aceitava um não, assim como não aceitava café instantâneo ou de prateleira de supermercado. Além disso, embora ela nunca tivesse feito nenhuma gestão de projetos, Pippa parecia uma mulher que podia fazer qualquer coisa que decidisse e Posy precisava de uma mulher assim em sua vida. E tinha sido um longo dia, e ela estava cansada, e havia uma enorme taça de vinho tinto no Midnight Bell à sua espera. Ela não tinha tempo para dizer não.

— Ah, que seja — disse ela, porque isso havia funcionado muito bem da última vez.

— Eu preciso do seu comprometimento total, Posy. Ayn Rand disse uma vez: "A questão não é quem vai me deixar, mas quem vai me impedir". — Pippa havia vestido novamente seu blazer laranja e estava parada junto à porta com os braços cruzados, então obviamente queria ir embora também. Sebastian falara a verdade sobre o gosto de Pippa por citações motivacionais, mas era melhor tê-la a seu lado, especialmente por ela ter habilidades mágicas de enfrentamento de Sebastian, que Posy esperava que talvez pudesse um dia lhe ensinar.

— Estou totalmente comprometida com os planos para o relançamento — respondeu Posy, o que não era mentira se ela não especificasse de qual relançamento estava falando. — Vamos nos falar de novo no começo da próxima semana, depois que você der uma olhada no cronograma? A Verity disse que precisamos estar prontos e funcionando no fim de junho, mas eu não vejo como.

— Vamos conversar sobre isso na semana que vem — Pippa prometeu, parecendo tão calma, tão capaz e tão completamente imperturbada pela ideia de um relançamento no fim de junho que Posy esperava que ela pudesse lhe ensinar como ser inabalável também. — Mas você não tem uma "coisa" onde deveria estar?

— Sim! A coisa!

— O que é essa coisa? É uma coisa de livraria? — Sebastian perguntou. — Eu devo ir também?

— Não, não! — Posy exclamou, em horror, enquanto começava a apagar as luzes. Cuidaria do papel de bala mais tarde. — É uma coisa de livreiros. Muito focada nesse setor. Você ia achar terrivelmente chato. — Ela fez um gesto na direção de Sebastian. — Ah, não vá me dizer que não tem nada mais agradável para fazer.

— E me privar do prazer da sua encantadora companhia, Morland? — Ele olhou para ela sobre o nariz, mas ficou onde estava.

— Bom, estou indo — disse Pippa, abrindo a porta. — Sebastian! Tire esse traseiro da minha frente!

Foi um milagre do mesmo nível dos pães e dos peixes, mas Sebastian moveu seu traseiro.

— Por que o Sam pode ir a essa coisa chata de livreiros e eu não? E o que o fato do Sam saber muito sobre esportes tem a ver com isso?

— Eu poderia explicar, mas é muito complicado. Chato e complicado — disse Posy, quando Sebastian finalmente passou pela porta e lhe permitiu sair também e trancar a loja. — Todo esse rodeio para ir embora, Sebastian. Qualquer um pensaria que você gosta de estar na minha companhia.

— Não sei por que alguém pensaria isso — Sebastian disse com altivez, e Posy teria adorado ficar e trocar mais alguns insultos, mas eram quase sete horas e ela se arriscava a perder o começo do jogo.

— Estou ficando atrasada. Muito atrasada. Tenho que correr. Foi um enorme prazer te conhecer, Pippa — disse Posy, e então, como não aguentava mais, ela se apressou, ganhando velocidade conforme avançava, até correr a toda pela praça, virando a esquina e se lançando pela porta do Midnight Bell antes que Sebastian tivesse a chance de segui-la.

Violada pelo devasso

*E*nquanto Posy subia apressadamente os degraus imponentes da Thornfield House, a residência londrina de lorde Thorndyke, sentia o medo se instalar sobre si como uma fina névoa de perfume.

Foi conduzida à biblioteca pela governanta, uma mulher autoconfiante e capaz chamada Pippa, que fazia seu vestido preto simples parecer a última moda de Paris (nota: encontrar um sobrenome para Pippa). O corpete do modesto vestido de passeio cinza da própria Posy parecia incomodamente apertado, como se ela estivesse prestes a ter uma crise de nervos.

Mas Posy Morland, órfã, guardiã de seu irmão de quinze anos, Samuel, e herdeira de uma série de dívidas impagáveis, jamais havia tido uma crise de nervos na vida e não pretendia começar uma àquela altura.

Portanto, respirou fundo algumas vezes, percebendo os aromas sutis de charutos que pairavam pela sala, e se aproximou graciosamente da estante mais próxima.

Posy jamais se sentia sozinha ou assustada em uma sala cheia de livros. Seus dedos esguios acariciaram as lombadas gastas de couro. Quem teria imaginado que um libertino, um cafajeste, um crápula como Thorndyke teria uma biblioteca tão grande?

Mal teve tempo de pensar nessa questão quando a porta se abriu e lá estava ele, vestido todo de preto, parecendo um anjo expulso do paraíso.

— Srta. Morland — disse ele, em seu tom profundo e sonoro. — Que prazer inesperado.

— Lorde Thorndyke — Posy cumprimentou de volta, sem alterar a voz, embora seu coração tremesse e seu peito subisse e descesse em ritmo acelerado. — Perdoe-me a intromissão, mas vim lhe trazer uma proposta.

— Não diga. — Ele parecia sugar o próprio ar da sala a cada passo largo, até estar de pé diante de Posy, encurralada como estava pelas estantes de livros, que não eram mais amigos agora, mas testemunhas de sua abjeta humilhação. Thorndyke a examinou do alto de sua postura altiva e Posy se sentiu como uma raposa pega em uma armadilha. — Uma proposta, a senhorita disse? Que intrigante.

— Não tão intrigante, senhor. — Ela mal tinha espaço para abrir sua bolsinha e tirar seu tesouro. — Eu achei, ou melhor, eu espero que o senhor tenha a gentileza de aceitar estes itens como uma garantia pelos cinquenta guinéus de que faz tanta questão, ainda que cinquenta guinéus para o senhor não sejam mais do que uma gota no oceano — ela terminou, com uma única respiração zangada.

— Ora, ora, minha cara srta. Morland. Se deseja minha gentileza, então deveria se comportar de maneira mais conciliadora — Thorndyke respondeu lentamente, levantando uma sobrancelha demoníaca e apontando um dedo elegante e despreocupado para o pequeno pacote embrulhado em musselina que ela segurava. — Sugiro que me mostre suas cartas.

Com um suspiro de capitulação cansada, Posy desenrolou o tecido e revelou uma estreita aliança de ouro, um medalhão e um broche incrustado de granadas.

— Pertenceram à minha falecida mãe — explicou. — São tudo que tenho de valor e eu lhe peço, não, eu lhe suplico, que os aceite como um sinal de boa-fé de que honrarei a dívida de meu pai. E, se eu não o fizer dentro de doze meses, eles são seus para o fim que julgar conveniente. — E que Satã o carregue!

— De que vão me servir essas ninharias, essas meras bugigangas, quando a senhorita tem riquezas muito maiores para negociar? — ele indagou, e, antes que Posy pudesse lhe pedir para se explicar, porque ela não sabia de nenhuma riqueza em seu poder, ele inclinou a cabeça e o beijo de sua respiração esquentou a face dela. — Eu lhe proponho, minha doce srta. Morland, que aqueça minha cama, entregue-se em meus braços, sempre que eu tiver uso para você durante esses mesmos doze meses, e poderá considerar sua dívida quitada.

E então, enquanto Posy encarava de olhos arregalados a expressão cruelmente divertida do conde, ele a envolveu em seus braços e tomou de assalto os doces lábios que ela havia aberto apenas para protestar contra suas sórdidas exigências.

Posy mal dormiu pelo restante da semana. Como poderia dormir quando estava atormentada de raiva de si mesma pelo enredo barato que se despejava dela cada vez que encontrava quinze minutos livres na frente do computador?

E, se conseguia cair em um sono agitado, tinha de lutar contra sonhos que envolviam Sebastian e ela em um abraço apaixonado, rodeados por todo um cenário da Regência. Acordava arfando de pânico, todo o seu corpo queimando como se estivesse na menopausa precoce, e passava o resto da noite tentando em vão procurar uma posição confortável e aquietar a voz insistente em sua cabeça que se perguntava se Sebastian beijava tão bem assim na vida real.

No sábado de manhã, com privação de sono e ainda profundamente envergonhada, Posy não estava no espírito para uma visita à Oxford Street. Sinceramente, ela preferiria fazer um tratamento de canal sem anestesia. Mas era a guardiã legal de Sam e, se não providenciasse logo sapatos novos para ele, sapatos com que ele conseguisse andar, alguém acabaria chamando o serviço social.

Por tentativa e erro e longa e amarga experiência, Posy sabia que, quando precisava levar Sam para comprar qualquer coisa que não fosse comida e jogos de computador, era melhor não o avisar com antecedência.

Se ela não desse a notícia da saída para as compras no último instante, Sam começaria a cultivar os sintomas de gripe suína dias antes, poderia até se oferecer para atividades de fim de semana na escola, usaria súplicas, lamentos e tudo o que estivesse em seu poder para tentar escapar de uma rápida excursão à Oxford Street.

Portanto, depois que todos os funcionários estavam presentes e a postos, Posy agarrou Sam pelo braço no momento em que ele descia a escada para lançar olhares discretamente desejosos para a Pequena Sophie e poluir a atmosfera com o desodorante mais horrível que já tinha usado.

— Vista o casaco — disse ela, jogando o anorak para Sam. — Vamos fazer compras.

— No Sainsbury? — Os olhos de Sam se apertaram, desconfiados. — Comprar comida?

— Na volta. Depois que comprarmos calças e sapatos novos para a escola. Aliás, como você está de roupa de baixo?

Sam gemeu como se tivesse acabado de prender o dedo na porta. Tarde demais, Posy olhou em volta e viu Sophie arrumando a estante de lançamentos.

— Tudo bem — Sophie disse, tranquilizadora. — Eu não ouvi absolutamente nada sobre a roupa de baixo do Sam.

— Você é tão inconveniente — Sam sibilou para Posy. — Não vou a lugar nenhum com você. Não depois do que aconteceu na última vez.

— Foi *sua* culpa. — Na última vez em que tinham ido fazer compras, no auge da liquidação de janeiro, quase trocaram tapas sobre o que seria uma calça adequada para a escola. Sam, então, se recusara a entrar na Gap com ela, e Posy fora forçada a levar sua escolha de peças até a frente da loja e levantar cada uma para que Sam inspecionasse. Infelizmente, ela disparou os alarmes e foi acusada de furto. Depois que ela explicou a situação, o chefe da segurança foi muito simpático, disse que também tinha um filho adolescente, levou Sam até o provador e ficou montando guarda até que comprassem uma calça. Toda aquela confusão roubara *anos* da vida de Posy. — Suas calças estão muito curtas e você nem consegue andar com seus sapatos, portanto vamos fazer compras. Fim de papo.

Eles já estavam brigando e ainda não tinham chegado nem perto da Oxford Street. Aquilo não era um bom sinal.

— Eu consigo andar com os meus sapatos. — Sam deu alguns passos cuidadosos. — Olha!

— Isso não é andar. Quase nem é arrastar os pés. — Posy decidiu que era hora de tentar uma estratégia diferente. — Escuta, vou deixar você dormir na casa do Pants hoje à noite, então pense nisso como uma penitência para poder ficar acordado a noite inteira jogando Grand Theft Auto.

Mesmo através da franja, Posy viu Sam revirar os olhos com impaciência. Ele precisava urgentemente de um corte de cabelo também, mas compras *e* barbeiro no mesmo dia seria forçar demais a sorte.

— Você só vai me deixar dormir no Pants para poder sair e encher a cara — Sam disse com ar de superioridade. — E não é nenhum evento passar a noite fora de casa. Nós não temos mais dez anos. Vamos ficar lá um pouco e depois dormir.

— Que seja — Posy resmungou com voz estridente enquanto ouvia o sininho sobre a porta tocar, embora oficialmente ainda faltassem dez minutos para a loja abrir.

— Oi, Sam! O que acha de escapar da ditadura feminina? — disse uma voz, e imediatamente Posy se sentiu corar com o calor de mil sóis ardentes.

— Sebastian! — Sam exclamou alegremente e se desvencilhou de Posy, que não teve escolha a não ser se virar. Ela preferiria ter ficado onde estava, de costas para a sala em um canto como se estivesse de castigo, mas era adulta e às vezes os adultos têm que fazer coisas que não querem. Muitas vezes, na verdade.

Sebastian estava vestido todo de preto, como na última parte que ela havia escrito de seu romance. (Embora não fosse bem um romance. Ela nem sabia o que era aquilo. Os delírios de uma mulher que precisava sair mais de casa.) Como uma concessão ao fim de semana, ele usava um par de All Star preto e olhava para Posy com ar divertido.

— Viu algo de que gostou, Morland?

Ela estava olhando fixamente para ele? Estava! Fixamente, com as faces coradas e a boca aberta.

— Não. De jeito nenhum. — Posy tentou se lembrar da fala inicial de Sebastian. — Isso não é uma ditadura feminina. É uma democracia.

— Não é — disse Sam. — É um Estado totalitário, isso sim.

— E você vai ter que aguentar até fazer dezoito anos, tá?

— Ah, não me digam que cheguei no meio de uma briga doméstica. Ainda bem que vim livrar você de tudo isso, Sam — disse Sebastian, tirando dois ingressos do bolso da frente. — Tenho entradas para uma sessão de perguntas e respostas com um grupo de especialistas em jogos de computador no Instituto de Artes Contemporâneas hoje de manhã. Quer ir?

Sam estava dividido, Posy podia ver. Não porque secretamente estivesse louco para passar a manhã andando para cima e para baixo pela Oxford Street. Ele lançou um olhar intenso para Sophie, que conversava distraída com Nina atrás do balcão, mas nem ela podia competir com a ideia de estar com seu novo deus, Sebastian, em uma conferência sobre jogos de computador.

Ele voltou os olhos suplicantes para Posy.

— Por favor. — Conseguiu esticar as duas palavras por várias sílabas. — Por favor, Posy, vai ser educativo, e eu prometo que vou fazer compras com você amanhã, se você não estiver muito de ressaca. Entro em todas as lojas que você quiser e não vou discutir.

— Por favor, Posy, por favor, deixe o Sam sair para brincar — Sebastian choramingou. — Eu prometo que o trago de volta antes de escurecer.

Ela sabia quando tinha perdido.

— Tudo bem, pode ir. Precisa de dinheiro?

— Pare de complicar, Posy — disse Sebastian, com o braço já em volta dos ombros de Sam enquanto o puxava sem resistência para a porta. — Eu cuido do Sam, e você cuida da nossa livraria.

⁂

Posy passou as horas seguintes com medo de que Sebastian pudesse esquecer Sam no banco traseiro de um táxi ou o abandonar assim que uma loira atraente atravessasse seu caminho. Mesmo assim, conseguiu completar pelo menos dez tarefas de sua lista de coisas a fazer para o relançamento, ainda que houvesse mais umas cem, mas ouvir Sebastian falar da livraria *deles*, quando era a livraria *dela*, a estimulara a agir.

Quando ela terminou de escrever o texto para o novo site, eram quatro horas da tarde e ainda nem sinal de seu irmãozinho, que perambulava sabe-se lá por onde com o homem mais grosso e também mais irresponsável de Londres.

"Onde você está?", ela escreveu uma mensagem para Sam, enquanto saía apressada para comprar uma meia-calça que não estivesse furada, porque de repente lembrou que ia sair à noite e ainda não tinha tomado banho e não lavava o cabelo havia três dias.

"Volto logo", Sam escreveu em resposta, seguido por toda uma trilha de emojis que, para Posy, faziam tanto sentido quanto se fossem escritos em urdu.

Eram quase seis horas e Posy estava a ponto de telefonar para a polícia para comunicar o desaparecimento de Sam, quando ele e Sebastian entraram pela porta dos fundos.

Posy, de banho recém-tomado, com um vestido preto de festa e rolinhos no cabelo, apareceu no alto da escada com as mãos na cintura.

— Isso são horas? — perguntou.

— Eu disse que o traria antes de escurecer. O pôr do sol é precisamente às seis horas e três minutos, então ainda estamos um pouco adiantados — Sebastian informou, enquanto ele e Sam subiam a escada.

Posy tinha muito a dizer sobre isso, mas avistou Sam atrás de Sebastian e decidiu que podia esperar, porque não via o irmão sorrir daquele jeito havia muito tempo. Ele sorria de orelha a orelha e subia os degraus saltitando.

— Você se divertiu? — ela perguntou.

— Posy! Foi o melhor dia de todos! — disse ele, depois se controlou. — É, foi legal. Foi bom.

Sebastian passou por ela e o mero roçar da manga dele em seu braço fez o rosto de Posy esquentar outra vez, enquanto ele já estava na sala, arrumando seu paletó sobre o encosto de uma poltrona antes de sentar.

— Ponha a chaleira no fogo, Morland. Vamos ver se o seu chá é tão intragável quanto o seu café.

— Fique à vontade — ela murmurou com irritação, e Sam sorriu de novo. Foi então que Posy notou que o rosto dele não estava mais escondido por uma cortina de cabelo.

Ela examinou Sam com mais atenção. Suas suspeitas estavam certas: o queixo dele também não estava mais coberto por uma penugem. Sam enfrentou o exame dela sem dizer nada, mas mordeu o lábio quando o olhar de Posy desceu por seu jeans novo, o tênis caro e as várias sacolas amarelas vibrantes da Selfridges no chão.

Agora o rosto de Posy estava vermelho por razões totalmente diferentes.

— O que você andou fazendo? — perguntou, com a voz tensa. — Reclamou tanto por ter que sair para comprar roupas, e agora você e o Sebastian esvaziaram a Selfridges. A Selfridges! Quanto ele gastou com você?

— Posy, eu sei. Escuta, aqui não — Sam sussurrou. — Na cozinha.

Depois que eles estavam na cozinha, com a porta fechada e as sacolas sobre a mesa, Sam mostrou a ela o conteúdo. Um elegante conjunto de calça e casaco pretos, camisas e blusões, um par de sapatos de sola grossa, todos adequados para a escola, mas com etiquetas de preço que fizeram Posy ter vontade de chorar. E depois havia os produtos de perfumaria: loções de limpeza e hidratantes, um kit de barbear e um frasco de loção pós-barba.

— O Sebastian disse para eu usar com moderação. Que as meninas não gostam quando a gente se encharca disso. E falou que eu devia trabalhar o lance do geek também...

— Não. Posy sacudiu a cabeça. — Vamos devolver. Tudo. Espero que você tenha os recibos. Como deixou que ele gastasse tanto com você?

— Eu disse para ele não fazer isso. Eu disse! Várias vezes, mas é impossível dizer não para ele. — Nisso Posy acreditava facilmente. — Ele falou que não ter pais e tal me fez perder muitos presentes de aniversário e Natal, então estava só compensando. Ele me levou a um barbeiro chique também, e eles me ensinaram a fazer a barba. Posy, você é ótima, mas eu fico sem jeito de te perguntar essas coisas. Além disso, você sempre corta as pernas quando se depila, e barbear o rosto é muito mais complicado que raspar as pernas. Por que você está ficando vermelha outra vez? Não vai chorar, né?

— Não, claro que não — disse Posy, fungando e com os olhos um pouco úmidos.

Quando ela teve sua primeira menstruação, aos catorze anos, pega de surpresa enquanto se trocava depois de uma aula de educação física, correu para casa para contar à sua mãe. Elas já haviam conversado sobre aquele dia, já haviam comprado um suprimento de absorventes, mas, mesmo assim, foi um choque. Mesmo assim foi assustador, como se Posy tivesse de repente deixado o abrigo aconchegante da infância, mas ainda não estivesse pronta para o mundo adulto.

Posy chorou nos braços da mãe como a menininha que ela ainda não havia abandonado e, no sábado seguinte, sua mãe deixou Sam, um bebê que ainda mal ficava em pé sozinho, aos cuidados de Lavinia e Perry, e elas passaram o dia fora, só as duas. Foram comprar maquiagem e lingeries bonitas, depois entraram em uma doceria para um chá da tarde. Quando voltaram à Bookends, seu pai havia organizado uma festa com Lavinia, Perry e as meninas da loja, e Posy tomou sua primeira taça de champanhe.

Sua mãe transformara algo novo e assustador em algo a ser comemorado. "Mal posso esperar para conhecer a mulher que você vai se tornar", ela disse a Posy, enquanto voltavam à livraria com a barriga cheia de bolo. "Sei que ela vai ser tão inteligente, divertida e bondosa quanto você é agora. Também sei que você pode ser tudo o que quiser. Mas eu sempre estarei aqui para você, Posy. Até as mulheres mais incríveis às vezes sentem medo e insegurança. E ainda precisam dos beijos e do colo da mãe."

Se seus pais estivessem vivos, Sam e seu pai teriam passado um dia semelhante juntos. Não haveria toda aquela conversa sobre as vantagens de tampões em relação a absorventes, mas eles teriam conversado sobre o homem que ele ia se tornar, as mudanças pelas quais estava passando, como fazer a barba. Posy faria tudo por Sam, mas, mesmo assim, havia coisas que ela não podia fazer e, por alguma razão, justamente Sebastian tinha aparecido para isso.

Portanto, Posy engoliu sua indignação e sorriu.

— Então você teve um dia legal?

— Muito, e ainda nem contei sobre o evento de jogos de computador. — Sam enfiou todas as roupas de volta nas sacolas, sem nenhuma consideração pelo seu status de grife. — Na verdade, acho que você não ia entender nem metade, mas o Pants vai entender. Eu ainda posso ir para a casa do Pants, né?

— Claro que pode — respondeu Posy, porque ainda estava planejando sair e beber vodca sueca gelada com homens suecos quentes e porque, naquele exato momento, Sam tinha passe livre. Não que ela fosse lhe dizer isso. — Comprei umas coisinhas de comer no supermercado para você levar.

Não era uma tonelada de artigos de grife, apenas um punhado de batatas fritas, chocolates e balas de goma, mas Sam os recebeu com entusiasmo e até a beijou antes de sair. Então Posy finalmente pôs a chaleira no fogo.

Tomou cuidado extra com o chá de Sebastian, certificando-se de deixar o saquinho na água até a cor ficar exatamente certa, e acrescentou leite fresco em vez do que já estava na geladeira havia uma semana. Não que seus esforços tenham sido apreciados.

— Meu Deus, achei que você tinha ido buscar o chá na Índia — ele reclamou quando Posy entrou na sala com duas canecas e lhe entregou uma. — Não é Earl Grey.

— É Tetley's — Posy respondeu sem alterar a voz, e lhe deu cinco notas de vinte libras. — Eu tinha separado isto para as roupas de escola novas do Sam. Sei que não cobre nem de longe o que você gastou com ele, mas...

— Ah, Morland, não seja chata — disse Sebastian, jogando as notas de volta para ela. Ela as empilhou resolutamente na mesa diante dele, mas Sebastian a ignorou, recostou-se na poltrona e cruzou as longas pernas, supremamente à vontade em sua sala, em sua vida, com seu irmão menor. — O Sam mencionou por alto que de jeito nenhum você ia levá-lo para fazer compras amanhã se estivesse de ressaca. Ele disse que você ia passar a maior parte do dia deitada no sofá vendo os filmes mais horríveis e implorando a todo momento que ele lhe trouxesse xícaras de chá e torradas com queijo. Então eu tive que fazer alguma coisa. Ele nem conseguia andar direito com aqueles sapatos.

Sam havia exagerado terrivelmente a descrição de suas ressacas. Elas não eram *tão* ruins assim. Mas isso não importava. Posy tomou um gole de chá.

— Bem, seja como for, obrigada por ter saído com ele hoje e por todas as coisas que comprou, embora devesse ter pedido minha autorização primeiro.

— Você estava indo *tão* bem com o discurso de agradecimento, mas depois tinha que estragar, não é? — Sebastian deu um risinho de desdém sobre a borda da caneca, e isso tornou muito mais fácil a outra coisa que Posy tinha para dizer, porque ele estava agindo como um completo imbecil outra vez.

— Eu amo o Sam. Você pode me tirar a livraria, pode queimar todos os meus livros, pode quebrar tudo o que eu tenho e eu conseguiria superar, mas, se fizer alguma coisa para magoá-lo, Sebastian, eu te caço onde você estiver e te torturo de todas as formas que puder imaginar, mas não vou te matar. Só vou garantir que cada respiração pelo resto da sua vida infeliz te cause uma agonia indizível. Está entendendo?

Isso tirou o risinho da cara de Sebastian.

— Não acompanhei muito bem como passamos dos agradecimentos às ameaças de sujeitar meu pobre corpo indefeso a todo tipo de torturas.

— Foi só um aviso de amiga. Não fique achando que o Sam é uma diversão agradável que você pode largar quando ficar entediado. Ele não é uma das suas mulheres! — ela acrescentou em um impulso, e Sebastian não gostou, porque desencostou da poltrona, sua postura de repente ficou rígida e imóvel e surgiu um brilho em seus olhos que não estava ali antes.

— E o que você sabe das minhas mulheres? — ele perguntou calmamente.

— Metade de Londres sabe das suas mulheres — Posy o lembrou. — Você está no *Evening Standard* o tempo todo. Teve aquela loira cujo marido citou você no processo de divórcio.

— Ah, aquele lá! Ele comia a secretária direto.

— E aquela outra loira, a modelo, que vendeu uma história para os jornais sobre as suas predileções sexuais. — Posy teve que parar, porque Sebastian estava com aquele risinho outra vez e ela estava se lembrando do que a modelo loira tinha dito sobre os modos, ou a falta de modos, de Sebastian na cama. "Fizemos amor cinco vezes em uma mesma noite, mas ele me proibiu de abrir a boca para falar qualquer coisa."

Não havia hidratante colorido suficiente no mundo que pudesse disfarçar o rubor das faces de Posy quando ela se lembrou da frase e, se essa fosse uma cena daquela coisa sórdida do período da Regência que ela estava escrevendo, seria a parte em que Sebastian a puxava para os seus braços e dizia, com voz rouca: "Chega de falar, srta. Morland".

Devia ser clinicamente impossível o rosto de alguém ficar tão vermelho como o de Posy estava agora, mas Sebastian nem pareceu notar, porque se inclinou para a frente, com a caneca de chá sobre o joelho, e respondeu com seriedade:

— Sinceramente, Morland, o falatório que saiu da boca daquela mulher... eu temi por minha sanidade. — Ele sacudiu a cabeça, como se estivesse se livrando das lembranças. — Enfim, estávamos falando do Sam. Eu gosto do Sam. Gosto muito. Não fazia ideia de que garotos de quinze anos pudessem ser mais do que acne e masturbação crônica.

Posy não teve escolha a não ser esconder o rosto nas mãos. Se ao menos houvesse outro candidato para ser um modelo masculino positivo para Sam. Ou mesmo só um modelo masculino. Talvez devesse tentar com Tom outra vez, apesar de que, na última vez em que ela lhe pedira para ter uma conversa amistosa com Sam, eles foram ao Starbucks e reapareceram meia hora depois, ambos muito pálidos. "Nunca mais", Tom disse, carrancudo.

"Ele não parava de falar de verrugas genitais e de como não engravidar as meninas. Eu não quero que você me deixe sozinho com ele *nunca* mais", Sam reclamou, então talvez Tom não fosse o homem certo para a função. Posy decidiu ter uma conversa discreta com o belo Stefan da delicatéssen naquela noite. Ele era um candidato muito mais adequado.

— Você não vai desencaminhar o Sam — ela disse para Sebastian, muito séria. — Ele está em uma idade muito influenciável.

— Puxa, bem agora que eu tinha planejado uma visita a um antro de ópio em nosso próximo passeio, mas acho que posso esperar até ele fazer dezesseis anos. — Ele levantou as sobrancelhas para Posy e a observou com curiosidade. — Essas coisas no seu cabelo. O que é isso?

Ela estava ali ditando regras e, durante todo o tempo, tinha rolinhos rosa-neon nos cabelos.

— São para ficar com ondas naturais — respondeu sem pensar muito. — Vou sair e vai ter muita vodca. Ainda bem, porque você me inspira a beber.

— Eu já inspirei mulheres a fazer coisas muito piores que beber — disse Sebastian, cruzando as pernas e balançando o pé. — Uma vez eu levei uma mulher a uma boate muito suja em Amsterdã. Ah, as coisas que nós vimos. — Ele olhou para Posy de cima a baixo. — Você vai sair com esse vestido?

Ela estava com um vestido preto rendado não muito justo que escondia seus muitos pecados da gula, mas mostrava a parte menos comprometida das coxas. Posy ficou imediatamente na defensiva.

— Por quê? O que tem de errado nele?

— Não tem nada errado. — Sebastian fez uma careta. — É meio curto demais, não é?

— Você está dizendo que minhas pernas estão gordas? — Posy olhou para as coxas ofendidas. Elas não haviam lhe parecido gordas antes. Talvez um pouco sem tônus, mas achou que as meias pretas opacas tinham dado conta desse problema.

— Eu falei que o seu vestido estava um pouco curto. Não mencionei suas pernas — Sebastian observou, embora estivesse olhando para elas agora como se nunca tivesse visto pernas antes. Em comparação com as mulheres com quem ele saía, todas altas e magras, suas pernas deviam parecer primas em segundo grau de troncos de árvores. — Estou dizendo que imagino que você não queira dar às pessoas... aos homens... a ideia errada.

— Que ideia errada?

— Que você está a fim de alguma coisa de que não está. Ou não deveria estar. Que exemplo você vai dar para o Sam se ficar se jogando em

cima de homens depois de se entupir de vodca? — Sebastian suspirou.
— Pelo menos conseguiu manter suas outras partes cobertas.

— A fim de alguma coisa? Me jogando em cima de homens? Minhas outras partes? — Posy repetiu, incrédula.

— Não é bem uma conversa se você só fica repetindo tudo o que eu digo. — Sebastian se inclinou para a frente e olhou bem para o rosto dela. — Tem certeza de que ainda não começou com a vodca?

— Meu Deus. — Ela nem sabia o que dizer. — Sai daqui! Sai daqui agora!

— O quê? O que foi que eu falei?

— O que você falou? O que você não falou! Fora! — Posy estava de pé, puxando Sebastian pela mão, mas ele não reagiu bem a ser puxado e enlaçou seus dedos nos dela, de modo que, por um incômodo momento, eles estavam quase de mãos dadas, até que Posy se soltou. — Vamos lá! Se mexe daí! Eu tenho hora. Tenho muitos homens para pegar esta noite, de acordo com você. Supondo que eles não se importem com minhas coxas gordas, claro!

— Você está sendo irracional, Morland — Sebastian disse, desenrolando-se da poltrona e levantando. — Está distorcendo tudo que eu falo. Talvez precise mesmo de uma trepada, porque está incrivelmente tensa. Mas com um homem só — acrescentou depressa, quando Posy deu um urro de pura raiva, embora nunca tivesse urrado na vida. — Um homem só e...

— GROSSO! — ela gritou, pegando o paletó dele do encosto da poltrona onde ele o havia colocado tão amorosamente e jogando-o em seu rosto odioso. — Você é o homem mais grosso que eu já conheci!

— Não precisa descontar no meu paletó — Sebastian disse, mas finalmente estava indo embora, ainda que com um ar de mártir por toda a situação. — Imagino que agora não seja um bom momento para conversar sobre a livraria e...

— Não, não é! Nunca haverá um bom momento para conversar sobre a livraria — rugiu Posy, seguindo Sebastian para fora da sala para poder continuar gritando enquanto ele descia a escada rapidamente. — Você quer saber de uma coisa sobre a livraria? A minha livraria? Ela nunca vai vender um único livro po...

Posy ouviu a porta da loja bater com tanta força que teve medo de que o vidro se quebrasse, e então Sebastian estava longe do alcance de sua voz e não pôde ouvir sua promessa ardente de que, enquanto ela respirasse, jamais administraria uma livraria especializada em literatura policial.

Violada pelo devasso

*P*osy *nunca havia conhecido o toque das mãos de um homem em seu corpo, os lábios de um homem nos seus. Na verdade, nunca havia sequer imaginado uma violação tão intensa de sua pessoa, sendo uma mulher virtuosa e solteira de vinte e oito anos, vinda de uma família respeitável, ainda que empobrecida.*

Mas, agora, com os lábios de Sebastian Thorndyke pressionados nos seus em um beijo ardente, as mãos dele cingindo a curva invejavelmente delgada de sua cintura, Posy Morland se sentiu desfalecer. Seus seios incharam como se quisessem escapar do modesto vestido de musselina e, quando ela abriu a boca para protestar, para tentar respirar, Sebastian enfiou a língua na caverna úmida. (Nota: talvez repensar "úmida". E "caverna".) Posy gemeu, aflita com essa nova depravação que ele queria lhe impor.

— Maldição, mulher — ele resmungou, com a voz rouca, os lábios queimando uma trilha até sua orelha. — Beije-me direito.

Ela ofegou em recatado ultraje e ele a beijou com mais violência, a língua como um exército desbravador, um braço firme em volta da curva feminina dos quadris de Posy enquanto puxava o corpo dela para mais junto do seu.

— Não! Não! Não! — Com uma força que nunca possuíra antes, Posy se arrancou do abraço traiçoeiro de Thorndyke. Pousou uma mão trêmula sobre o peito como se isso, por si só, fosse suficiente para acalmar as batidas frenéticas de seu coração. — Está agindo mal comigo, senhor. Não sou uma rapariga de taverna para que me trate com tanta falta de respeito.

Thorndyke a fitou com olhos semicerrados.

— *Acho que enjoei de raparigas de taverna, cortesãs e mulheres casadas.* — *E bateu um dedo contra os lábios que a haviam violado tão cruelmente.* — *Mas aposto que não vou enjoar de você, srta. Morland, pelo menos não por muitas noites, e é por isso que pretendo possuí-la.*

Algumas mulheres faziam kickboxing. Algumas praticavam ashtanga ioga. Ou corriam maratonas. Faziam arte na rua, cozinhavam, fabricavam cestos. Outras mulheres encontravam muitas maneiras diferentes de lidar com o estresse, mas parecia que o único modo de Posy lidar com o estresse, com a profunda encheção de saco que era Sebastian, era liberar sua frustração no papel.

Havia algo extremamente satisfatório em transformá-lo no mais vil canalha, no mais desprezível vilão, no mais... hum... depravado sedutor de mocinhas bem-nascidas e inocentes, e mesmo agora, enquanto tentava atravessar a Tottenham Court Road, Posy rascunhava mentalmente o próximo capítulo de *Violada pelo devasso*.

Não havia tido tempo nem de trocar o agora detestável vestido preto. Saíra com tanta pressa, depois de várias mensagens de Verity e Nina querendo saber onde ela havia se metido, que não fizera mais com seu rosto do que aplicar um pouco de base, rímel e gloss, com pouco entusiasmo ou habilidade. Também esquecera de tirar um dos rolinhos do cabelo e só percebera porque um homem a parou na rua para avisá-la. Ela o enfiou na bolsa, sem saber ao certo se seu cabelo estava mesmo caindo em ondas naturais.

Posy não tinha mais certeza de nada, exceto que preferia estar largada no sofá, na metade de uma garrafa de vinho. Em vez disso, estava a caminho de uma festa onde teria que ser divertida e interessante para atrair um homem que fosse agradável aos olhos e soubesse manter uma conversa, com o propósito de saírem várias vezes até decidirem que estavam em um relacionamento e podiam ficar em casa e desfrutar de uma garrafa de vinho juntos, apenas para que ninguém (especialmente Nina) pudesse julgá-la. Quando se era metade de um casal, ficar em casa no sábado à noite se transformava de repente em uma escolha válida.

Sebastian jamais sonharia em ficar em casa em um sábado à noite, Posy pensou, enquanto olhava furiosamente para o semáforo que tinha a ousadia de ainda estar verde para os carros quando ela queria atravessar a rua. Ele devia estar fora com uma de suas mulheres, ou em uma missão para encontrar uma nova mulher, toda loira, esguia e proibida de falar, para que ele pudesse fazer todo tipo de coisas depravadas com ela até que outra, ainda mais loira e mais esguia, atraísse seu interesse.

— Maldito Sebastian, saia da minha mente — Posy murmurou, lançando-se pela porta do café sueco na Great Titchfield Street, onde o belo Stefan da delicatéssen comemorava seu aniversário.

— Posy! Até que enfim! Venha me dar um abraço de aniversário — Stefan a recebeu enquanto ela permanecia parada na entrada do café, olhando em volta à procura de Nina e Verity, mas principalmente fazendo cara de mau humor.

A cara de mau humor se dissipou instantaneamente quando o sueco de um metro e oitenta e cinco de músculos a envolveu em seus braços. Posy não teve escolha a não ser abraçar Stefan de volta, não que fosse algum sacrifício. Os abraços de Stefan estavam sempre entre os cinco primeiros na sua lista dos melhores abraços de todos os tempos.

— Feliz aniversário! — ela disse, sentindo-se um pouco desamparada quando Stefan a soltou. — Desculpe o atraso. E desculpe porque não tive tempo de embrulhar seu presente.

Stefan ia comemorar seu trigésimo aniversário com estilo em um fim de semana prolongado em Nova York com a linda Annika, sua namorada, então Posy havia encontrado um guia glutão que listava todos os melhores lugares para comer e beber na cidade. Ela até pagara por ele. Preço de custo, mas essa era uma das vantagens de trabalhar em uma livraria.

— A Nina e a Verity estão ali — disse Stefan, apontando para uma mesa em um canto, onde Nina tinha um escandinavo alto de cada lado e uma expressão de que todos os seus aniversários, Natais e Páscoas tinham chegado de uma só vez. Até Verity, fortificada por um cochilo antes da festa e o que quer que houvesse em seu copo, parecia bem animada. — E você precisa conhecer meu amigo Jens. Eu estava louco para te apresentar a ele. Ei! Jens! Venha aqui!

Antes que Posy pudesse ajustar seu modo de cansada e aborrecida para o de divertida e interessante, um homem se separou de uma rodinha próxima e veio até eles com um sorriso amistoso no rosto.

— Jens, esta é a Posy, dona da livraria virando a esquina da delicatéssen. Posy, este é o Jens, que vem de uma cidade na Suécia chamada Uppsala e leciona inglês.

Eles apertaram as mãos. Jens não era tão intimidante quanto alguns dos outros amigos de Stefan, que faziam pouco para desmentir o mito de que todos os suecos pareciam vikings. Vikings muito sexy. Mas Jens não era tão alto e claro quanto a maioria dos outros homens ali. Posy não precisava curvar o pescoço para olhá-lo nos olhos, que, no entanto, eram tão azuis quanto as águas frescas e claras de um fiorde. Tinha cabelos castanho-claros, pelos quais ele passava os dedos nervosamente, e não era exatamente sexy, mas acolhedor. Quando Jens sorriu para Posy, ela de repente sentiu que não precisava ser divertida ou interessante, mas podia ser simplesmente ela mesma.

— O Stefan e a Annika me falaram tanto de você, Posy — disse ele. — É verdade que você sabe *Orgulho e preconceito* inteiro de cor?

Havia muitas coisas piores que Stefan e Annika poderiam ter contado a Jens, como a preferência de Posy por uma camada grossa de cream cheese sobre os deliciosos rolinhos de canela de Stefan.

— Não *inteiro* — ela admitiu. — Isso é especialidade da minha amiga Verity, mas eu realmente acho que existe uma citação de *Orgulho e preconceito* apropriada para a maioria das situações.

— É mesmo? — Jen inclinou a cabeça, mas não de um jeito arrogante, do tipo passar-os-olhos-de-cima-a-baixo-pelo-corpo-de-Posy-e-achar-que-

-ele-deixava-a-desejar, e sim de um jeito que a incentivava a elaborar melhor sua teoria. — Me dê um exemplo.

— Bom, quando eu vejo que alguém deixou um chiclete grudado em uma das estantes da livraria, o que acontece com muita frequência, costumo dizer: "Poderão as sombras de Pemberley ser a tal ponto poluídas?" — Posy exemplificou e Jens riu. Então Nina avistou Posy e acenou, e pareceu perfeitamente natural quando Jens segurou seu braço e a levou através da sala lotada, encontrou-lhe uma cadeira e se ofereceu para lhe pegar um drinque.

Jens era encantador. Totalmente encantador. E isso não tinha nada a ver com o número de martínis com aquavita e licor de flor de sabugueiro que Posy tinha conseguido beber. Ele lecionava inglês em uma escola de ensino médio em Portobello, o que não era surpresa, porque, embora fosse sueco, falava inglês melhor que a maioria dos ingleses que Posy conhecia. Tiveram uma longa conversa sobre *Hamlet* e como William Shakespeare obviamente não sabia nada sobre a Dinamarca, depois Jens tentou ensinar a ela algumas músicas de mesa de bar suecas, porque, a essa altura, ele também já havia tomado muitos martínis.

Posy teve muita dificuldade para ajustar a língua às complicadas vogais suecas, então eles resolveram gritar as letras de suas canções favoritas do ABBA. No fim da noite, quando estavam todos na esquina do lado de fora do restaurante, Jens pediu o número do telefone de Posy.

— Porque eu vou ligar para você — disse ele, diretamente. — Não entendo por que os ingleses são tão reservados. Eu gostei de você e quero te conhecer melhor sem tanta aquavita no meio. Você também gostou de mim?

Posy era inglesa e reservada, mas houve muita aquavita no meio, então conseguiu responder sem enrubescer demais.

— Sim, seria bom te ver de novo.

Jens concordou com a cabeça e sorriu aquele seu sorriso aconchegante.

— Vamos marcar um encontro do jeito que deve ser.

Ele registrou o número dela no celular, depois testou para garantir que tivesse anotado certo, e lhe deu um beijo no rosto antes de sair com seus amigos para pegar um táxi de volta a Hackney.

Posy insistiu que Nina e Verity passassem a noite em sua casa. Verity era fraca para bebida e começava a rir cada vez que tentava falar, e Nina morava em Southfields, que era o mais longe que se podia ir do centro de Londres sem sair de Londres.

— E, quando o Sam voltar da casa do Pants, podemos forçá-lo a fazer chá e torradas com queijo para nós — disse Posy, não que alguma das duas precisasse de muitos argumentos para se convencer, já que a caminhada de dez minutos de volta à Bookends era muito mais tentadora do que pegar o ônibus noturno.

— Uma noite muito bem-sucedida, garotas — disse Nina com alguma satisfação, enquanto ela e Posy seguravam cada uma um dos braços de Verity para evitar que ela se desviasse do curso. — Verity, você ficou bêbada e socializou, muito bem. E, Posy, você conseguiu um número de telefone! Viu? Não pode ficar esperando que o homem certo apareça de repente à sua porta. Você tem que sair à caça dele.

— É para isso que serve a internet — Posy a lembrou, embora fosse muito menos aterrorizante sair em um primeiro encontro com alguém que já tinha conhecido na vida real do que acabar se encontrando com um estranho que parecia dez anos mais velho, dez centímetros mais baixo e vinte quilos mais pesado que em sua foto de perfil.

De qualquer modo, estavam apenas na primeira semana de março e Posy já havia arrumado um encontro, então não precisaria se preocupar em conhecer um estranho em um site de encontros para tomar um drinque naquele mês. E Nina tinha se dado bem, porque ela sempre se dava bem, embora tivesse encontrado o cara de aparência mais esquisita do pedaço e fechado com ele. Era um amigo de um amigo, coberto de tatuagens de death metal e com cara de mau, o único homem na festa que não parecia viver à base de uma dieta saudável de frutas silvestres escandinavas, arenques e almôndegas, ou nadando em fiordes e andando de bicicleta pelas ruas despoluídas de Estocolmo.

— É bem o meu tipo — disse Nina, quando Verity comentou sobre o jeito taciturno do rapaz. — Você sabe como eu adoro os quietões. Alguém pediu seu número de telefone, Very?

— Pediram, mas acho que o meu namorado não iria gostar muito disso. — Ela riu. — Peter Hardy, oceanógrafo. Ele é muito possessivo.

— Será que um dia nós vamos conhecê-lo? — Posy perguntou, mas Verity só deu de ombros, como sempre fazia quando surgia o assunto de seu namorado.

— Claro — ela murmurou. — Quando ele não estiver do outro lado do mundo mapeando oceanos. A propósito, Nina, você não está saindo com o Piers? Você não disse que ele queria fazer um trenzinho?

Nina fingiu ficar chocada.

— Fazer um trenzinho? — ela repetiu. — Que jeito é esse de falar? Logo você, filha de um pastor, Very? Devia ter vergonha!

— Você ainda está saindo com ele? — Posy tentou manter a voz neutra. — Eu não achei que você estivesse muito entusiasmada.

— É, não muito. — Nina mostrou seu celular. — Eu não teria pegado o telefone de outro cara se estivesse. Mas o Piers disse que ia me dar um bom trato, e eu gosto de um bad boy. O problema é que eu acho que talvez ele seja bad demais, no mau sentido.

— Como assim, "no mau sentido"? — A voz de Posy agora era qualquer coisa menos neutra. — Porque tem alguma coisa nele que me dá arrepios. Arrepios que significam que vem algo ruim dali.

— Bom, nós saímos aquela única vez, e ele passou duas horas inteiras olhando para os meus seios, o que é totalmente compreensível, me contando tudo sobre as pessoas que ele ferrou para fechar contratos e me importunando com perguntas sobre a Bookends. Isso quando não estava avançando para cima de mim. — Nina sacudiu os ombros, como se ainda estivesse tentando se soltar das mãos de Piers. — Ele disse que o seu exemplo de vida é Donald Trump.

— Você não vai mais sair com ele. Pouco importa se ele quer fazer trenzinho, te dar um trato ou ir no Burger King da Tottenham Court Road — disse Posy. — Ele é perigoso, Nina. Sério, se você continuar saindo com ele, vamos ter problemas. Você pode conseguir coisa muito melhor.

— Sim, mamãe — disse Nina, sem a ferocidade usual quando suas preferências masculinas eram questionadas. — Mas não vamos estragar o clima falando do Piers. Então, o Jens parece legal. Vocês têm muito em comum.

— Ele é bem legal. O único problema é que talvez seja um pouco legal demais. Ele concordou com *tudo* que eu falei. Talvez isso fique chato depois de um tempo. Deve ter uma razão para as pessoas dizerem que os opostos se atraem, não é?

— Ele concordou com tudo que você falou? — Nina assobiou. — Credo, dá até medo!

— Olha quem fala, a mulher que só sai com caras que dão medo — Verity a lembrou. — Porque a Posy está certa. Eu só vi aquele Piers de longe e ele me deu calafrios. Você precisa parar de sair com esses caras esquisitos.

— Eles não são esquisitos, são mal compreendidos.

Nina ainda estava listando as várias maneiras como cada um de seus namorados havia sido mal compreendido ("Ele não queria roubar aquela garrafa de uísque, ela caiu no bolso dele") quando chegaram à Bookends.

Ela só parou de falar dos namorados bad boys que havia conhecido e se apaixonado quando sua cabeça caiu sobre o travesseiro de Posy e ela trocou as palavras por um ressonar suave.

E foi só na manhã seguinte, quando estava aninhada na poltrona, enrolada em um cobertor e suplicando que Sam lhe fizesse uma xícara de chá, que Posy encontrou as cinco notas de vinte libras que tinha dado a Sebastian, enfiadas sob as almofadas do sofá.

Desde que ela o pusera para fora, Sebastian decidira que seria mais inteligente não pisar na Bookends tão cedo, mas ainda assim conseguia lançar sua longa sombra sobre Posy e a livraria.

O estômago de Posy se revirava cada vez que via o nome dele incluído nos e-mails que viajavam de um lado para o outro entre ela, Verity e Pippa, que tinha decidido que não havia nenhuma boa razão para que o relançamento não fosse antecipado do fim de junho para o primeiro fim de semana de maio. Quando Pippa mencionou pela primeira vez essa ideia maluca, Posy sentiu um pouco de enjoo. Só um pouco. E, por mais vezes que Posy lhe dissesse que era impossível, Pippa respondia com um e-mail animado: "Desistentes nunca vencem e vencedores nunca desistem!"

No entanto, Sebastian mantinha-se em silêncio por trás de seu nome copiado nos e-mails, o que devia estar acabando com ele. Certamente estava acabando com Posy, porque agora ela ficava sempre à espera de que ele de repente baixasse na loja, em um turbilhão alucinante de terno de grife e comentários sarcásticos e, a cada dia que ele não surgia, mais ela ficava ansiosa. Era como se a antecipação de Sebastian fosse ligeiramente pior que a realidade.

Pelo menos Sebastian não tinha enjoado de Sam. Passaram outro dia juntos — para ver uma sessão especial de episódios de *Doctor Who* no cinema IMAX —, e Sebastian oferecera a Sam a oportunidade de fazer uma semana de experiência de trabalho no escritório da Zinger Media, em Clerkenwell. Não que a influência de Sebastian fosse inteiramente benigna.

Quando Posy tomou coragem, depois de três encontros com Jens, para contar a Sam que estava saindo com alguém — "Mas não é sério. Não mesmo. Ainda não, mas achei que você devia saber" —, ele não ficara muito interessado. No entanto, quando ela lhe contou o que Jens fazia na vida, Sam revirou os olhos e soltou um "Professor? Que tédio!", de um jeito que lhe era muito conhecido.

Jens não era um tédio. Ele era ótimo. Mais que ótimo. Não era tão bom quanto Peter Hardy, o oceanógrafo da Verity, que era o modelo ideal de comportamento de namorado, mas Posy e Jens haviam tido três encontros, e ele enfrentara bem a notícia de que ela era a responsável legal por um irmão de quinze anos. Também haviam trocado beijos muito bons, mas ele não estava pressionando Posy para transar. Embora Nina dissesse que era padrão transar depois do terceiro encontro, o que era precisamente a razão de ela ter chutado Piers antes do terceiro encontro, porque, além de ele ser possivelmente bad no mau sentido, também era meio pegajoso, e ela não queria transar com ele.

— Todo mundo sabe a regra dos três encontros. Cinco, se houver circunstâncias atenuantes — Nina corrigiu, quando viu o olhar de pânico de Posy.

Quando não se transava havia mais de dois anos (quase três, para ser exata), era preciso mais do que três encontros com alguém, por melhor que ele fosse, antes de poder pensar na *possibilidade* de deixar que ele a visse sem roupa. Jens fora muito compreensivo sobre isso também.

— Você vai saber quando for a hora certa — ele dissera, quando Posy trouxe o assunto gaguejando e fazendo rodeios, sem nunca chegar realmente ao ponto.

— É que eu estou tão ocupada com o relançamento e não saio com ninguém há *séculos*, pelo menos não para valer — ela persistira, e Jens se inclinara sobre a mesa do restaurante italiano em que estavam fazendo um jantar rápido durante o treino de futebol de Sam e a beijara para que ela parasse de falar.

Jens até apareceu bem cedo e animado no primeiro sábado de abril, o dia da grande Liquidação Queima Total! da Bookends, em que Posy esperava se desfazer de todo o estoque que não podia ser devolvido às editoras. Verity fora irredutível na ideia de que precisavam fazer algo para gerar caixa. Ela tinha feito uma lista de todo o dinheiro que estava saindo da conta bancária da livraria para coisas essenciais como pagamento de salários e impostos, além de material de papelaria e as novas sacolas, em comparação com todo o dinheiro que estava entrando, que não era muito. Posy sentira o estômago um pouco enjoado com isso também, mas, ainda que relutante, concordou com a liquidação total.

Foi o primeiro dia verdadeiramente quente do ano. O tipo de dia em que dava vontade de guardar o casaco de inverno com naftalina até outubro, descobrir as pernas e voltar o rosto para o sol, que brilhava heroicamente, para repor os estoques de vitamina D.

— Vamos fazer a liquidação do lado de fora — Posy anunciou para as tropas reunidas: os funcionários, Jens, duas professoras da escola primária local, onde Posy lia com pequenos leitores relutantes uma manhã por semana, Pants e seus pais, Yvonne e Gary.

Houve um resmungo coletivo, que Posy decidiu ignorar. Como Pippa a lembrava constantemente, quando se quer alcançar a grandeza, é preciso parar de pedir permissão.

Alcançar grandeza tinha tudo a ver com delegar tarefas, até onde Posy entendia, portanto não tardou a organizar um grupo de trabalho ligeiramente descontente para arrastar mesas de cavalete para a praça, marcar preços no estoque antigo e montar uma barraca de bolos como um "aperitivo" para o salão de chá que seria restaurado e reaberto em algum ponto distante no futuro, quando Posy encontrasse alguém suficientemente audacioso para se encarregar dele. Isso, pelo menos, era o que ela vivia dizendo a Pippa, que parecia estar com uma fixação por abrir o salão de chá. Mas Posy sabia que ele permaneceria fechado até que ela fizesse as pazes com a ideia de ter alguém assumindo o espaço que sempre fora de sua mãe. E não conseguia ver isso acontecendo em nenhum momento próximo.

Verity havia enviado e-mails com detalhes sobre a liquidação para toda a mala direta da Bookends, Sam e Pants tinham distribuído folhetos pela região, e Sophie tinha se encarregado do que quer que fosse que ela fazia nas mídias sociais. Havia cartazes por toda a Rochester Street e, embora Posy se sentisse muito como a anfitriã de uma festa que morre de medo que ninguém apareça, por volta das dez horas da manhã, um fluxo lento, mas contínuo, de pessoas começou a entrar na praça.

Às onze horas, havia muita gente examinando com determinação as caixas de livros em cada mesa e, ao meio-dia, o lugar estava lotado. Até Piers Brocklehurst estava lá, embora não tanto para olhar os livros quanto para ficar pegando em Nina. Ele a envolveu pela cintura e resolutamente esfregava o nariz no pescoço dela, como se não tivesse entendido a mensagem de que havia sido dispensado, enquanto ela parecia muito entediada com tudo aquilo. Então ele levantou os olhos e viu Posy fazendo gestos de "cortar o pescoço" para Nina, e parou de se esfregar nela, lançando um olhar feio para Posy.

Mas Posy não deixaria um parasita como Piers estragar sua festa. Ver todas aquelas pessoas aglomeradas na praça era um tênue vislumbre do que o futuro poderia lhe reservar, Posy pensou, enquanto devolvia duas menininhas para os pais com uma coleção completa da série O Colégio das Quatro Torres, de Enid Blyton.

— Posy! Posy! — Ela piscou quando as imagens agradáveis de deixar a livraria aberta até tarde às quintas-feiras durante o verão, a exemplo das lojas da Rochester Street, com os frequentadores saindo para a praça iluminada com cordões de luzinhas para se sentar nos bancos, foram interrompidas por Pippa, que sacudia a mão diante de seu rosto. — Esteja presente no momento, Posy!

— Ah, oi — Posy a cumprimentou, um pouco atrapalhada porque não esperava que Pippa aparecesse, especialmente quando eles estavam vendendo o estoque inteiro de ficção policial a duas libras cada brochura, cinco libras os de capa dura. — Que surpresa.

— Achei que deveria mostrar apoio — Pippa respondeu, olhando em volta. — Parece estar indo bem.

— Não é? O Tom deixou alguns folhetos da liquidação na universidade e muitos alunos vieram comprar livros acadêmicos que eu achei que nunca conseguiríamos vender — disse Posy, embora Pippa não parecesse interessada nos detalhes práticos sobre a venda do estoque antigo. Porque, aparentemente, ela era o que se chamava de pensadora visionária.

— Enfim, eu tive um motivo extra para vir — disse Pippa, cravando em Posy um olhar penetrante que instantaneamente a fez temer o pior: que Pippa soubesse que ela estava dando o golpe da livraria de ficção policial apenas para assegurar seus serviços de gestão de projetos e estivesse prestes a desmontar toda a farsa naquele mesmo instante. De fato, seu olhar era tão intenso e incisivo que Posy desconfiou de que Pippa também soubesse que ela havia devorado disfarçadamente um dos cupcakes trazidos pela mãe de Pants sem deixar uma moeda de uma libra na caixinha. — Não sei bem como dizer.

— O quê? — Posy esganiçou, como da vez em que fora pega furtando balas no velho supermercado Woolworths, em Camden Town.

— O café — disse Pippa, acenando para alguém do outro lado da praça. — Espero não estar extrapolando minhas funções... Mattie! Aqui!

Uma moça miúda e magra, vestindo calça preta justa, blusa de gola alta e sapatilhas, separou-se do amontoado de pessoas reunidas em volta de uma das mesas e aproximou-se depressa, segurando uma pilha de livros de culinária.

— Mattie, esta é a Posy. Eu já lhe contei tudo sobre ela — disse Pippa, o que não soou como um endosso muito entusiasmado. — E, Posy, esta é a Matilda, uma das minhas amigas mais antigas, que voltou recentemente de Paris e por acaso está procurando um local para abrir seu próprio café. Você pode chamar isso de coincidência, mas eu chamo de oportunidade, e você sabe a minha opinião sobre oportunidades.

— Que voltar as costas para uma oportunidade é o mesmo que ter uma placa pregada em seu traseiro dizendo "me chute" — disse Mattie, com um olhar afetuoso, mas exasperado, para Pippa, como se as constantes afirmações positivas também a incomodassem. Ela se virou para Posy. — Oi, eu apertaria sua mão, mas não quero soltar estes livros. Já tive uma discussão com um homem que tentou arrancar de mim um livro antigo da Florence Greenberg.

— Oi — cumprimentou Posy, que, embora não quisesse uma placa pregada em seu traseiro dizendo "me chute", só conseguia lidar com uma oportunidade de cada vez. — O salão de chá, porque é um salão de chá, não um café, bem... ele não está pronto para ninguém assumir. Ainda vai precisar de muito trabalho. Muitíssimo trabalho.

— A única coisa que detém você é você mesma — Pippa murmurou. — Não tem muita diferença entre um salão de chá e um café, e a Mattie fez curso de chef doceira em Paris, não é, Mattie?

Ela confirmou com a cabeça.

— Eu também estava planejando servir tira-gostos e sanduíches, e conheço umas pessoas em Paris que vendem um café maravilhoso que eu pretendo importar. Mas claro que também vai ter chá. Eu não funciono sem uma xícara de quando em quando.

Mattie tinha longos cabelos pretos presos em um rabo de cavalo balançante. Sob a franja reta, seus olhos eram emoldurados por cílios pintados e uma linha displicente de delineador. Não era difícil imaginar Mattie saracoteando pelos bulevares parisienses ou pedalando às margens do Sena em uma bicicleta antiga com um cachorrinho fofo na cestinha da frente.

— Sinto muito, não tive tempo de pensar no café, salão de chá ou o que seja — Posy disse, se desculpando.

— Você ainda tem as instalações antigas? — Mattie perguntou.

— Não faria nenhum mal dar uma olhada — Pippa interveio, com outro olhar firme na direção de Posy, de modo que ela não teve opção a não ser levá-las ao salão de chá, abrir a porta e mostrar-lhes o lugar.

Não havia muito para ver. Apenas caixas empilhadas de livros velhos, a maioria deles desenterrados do depósito de carvão por Tom, que tinham sendo vendidos "no escuro" para um revendedor que vinha de Birmingham na segunda-feira. Mas, olhando além das caixas, era possível visualizar o que a sala havia sido no passado e o que ainda poderia vir a ser.

— Este é o balcão original. Acho que foi instalado na década de 20. Ainda temos todas as mesas e cadeiras no alpendre nos fundos. Um pouco de mistura de diferentes épocas — Posy explicou, enquanto Mattie andava lentamente pela sala. À primeira vista, Posy a encaixara no papel de Audrey Hepburn em *Cinderela em Paris*, mas agora decidiu que Mattie não tinha nada da *joie de vivre* de Audrey Hepburn. Havia algo triste e quieto nela, como se tivesse abandonado sua *joie de vivre* em Paris.

— Tem cozinha? — Mattie perguntou, depois de dar três voltas completas pela sala.

— Naquela porta atrás do balcão. — Posy fez uma careta, porque a cozinha era mais um depósito superlotado de estandes e materiais promocionais de livros há muito fora de catálogo. — Não é usada como cozinha há anos, então não tenho certeza se tudo funciona. Imagino que teria que passar por uma inspeção de segurança, e você teria que solicitar uma licença para servir comida, bebida e tudo o mais...

Posy não queria ver ninguém andando entre as mesas, servindo chá e fatias de bolo, porque um de seus maiores medos era de que, então, a lembrança de sua mãe fazendo essas mesmas coisas pudesse diminuir, se dissipar, até que não restasse mais nada dela.

Mattie espiou pela porta da cozinha, olhou em volta e virou-se novamente para Posy.

— Gostei deste lugar. Tem um clima bom. Mas tem uma coisa que você precisa saber...

Se algum dia houve frase mais ameaçadora, Posy ainda não a tinha ouvido.

— O quê?

O rosto bonito de Mattie ficou muito sério.

— Eu não faço cupcakes. Nunca fiz e nunca vou fazer — disse ela, desafiadora. Não era o que Posy estava esperando. Na verdade, a afirmação parecia bastante aleatória e sem sentido.

— Qual é o problema com cupcakes? — ela perguntou, porque, em certos momentos da vida de Posy, um cupcake veludo vermelho da Hummingbird Bakery, na Wardour Street, fora um de seus melhores amigos.

— Eles fetichizam estereótipos femininos. São o equivalente culinário de sapatos cor-de-rosa de salto agulha — Mattie respondeu, cáustica. —

São o triunfo do creme sobre a substância. Se você quiser cupcakes, é melhor considerar o acordo encerrado.

Posy nem sabia que tinha havido algum acordo.

— Bem, eu gosto de cupcakes, mas não tenho nenhuma opinião forte em relação a eles — disse.

— Vamos continuar. A Mattie faz muitos outros tipos de bolos — decidiu Pippa, como a facilitadora que era. — Variações saborosas de velhos favoritos. Seu bolo de tangerina é coisa de outro mundo, e tem inclusive uma versão sem glúten. E seus brownies de chocolate branco e maracujá são simplesmente... ma-ra-vi-lho-sos.

Mattie confirmou.

— Eu posso trazer algumas amostras, se você quiser.

Posy ainda não estava pronta para levar adiante, mas Pippa parecia muito entusiasmada, então ela precisava pelo menos se mostrar simpática à ideia. Além do mais, Posy nunca recusava bolo grátis.

— Seria ótimo.

— E aí podemos conversar sobre o movimento da livraria, porque... ela *só* vai vender romances policiais? Isso é o que está pegando para mim, para ser bem sincera. — Mattie franziu a testa. — E o nome? A Adaga Sangrenta? Não tenho muita certeza se adagas sangrentas e bolos podem funcionar bem juntos.

— Ainda não estamos cem por cento decididos quanto ao nome — Posy disse vagamente, e uma súbita onda de pânico a invadiu. Sabia que não poderia continuar com aquela farsa da livraria de ficção policial por muito mais tempo, mas e a ideia de ter que falar a verdade? Ah, não, ainda não! A reação de Sebastian seria péssima, ele definitivamente atiraria coisas na parede, e, pior ainda, Pippa e agora Mattie a considerariam uma pessoa horrível. Como se não bastasse tudo isso, Pippa iria embora com suas habilidades de gestão de projetos e eles ficariam à deriva, e logo talvez não houvesse livraria de especialidade nenhuma. — Ainda está meio no ar.

— É mesmo? — Pippa levantou as sobrancelhas. — Para mim o nome já estava acertado, porque o Sebastian disse que, com a entrada do Sam na próxima semana, poderíamos começar a trabalhar no site. E eu achei que você tinha dito que havia feito uma encomenda na gráfica de...

— Ah, acho que a Mattie não está interessada em tudo isso! — Posy se apressou em direção à porta. — Agora eu realmente preciso ir vender alguns livros. Foi um prazer te conhecer, Mattie. Depois a gente conversa. Tenho que correr.

Posy correu até o outro lado da praça e se escondeu atrás de Jens e Tom, que ela havia colocado juntos em uma mesa para venderem livros de esportes e se conhecerem melhor.

— Olá — disse Jens, sorrindo e pondo o braço em volta dos ombros de Posy.

Era estranho que alguém, um homem, pusesse o braço em volta de seus ombros na frente de todo mundo que por acaso olhasse na direção deles.

Ela de fato havia estado solteira por tempo demais.

— Como vão indo? Venderam muitos livros? — Posy recostou a cabeça no ombro de Jens e imediatamente desejou não ter feito isso, porque seu pescoço ficou em um ângulo muito incômodo.

— Vendemos todos os almanaques Wisden Cricketers' — disse Tom, inclinando o próprio pescoço em um ângulo incômodo enquanto olhava para Posy, como se também não conseguisse acreditar de fato que ela estivesse com um homem. Nenhum de seus namorados de internet havia durado além de um insosso segundo encontro. — O Jens convenceu um casal de coroas que eles poderiam vender as primeiras edições da autobiografia de Kenny Dalglish por uma fortuna no eBay.

— Sério? Porque nós tínhamos cinco delas.

Jens sorriu modestamente.

— Eles compraram as cinco.

Posy pensou que provavelmente deveria beijá-lo por isso, porque era o que uma namorada faria, mas mal havia começado a se mover quando uma voz disse em seu ouvido:

— Morland, precisamos conversar.

Era bem do estilo de Sebastian induzir Posy a uma sensação de falsa segurança, deixar que ela relaxasse com sua não presença por duas semanas inteiras e, então, reaparecer de repente como um espírito malévolo que se recusasse a ser exorcizado.

Posy fez uma careta para Jens, que olhou para ela sem entender nada, enquanto Tom sorria com ar de entendedor. E, então, ela se virou. Sebastian usava um terno cinza-claro com camisa branca e óculos tão escuros que ela não conseguia ver seus olhos. Mesmo assim, tinha certeza de que havia um brilho perverso neles.

— O que foi, Thorndyke? — Ela também podia entrar naquela história de sobrenome.

Os lábios de Sebastian se estreitaram por um segundo antes de ele pôr a mão no ombro de Posy.

— Quero te mostrar uma coisa — disse ele, e seus dedos se apertaram tentando conduzi-la.

Posy firmou os pés no chão.

— Agora não posso — declarou. — Estou conversando com meu namorado.

Os olhos de Jens se arregalaram, porque ser direto e não fazer joguinhos não significava necessariamente se declararem namorados depois de apenas três encontros. Mesmo assim, ele se mostrou disposto a aceitar o papel e estendeu a mão para Sebastian.

— Oi, eu sou o Jens.

— Ninguém tem tempo para isso — disse Sebastian, impaciente, ignorando a mão estendida de Jens, porque ele era mesmo incrivelmente grosso. — Por favor, me procure, Morland, quando tiver acabado com esses seus joguinhos infantis.

Então se afastou. Não teve o mesmo estilo de quando entrava e saía de maneira arrebatadora da loja, mas ainda assim foi uma saída quase triunfal.

— Ele disse "por favor" — Tom observou. — Acho que isso significa que ele está crescendo como pessoa.

— Quem é esse? — perguntou Jens. — E qual é o problema dele?

— É o homem mais grosso de Londres e foi muito mimado quando criança — Posy explicou. — Acho que isso cobre tudo.

Mas não conseguiu sequer começar a cobrir o estrago que Sebastian deixou atrás de si. Posy decidiu ficar com Tom e Jens, não porque queria evitar Sebastian, mas porque Jens não conhecia ninguém e seria falta de consideração abandoná-lo. Especialmente depois que Tom rejeitou gentilmente a tentativa dele de puxar conversa com um "Eu não sou muito de futebol, parceiro".

— Ninguém sabe direito qual é a do Tom — Posy contou para Jens. — Não sabemos nem qual é o tema da tese dele.

— Porque é um assunto chato para conversar — disse Tom, como sempre dizia, mas acabaram descobrindo que Jens tinha alguns amigos que também faziam pós-graduação na UCL e que Tom conhecia um deles.

Enquanto eles conversavam, Posy ficou de olho em Sebastian para ter certeza de que ele não estava arrumando nenhum problema. Ele parecia estar se comportando bem, embora ficasse passando de mesa em mesa, conversando com as pessoas que examinavam os livros. Então ele parou na frente de um casal, teve uma conversa breve com eles e começou a enchê-los de livros. Nina, que cuidava dessa mesa, viu que Posy estava observando e encolheu os ombros.

— Eu já volto — ela murmurou, mas Jens e Tom estavam conversando sobre o veganismo hard de seu amigo em comum e sobre como era difícil convidá-lo para jantar, e mal repararam quando ela saiu de perto.

Ela circundou a mesa onde Sebastian parecia fazer um discurso de convencimento para seus clientes potenciais.

— Eu, pessoalmente, desisti depois da primeira página, um excesso de palavras longas, mas, se vocês estiverem interessados em Winston Churchill, esta é a melhor biografia. E este aqui é um relato excelente da campanha no deserto de Rommel, a Batalha de El Alamein e todas essas coisas. Garota Tatuada, temos algum livro sobre a Executiva de Operações Especiais?

Sebastian estava vendendo? Livros sobre história militar? Será que ele havia sofrido algum golpe na cabeça no caminho para a Bookends?

— Um dos meus padrastos era *obcecado* por essas coisas. Costumava falar sobre isso durante *horas*. Ele também tinha uma grande coleção de objetos nazistas. Foi um alívio quando minha mãe o pegou na cama com a babá e se divorciou dele — disse Sebastian e, a essa altura, o homem já tinha uma pilha de livros e a esposa o olhava com ar desconfiado, como se um interesse pela Segunda Guerra Mundial estivesse destinado a terminar em adultério e tribunais de divórcio. Ainda assim, não cabia a Posy interferir, principalmente porque o homem já estava entregando o cartão de crédito.

Ela virou para sair de fininho, mas era tarde demais.

— Ah, aí está você! — Sebastian a viu e começou a se aproximar. Não havia como ela fugir, cercada de todos os lados por mesas em cavaletes e pessoas olhando livros, então ficou parada de braços cruzados e esperou que ele chegasse ao seu lado. — Preciso que você me explique uma coisa.

— É mesmo? — Posy não pôde evitar a surpresa. — Porque normalmente você já entra fazendo todo tipo de suposições, quando, se esperasse um pouco por uma explicação...

— Morland, você demora tanto para chegar ao ponto que, se eu fosse esperar você explicar as coisas, ficaria velho e enrugado — disse Sebastian, depois a segurou pelo braço e a puxou para a mesa mais próxima do estande improvisado de bolos. — Qual é o significado *disto*? — ele perguntou com um gesto largo.

— São livros, Sebastian — respondeu Posy. — Nós vendemos, as pessoas compram. É assim que funciona o nosso negócio.

— Não são apenas livros, são romances policiais — disse Sebastian, pegando um Agatha Christie e sacudindo-o diante de Posy. — Por que você está vendendo romances policiais em uma liquidação geral? Estes aqui devem ficar!

Posy piscou. Ela não era boa em pensar depressa.

— Bem, é uma observação muito interessante — disse, devagar, e Sebastian grunhiu como se sentisse dor, o que ela poderia arranjar facilmente.

— Responda! Rápido! Agora!

— Hum... — Posy olhou para Pants, que estava atrás da mesa com o pai. Eles pareciam tão interessados quanto Sebastian em ouvir por que ela estava liquidando a preços baixíssimos os romances policiais em vez de vendê-los pelo preço cheio em uma livraria especializada em ficção policial, a qual só existia na imaginação de Sebastian. Então baixou os olhos para a capa amassada do livro de Agatha Christie e teve uma inspiração. — Ah! Ah! É estoque antigo — disse depressa. — Estoque muito antigo. Está todo amarelado e com a capa amassada, e queremos edições novas e reluzentes na loja nova.

— Este aqui não está amarelado nem amassado — Sebastian observou, pegando um livro de Martina Cole.

— Não, mas é uma edição antiga. A mais recente tem outra capa — disse Posy, porque estava no embalo agora, e era tudo ou nada. — Escuta, Sebastian, eu agradeço por você tentar ajudar. Você e a Pippa foram ótimos com todo o trabalho de apoio, mas você não entende nada de vendas de livros, tendências editoriais e como funcionam os esquemas de venda por consignação, portanto...

— Se você conseguiu dominar o assunto, não pode ser tão difícil — Sebastian garantiu a Posy. — Na verdade, eu comecei a assinar a revista *The Bookseller*, para ficar informado sobre o setor.

— Bom, nesse caso imagino que já seja um especialista — Posy retrucou. O pânico deveria ter se apossado dela outra vez. Deveria estar sentindo arrepios percorrerem sua coluna diante da perspectiva de ser desmascarada, mas ela nunca tivera medo de Sebastian... tirando aquela única vez em que ele a trancara no depósito de carvão. Quando Posy estava diante dele, não era medo que sentia. Os sentimentos que ele despertava nela tendiam para contrariedade, irritação e frustração profunda.

Não que estivesse ansiosa para Sebastian descobrir e ela ter que lidar com seu inevitável ataque de raiva, especialmente com tantas pessoas em volta.

Desesperada para adiar um pouco mais, Posy tentou pensar em algo conciliador para dizer que aliviasse a situação, mas ele a estava deixando tão irritada que as palavras que acabaram saindo de sua boca foram:

— Sebastian, você não sabe o que está falando.

Ele bufou de indignação e Posy olhou em volta, aflita para encontrar algo que desviasse sua atenção. Uma inspiração lhe ocorreu.

— Bolo! Coma um pedaço de bolo. De que tipo você gosta?

— De qualquer um, mas não tente mudar de assun... Ei, aquele é de café com nozes? — Sebastian tirou os óculos para ver melhor, e a mãe de Pants, que estava encarregada do estande de bolos, levou a mão ao coração, como se a visão dos olhos escuros de Sebastian o tivesse feito bater erraticamente. — Acho que vou comer uma fatia.

Yvonne cortou para Sebastian um pedaço duas vezes maior que os outros que estava servindo.

— Você não tem problema se engordar um pouco.

— Posso comer o que quiser e nunca engordo nem um quilo. Podem imaginar o que é isso?

Posy e Yvonne sacudiram a cabeça.

— Quanto a mim, basta *olhar* para uma barra de chocolate que ela vai direto para os meus quadris — Yvonne declarou tristemente.

— Eu não me preocuparia com isso — disse Sebastian. — É bom ter algo para pegar, não é?

Posy fez uma careta, mas, em vez de se ofender, Yvonne começou a contar para Sebastian sobre a vez em que pôs a família inteira em uma dieta rica em fibras, quando uma voz queixosa e infantil soou atrás deles:

— Amor, eu sei que você me disse para esperar no carro, mas já faz tanto tempo que eu fiquei entediada.

Antes de se virar, Posy pensou que fosse uma criança. Talvez uma afilhada que ela não conhecesse, embora por que alguém convidaria Sebastian para padrinho e esperaria que ele renunciasse a Satanás era algo que ela não podia imaginar. Então Posy se virou e viu que a voz não pertencia a uma criança.

Pertencia a uma deusa. Uma criatura etérea feita inteiramente de raios de sol, algodão-doce e pó de fadas, que agora se aconchegava em Sebastian, os braços delicados se enrolando nele, a cabeça de cabelos dourados descansando em seu ombro. O tempo todo Sebastian se contorcia, agitado, como se aquela mulher, aquela criatura celestial, fosse um casaco que não lhe cabia muito bem, pesado demais agora que o sol havia saído.

Posy não conseguia parar de olhar. A moça tinha uma pele orvalhada e acetinada, cabelos loiros sedosos e perfeitos, um corpo tão gracioso como o de uma gazela e o fascínio de uma modelo da Victoria's Secret.

Não havia ao menos uma chance de Posy — cujo tratamento de beleza consistia em lambuzar esperançosamente o rosto com qualquer creme facial que estivesse em oferta e deixar o cabelo secar ao natural antes de prendê-lo em um coque seguro por dois lápis — sequer chegar perto de se parecer com aquela mulher. Elas estavam em polos opostos, em planetas diferentes; Posy não tinha nem mesmo certeza se eram da mesma espécie.

— Morland, esta é Yasmin, minha *namorada* — Sebastian disse com ar de superioridade, porque, quando se tratava de namoradas, ele sempre ganhava. — Ela é modelo.

Posy era muito mais educada que Sebastian, então apertou a mão de Yasmin, embora fosse o aperto de mão mais frouxo que já experimentara; algo como tentar segurar um manjar branco.

— Muito prazer — disse.

— Oi — respondeu Yasmin, com aquela voz ofegante de menininha perdida. Ela suspirou, levantou um ombro, depois continuou lá, mal olhando para Posy, como se sua beleza a mantivesse à parte, a elevasse a tal plano rarefeito de existência que ela achasse impossível interagir com pessoas normais. Ou talvez a visão de Posy vestindo jeans, um casaco furado e uma velha camiseta do Harry Potter fosse mais realidade do que ela conseguia suportar, e por isso ela preferia olhar para Sebastian. — Amor, podemos ir agora?

— Daqui a pouco — disse Sebastian, desvencilhando-se de sua *namorada* como se lutasse para se livrar de uma roupa apertada, e deu uma batidinha na mão de Yasmin. — Vá. Dê uma olhada nos livros.

— Pode ir, Sebastian, sério — disse Posy, porque agora ninguém mais estava interessado em olhar os livros. Estavam todos de olhos fixos em Yasmin. Como seria a sensação de passar a vida com as pessoas parando o que quer que estivessem fazendo para admirar sua estonteante beleza? A única vez em que as pessoas pararam para olhar para Posy foi na época da faculdade, quando ela saíra do banheiro de uma boate com a saia presa na calcinha. — De verdade, eu não me importo. Tenho certeza de que vamos cuidar bem de tudo por aqui sem você.

— Duvido. — Sebastian pôs os óculos escuros de volta e fez um gesto para a mesa no lado oposto da praça. — Então, seu *namorado*? Quer dizer que é sério? E que tipo de nome é esse, *Jens*?

— É um nome sueco, porque ele é sueco e muito legal, superlegal, mas estamos indo devagar para ver como as coisas se encaminham. Não que seja da sua conta — Posy acrescentou, quando Sebastian sorriu diante da ideia de ir devagar em um relacionamento. Ele provavelmente não dava a mínima para os três encontros obrigatórios antes de transar com uma de suas namoradas. Embora Yasmin desse a impressão de que se despedaçaria em um milhão de pozinhos de purpurina se fizesse alguma atividade mais vigorosa do que deslizar languidamente, como fazia naquele momento.

— Me parece um tédio — disse Sebastian. — Bom, espero que vocês tenham uma vida muito longa e muito entediante juntos.

— Nós só saímos três vezes! Não estamos pensando em casar — Posy respondeu com irritação, mas falou para o espaço vazio onde Sebastian havia estado, porque ele já tinha se aproximado de Yasmin e lhe falava alguma coisa que a fez rir. Ainda que, para Posy, parecesse mais uma afetação de riso, mas ela logo se repreendeu mentalmente, porque não queria ser uma dessas mulheres que pensam coisas maldosas de outras mulheres só porque elas são lindas e absolutamente perfeitas em todos os sentidos.

Apesar de que Yasmin talvez não fosse tão perfeita quanto parecia, porque, vinte minutos mais tarde, quando Posy carregava mais uma caixa de livros para fora da loja para abastecer as mesas, a moça deu uma puxadinha em sua manga.

— Eu quero comprar estes — ela sussurrou, indicando os cinco livros que havia colocado embaixo do braço e agindo como se estivesse cedendo sob o peso deles.

— Vamos para dentro da loja — disse Posy, e Yasmin desabou, aliviada, em um dos sofás enquanto Posy embalava seus livros: o encalhado *Homens são de Marte, mulheres são de Vênus*, que Lavínia duvidava de que um dia conseguiriam vender, mais três manuais de autoajuda e *Como enlouquecer seu homem na cama*.

Até as pessoas que pareciam mais perfeitas eram tão inseguras quanto as pessoas de aparência imperfeita, Posy decidiu, enquanto recebia o dinheiro de Yasmin e, depois, a acompanhava até a porta.

— Se cuide — disse Posy, porque agora se sentia culpada por julgar Yasmin injustamente quando elas mal haviam se falado. Havia algo frágil e vulnerável na beleza de Yasmin que fez Posy ter vontade de envolvê-la em bolas de algodão para protegê-la. E de alertá-la em relação a pessoas como Sebastian. — Foi um prazer te conhecer. Espero que a gente se veja de novo em breve.

Yasmin acenou com os dedos e sorriu para Posy.

— Adorei sua livraria. Tem uma vibe muito aconchegante, é uma pena que só vá vender livros sobre crimes. Ai, não consigo nem ver *Law and Order* sem ter pesadelos.

Posy a observou deslizar de volta para Sebastian, então se assustou quando ouviu passos na escada.

— Quem está aí? — perguntou, ríspida, com o coração batendo erraticamente ao ver Piers Brocklehurst descer a escada. — O que está fazendo aí? Essa área é privativa. — Ela apontou para a porta e para o sinal de área particular que separava a loja do restante da casa. — Você não sabe ler?

— Tudo bem, calma, querida — disse Piers, de uma maneira sarcástica que fez Posy se sentir qualquer coisa menos calma. Era diferente do sentimento de irritação que Sebastian despertava nela. Embora fosse algo que Posy jamais admitiria, na maior parte do tempo ela gostava de discutir com ele. Pôr Sebastian em seu devido lugar era uma das alegrias de sua vida. Mas Piers... havia alguma coisa nele, muitas coisas na verdade, que a faziam ficar desconfiada. Ela se lembrou de Nina dizendo que ele era bad no mau sentido e sua pele quase se arrepiou. — Eu estava procurando o banheiro. Não é o crime do século.

Não era, mas Posy não acreditava nele. Teve vontade de fazê-lo esvaziar os bolsos, mas sabia que Piers só riria dela.

— Tem um banheiro à esquerda, logo antes do salão de chá — ela falou secamente. — A sinalização é bem clara. Mas é só para clientes.

— Certo. Vou comprar um livro — disse Piers, demorando-se enquanto examinava as estantes, porque ambos sabiam que ele bisbilhotara o andar de cima por razões execráveis. Se alguma coisa tivesse desaparecido... — Este aqui! Vou levar este.

Este era *O príncipe*, de Maquiavel, porque a ameaça de Piers era tão clichê quanto seu jeans vermelho de mau gosto e seus mocassins sem meias. Com a boca apertada e espumando de raiva, Posy registrou a compra.

— São 11,99 libras — disse, e foi contra tudo o que acreditava ao não dizer um "por favor", mas bisbilhoteiros furtivos e possivelmente mal-intencionados não mereciam bons modos.

— Fique com o troco, querida — Piers falou, jogando uma nota de vinte libras sobre o balcão, o que deixou Posy enfurecida até ele sair saltitante da loja.

Yasmin e Sebastian foram embora logo depois.

— Até mais, Morland — ele disse enquanto se afastava, e Posy ficou feliz por vê-lo sair. Mas realmente precisava pensar muito bem em como tocar no assunto de que A Adaga Sangrenta não iria acontecer.

Isso ocupou sua mente pelo restante do dia, nos intervalos de vender um grande número de livros, manter-se de olho em Sam e Pants para que eles não passassem a mão nos bolsos, e ficar com Jens.

Às seis horas, quando começou a escurecer, os compradores de livros e curiosos já tinham ido embora e eles começaram a limpar a praça, Jens continuava lá. Posy achou que talvez ele fosse se entediar e ir para casa cedo, mas ele continuava diligentemente carregando mesas de volta para a área do salão de chá e ajudando onde fosse necessário.

Ele era muito gentil, e tinha um talento para se dar bem com todo mundo, até com Verity, que não se dava muito bem com desconhecidos, e não havia nada errado em ter uma vida longa e entediante ao lado de alguém, Posy disse a si mesma. Além disso, uma vida não era necessariamente entediante só por não ser cheia de carros velozes e loiras espetaculares.

— Hora do pub — Tom declarou, quando Posy largou a última caixa no chão com um suspiro de alívio. — Quem está dentro? Very?

— Eu até iria, mas vou encontrar o Peter hoje à noite — disse Verity, parecendo muito interessada em um *Moby Dick* com a capa amassada.

— Leve-o também. Estamos todos loucos para conhecer o Peter — disse Posy, porque Peter Hardy, oceanógrafo, era um mistério ainda maior que Tom. Tom, pelo menos, sempre estava disposto a ir para o pub.

— Eu adoraria, mas nós quase não temos tempo de ficar juntos e ele vai para Belize amanhã bem cedo — respondeu Verity. — Talvez na próxima vez.

Pants e seus pais também se desculparam e foram embora, mas levaram Sam com eles, então ficaram só Tom, Nina, Jens e Posy.

— Certo, vamos para o pub — Jens falou, decidido. — Vou esperar a Posy fechar.

— Ah, não precisa — disse ela. — Vão indo. Eu tenho umas coisinhas para fazer aqui primeiro. Apareço lá em quinze minutos. Meia hora no máximo.

Jens pareceu desapontado, o que era muito adequado, Posy pensou, enquanto corria para cima e ligava seu notebook.

Violada pelo devasso

*H*avia tantas pessoas no Almack's que Posy teve receio de desmaiar.
E não era só abarrotando o salão de baile. Até no salão de refeições as debutantes estavam cercadas de suas orgulhosas mamães, dos sempre vigilantes acompanhantes e dos membros mais assentados da alta sociedade, que foram persuadidos a passar a noite no Almack's em vez de buscar diversão em grupos mais animados ou nos Vauxhall Pleasure Gardens.
Posy tivera sorte de conseguir um convite sob os auspícios de Lady Jersey, que se lembrava das muitas gentilezas que a falecida sra. Morland havia demonstrado para com seu marido doente.
— Você pode não ser da nobreza, minha querida Posy, mas sabe como se comportar em um ambiente educado e, embora já tenha demorado demais, ainda pode vir a encontrar um marido de recursos — Lady Jersey havia dito quando Posy lhe explicou a situação delicada em que se encontrava.
Agora, com sua caderneta de danças cheia e depois de ter dançado uma segunda vez com o arrojado conde sueco que a monopolizara tão completamente a ponto de receber uma advertência gentil de Lady Jersey, Posy se sentia segura de que sua sorte poderia mudar.
Talvez o infortúnio não tivesse mais que ser seu companheiro constante. Deus sabia que ela não tinha nenhuma necessidade de um marido, sentia-se perfeitamente satisfeita de não estar presa ao jugo do matrimônio, mas a cavalo dado não se olham os dentes. Além disso, se ela encontrasse um homem bom, que se preocupasse mais com o bem-estar dos outros do que em criar problemas, talvez o casamento não fosse um sacrifício tão grande.

— Srta. Morland, acredito que a próxima dança seja minha — disse o conde sueco, a seu lado novamente. Posy deixou sua taça de licor com a sra. Pants (nota: PRECISO mudar o nome dela — talvez possa ser madame Pantalon, aristocrata francesa que fugiu para Londres para escapar da guilhotina?), *que havia concordado em ser sua acompanhante naquela noite, e deu um sorriso grato para o conde.*

Eles assumiram seu lugar no salão, mas os compassos de abertura de uma canção folclórica foram abafados por uma voz grave e insinuante junto ao ouvido de Posy:

— Creio que a srta. Morland havia me prometido esta dança — *anunciou lorde Sebastian Thorndyke, deixando o conde sem opção, a não ser afastar-se educadamente, e Posy teve de sorrir para Sebastian, ainda que sua vontade fosse arrancar a expressão sarcástica do rosto dele com a ponta afiada de seu leque. Infelizmente, fazer isso garantiria seu banimento da alta sociedade.*

— Quem é esse sujeito tão insistente? — *Thorndyke perguntou, curvando-se em uma saudação zombeteira diante de Posy quando começaram os intricados passos da dança.*

— O conde Jens de Uppsala não é nem um pouco insistente — *Posy sibilou quando ela e Thorndyke passaram um pelo outro na dança.* — Ele pratica esgrima todos os dias.

— Um moleirão, pelo que posso ver. Aposto que não seria tão ávido para cortejar você se soubesse que já desfrutou das atenções de outro homem.

— Contra a minha vontade — *Posy o lembrou, com a voz trêmula, porque ela de fato tremeu quando se lembrou de como Thorndyke se impusera a ela e a devorara com seus beijos cruéis e exigentes.*

— Não pareceu muito na ocasião. Lembro-me que você ficou bastante mal-humorada quando a larguei — *Sebastian disse, provocador, quando cruzou com ela outra vez, depois fez um cumprimento com a cabeça para a moça à sua esquerda.*

— Seu canalha de mau coração! — Posy fechou os lábios com força e se recusou a olhar para Thorndyke até o final da dança. Assim que a música parou, Posy se ergueu de sua reverência final e fugiu do salão.

Segurando as saias de seu vestido antiquado de seda azul-clara, ela se apressou por um corredor deserto. Fez uma pausa no final, sem saber se deveria virar para a esquerda ou para a direita, e então ouviu passos calmos, mas determinados, atrás de si.

— Isso, faça-me correr atrás de você, srta. Morland. A caçada só acelera meu sangue — ele a avisou.

Posy ofegou, virou à direita e agarrou a maçaneta da primeira porta que viu. Estava trancada. Assim como a seguinte e a outra depois dela.

As batidas frenéticas de seu coração não abafavam o som dos passos, que chegavam cada vez mais perto. Os dedos de Posy se atrapalharam com a maçaneta seguinte, que virou. Ela correu para dentro do aposento e tentou fechar a porta, mas Thorndyke já estava ali, forçando-a a abri-la de novo.

— Estou ficando cansado desses joguinhos, srta. Morland — ele lhe disse. — Não vou permitir que fique lançando olhares insinuantes para outros homens, palermas ou não, quando pretendo mantê-la para mim.

Os dedos amedrontados de Posy perderam a força e Thorndyke avançou para ela. Seu rosto estava na penumbra, escuro como sua alma, quando a alcançou e a puxou para si, como se ela fosse tão leve quanto uma pluma, tão sílfide quanto Yasmin Labelle, herdeira de uma fortuna obtida com a importação de ovos de gaivotas, com quem ele dançara quatro vezes naquela noite até a mãe dela a arrastar para fora dali.

E, então, os pensamentos em Yasmin, ou mesmo no conde Jens de Uppsala, desapareceram, e tudo que Posy pôde fazer foi sentir quando os lábios de Thorndyke desceram sobre os seus e ele puxou suas curvas suaves de encontro a seu corpo firme e rijo.

Ele a beijou com tanto ardor que toda a razão abandonou Posy e ela se viu beijando-o de volta, seus dedos agarrados aos diabólicos cachos negros do lorde.

Foi só quando os lábios de Thorndyke desceram para o volume macio de seus seios, acima do decote ousado do vestido, que Posy reencontrou a razão e a força para empurrá-lo para longe.

— Eu nunca, nunca serei sua — ela lhe disse, ofegante, e, quando se virou para sair, a risada sarcástica do lorde a acompanhou corredor afora.

14

Considerando tudo, não foi muita surpresa que Jens tenha vindo para Posy com o discurso de "vamos ser amigos", quando a acompanhou pela centena de passos que separavam sua casa do Midnight Bell mais tarde aquela noite.

Na verdade, foi um alívio para Posy não ter que se preocupar em ficar nua na frente de Jens em um futuro próximo. Podia riscar esse item de sua lista de coisas a fazer. Mas teria que ficar nua com alguém algum dia, depois que descobrisse exatamente onde estava errando em suas tentativas de namoro.

— É porque eu te apresentei como meu namorado cedo demais? — ela perguntou, e Jens a fez parar, pondo a mão em seu braço.

— Não, claro que não. Eu não me importo com essas coisas — ele respondeu e prendeu uma mecha solta do cabelo de Posy atrás da orelha, o que era um comportamento bem de namorado para alguém que a dispensava gentilmente. — Olhe, para ser sincero, eu não acho que você esteja no estado de espírito certo para um relacionamento. Você tem muita coisa na cabeça neste momento, está muito distraída, e nossa sintonia está toda errada.

— Então, quem sabe depois que a livraria reabrir a gente possa tentar outra vez? — Posy sugeriu, mesmo sabendo que não era isso que ela queria.

Posy gostava muito de Jens, mas não era o tipo de gostar que se transformava em imaginá-lo nu. Na verdade, era difícil imaginar que qualquer homem pudesse excitá-la a ponto de fazê-la querer arrancar as roupas dele. Mas ela teria ficado feliz de fazer outras coisas com Jens: longas caminhadas, se aconchegar no sofá com uma garrafa de vinho, coisas de relacionamento. Só que, sem paixão, isso não se qualificava como um relacionamento de verdade. E, se Posy não tinha conseguido fazer funcionar com Jens, que era um amor de pessoa e um cara super-hiperlegal, depois de três encontros muito bons, então estava fadada à solteirice perpétua.

Teria que arrumar um gato — e ela nem gostava tanto assim de gatos.

Não houve tempo para pensar em seus relacionamentos fracassados no que restava do fim de semana, porque Sam decidiu que era um bom momento para entrar em crise existencial. Embora fosse, mais especificamente, uma crise de guarda-roupa.

— Eu não tenho nada para vestir! — ele se lamentou, quando Posy entrou em seu quarto no domingo de manhã para saber se ele planejava sair da cama antes do almoço. — O que vou usar amanhã, quando começar minha experiência de trabalho?

— Que tal a calça e o paletó novos que você ganhou na outra semana? — perguntou Posy, sentando-se na beira da cama de Sam enquanto ele puxava peças e mais peças das gavetas e as amontoava no chão.

Posy estava torcendo para que ele não achasse que ela ia guardar tudo de novo, porque, nesse caso, ele ficaria terrivelmente decepcionado.

Sam se virou para ela com uma expressão incrédula no rosto.

— Eu não posso aparecer lá usando um terno. É uma empresa de tecnologia. Em Clerkenwell. Ninguém vai estar de terno.

— O Sebastian vai — Posy o lembrou.

— É diferente. Ele é o chefe, e é o Sebastian. Ele está sempre de terno. — Sam acenou para ela com um punhado de blusas. — Olha aqui! Todas as minhas camisetas têm desenho de personagens, ou então você alargou elas com seus peitos. E nem comece a falar dos meus jeans.

Posy havia sido alertada, mas não pôde resistir.

— Qual é o problema com seus jeans? O Sebastian não comprou um jeans novo e caro para você há pouco tempo?

— Eu estou guardando esse para ocasiões especiais. Todos os outros são muito largos e todos, menos um, têm elástico na cintura. — Sam levou as mãos à cabeça e Posy achou que ele ia chorar. — Temos que sair e comprar roupas novas. Agora. Por favor. Posy, não faz essa cara. Seu cupom de trinta por cento de desconto na Gap ainda está valendo?

Estava, e ela também tinha um cupom de desconto para a Pizza Express. Depois de comprar um par de skinny jeans tão justos que fizeram os olhos de Posy umedecerem e várias camisetas de manga longa em tons neutros e absolutamente nenhum personagem de desenho animado, eles comemoraram sua primeira saída para comprar roupas sem brigas de todos os tempos com pizza e bolinhos de Nutella.

Posy ousou esperar que isso marcasse um novo capítulo na relação deles e que pudessem desfrutar de muitas outras saídas futuras para comprar roupas para Sam, sem que tudo descambasse em cara feia e disparos de alarmes de lojas.

Nunca lhe ocorreu que Sam, seu irmãozinho, só estivesse tentando amolecê-la. Não desconfiou de nada, nem mesmo quando chegaram em casa e ele a acomodou no sofá com um bule de chá e o livro novo de Sophie Kinsella.

Então Sam sentou na borda da mesinha de centro, olhou Posy de frente e disse:

— Você sabe que eu vou ter que contar para o Sebastian que A Adaga Sangrenta é, na verdade, Felizes para Sempre, né?

Ela derramou chá na camiseta com o susto.

— Não, não vai! Por que você teria que fazer isso?

— Porque o assunto vai surgir quando começarmos a criar o site — Sam explicou. — Caso contrário, você vai ter que ficar com o site de uma livraria de ficção policial que não existe.

— Mas a tecnologia continua sendo a mesma, não é? E eu escrevi um material falso para A Adaga Sangrenta...

— "Oh, que teia emaranhada tecemos quando começamos a praticar a arte de enganar" — Sam entoou, em tom de lamento. — Isso é Shakespeare, você sabe.

— Não é Shakespeare. Isso é do poema *Marmion*, de sir Walter Scott, o que você saberia se tivesse prestado atenção nas aulas de inglês — Posy disse, cáustica, porque as notas de Sam em inglês eram um desastre. — Não é tão complicado assim, Sam. Deixe que eles façam o site, depois nós damos um copiar-e-colar com o material da Felizes para Sempre quando estiver tudo pronto.

— Um copiar-e-colar? Você não entende nada de criação de sites. Só vai desperdiçar o tempo da equipe de informática, e eu não quero enganar o Sebastian quando ele tem sido tão legal. Além de tudo, você sempre falou que é errado mentir.

Posy realmente não entendia nada de criação de sites, então decidiu deixar de lado esse detalhe e ir direto ao ponto.

— Isso não é mentir, Sam. É não contar toda a verdade. Você vai se infiltrar nas fileiras inimigas, subvertê-las pelo lado de dentro...

Sam se levantou e lançou à irmã um olhar de desaprovação.

— É mentir, Posy, e eu não vou fazer isso.

Ele conseguiu chegar até a porta antes que Posy se lançasse sobre suas costas. Ela o abraçou com força, pressionou seu rosto contra o dele e optou pela arma mais mortal de seu arsenal. Não que se sentisse orgulhosa do que estava prestes a fazer, mas era a tal questão de situações extremas etc. etc.

— Sam, eu sempre vou estar aqui — ela cantou suavemente no ouvido dele com a melodia de "Ben", de Michael Jackson, como fazia desde que ele era bebê. — Como eu amo te ver sorrir.

— Você é diabólica — Sam declarou, enquanto retorcia o corpo para se soltar. — Devia ter vergonha, Posy. E eu já te disse um milhão de vezes que essa sua versão podre nem encaixa direito na música.

— Pois comigo ao seu lado, você nunca vai ficar só, e você, irmãozinho, vai saber que pode contar comigo... — Posy continuou, abraçando-o com mais força ainda. Por mais irritante que ele fosse ou por mais que idolatrasse Sebastian, ela sentia que seu coração poderia afundar com o peso de seu amor por ele. Mas isso não queria dizer que estivesse disposta a permitir que ele a entregasse. — Quer que eu continue? Coro, versos, refrão? Pode cantar comigo, se quiser.

— Não! — Com um esforço sobre-humano, Sam conseguiu escapar das garras dela. — Tudo bem! Eu não vou falar nada, mas você está dando um exemplo muito ruim como minha guardiã legal.

— Eu sei — Posy concordou, enquanto desabava outra vez no sofá. — Agora, se você estiver indo para a cozinha, poderia me trazer o pacote de Oreo?

⁓

Sam não conseguia ficar bravo com Posy por muito tempo, e estava tão entusiasmado com sua experiência de trabalho que saiu da livraria na manhã seguinte com um aceno alegre e um "Sim, eu peguei o cartão do metrô, não se preocupe".

Posy passou a manhã esfregando as paredes e estantes de três antessalas, agora vazias para receber tinta.

Então aconteceu de uma das visitas à livraria na hora do almoço ser uma repórter da *Bookseller* que ficou muito interessada nos planos de Posy para a loja e prometeu que sugeriria à sua editora uma matéria sobre o relançamento.

Naquela tarde, Posy teve uma reunião em uma editora de um enorme catálogo de ficção romântica. Eles foram surpreendentemente simpáticos à ideia de que a Felizes para Sempre organizasse eventos com escritores e quiseram trazer sua equipe de marketing para discutir como desenvolver esse novo relacionamento. Também prometeram a Posy alguns itens promocionais para apoiar seus lançamentos mais recentes, incluindo ainda mais sacolas. O mundo inteiro adorava sacolas com estampas, embora Verity tivesse cortado a encomenda de sacolas da loja pela metade depois de uma carta muito passivo-agressiva do banco, pedindo-lhes para ir conversar com um consultor financeiro para discutir seus problemas de fluxo de caixa. Elas nunca haviam recebido cartas do banco antes, apenas extratos e convites para fazer cartões de crédito.

Durante a caminhada de volta à livraria depois da reunião, Posy sentiu algo se abrindo dentro dela. Não era o habitual estremecimento de pânico por tudo que tinha a fazer em poucas semanas; era esperança.

Ela estava fazendo planos. Não era nenhuma novidade, seus cadernos eram cheios de planos, sonhos e esquemas, mas esses eram planos que ela via chance de realizar. Pela primeira vez, estava trabalhando em direção a um futuro precisamente definido, e não apenas chegando ao fim de cada dia.

Sam também parecia contagiado. Chegou em casa pouco depois das seis com uma expressão sonhadora. Posy, a essa altura, já estava novamente com os pés no chão: esfregar paredes com detergente costumava produzir esse efeito.

— Teve um bom dia? — ela perguntou, ansiosa, quando ele foi encontrá-la na última sala da esquerda. — Se tiver odiado, não precisa voltar aman...

— Posy, foi *incrível*. — Sam deu a volta no balde de água e detergente. — Cada pessoa tem dois monitores e todos os softwares mais recentes. Alguns programas que eu nem sabia que existiam. E na sala de descanso tem uma mesa de pingue-pongue, uma máquina de pinball, montanhas de comida e a gente pode pegar o que quiser sem pagar. Eles têm aqueles KitKats que só existem no Japão. Eu trouxe um de caramelo salgado para você.

— Obrigada, vou comer de sobremesa hoje — disse Posy. Ela ficara agachada limpando os rodapés, então se alongou lentamente enquanto se levantava. — Todos foram legais com você?

— Foram ótimos. Todos foram ótimos. — A alegria de Sam era quase um transe, como se ele tivesse passado os últimos seis meses em um culto religioso que lhe tivesse administrado enormes quantidades de drogas psicotrópicas, em vez de um dia em uma empresa de tecnologia chata fazendo coisas tecnológicas chatas. — Se você prometer não me fazer passar vergonha, pode ir comigo amanhã, se quiser.

— Fico muito feliz com seu convite — disse Posy, realmente emocionada por ele querer sua irritante irmã mais velha em volta. — Mas estou tão ocupada aqui, e nem entendo toda essa coisa de computadores.

— Eles fazem cursos de informática e workshops sobre programação especialmente voltados para mulheres — contou Sam. — Você devia se inscrever, aí não precisaria mais pedir minha ajuda a cada cinco minutos.

— Eu não teria que pedir sua ajuda se você não ficasse trocando a senha do wi-fi sem me avisar — disse Posy sem ressentimento, porque essa era uma discussão que já haviam tido muitas vezes antes.

— É recomendável trocar a cada semana, Morland — disse uma voz vinda da porta. — Para as pessoas não poderem hackear o seu roteador e roubar todos os seus dados.

Ele vivia aparecendo de repente, como um gênio do mal. Posy resolveu que, desta vez, permaneceria calma e serena, qualquer que fosse a provocação.

— Não acho que alguém tenha interesse em roubar meus dados — ela respondeu, mansamente.

— Está vendo o que eu tenho que aguentar? — Sam falou para Sebastian, com um sorriso. Depois virou de volta para Posy. — O Sebastian me deu uma carona para casa porque... não fique brava... eu perdi o meu cartão do metrô.

Ela não ficou brava, ou mesmo surpresa, apenas resignada.

— Outra vez? Sério?

Sam deu de ombros.

— Deve estar em algum lugar no trabalho. — Ele franziu a testa. — A não ser que eu tenha deixado cair na rua.

— Vou te denunciar na prefeitura — disse Posy. — Já é o terceiro que você perde este ano.

— Menino mau — disse Sebastian. — Só pão e água até você pagar o prejuízo que deu para a sua irmã.

— Na verdade ele tem passe gratuito de ônibus, mas é uma questão de princípio — respondeu Posy, e Sam baixou a cabeça.

— Desculpe — disse baixinho. — Eu prometo que não vai mais acontecer. O que tem para o jantar?

Posy fez um gesto para o balde e a esponja.

— Não tive tempo para pensar no jantar. Você se importa de comer torradas e macarrão instantâneo?

Sam pareceu horrorizado com a ideia. Às vezes, não sempre, mas de vez em quando, Posy invejava Verity e Nina, que haviam lhe dito que, nas noites em que não tinham vontade de cozinhar, podiam se virar com qualquer coisa, de creme de amendoim com grissini a azeitonas com biscoitos finos que haviam sobrado do Natal. Mas, quando se morava com um garoto de quinze anos que estava crescendo a uma velocidade acelerada, essa não era uma opção.

Posy deu a Sam uma nota de dez libras para ele comprar peixe com fritas no restaurante virando a esquina.

— E pegue um purê de ervilhas também. Você precisa comer algum verde — ela o lembrou. Achou que Sebastian talvez saísse junto, mas ele bisbilhotava as sacolas de suprimentos de decoração que haviam sido entregues naquela manhã. — Obrigada por trazer o Sam para casa. — Posy lhe devia isso. Na verdade, lhe devia muito mais que isso. — E por lhe dar a chance de uma experiência de trabalho. E por... bem, por dar atenção a ele.

Sebastian sorriu.

— Mas... — ele sugeriu. — Eu sei que vem um "mas" em seguida.

— Não. — Posy estava tão surpresa quanto ele. — Foi um agradecimento sincero. E, já que estou no embalo, quero lhe agradecer por nos emprestar a Pippa também.

— Não vai terminar com alguns comentários ácidos sobre minha vida sexual ou minhas falhas como ser humano?

Posy pensou um pouco, depois sacudiu a cabeça.

— Hoje, não. Mas não se acostume. Tenho certeza de que você não vai demorar para fazer alguma coisa que me deixe irritada.

— Estou contando com isso. — Sebastian cutucou o balde cuidadosamente com a ponta de um de seus sapatos reluzentes. — Por que você está lavando as estantes? Para que isso se elas vão ser pintadas?

— Preciso lavar primeiro para remover décadas de pó e sujeira.

— Detesto fazer algo que possa pôr em risco nossa *entente cordiale*, mas eu não achei que limpeza fosse o seu ramo, Morland — Sebastian disse com cautela, o que era uma novidade. Posy não imaginava que ele já tivesse se preocupado alguma vez na vida em dizer qualquer coisa com cautela.

Ela fez uma careta.

— Não é. Quer dizer, eu me limpo. Regularmente. Diariamente. Às vezes duas vezes por dia. Mas acho que você já conhece minha posição sobre trabalho doméstico.

— Não pode pedir que os pintores façam esse trabalho de esfregar: — Sebastian indagou.

— Não temos dinheiro no orçamento para pintores — Posy explicou. Apesar dos muitos defeitos de Sebastian, ele era incansavelmente generoso, e ela viu quando as sobrancelhas dele se levantaram, a boca se abriu e a mão foi para o bolso interno de seu paletó à procura da carteira. Ela o interceptou. — Não me incomodo de fazer eu mesma. Será uma satisfação, quando estiver tudo pronto, saber que eu participei com todo esse trabalho, que sujei as mãos, suei, quebrei as unhas e causei um dano irreparável às minhas costas para fazer meus sonhos se tornarem realidade. — Ela franziu a testa. — Estou começando a entender por que as pessoas dizem que o trabalho enobrece.

Sebastian parecia ainda mais perplexo.

— Por que o seu *namorado* não está te ajudando? — Ele fez um som de desaprovação. — Não é muito cavalheiresco deixar você fazer todo o trabalho pesado.

— Quer dizer que você faz todo o trabalho pesado da Yasmin? — Posy perguntou, apesar de que, pelo que tinha visto de Yasmin, levantar uma colher de chá já devia ser um esforço enorme para ela.

— Você parece muito interessada na minha namorada — disse Sebastian.

— Foi você quem mencionou meu namorado primeiro — Posy revidou, e eles estavam de novo olhando furiosamente um para o outro, o que parecia mais natural do que estarem calmos e serenos.

Foi um alívio quando Sam entrou pela porta com sua embalagem de peixe e fritas e expressou surpresa por Sebastian ainda estar atravancando a sala.

— Eu estava de saída — Sebastian disse. — Espero que você e o seu balde tenham uma noite excitante, Morland. Te vejo amanhã, Morland Júnior.

Então ficou ali por mais dez segundos muito incômodos antes de finalmente ir embora.

Violada pelo devasso

O noivado entre o conde Jens de Uppsala e uma linda debutante que começara a frequentar as rodas da sociedade havia poucas semanas foi anunciado no The Times naquela manhã.

Posy Morland sentiu uma pontada de decepção enquanto tomava seu chá, tentando saborear cada última gota aromática, já que não lhe restava dinheiro para comprar mais. A linda debutante tinha um vistoso dote, e o conde Jens, uma grande propriedade em Uppsala que caíra em estado de deterioração.

Dez mil libras por ano podiam ganhar os afetos até do mais firme dos homens, Posy pensou, enquanto ajeitava seu xale de renda, que roçava nas marcas em seu pescoço.

Marcas deixadas ali por Sebastian Thorndyke enquanto se banqueteava em sua pele delicada.

Posy baixou a xícara com a mão trêmula (nota: verificar quantas vezes já usei "trêmulo") ao se lembrar daquela noite no Almack's. Como Thorndyke fora atrás dela e a encurralara em uma sala isolada. Depois, quando ela tentara escapar, ele a levantara como se ela não pesasse mais que um punhado de penas e a jogara sobre uma chaise longue.

— Você não pode — Posy dissera, com a voz oscilante, mas Thorndyke sacudira a cabeça.

— Posso sim, porque não vou ter paz de espírito enquanto não fizer isso — respondeu ele, enquanto descia sobre o corpo trêmulo, estremecido e vacilante de Posy. — Ah, como você me atormenta, me intriga, me possui com pensamentos de torná-la minha.

Então ele a beijara mais ternamente do que ela julgara possível, e ela deve ter ficado possuída também, porque o beijara de volta, suas línguas lutando pelo domínio, depois dançando juntas, e durante todo esse tempo as mãos de Sebastian ocupando-se em abrir o corpete do vestido de Posy.

Posy não soltou nenhuma palavra de protesto quando Thorndyke desnudou seus seios trêmulos, que subiam e desciam sob o brilho da lua e seu olhar faminto.

— Por que tinha de ser tão bela — ele murmurou com a voz rouca antes de inclinar a cabeça e sugar para sua boca um daqueles petiscos trêmulos (de novo!) e suculentos.

Quando ele acabou, Posy estava acabada. Sua pele estava sensível em virtude da ação das mãos dele, e ela ardia com uma agonia doce e aguda, pois Sebastian derramara sua devoção sobre os seios firmes dela, mas não tomara os cuidados necessários para saciar a ambos, deixando Posy totalmente arruinada.

Ah, ele já a arruinara para todos os outros homens, ela pensara, enquanto tentava se sentar e cobrir a carne avermelhada com a blusa que Sebastian arrancara em sua paixão.

Posy não conseguia olhar para ele, as faces em chamas, agora que outros fogos haviam parado de arder. Mas Thorndyke segurara o queixo dela em sua mão, para que ela pudesse ver a expressão dura de seu rosto.

— Menos cinco guinéus em sua dívida, srta. Morland — ele dissera, cruelmente. — Faltam só mais quarenta e cinco.

Ah, sim, mesmo sem as marcas da posse dele manchando sua pele de alabastro, Posy se lembrava daquilo muito bem.

Ela baixou a xícara de chá, apoiou a cabeça nas mãos e chorou.

O dia seguinte envolveu muito mais detergente, então foi uma distração agradável quando Pippa apareceu enquanto Posy estava molhada até os cotovelos de água suja.

— Nós tínhamos uma reunião? — perguntou Posy quando Pippa surgiu de repente na sala mais à esquerda, que Verity e Nina vinham evitando cuidadosamente para o caso de Posy lhes pedir para pegar uma esponja e ajudar.

Pippa se sentou em um banquinho.

— Não, não é uma reunião.

Posy esfregou um ponto particularmente teimoso no canto de uma das prateleiras inferiores, onde a sujeira havia endurecido em uma goma preta e espessa.

— Eu pressionei o pessoal das sacolas e canecas e eles prometeram que, se não entregarem até segunda-feira, vão fazer um desconto de dez por cento.

— Não é por isso que estou aqui. Meu Deus, você está *obcecada* por sacolas. — Pippa não tinha pegado nenhum de seus aparelhos eletrônicos e olhava fixamente para a nuca de Posy. Posy sabia disso sem que fosse preciso se virar, porque de repente seus folículos capilares começaram a formigar incomodamente. — Você pode olhar para mim, Posy? Vou lhe fazer uma pergunta e quero que seja sincera.

No entanto, isso não serviu de incentivo para Posy largar a esponja e se virar para Pippa.

— Não pode perguntar assim mesmo? Sem a participação da plateia?

— Posy Morland, olhe para mim agora! — Pippa ordenou, e Posy virou no mesmo instante, porque aquele era um tom de voz que não admitia réplica. (Posy fez uma anotação mental para usar a expressão "não admitir réplica" no próximo capítulo de *Violada pelo devasso*. Não que pretendesse continuar escrevendo, mas, se acontecesse...) — Preste atenção!

— Eu estou prestando atenção — disse Posy. Pippa tinha uma expressão no rosto como se todas as citações motivacionais e afirmações positivas tivessem se esgotado e ela fosse começar a falar palavrões no lugar delas. — Qual é o problema?

— É óbvio que você está planejando um relançamento. Isso eu posso dizer com certeza. Mas, sinceramente, você vai mesmo relançar a Bookends como A Adaga Sangrenta, uma livraria especializada em ficção policial?

Agora não eram apenas os folículos na cabeça de Posy que formigavam. Todos os pelos de seu corpo estavam em alerta.

— Hum, o que te faz pensar que não?

Responder a uma pergunta com outra era a tática básica de evasão. Posy sabia disso e Pippa também, porque apertou os olhos e respirou fundo. Então enrolou uma mecha de cabelos impossivelmente soltos e brilhantes em volta de um dedo, que exibia uma unha imaculadamente pintada.

— Muitas coisas. Sempre que alguém pede ao Sam a arte-final do site, ele fica vermelho como um pimentão e diz que está com você. Além disso, você disse a Mattie que o nome da loja ainda não tinha sido decidido, quando o fato é que concordamos a respeito dele semanas atrás. Sempre que envio por e-mail links de festivais de ficção policial como inspiração para formatos de eventos com escritores, você nunca responde. E, um momento atrás, quando perguntei a Nina se tínhamos livros suficientes para estocar uma sala inteira dedicada a ficção policial escandinava, ela disse, abre aspas: "Não me meta nisso".

— Ah, você sabe como é a Nina — disse Posy, sem convicção. — Sempre brincando.

— Ninguém nesta loja, incluindo você, parece ter o menor interesse por ficção policial. E o Sebastian me disse que você vendeu todos os romances policiais na liquidação de sábado.

— É, bom, eu expliquei para ele que eram edições antigas, e de qualquer modo ele não sabe...

— Posy, eu tenho mestrado em comunicação não verbal e você está piscando rapidamente, tocando o cabelo e olhando para o lado toda vez que fala comigo. Sinais clássicos de quando alguém está mentindo. Então, sim ou não: isso aqui vai ser uma livraria especializada em ficção policial daqui a três semanas?

Posy tirou a mão do cabelo e olhou para os pés.

— Não — admitiu. Não era uma sensação boa contar a verdade. Parecia que ela tinha mexido em uma caixa de marimbondos de tamanho industrial. — Vamos reabrir como Felizes para Sempre, uma livraria para atender a todas as suas necessidades de ficção romântica.

— Entendo. — Pippa uniu os dedos e apoiou o queixo neles. — Na verdade, eu não entendo. Por que você me deixou no escuro?

Tudo saiu de uma vez, então, em um jorro deselegante de palavras, e agora ela se sentiu bem por confessar todos os seus crimes, embora o rosto de Pippa permanecesse impassível, de modo que não havia como saber o que ela estava pensando.

— Achei que o Sebastian já teria se entediado com essa história de livraria a essa altura — Posy terminou em um tom petulante, porque tudo aquilo era de fato culpa de Sebastian. — Desculpe por ter mentido para você e me aproveitado de seu talento em gestão de projetos sob falsos argumentos, mas tudo acabou saindo do controle.

— Eu preciso contar para o Sebastian — disse Pippa.

— Ah, não, por favor. — Posy não se incomodava de implorar. Ao contrário, sentia-se totalmente confortável implorando. — Já tenho que lidar com tanta coisa sem ter que lidar com ele também.

— Me dê uma única boa razão para não contar.

— Hum... porque... por causa de, há, solidariedade feminina?

Pippa respirou fundo.

— Posy, ele paga o meu salário.

— Sim, eu sei, mas de alguma maneira você dominou a arte de dizer não a ele e fazer com que ele te ouça. Sempre que qualquer outra pessoa lhe diz não, ele simplesmente não ouve. Eu tentei dizer a ele... — Posy refletiu um pouco — ... várias vezes, embora na última vez a gente estivesse no meio de uma discussão, e ele foi embora antes de eu chegar à parte importante.

E então não havia mais nada a fazer a não ser levar Pippa ao escritório e lhe mostrar os esquemas de cores, o calendário com todos os eventos com escritores anotados a lápis, os designs que Posy havia aprovado semanas antes, as caixas de material de papelaria, os marcadores de livros e as sacolas que haviam chegado na sexta-feira. Tudo isso enquanto Verity a fitava com uma expressão de horror.

— Está tudo bem? — ela arriscou por fim, quando não pôde mais suportar a tensão entre Pippa e Posy.

— Eu não sei — Posy choramingou. — Você está muito brava comigo, Pippa? Eu não queria fazer você perder seu tempo, mas não foi realmente perdido, porque seu cronograma revisado foi uma graça divina e seu plano para a divisão das salas fez muito mais sentido que o meu. Nós só vamos vender um gênero diferente de livro. Não é tão ruim, né? Ainda são livros, papelaria e sacolas, mas, em vez de tratar de assassinatos, eles são uma celebração do amor. Isso é uma coisa boa. Amor. *All we need is love*. O amor está no ar.

— Você tem que contar ao Sebastian — Pippa disse com firmeza, antes que Posy pudesse soltar mais frases de efeito. — Ou você conta, ou eu conto.

Claro que Posy tinha que contar a Sebastian o que havia aprontado. Fazer a lista completa de suas farsas. Confessar seus malfeitos. Admitir cada uma de suas mentiras descaradas e sem pudor. O que de pior poderia acontecer? Ele poderia cobrar os serviços de Pippa e do site, mas isso não era tão ruim no cenário mais amplo. Ou, como inventariante de Lavinia, será que ele poderia tomar a livraria de Posy antes que se completassem os dois anos? Haveria uma cláusula em um dos muitos documentos e formulários que ela assinara que dava a Sebastian o pleno controle da

Bookends no caso de Posy ser considerada culpada por agir de má-fé? Não, com certeza era impossível.

Mas Sebastian ficaria uma fera. Ele diria coisas terríveis, e com isso Posy poderia lidar, porque já tinha a experiência de uma vida inteira com Sebastian dizendo coisas terríveis. Mas, se ele parasse de aparecer, Sam ficaria terrivelmente magoado, e isso era algo com que Posy não conseguiria lidar com a mesma facilidade.

Sam e sir Walter Scott estavam certos quando falaram de teias emaranhadas.

— Tudo bem, vou contar para ele — disse Posy. — Mas você tem que me deixar escolher o tempo certo.

— Não há tempo. — Pippa começava a soar muito estressada. — Como diz Paulo Coelho: "Um dia você vai acordar e não haverá mais tempo para fazer as coisas que você sempre quis. Faça-as agora".

— Você tem mesmo uma citação para cada ocasião — disse Posy. — Como se lembra de todas?

— Não exatamente para cada ocasião, mas eu realmente acho que elas são uma poderosa ferramenta motivacional — Pippa declarou. Então fixou Posy com um de seus olhares penetrantes, mais uma de suas poderosas ferramentas motivacionais. — Você não pode continuar se aproveitando da boa natureza do Sebastian desse jeito.

Verity revirou os olhos com tanta fúria que Posy achou que ela estava tendo um ataque.

— Desde quando o Sebastian tem uma boa natureza?

— É absolutamente impossível dizer a ele algo que ele não quer ouvir — Posy acrescentou.

— Eu acho muito fácil — disse Pippa, sem um pingo de compaixão. — E acho que ninguém no escritório tem nenhum problema nesse sentido. Você tem que ser mais firme, só isso. Não dar espaço para ele escapar. Vá direto ao ponto. Deixe-o processar. Siga em frente. Ponto. Processar. Seguir. PPS.

— PPS — Posy e Verity repetiram.

— Dê um PPS nele até a próxima segunda-feira ou eu mesma contarei, mas seria muito melhor se viesse de você. Certo?

— Sim, mas... — Como Pippa já estava indo embora, Posy teve de segui-la pela loja. — Pippa, espere!

— Não posso. Acabei de dar um PPS em você. — Pippa estava com a mão na maçaneta da porta.

— Por favor, é sobre sua amiga, a Mattie — Posy gritou do outro lado da sala, para a consternação de um homem de meia-idade, com casaco grosso e gorro, que examinava os poucos títulos de autoajuda que ainda restavam na estante. Pippa parou e se virou. — Ela me mandou alguns e-mails. Bom, na verdade ela me mandou e-mails todos os dias nas duas últimas semanas. Eu ainda não cheguei a uma decisão sobre o salão de chá...

— Posy! Por favor, pare de jogar todas essas confissões em cima de mim! Como assim, você ainda não decidiu? — Pippa perguntou, parecendo realmente irritada agora.

— Você precisa tomar uma decisão logo — Verity interveio, como um coro grego. — E a decisão precisa ser sim. O salão de chá é um espaço morto. Não está rendendo nenhum dinheiro enquanto ficar ali, às moscas. E precisamos começar a ganhar dinheiro em vez de só gastar.

Parecia a Posy que, por mais que ela trabalhasse, a pressão nunca cedia. Pelo contrário, a cada dia que passava só parecia aumentar, e ela já sentia seu peso forçando-a para baixo, esmagando todos os seus órgãos vitais, dificultando a respiração.

— Tudo bem. Certo — disse Posy, levantando as mãos para repelir novas críticas. — Vou pensar seriamente no que fazer com o salão de chá.

Pippa suspirou profundamente, como se os pensamentos sérios de Posy não fossem suficientes.

— Como disse Walt Disney: "O jeito de começar é parar de falar e começar a fazer".

Quando Pippa entrava nas citações motivacionais, Posy sabia que estava vencida.

— Tudo bem! Sim! Eu vou fazer alguma coisa com o salão de chá. Talvez a Mattie ache que bolos e ficção romântica são uma combinação melhor que bolos e crimes, não é? Poderia ver isso com ela? Por favor.

— Acho que sim — Pippa concordou. — Vou marcar outra reunião.

— Ahh! Poderia pedir para ela trazer alguns bolos? — Nina pediu, do alto da escadinha.

— Chega! — Pippa abriu a porta — Estou dando um PPS em todas vocês!

Violada pelo devasso

*E**le veio até ela, como ela sabia que viria, na calada da noite. O sono a havia abandonado naquelas últimas horas, portanto, quando ouviu o som de pedregulhos em sua janela, isso não a fez acordar assustada.*

Os pedriscos deslizaram pelo vidro outra vez e, temerosa de que Thorndyke (pois não podia ser mais ninguém) pudesse quebrar a janela e acordar o restante da casa, Posy levantou da cama e espiou lá fora.

— O que está fazendo, senhor? — Posy sibilou, mas Thorndyke já estava subindo pela macieira que se erguia ao lado da casa, seus galhos quase tocando as janelas, desde que Posy tivera que dispensar o jardineiro em setembro último. — Está louco?

— É mau indício assim nos encontrarmos ao luar, minha cara srta. Morland — disse Thorndyke, com a voz firme, apesar do esforço. — Como está encantadora. Tão adoravelmente descomposta.

Posy tinha certeza de que não parecia nem adorável nem encantadora em sua larga camisola de algodão e os cabelos presos em tranças frouxas.

— Deve ter perdido o senso completamente, se imagina que vou deixá-lo entrar — ela lhe disse com firmeza, pois naquela tarde mesmo havia tomado sua querida amiga Verity como confidente. Embora fosse filha do reitor, Verity não a condenara nem julgara, mas advertira Posy a ser firme com lorde Thorndyke.

— Não deixe nenhum homem pôr um preço em sua reputação ou em seu coração — Verity lhe dissera. — Embora eu desconfie de que não são os cinquenta guinéus que ele deseja possuir, mas seu amor, pois este tem um valor muito maior.

Mas Posy se recusava a acreditar que Thorndyke pudesse ou quisesse amá-la. Para amar, era preciso ter um coração puro, e o de Thorndyke era tão escuro quanto os poucos míseros pedaços de carvão que eram tudo que Posy podia queimar na lareira à noite.

— *Você vai me deixar entrar, Posy* — *Thorndyke insistiu.* — *Em seu quarto e nesse lugar doce e convidativo entre suas coxas macias. Agora, saia da frente da janela, mulher, maldição!*

— *Não vou sair!* — *Posy pôs a cabeça para fora do vidro para não ter que guinchar como um vendedor ambulante.* (Nota: vendedores ambulantes guincham? Pesquisar.) — *Você não pode brincar comigo, com meus sentimentos. Não tenho recursos financeiros para pagar a dívida de minha família e, Deus me ajude, não vou mais me degradar. Expulse a mim e Samuel, se assim tiver de ser, mas prefiro o risco de ser presa por causa de uma dívida a me entregar em seus braços. Agora, deixe-me em paz.*

No entanto, quando ela esticou o braço para fechar a janela e deixar Thorndyke do lado de fora, ele se inclinou para a frente e roubou-lhe um beijo.

Ela ~~tremeu~~ (não, não comece com isso de novo!) *estremeceu convulsivamente e Thorndyke aproveitou-se da momentânea distração de Posy para pular até o peitoril da janela.*

— *Quer que eu quebre o pescoço, srta. Morland?* — *ele perguntou, com a voz rouca.* — *Isso a faria feliz?*

— *Não quero ter a morte de ninguém, nem mesmo a sua, pesando em minha consciência* — *disse Posy, e afastou-se para que ele pudesse pular agilmente para dentro de seu quarto. E lá estava ele, então, na frente dela, esguio, forte e incrivelmente viril em sua calça justa de camurça e sua elegante casaca de lã fina preta.* — *Mas você não terá a mim. Não serei sua meretriz, senhor. Nem mesmo por quinhentos guinéus.*

— *Quanta bobagem!* — *Thorndyke desdenhou, enquanto segurava a camisola dela e a puxava para perto.* — *Você faz um desserviço a nós dois quando palavras tão duras saem de sua linda boca.*

— Precisa me deixar em paz, senhor — disse Posy, um pouco desesperadamente, sentindo o calor dele através do algodão fino e uma das mãos segurando a curva de seu quadril.

— Por que eu deveria deixá-la em paz quando estou em tormento? — Thorndyke perguntou, com um desespero que equivalia ao dela, e ela não conseguiu levantar um dedo para detê-lo, não conseguiu expressar uma palavra de protesto quando ele rasgou sua camisola tão facilmente como se fosse feita de papel, e a deixou de pé ali, nua e trêmula, bela em sua vulnerabilidade. — Deite-se comigo, doce Posy, deite-se comigo e deixe que eu a ame. Deixe-me mostrar que, sob meu exterior cruel e insensível, posso ser gentil... indulgente... dócil... seu.

A cada promessa ele roubava outro beijo, colando as curvas dela ao granito de seu corpo e, quando Posy enfiou os dedos entre seus cachos negros como a meia-noite, ele a ergueu nos braços e a levou para a cama.

P osy pensou em enviar um e-mail para Sebastian. Ou dar a Sam um bilhete escrito em seu novo papel timbrado com Felizes para Sempre para que ele o entregasse.

Mas Sebastian provavelmente apagaria o e-mail assim que visse quem tinha mandado, depois negaria que o tivesse recebido. E, dada a capacidade de Sam de perder cartões do metrô, agendas escolares e chaves com monótona regularidade, ele não parecia um mensageiro muito confiável.

Então ela teria que esperar até a próxima vez em que Sebastian surgisse na loja e dar-lhe um PPS até o meio da semana seguinte. Só podia torcer para ter mais sucesso agora do que em suas tentativas com o Sebastian da ficção. Ah, céus. Ele a teria curvada sobre a mesa de novos lançamentos antes que ela conseguisse chegar ao ponto.

"Ah, eu vou chegar ao ponto também, srta. Morland", Sebastian diria. Assim que pensou isso, Posy enrubesceu e, droga, ficou com as mãos trêmulas enquanto esfregava a esponja em mais uma prateleira encardida. Quando aquilo terminasse e a loja estivesse limpa e pintada, nunca mais ia querer esfregar alguma coisa na vida.

Foi salva pelo bolo. Ou, mais precisamente, pela chegada de Mattie, que carregava vários recipientes de plástico agradavelmente grandes.

— Resolvi dar uma passada — disse ela, colocando seu tesouro sobre uma das prateleiras vazias. — A Pippa disse que você estaria na loja e a moça bonita de cabelos azuis me falou para te encontrar aqui no fundo.

— Ela é a Nina — Posy informou. — Vou te apresentar direito para todo mundo mais tarde. — E levou a unha quebrada à boca. — Achei que seria melhor conversar sobre o salão de chá primeiro. Apesar de que, para ser sincera, ainda não estou totalmente segura... É só que... eu tenho tantas outras coisas para fazer... mas a Pippa foi muito insistente para eu tomar uma decisão sobre isso, tipo, agora!

Mattie concordou com a cabeça.

— Eu entendo! Eu adoro a Pips, mas pode imaginar o que é sair para jantar com ela? A gente tem que estar pronta para fazer o pedido cinco minutos depois de receber o cardápio. — Mattie vestia um macacão jeans baggy sobre uma blusinha preta de mangas longas e tênis sujos, e mesmo assim tinha uma aparência charmosa e travessa. — Mas eu estou mesmo interessada no salão de chá, se isso serve para te ajudar na sua decisão. O espaço pareceu perfeito, pelo que vi, mas eu não estava muito à vontade com A Adaga Sangrenta. Pessoas que gostam de ler sobre assassinos em série provavelmente não são muito entusiasmadas com bolo.

— Eu acho que os fãs da Agatha Christie e da Dorothy L. Sayers gostam sim — disse Posy. Não que tivesse pensado muito sobre isso. — Bolo não é uma coisa que todo mundo gosta? É unanimidade.

— Mas aqui não vai ser uma livraria de ficção policial, não é? — Mattie indagou.

— De jeito nenhum! — Posy declarou com fervor. Sua solução de água e detergente já estava preta e ela agradecia a pausa, portanto ficou satisfeita em mostrar a loja para Mattie e explicar como tudo ficaria dentro de duas semanas, quando estivesse pintada de cinza, tivesse um fluxo melhor, estantes de exposição vintage e a marca em uma bonita fonte cursiva cor-de-rosa.

Depois, sentaram-se no escritório nos fundos e Verity fez chá, enquanto Mattie tirava dos recipientes de plástico seu famoso bolo de tangerina, dois tipos diferentes de brownies: caramelo salgado com noz-pecã e chocolate branco com maracujá. Havia também tortinhas de queijo gruyère e cebola roxa, miniprofiteroles de queijo e cebolinha, um bolo em três camadas de maçã e framboesa, quatro tipos diferentes de biscoitos e...

— Quando você pode abrir o café? — Nina perguntou, com a boca cheia de biscoitos de lavanda. Ela estava atendendo na loja, mas corria toda hora até o escritório para provar as maravilhas celestiais de Mattie. — Pode ser amanhã?

— Acho que amanhã seria um pouco forçado — Posy disse, e Mattie concordou.

— Você tem tempo para me deixar dar uma olhada melhor no salão de chá? — ela perguntou.

Posy a acompanhou pela loja até as portas duplas que levavam ao salão de chá, destrancou-as e deixou Mattie explorar sozinha. Voltou para a livraria bem a tempo de ouvir a porta se fechar e ver um relance de Piers Brocklehurst (!) saindo apressado.

Nina não estava à vista, mas Posy seguiu o som de vozes até a porta dos fundos. Ia sair para o pátio e perguntar o que Piers estava fazendo dentro da loja e se Nina já não o havia mandado passear, quando ouviu Verity dizer:

— Acho que devemos contar para a Posy...

Nina soltou um suspiro infeliz.

— Eu não quero que ela fique preocupada. Ela já tem tanto o que pensar agora, mas é meio mau-caratismo dele, não é?

— Perguntar se você sabe algum podre da Posy? É mau caráter total — Verity respondeu, indignada, enquanto Posy balançava a cabeça, concordando. O que estava acontecendo? — De qualquer modo, a Posy está completamente limpa. Bom, tirando o apartamento lá em cima. A vida dela é impecável.

— E ele não queria podres interessantes; ficou perguntando se ela devia impostos, se estava violando regras sanitárias ou de segurança. Eu não devia ter dito que a Posy não achava que éramos certos um para o outro quando terminei com ele, mas foi mais fácil do que confessar que ele me dava calafrios. Talvez eu devesse transar com ele de uma vez — Nina refletiu. — Tipo, para ele parar de encher o saco.

Posy estava horrorizada. Não sabia para onde direcionar seu horror primeiro. Para Piers, que parecia determinado a desencadear alguma vingança terrível sobre Posy por ela atrapalhar a foda dele — certamente não devia ser a primeira vez que a amiga de uma de suas vítimas indefesas interferia em seus planos —, ou se devia começar com Nina, que, apesar de reconhecer que ele era uma criatura odiosa e do mal, aparentemente estava pensando em transar com ele.

— Não transe com ele — Verity aconselhou, antes que Posy entrasse para dar seu palpite. — Vamos manter isso entre nós por enquanto. E, na próxima vez que aquele homem horrível aparecer... bom, eu ia dizer para você deixá-lo comigo, mas não consigo, Nina. Não consigo. Talvez a gente consiga atiçar o Tom para cima dele.

Houve um momento de silêncio e as duas começaram a rir histericamente da ideia de Tom avançando para brigar em nome de Nina. Posy, no entanto, não riu. Essa era a última coisa de que precisava: mais um estresse para acrescentar à sua pilha. Então, em vez de sair de armas em punho para dizer que ela mesma lidaria com Piers, Posy fugiu para o conforto de seu cantinho de leitura, embora o conforto estivesse escasso, e foi só quando Nina voltou e viu seus pés para fora e perguntou o que ela estava fazendo lá dentro que Posy se lembrou que havia deixado Mattie sozinha por muito tempo.

Quando Posy entrou de novo na cozinha, encontrou Mattie ajoelhada no chão, com a cabeça dentro do forno.

Por um momento terrível, seu coração parou, mas então lembrou que o forno estava desconectado havia séculos. Mattie levantou em seguida, anotando algo em uma caderneta.

— Este espaço é ótimo — disse ela, com a testa levemente franzida. — Por que vocês fecharam o salão de chá? Por causa do movimento? Notei que tem uma delicatéssen logo virando a esquina. Era uma concorrência muito forte?

— Não, o salão de chá tinha uma procura imensa. Não eram só as pessoas que vinham à livraria. Estava sempre lotado na hora do almoço, e o Stefan, o dono da delicatéssen, não serve comida para comer no local, ele diz que é muita amolação, embora venda sanduíches no almoço, mas com uma pegada escandinava. Bastante pão de centeio. E rolinhos de canela incríveis. — Sua garganta estava se apertando, os olhos doendo, embora só tivesse falado do belo Stefan até então.

Será que um dia conseguiria chegar ao estágio final do luto, a aceitação, quando pudesse dizer com naturalidade: "Ah, meus pais morreram há sete anos. Claro que ainda sinto falta deles, mas o tempo cura tudo".

Mas isso não era verdade. O tempo não curava. Só fazia a ausência deles doer ainda mais, deixava Posy mais determinada a se agarrar à dor, porque, se ela começasse a se sentir melhor, a sentir menos falta deles, então as lembranças — o som da risada de sua mãe, o cheiro de madressilva de seu perfume, a sensação dos braços de seu pai a envolvendo, os botões do colete dele se apertando no rosto dela — desvaneceriam, dispersariam, desapareceriam, e eles teriam ido para sempre.

— Então por que vocês fecharam, se dava tanto dinheiro? — Mattie perguntou. — É estranho. O lugar parece ter sido fechado de repente. Tem um livro de receitas aberto sobre o balcão, talheres no secador de pratos, e eu dei uma olhada no armário e...

— Minha mãe... — Posy não conseguia dizer as palavras. Ela respirou fundo, depois soltou o ar. — Meu pai administrava a livraria, e minha mãe... ela cuidava do salão de chá. Eles... Houve um acidente na estrada e... Depois a Lavinia, que era a dona da livraria, assumiu a parte dos livros. — Posy engoliu em seco. — Acho que ela planejava reabrir o salão de chá um dia, mas foi tudo tão repentino e doloroso que isso acabou ficando de lado.

Mattie permaneceu onde estava, recostada no balcão. Ela não tentou abraçar Posy, o que foi um alívio, porque Posy tinha certeza de que desabaria e começaria a soluçar no ombro da moça, o que não seria muito profissional.

— Eu sinto muito — Mattie disse, docemente. — Perdi o meu pai quando tinha doze anos. Não fica mais fácil com o tempo, não é?

— Não, não fica.

— Agora eu entendo. É estranho demais para você ver outra pessoa tomar o lugar. Eu entendo. — Mattie caminhou até a porta e olhou para o salão de chá outra vez.

Seria estranho ver Mattie onde Posy só conseguia ver sua mãe, mas, pensando bem agora, talvez não fosse *tão* estranho.

— Eu sei que já é hora de seguir em frente, mas saber e agir são duas coisas diferentes — disse Posy. — Por outro lado, é uma bobagem tão grande deixar a sala juntando poeira, quando poderia ser um lugar gostoso para as pessoas sentarem e conversarem sobre livros. — Quando pensava desse modo, ressuscitar o salão de chá parecia uma boa ideia mesmo. — Só que, se você realmente quiser ficar com ele, provavelmente vai ter que lidar comigo sendo muito superprotetora e repetitiva sobre como as coisas eram feitas no passado. Você acha que conseguiria aguentar?

— Provavelmente eu tentaria te curar com um bolo. É o que costumo fazer quando as pessoas estão tristes. — Mattie olhou em volta outra vez. — É com certeza o lugar mais legal que eu vi. Superagradável, claro e aconchegante ao mesmo tempo. Mas tem muita coisa para resolver: eu não te perguntei sobre o aluguel, os alvarás, e não existe nenhuma possibilidade de estar tudo pronto para a reabertura da livraria. Mas, se estiver tudo certo para você, eu adoraria ficar com o salão de chá — Mattie disse depressa e com uma voz aguda que indicava que aquilo obviamente era um passo enorme para ela também.

— Eu acho... acho que nunca vai parecer certo para mim, mas você parece a pessoa certa. Faz sentido? — Posy sorriu. — Acho que a minha mãe aprovaria, e também imploraria pela receita das tortinhas de queijo gruyère. Vamos selar com um aperto de mãos?

Mas Mattie hesitou por um instante. Posy se surpreendeu ao perceber que estava com medo de Mattie mudar de ideia, quando seria mais fácil esperar que ela própria mudasse.

— Só para deixar bem claro. Eu realmente não trabalho com cupcakes — disse Mattie.

— Eu posso viver com isso — Posy mentiu, porque ia fazer tudo o que estivesse ao seu alcance para convencer Mattie a mudar de opinião.

— Estritamente falando, eu não trabalho com felizes para sempre também, mas nem vamos entrar nessa questão — Mattie comentou, e elas apertaram as mãos.

Então o aperto de mãos se transformou em um rápido mas sincero abraço, e Posy teve a sensação de que acabara de encontrar não só uma locatária, mas uma amiga também.

A sensação gostosa da nova amizade e o entusiasmo por todo o bolo que havia comido duraram pelo restante da manhã e deram a Posy a motivação e a energia de que precisava para terminar a limpeza das estantes.

E, então, restava apenas abrir a primeira lata de tinta. Parecia um passo enorme. Um tipo de passo sem volta, e Posy não tinha certeza se conseguiria pintar qualquer coisa com a mão firme depois de ter consumido tanto açúcar e ainda estar trêmula por lidar com tantas emoções intensas.

Posy voltou à sala principal para procurar Nina, com quem sempre se podia contar para oferecer um motivador "Vai fundo, garota!". Mas, antes que ela encontrasse Nina, o sininho da porta tocou e Sebastian entrou com o celular no ouvido. Imediatamente, e vergonhosamente, o agora habitual calor febril subiu por dentro dela, enrubescendo sua pele e fazendo Posy se sentir tonta ao lembrar como o Sebastian fictício da noite anterior havia entrado pela janela de seu quarto e a usado para seus propósitos cruéis.

— Pelo amor de Deus, Brocklehurst, por que ainda estamos falando nisso? — ele se irritou. Pelo visto, Piers decidira espalhar seus maus fluidos por todos os lados aquela tarde. — Eu já te disse que o local está listado como grau dois e, mesmo que não estivesse, tenho zero interesse em fazer negócios com você. Menos que zero.

Posy deu meia-volta rapidamente. Enquanto Sebastian estivesse ocupado com outro assunto, ela teria tempo de se trancar no salão de chá e, quando ele viesse procurá-la, poderia gritar o que tinha a dizer através da porta.

Parecia um bom plano. Um ótimo plano.

— Ah, pare de resmungar, Brocklehurst. Ninguém gosta de resmungões. Até outra hora. Mais devagar aí, Morland! Aonde pensa que vai? — Sebastian a chamou antes que ela pudesse dar um único passo, o que a deixou sem opção a não ser virar para ele com um sorriso largo e falso no rosto.

— Sebastian! Eu não vi você entrar — disse Posy. Ele trouxera reforços na forma de Velho Rabugento e Jovem Vaidoso, o que era bom, porque agora Posy teria testemunhas. — Na verdade, estou feliz que esteja aqui, porque preciso conversar com você.

— É mesmo? — Sebastian não pareceu muito interessado. Ele olhou em volta, para todos os espaços vazios nas prateleiras, até que seu olhar parou em Nina, que vinha do escritório e agora estava de pé atrás do balcão, ignorando ostensivamente Jovem Vaidoso, que obviamente não se interessara em usar o abominável aplicativo de Sebastian para se comunicar com ela. — Garota Tatuada, está linda como sempre.

Nina passou as mãos pela frente de seu vestido vermelho muito justo, como se estivesse limpando migalhas, depois levantou os olhos com um sorriso satisfeito.

— É, eu sei. Pena que certas pessoas não receberam a mensagem — ela acrescentou, com outro olhar assassino na direção de Jovem Vaidoso, que de repente sentiu necessidade de se esconder atrás de seu colega mais velho e mais forte.

— Então, vamos a algum lugar onde possamos conversar? — Posy sugeriu, porque não adiantava prolongar a agonia. — O escritório, talvez?

— É sobre o salão de chá? Aquela amiga da Pippa que não faz cupcake? Espero que você já a tenha dispensado — disse Sebastian. Ele fez uma expressão de pouco caso apertando os lábios, alargando as narinas e estreitando os olhos, mas mesmo assim ainda conseguiu ficar bonito.
— Não dá para ter um salão de chá sem cupcake, ainda que eu prefira coisas menos delicadas quando se trata de doces.

— Eu gosto é de uma boa fatia de bolo de frutas — opinou Velho Rabugento. Posy lhe deu um sorriso vago e voltou ao assunto.

— Tirando o veto aos cupcakes, a Mattie é a escolha perfeita para administrar o salão de chá — ela disse para Sebastian com boa dose de satisfação, embora tivesse prometido a si mesma não provocar confrontos.
— Nós já acertamos tudo.

— Sinceramente, Morland, não posso deixar você sozinha nem por um instante sem que você tome decisões apressadas. Vai ter que desacertar esse acordo.

— De jeito nenhum — Posy respondeu, mas ele já tinha ido embora, passando a passos largos pelo arco que levava às salas que ela preparara para a pintura. Ela fez um gesto para que Rabugento e Vaidoso a acompanhassem e correu atrás de Sebastian. — Eu gostaria que você parasse por tempo suficiente para poder ter uma conversa comigo.

— Eu não cheguei aonde estou ficando parado. — Sebastian agachou para examinar as latas de tinta enfileiradas junto a uma parede. — Você devia ter me falado que ia comprar tinta. Não posso esperar que você arque com todas as despesas. E que droga de tinta cor-de-rosa é essa? Cadê o vermelho? E o preto? Não dá para ter cor-de-rosa em uma livraria de ficção policial chamada A Adaga Sangrenta.

— Falou o homem que lamenta a falta de cupcakes — Posy revidou. — Bom, rosa é só a cor de fundo.

Só que não era. Era uma cor de destaque que seria usada de maneira econômica, porém marcante.

— Não dá para usar rosa como cor de fundo — disse Velho Rabugento.

— Fica um trabalho porco — Jovem Vaidoso se intrometeu, e Posy virou um olhar furioso para eles.

— Tudo bem. Sebastian, eu preciso te contar uma coisa. — Ela ia conseguir. *Tinha* que conseguir. Embora talvez fosse melhor se viesse de Pippa, que com certeza teria alguma citação motivacional à mão para aliviar o choque para Sebastian. Não, mesmo que Pippa se encarregasse disso, Sebastian viria atrás de Posy para gritar com ela, então era melhor cortar o intermediário de uma vez. — Então, a razão de eu ter comprado essas latas de tinta cor-de-rosa é porque esta é a minha livraria, e também é o meu salão de chá, e talvez eu devesse ter sido mais firme sobre isso desde o início. Não vai existir nenhuma livraria de ficção policial. O que vai existir é uma livraria voltada para leitores de ficção romântica...

— Deus do céu — Sebastian gemeu, e realmente se jogou no chão sem nem pensar em seu terno caro. — Isso outra vez. Alguém me mate agora.

— Eu poderia arranjar isso facilmente. — Posy ficou de pé em cima dele, com as mãos na cintura. Passou pela sua cabeça pôr um pé sobre o peito dele para mantê-lo ali, deitado e à sua mercê, mas isso provavelmente era ir um pouco longe demais e não levaria a nada de bom, além de mais alguns capítulos febris de *Violada pelo devasso*. — Eu não devia ter deixado isso chegar até onde chegou, mas a Felizes para Sempre, esse é o nome da minha livraria, está indo em frente, quer você queira, quer não. Foi por isso que vendi todos os livros policiais na...

— Você percebe que eu posso ver debaixo da sua saia, Morland? E, embora a visão seja encantadora, mesmo com você usando essas meias de lã brochantes, achei melhor avisar antes que você continuasse. — Sebastian dobrou os braços sob a cabeça, como se estivesse planejando continuar ali deitado por algum tempo.

Posy se afastou dele com um pulo, como se tivesse sido queimada.

— Grosso! Você é tão grosso! — Ela agitou os braços em frustração. — Falar com você é a mesma coisa que bater a cabeça na parede.

— Então pare de falar — Sebastian disse, solícito. — Espero que não seja tão mal-humorada com o Greg e o Dave enquanto eles estiverem te ajudando.

— Quem são Greg e Dave? — Posy perguntou, e Velho Rabugento avançou um passo.

— Greg — apresentou-se, puxando seu colega para a frente. — Esse aqui é o Dave. Estou vendo que a senhora já lavou tudo.

— É — disse Posy, sem entender muito bem o que estava acontecendo. — Há... por quê?

— Bom, assim nós podemos começar a lixar a madeira. É melhor fazer isso antes de pintar as paredes. Não imagina a sujeira que faz — disse Greg, desolado. — O pó entra em toda parte. Não tem uns plásticos para forrar o chão?

— Hum, não, eu não sabia que ia precisar — respondeu Posy, fechando os olhos e sacudindo a cabeça para tentar clarear as ideias. — Mas como assim, *vocês* vão lixar tudo e *vocês* vão fazer a pintura?

— Não seja chata, Morland — Sebastian resmungou de sua posição, deitado no chão. — É uma pena que seu frenesi de limpeza não tenha se estendido até o teto. Sabia que tem umas teias de aranha horríveis ali em cima?

— Tem mesmo? — E tinha. Elas flutuavam graciosamente dos lustres e do alto das estantes, onde Posy não havia esfregado porque imaginou que ninguém veria ou se preocuparia com a limpeza delas antes de pintá-las. Então lembrou que teias de aranha não estavam em pauta. — Sebastian, eu mesma vou fazer a pintura. Não há dinheiro no orçamento para contratar pessoas para fazer isso.

— Pare de falar de orçamentos. O Greg e o Dave são funcionários dos meus escritórios, mas está tudo funcionando perfeitamente bem lá, então você pode ficar com eles por uma semana. É muito mais empolgante para eles pintar coisas do que trocar uma lâmpada queimada ou consertar uma torneira pingando.

— Já perguntou a opinião deles? — Posy virou para Greg e Dave, que inspecionavam o material e murmuravam entre si, como se tivessem achado os suprimentos insuficientes. — Talvez eles prefiram não lidar com as minhas teias de aranha.

— Não faz diferença para mim — disse Greg. — Pelo menos aqui não toca música alta. Às vezes não consigo ouvir nem meus pensamentos.

— Então está tudo certo — Sebastian decidiu. — Não precisa me agradecer, Morland. É um prazer.

— Não é que eu não aprecie a oferta, mas não posso aceitar sua ajuda até estar absolutamente certa de que você entendeu que eu estou levando em frente meus planos de abrir uma livraria de ficção romântica. Venho mentindo para você há *semanas*, Sebastian.

Posy olhou para baixo com um fascínio aflito para ver a reação dele, mas Sebastian continuava deitado, de olhos fechados, e então soltou um pequeno ronco.

— Me acordem quando a Morland tiver terminado o discurso — disse ele.

— Isso não é jeito de tratar a moça — repreendeu Greg, enquanto Dave deu uma risadinha e ganhou um olhar ofendido de Posy, que garantiria que Nina jamais saísse para um único encontro com ele. — Ela está tentando dizer alguma coisa.

— Quando escuto a palavra "romântico", isso me deixa imediatamente em um estado catatônico — disse Sebastian.

— Você fala bastante para alguém em estado catatônico — Posy retrucou, e Dave deu outra risadinha, então talvez ele não fosse tão ruim assim, afinal. — Não vai ter nenhuma livraria chamada A Adaga Sangrenta, Sebastian. E, agora que você sabe disso, não me importo se não quiser mais me oferecer os serviços do Greg e do Dave. Posso fazer a pintura sozinha.

— Não seja ridícula — disse Sebastian, levantando-se de repente em um único movimento fluido que teria acabado com os joelhos de Posy. — Agora, antes de tudo, vamos nos livrar de toda essa tinta cinza. E cor-de-rosa! O que passou pela sua cabeça, Morland?

Posy tensionou os punhos, o queixo, até mesmo as nádegas, e inclinou a cabeça para trás para suplicar uma intervenção divina.

— Deus, dai-me forças!

— O que Deus tem a ver com a história? Chega, vamos acabar logo com isso, porque eu tenho que me apressar. — E Sebastian se apressou. Em um momento estava de pé ali, com um sorriso arrogante no rosto, e no seguinte voltava a passos largos para a sala principal. — Força aí, pessoal!

Uma vez mais, Posy foi obrigada a correr atrás dele.

— Sebastian, por favor, me escute!

Ele se virou e a encarou com uma expressão preocupada que não combinava bem com um rosto que era mais adequado para zombaria.

— Sim, você está com medo, pensando em mudar de ideia, esse tipo de coisa, mas vai dar tudo certo. Vamos abrir A Adaga Sangrenta com uma recepção animada, o dinheiro vai fluir para o seu caixa e então você vai poder me demonstrar gratidão eterna. Dou uns três meses para isso acontecer. Ah, a propósito, o Sam está bem. Fico surpreso de você não ter me perguntado como ele está indo. Todos no escritório o adoram e ele está fazendo um trabalho incrível no site com apenas um mínimo de supervisão.

— É mesmo? E ele está almoçando direito todos os dias, não é? Não só KitKats japoneses, mas verduras...

— Ah, isso me fez lembrar. Pegue isso! — Sebastian tirou algo do bolso e jogou para Posy, que tentou pegar, mas não conseguiu. Um Kit-Kat de caramelo salgado aterrissou a seus pés. — Típico! — Sebastian zombou, depois começou a andar em volta da sala. — Tinta preta. Muita tinta preta. Com toques de vermelho para um efeito dramático. — Lançou um olhar hostil para as estantes. — Pena que tenha tantos livros no caminho. Fica difícil saber onde pôr o mural.

Posy mal ousou perguntar.

— O mural?

— O mural! — Sebastian confirmou, virando-se para Dave. — Onde está o mural?

— Aqui mesmo, chefe. — Jovem Vaidoso carregava um tubo de papel, que abriu com considerável dramaticidade, depois tirou algo de dentro e desenrolou com cuidado.

Posy tentou discernir o que era. Algum tipo de modelo ou...

— Uma adaga sangrenta! — Sebastian anunciou com satisfação. — Eu estive pensando que talvez a parede atrás do balcão seja o melhor lugar para pôr isto. O que acha, Morland? Temos que estar nisso juntos, certo? Ou quem sabe podemos pôr o desenho no chão, logo na entrada? Claro que vamos pintar o piso de preto primeiro, vai dar um pouco de trabalho, mas tem que ser feito. Assim que as pessoas passarem pela porta, vão dar de cara com uma faca positivamente pingando sangue.

— Não — Posy murmurou consigo mesma. — Não. Não. Droga, não!

— O que foi, Morland? — Sebastian perguntou, enquanto pegava o desenho da mão de Jovem Vaidoso e o colocava no chão. — Acho que vai precisar ser um pouco maior. Vamos ter que ampliar isso aqui. Você tem uma máquina de xerox?

— Só sobre o meu cadáver!

— Não precisa gritar. — Sebastian pareceu magoado. — Foi só uma pergunta. — Ele olhou para o grupo de pessoas reunido em volta, que incluía uma garota que examinava a caixa de livros em liquidação, mas decidira que Sebastian era muito mais interessante. — Então alguém pode ir fazer uma cópia disso para mim?

— Não! Ninguém vai fazer uma cópia para você — Posy gritou, tão alto que o fundo de sua garganta protestou contra o tratamento cruel. Ela avançou para onde Sebastian estava ajoelhado no chão, arrancou da mão dele o modelo da adaga sangrenta e o rasgou ao meio. Foi um som terrível. Mas Posy continuou rasgando os dois pedaços em quatro, depois em oito, que flutuaram até o chão quando ela os jogou para longe, irritada. — Não vai ter nenhuma maldita Adaga Sangrenta. Nunca teve! Vamos abrir uma livraria de ficção romântica chamada Felizes para Sempre daqui a menos de três semanas, e não tem porcaria nenhuma que você possa fazer a respeito. Está me ouvindo? Está *mesmo* me ouvindo, Sebastian?

Com certeza ele ouvira, porque Posy berrava e era até engraçado, pois ela havia sofrido muito por causa daquele momento. Ensaiara uma centena de discursos inflamados, repletos de pânico, em que defendia suas ações nos termos mais fortes possíveis, mas nem uma só vez previra que acabaria se transformando em uma megera enlouquecida no esforço de transmitir sua mensagem. E já estava se arrependendo. Não de contar, porque Sebastian precisava saber, mas dos gritos, de ter rasgado o modelo... e de ter batido os pés várias vezes também.

A única cliente em potencial havia fugido, Nina a encarava horrorizada, Verity viera do escritório com uma expressão incrédula no rosto, e Greg e Dave olhavam para os pés, para o chão, para as paredes, para qualquer lugar menos para Posy e Sebastian, que fazia uma representação muito convincente de um personagem de desenho animado que acabara de ser acertado com uma bigorna na cabeça.

Sebastian se levantou sem cuidar da habitual elegância.

— Morland — ele disse, com voz hesitante. Depois cruzou os braços e baixou tanto a cabeça que o queixo encostou no peito. — Morland, quer dizer que esse tempo todo você estava... mas você... não acredito que me traiu.

Posy estava se acalmando. Sua raiva começou a escoar, dando lugar à vergonha. Sim, ela tivera que ser cruel para fazer o que era certo, e o volume de seus gritos finalmente penetrara o crânio de Sebastian depois que a razão havia fracassado, mas ela não imaginou que ele fosse ficar tão... magoado.

— Acho que trair é uma palavra forte demais, Sebastian — Posy disse com cuidado.

Ele levantou os olhos perturbados para ela.

— É a única palavra que resume como eu me sinto.

Estava tudo voltando para Posy agora. Como Sebastian desde sempre havia tido cada capricho seu atendido por suas várias babás, Lavinia, Mariana, até mesmo por ela quando era menor. Era a expressão de tristeza em seus olhos, o beicinho, o modo de ele unir as mãos como se implorasse misericórdia que causavam isso, que faziam com que todos o perdoassem e o deixassem fazer as coisas do jeito que ele queria, mais uma vez.

Mas ela não era mais aquela menininha. Além disso, eles não teriam aquela conversa horrível e constrangedora se Sebastian não tivesse tentado impor que tudo fosse feito como ele queria e quando ele queria, sem nunca levar em conta os sentimentos de ninguém que não os seus próprios.

— Eu tentei te contar. Mais de uma vez — disse Posy, com um tom de voz não tão conciliatório agora. — Mas, como sempre, você só ouve o que quer ouvir.

— Você não tentou com muito empenho — Sebastian jogou na cara de Posy. A essa altura, ela esperava que ele estivesse gritando e se agitando pela sala como costumava fazer, tirando livros das estantes e acenando-os como símbolos da *traição* de Posy, mas ele não estava fazendo nada disso, só continuava ali de pé, olhando para Posy como se ela tivesse confessado chutar cachorrinhos como diversão matinal. — Mas e a nossa livraria de ficção policial?

Posy olhou com ar desamparado para Nina e Verity, que não ofereceram nenhuma ajuda além de encolher os ombros em uníssono.

— Era a *sua* livraria de ficção policial, a sua ideia maluca. Eu não queria participar dela.

— Não é verdade — Sebastian respondeu, indignado, com a voz mais dura agora. — Você concordou.

— Não, eu não concordei. — A voz de Posy também estava ficando mais dura. — Eu disse "Ah, que seja". Isso não é concordar. Isso é "Pelo amor de Deus, cale a boca!"

— Todas essas semanas você ficou se aproveitando da minha boa vontade. Morland, você estava brincando comigo! Nós até fizemos um brainstorm! — Posy fez uma careta e teve vontade de cobrir os ouvidos com as mãos, porque Sebastian rugiu essa última palavra. — Sua equipe estava nisso também? O Sam? A Pippa? Eu sou a última pessoa em Londres a ficar sabendo?

— Não, não é. O Sam e os outros foram cúmplices contra a vontade...

— Muito contra a vontade — Nina se intrometeu onde não era chamada.

Posy a fuzilou com o olhar. *Et tu, Nina?* Depois voltou a atenção para Sebastian, que estava furioso agora, e não fazendo beicinho. Ocorreu a Posy que ela nunca tinha visto Sebastian bravo antes e não queria vê-lo bravo agora.

— E a Pippa não sabia, mas desconfiou e me forçou a confessar. Disse que precisávamos fazer um PPS. Então eu fui direto ao ponto do que está acontecendo de fato, você está processando, e agora devemos seguir em frente, certo? — ela sugeriu, esperançosa. — E, a propósito, eu me sinto muito mal com isso. De verdade. E peço desculpas.

— Você tem um jeito muito estranho de mostrar que se sente mal. — Cada palavra era como uma farpa de gelo.

— Eu me sinto mesmo. — Não era mentira. Posy nunca desejara viver uma vida de subterfúgios. E, embora esperasse que Sebastian fosse ficar bravo, nunca imaginou que poderia magoá-lo. Ferir seu ego, seu orgulho, sim, isso ela podia imaginar, mas não atingir aquele ponto sensível e sentimental que ficava mais no fundo. — Por favor, Sebastian. Pense nisso com calma. Estava muito claro desde o começo que eu ia abrir uma livraria de ficção romântica, mas você não quis escutar. Eu sei que agi errado, mas fingi aceitar os seus planos porque precisava desesperadamente de um gerente de projetos e não tinha como pagar um sem...

— Não! Não! NÃO! — Sebastian deu uma volta de trezentos e sessenta graus, depois furou o ar com o dedo indicador. — Dessa vez você foi longe demais, Posy! Me fez de trouxa. Totalmente de trouxa. E a Lavinia foi uma trouxa maior ainda em deixar a livraria para você.

— Deixe a Lavinia fora disso! — Foi a vez de Posy gritar e apontar um dedo para Sebastian. — E não ouse falar dela assim!

— Você não tem a menor noção de como administrar um negócio de sucesso. Sério, você tem ideia de como seus planos para a livraria são ridículos? Não percebe por que eu nem prestei atenção neles? Romance! Isso é risível. Quando você vai começar a viver no mundo real, Posy? É hora de acordar! — Sebastian *estava* bravo agora e aquilo era horrível. Pior que horrível. Ele não estava gritando, não estava sequer gesticulando. Mantinha as mãos enfiadas firmemente nos bolsos. E estava fazendo o que sempre fez melhor: dizer coisas que machucavam com aquela voz cortante. E machucavam mais ainda porque tocavam na verdade. Ecoavam todas as dúvidas que estavam na cabeça de Posy. — Essa é a última vez que eu tento te ajudar.

— Me *ajudar?* Chama isso de ajudar? Você está fora da realidade! — Posy gemeu, inconformada. — Nada disso teria acontecido se você tivesse me escutado! Ah, mas o poderoso Sebastian Thorndyke acha que sabe de tudo e tem o direito de passar por cima de qualquer coisa que se intrometer em seu caminho: meus sentimentos, meus planos, minha loja. É a *minha* loja, não sua! Quando você vai aceitar isso?

Ela falou com o jeito de uma criança petulante, e talvez tenha sido por isso que Sebastian fez um som de desdém.

— Não vai ser sua loja por muito tempo — ele declarou, secamente. — Eu sou o inventariante. Tenho poder de veto...

— Não, não tem — Posy interrompeu, mas estava em terreno inseguro agora. Havia assinado tantos documentos, e o advogado de Lavinia perguntara se ela gostaria que seu próprio advogado examinasse os papéis, mas Posy tinha certeza de que Lavinia, a querida Lavinia, nunca a prejudicaria. Apesar de todos os seus esforços para ler diligentemente tudo que precisava assinar, havia tantos documentos, tantas cláusulas, e ela pulara o café da manhã e era quase hora do almoço quando ainda faltavam as últimas páginas, que acabara desistindo de ser diligente. — Você está blefando.

— Não estou blefando — Sebastian disse com frieza. — Se eu achar que o futuro da livraria está em risco, posso assumir o controle dela.

— Você não sabe *nada* sobre vender livros! Não é nem um pouco como os seus aplicativos podres! Não cabe a você dizer se a loja está em risco. Você não é qualificado para fazer esse julgamento — Posy protestou vivamente, sentindo arrepios percorrerem-lhe a coluna.

— Nem você — Sebastian a informou.

Os dois estavam sozinhos na loja vazia. Nina e Verity tinham fugido para a segurança do escritório nos fundos, enquanto Greg e Dave se retiraram para o canto mais distante da sala e conversavam em voz baixa sobre tintas de fundo.

Tirando isso, estava tudo tão quieto que Posy ouvia as batidas de seu coração e a respiração irregular de Sebastian enquanto eles se encaravam, tão próximos que quase tocavam o nariz um no outro.

— Você não pode fazer isso, Sebastian. Seja razoável uma vez na vida — disse Posy, e foi mais uma coisa errada e precipitada a dizer, porque havia uma faísca nos olhos de Sebastian que não era em nada como o brilho que os iluminava quando discutiam e provocavam um ao outro. Era mais frio, mais cruel, completamente destituído de humor.

Ele se afastou dela.

— Meu advogado entrará em contato — disse e saiu da loja.

Violada pelo devasso

Thorndyke ficou com ela até o amanhecer. Ele havia roubado sua virtude, sua dignidade, tudo que Posy tinha para dar e, em troca, a havia transformado de uma solteirona ansiosa em uma mulher, madura e pronta para ser colhida de novo, e de novo, e de novo.

Agora, estavam deitados lado a lado, o corpo dele magnífico como mármore trabalhado pelas mãos do próprio Michelangelo, enquanto ouviam a casa começando a se movimentar.

— Preciso me retirar agora, srta. Morland — disse Thorndyke, com a voz rouca de paixão consumida. — Espero que minhas atenções... tenham lhe agradado.

Posy sorriu, embora, na verdade, houvesse pouco para sorrir quando ela, uma mulher solteira com pesadas responsabilidades acumuladas sobre os frágeis ombros, acolhera o mais escandaloso dos devassos em sua cama. Porque, no fim, ela o havia mesmo acolhido, não só com lábios e braços traiçoeiros, mas com suspiros arrebatados e gemidos roucos de encorajamento. Sua reputação era a única riqueza que possuía, pois não dispunha de muito em termos de dinheiro, e agora já não tinha nem mais isso.

Mesmo assim ela sorriu.

— Meu senhor, desde quando teve alguma consideração pelo que me agrada?

— Touché, srta. Morland — Thorndyke respondeu, seus olhos escuros pesados e sonolentos. (Nota: seus olhos podem estar pesados? E sonolentos? Isso não o faria parecer totalmente esgotado?) — Mas eu não sou o tipo de canalha que só pensa em seu próprio prazer. Será que eu correspondi à ocasião? Não a decepcionei?

Na verdade, enquanto Thorndyke a instruía na arte do amor, ele havia sido o mais terno, o mais atencioso dos homens, mas, com o sol que se insinuava entre as cortinas que Posy puxara apressadamente na noite anterior, quando Thorndyke começara a se despir, também a mágica que eles haviam vivido à oscilante luz de velas já era uma lembrança fugidia.

— Desta vez não me decepcionou, como bem sabe. Mas a sociedade, na verdade toda a Londres, tem conhecimento de que o senhor obtém seu prazer onde puder consegui-lo, depois segue para um novo porto — Posy disse tristemente, mesmo sabendo que seria loucura esperar qualquer coisa a mais de Thorndyke. Certamente não o seu coração.

— Mas seus encantos valem cinquenta guinéus? — Thorndyke perguntou, e de repente seus olhos eram tão frios e duros quanto os diamantes que Posy estava certa de que ele possuía em abundância. — Eu acho que não.

— Senhor! O que está dizendo? — Posy apressou-se para cobrir o corpo que Thorndyke havia adorado por horas, mas as mãos dele seguraram seus pulsos. — Eu fui apenas um jogo?

— Claro! E um jogo que me cansei de jogar — Thorndyke disse com uma risada cruel. — Fiz uma aposta de dez guinéus com sir Piers Brocklehurst de que conseguiria tê-la. Ora, vamos. Tire essas rugas da testa. Eu não sou um monstro completo. Vou tirar os dez guinéus da sua dívida. — Ele afastou Posy e levantou da cama enquanto ela se encolhia entre os lençóis amassados que haviam sido testemunhas de sua ruína. — Talvez Piers esteja disposto a pagar o restante em troca de seus favores, mas receio que não. Ele gosta de flores mais frescas.

— Como pôde fazer isso comigo? Depois do que compartilhamos? As intimidades? As promessas que me fez?

— Eu não lhe fiz nenhuma promessa, srta. Morland — Thorndyke desdenhou, enquanto se vestia tranquilamente, como se estivesse inteiramente à vontade. — A única promessa que fiz foi a mim mesmo anos atrás, de que não deixaria uma mulher me tratar do jeito que você sempre me tratou, com desprezo, com uma maldita altivez, como se eu estivesse na sarjeta, e não o contrário. Se você fosse um homem, eu a teria desafiado para um duelo por sua insolência e desconsideração, mas você não é um homem, então busquei minha vingança do melhor jeito que pude.

— Cachorro! Canalha! Bem que eu queria ser um homem. Eu arrancaria seu cérebro com as próprias mãos! — Posy ficou de joelhos na cama, desviou os olhos da curva cruel dos lábios de Thorndyke e os pousou no copo na mesinha de cabeceira. Então o pegou e o lançou contra o odioso rosto daquele homem.

Thorndyke segurou o copo com uma das mãos.

— Isso é o melhor que você pode fazer? Que projeto ridículo de mulher você é! — E riu friamente. — Agora tenho que ir. Retirar-me para climas mais puros.

— Vá! — Posy gritou. — E que o demônio o acompanhe!

Thorndyke fez uma pausa ao ajustar o lenço no pescoço — e Posy desejou que fosse um garrote.

— Imagino que ficará mais familiarizada com o inferno do que eu, pois é para a prisão dos devedores que você vai, se não pagar suas dívidas. — Ele fez uma reverência debochada. — E, agora, com licença, madame — disse e saiu pela janela no exato momento em que a Pequena Sophie batia à porta.

No dia seguinte à briga espetacular, Posy quase esperou que Sebastian irrompesse na livraria e agisse como se nada catastrófico tivesse acontecido. "Ah, Morland, até parece que eu aprontaria qualquer maldade jurídica com você", ele diria.

Posy ficaria até feliz de ter Sebastian enchendo seus ouvidos com a conversa sobre A Adaga Sangrenta, mas seu silêncio foi ensurdecedor. Sua ausência era palpável. Ele estivera muito por ali nos últimos tempos, quase todos os dias, na verdade, e agora havia desaparecido. Provavelmente estava reunindo um exército de advogados caros para arrancar-lhe o controle da livraria e despejar Posy e Sam. Era melhor nem pensar muito nisso.

Não que Sam parecesse muito preocupado com a incerteza do futuro deles. Nina contara a Sophie sobre a briga quando ela aparecera para receber o salário. Sophie, então, contara a Sam, que ficara mais aflito com a possibilidade de Sebastian interromper sua experiência de trabalho do que com o destino da livraria.

— O Sebastian está num mau humor daqueles — Sam lhe contou no dia seguinte. — Ele se tranca no escritório e, quando sai, tudo para ele está errado, do gosto do café até o app mais recente que a equipe está desenvolvendo. Eu falei para você que era errado mentir para ele — Sam acrescentou, pondo moral, o que era quase uma piada partindo dele, que mentia regularmente sobre seu desempenho escolar, mas mesmo assim Posy sabia que ele estava certo.

Ela havia mandado um e-mail para Pippa: "Tentei dar um PPS no Sebastian, mas saiu tudo terrivelmente errado. Ele está magoado e furioso. Eu estou magoada e furiosa também, além de muito triste por ter deixado as coisas chegarem a esse ponto. Sei que pus você em uma situação difícil, mas poderia tentar explicar para ele o meu lado?"

Não adiantou. Posy recebera uma resposta automática informando que Pippa não estava respondendo aos e-mails porque tinha ido para Vancouver participar de um think tank global de imersão total sobre o futuro dos think tanks globais.

De qualquer modo, não havia muito tempo para se preocupar com a situação com Sebastian, porque a vida de Posy também estava uma imersão total. Boa parte de seus dias consistia em reuniões com representantes de vendas, divulgadores, profissionais de marketing e editores. Era para ter sido empolgante, porque Posy nunca fora o tipo de pessoa que tinha reuniões, mas não foi. Nenhuma delas. Especialmente a reunião que teve com o consultor empresarial do banco, que, ao examinar as detalhadas projeções de fluxo de caixa de Verity com um olhar pouco auspicioso, disse que, do modo como as coisas estavam, a loja não sobreviveria mais seis meses, finalizando seu discurso com uma proposta de ampliação do limite do cheque especial.

Estavam agora em meados de abril. O céu sobre Bloomsbury era de um azul-esverdeado glorioso e as árvores que sombreavam as praças tinham florido em rosa e branco, mas, para Posy, o mundo era tão cinzento e sombrio quanto nos dias que se sucederam à morte de Lavinia.

Ela tinha a mesma sensação de tragédia iminente, de ameaça imediata, um sentimento de que todos os seus esforços estavam fadados ao fracasso. Sam acabara de voltar do País de Gales, onde havia ficado com os avós durante os feriados de Páscoa, deixando-os malucos ao começar cada frase com: "Bom, o Sebastian falou que..." Posy tinha ingenuamente imaginado que, sem ter que cozinhar e cuidar de Sam, poderia dar conta do que precisava ser feito. No entanto, não conseguira fazer nem metade.

Tentou ignorar a nova e insistente vozinha em sua cabeça que lhe dizia que a livraria não estaria pronta para reabrir como Felizes para Sempre em pouco mais de duas semanas. E então eram duas semanas. Então uma semana e seis dias. A contagem regressiva avançava, o relógio não parava de andar, e havia tanto a fazer, e ela ainda nem tinha começado a pintar.

Lembrando da conversa que ouvira entre Greg e Dave, Posy tinha feito uma pesquisa criteriosa no Google e confirmara que era necessário aplicar uma tinta de fundo nas estantes antes de pintá-las. Nunca avaliara direito quantas prateleiras havia, muito menos a quantidade de tinta de fundo necessária para cobri-las. Além disso, tinha que esperar cada prateleira secar antes de aplicar uma nova camada de tinta. E, claro, Posy não pensara em comprar tinta de secagem rápida. Sebastian estava certo: ela era uma mulher ridícula que não conseguia fazer nada direito.

E depois havia as estantes de exposição vintage que Posy comprara no eBay, mesmo depois de Verity ter lhe dito que eram muito caras para o orçamento. Agora tudo levava a crer que as estantes haviam de alguma maneira se extraviado no correio.

O exterior da loja também precisava ser pintado antes que o cara dos letreiros viesse, e havia caixas e caixas de livros até onde os olhos podiam ver, à espera de ser arrumados nas estantes que continuavam vazias, à espera da tinta de fundo secar.

Nina e Verity ajudavam como podiam. A crise era tão séria que Verity até concordou em atender o telefone, e Nina, de bom grado, deixara de usar seus vestidos justíssimos, vindo trabalhar de jeans e camiseta ("como uma pessoa normal", ela dissera com tristeza) para poder ajudar com a pintura, quando finalmente tudo ficou pronto para Posy abrir a primeira lata de tinta cinza.

— Nem sei por que estamos nos dando o trabalho — disse Posy, quando ela e Nina começaram a pintar as estantes da última sala à direita. — O Sebastian pode entrar aqui qualquer dia desses com uma ordem de despejo e tudo terá sido em vão.

— Ele não vai fazer isso — Nina respondeu, embora não parecesse muito convicta. — O que o Sebastian ia querer com uma livraria?

— Nós não vamos conseguir aprontar tudo. — Parecia muito pior quando Posy dizia em voz alta, em vez de ser apenas o primeiro pensamento que lhe vinha ao acordar e a última coisa com que se preocupava antes de finalmente cair em um sono agitado todas as noites. — Já estamos com uma semana de atraso no cronograma.

— Ah, vai dar tudo certo. Podemos trabalhar até mais tarde. Eu durmo no seu sofá, se necessário, e quem precisa dormir, afinal? — Nina ergueu seu rolo de pintura, salpicando gotas cinza para todo lado. — Dormir é para os fracos!

༄

No dia seguinte, a entrevista que Posy havia dado para a revista *The Bookseller* chegou às bancas.

Aquilo tornava tudo muito mais real. E muito mais aterrorizante. Eles haviam chegado ao ponto sem volta várias semanas atrás, e agora estavam em rota de colisão com o fracasso. Ver seus planos e sonhos impressos fez Posy se sentir completamente à deriva, sem nada para se apegar.

LIVRARIA ICÔNICA DE LONDRES GANHA UM NOVO SOPRO DE AMOR

O romance está no ar na Bookends, a livraria de Bloomsbury amada pelos bibliófilos da capital.

A partir de 7 de maio, a loja fundada em 1912 por Lady Agatha Drysdale, sufragista e anfitriã de eventos literários, passará a se chamar Felizes para Sempre, "uma livraria para atender a todas as suas necessidades de ficção romântica", de acordo com Posy Morland, que herdou a loja depois da morte da filha de Agatha, Lavinia Thorndyke, a carismática proprietária da Bookends, em fevereiro deste ano.

Grande apreciadora de romances da época da Regência, em particular de Georgette Heyer, Posy supervisionou a remodelação completa da livraria, melhorando o fluxo por seu famoso interior labiríntico, para que os leitores possam encontrar facilmente suas preferências românticas, seja Jane Austen ou Jackie Collins, literatura juvenil ou erótica. A Felizes para Sempre também terá maior presença online e oferecerá uma série de itens exclusivos, como sacolas, material de papelaria e velas perfumadas fabricadas especialmente para a loja. Para comemorar o relançamento, a livraria promoverá o Festival do Romance, com uma semana de duração, que incluirá eventos com escritores, reunião com blogueiros e recepção com champanhe. O salão de chá, que está fechado há vários anos, também deverá reabrir antes do fim do verão.

"Toda grande arte e literatura é inspirada no amor, e eu acho que, em tempos difíceis, não há remédio mais efetivo do que ler um romance que lhe garanta um final feliz", diz Posy. "Embora a livraria tenha um nome diferente, uma proprietária diferente e um estoque diferente, ainda penso nela como uma empresa familiar. É por isso que estou tão feliz que Sebastian, o neto de Lavinia [Sebastian Thorndyke, empreendedor digital e criador do HookApp], também esteja envolvido na reformulação da livraria. Ele tem sido fundamental para o desenvolvimento da parte online do empreendimento, ao lado de meu irmão, Sam. Com a Felizes para Sempre, o caráter distintivo da Bookends continua vivo: a proposta de que encontramos nossos melhores amigos, e o melhor de nós mesmos, nas páginas dos livros que mais amamos."

Era um artigo muito positivo, embora Posy preferisse que ele tivesse sido rejeitado e nunca publicado. Também poderia passar sem sua fotografia sorrindo melosamente com uma das novas camisetas Felizes para Sempre que ela insistia que toda a equipe usasse. Até Nina, que estava muito incomodada com aquilo e com o efeito que teria em sua estética de pin-up dos anos 50.

Assim que o artigo apareceu online, Posy foi inundada por uma avalanche de e-mails e telefonemas de editores, blogueiros, amigos que trabalhavam em outras livrarias e até mesmo grandes nomes literários que Posy só havia admirado de longe nas festas do setor livreiro. Nem uma única pessoa a criticou por profanar a lembrança da Bookends com seus livros românticos vulgares. "Eu sei que Lavinia ficaria muito, muito orgulhosa de você, minha querida", uma das amigas de Lavinia, uma *grande dame* do mundo editorial, escrevera para Posy. "Mal posso esperar para visitar a Felizes para Sempre e comprar para minha neta seu primeiro Georgette Heyer."

Isso deveria ter entusiasmado Posy. Ela deveria ter invocado sua Pippa interior e lembrado a si mesma que desistentes nunca vencem e vencedores nunca desistem, e que devia ao espírito da Bookends e à memória de Lavinia e de seus pais levar os planos adiante. Mas não foi o que aconteceu.

Era tarde demais para isso e hora de um choque de realidade. Posy saiu do escritório, atravessou a loja, trancou a porta com dedos gelados e virou a placa para "FECHADO".

Tom estava atrás do balcão.

— São só quatro e meia — disse ele. — Mas não tem mesmo movimento e nós quase não temos estoque para vender. Quer que eu pegue um rolo de pintura?

Posy sacudiu a cabeça. Mesmo o pequeno gesto foi suficiente para desalojar algumas lágrimas que ela vinha tentando conter. Ela se virou um pouco, para que Tom não pudesse ver suas faces molhadas.

— Não. Reunião no sofá daqui a cinco minutos.

Na verdade, levou menos de um minuto para eles se reunirem com expressões sérias e para Posy enxugar disfarçadamente o rosto com um lenço de papel.

— O que foi, chefe? — Nina perguntou. — Se quiser que eu trabalhe até mais tarde de novo, tudo bem. Combinei de encontrar um cara para um drinque, mas não me importo de cancelar. Não mesmo.

Posy sacudiu a cabeça de novo. Desta vez, estava determinada a manter as lágrimas sob controle.

— Não, você não precisa trabalhar até mais tarde. Nenhum de vocês precisa, porque, de qualquer modo, nunca vamos ficar prontos para reabrir. Nós não podemos... *Eu* não posso fazer isso. — Posy sentia o nó na garganta, a cabeça e o coração pulsando em uníssono e os olhos ardendo, porque as lágrimas não estavam muito distantes outra vez. A uns dois minutos de distância, ela calculou. — O grande relançamento: ele não vai acontecer na segunda-feira. — Sua voz falhou nas últimas palavras.

— Mas tem que acontecer — Verity ofegou. — Temos uma semana de eventos agendados e nossas finanças já estão esticadas até o limite...

— Eu sei, mas hoje é sexta. Mesmo se trabalharmos direto o fim de semana inteiro, não tem como a loja ficar pronta. Não é só a pintura. Nós nem começamos a trabalhar a fachada e eu já adiei o pintor de letreiros duas vezes. Não fizemos o inventário do estoque novo e as prateleiras ainda estão vazias. As estantes de exposição continuam desaparecidas... Tudo está uma bagunça, uma desorganização total. E o que importa, na verdade, quando o maldito Sebastian Thorndyke pode entrar por aquela porta a qualquer momento e tomar a livraria?

— Por que você não consulta um advogado? — Tom perguntou, como se Posy já não tivesse pensado nisso. Tivera essa ideia, mas qualquer advogado que ela pudesse pagar não seria páreo para as legiões de advogados caros que Sebastian devia ter a seu serviço.

— Poderíamos terminar a sala principal e depois ir liberando as outras salas uma por uma — Nina sugeriu em voz baixa, porque todos sabiam que era uma solução meia-boca para um problema muito grande.

— Desculpem. Eu decepcionei vocês. Sou uma chefe horrível. Nunca deveria ter concordado em assumir a loja. — Posy não conseguiu ir além disso, não só porque começou a chorar tanto que não podia mais falar, mas também porque foi envolvida em um abraço grupal. Esmagada contra os seios de Nina, que estavam ficando molhados das lágrimas que agora corriam descontroladas, a cabeça apoiada no ombro de Tom, enquanto Verity, que não dava abraços grupais, batia nas costas de Posy e dizia: "Pronto, pronto".

Todos foram embora pouco depois disso. Posy insistiu. Não havia nada a ser feito, e Sam ainda estava por Camden com um grupo de amigos da escola e só voltaria quando ficasse sem dinheiro e com fome. Posy estava sozinha na loja vazia.

Bookends. Sempre fora o seu lugar mais feliz. Seu porto seguro. Mas tudo isso havia mudado. Agora, o cheiro gostoso e aconchegante dos livros fora extirpado pelo fedor impregnante e ardido de tinta fresca. Suas estantes estavam vazias. Seus pequenos espaços, cantinhos e alcovas haviam sido obscurecidos por caixas de livros e de material de papelaria.

A gente sempre destrói aquilo que ama. Posy tinha lido isso uma vez em algum lugar, e era muito verdadeiro. Ao tentar transformar a Bookends em algo novo, ela havia destruído seu espírito, aquela atmosfera especial e única que o lugar sempre tivera e que fazia com que Posy se sentisse em casa assim que passava pela porta.

Isso não era tudo que ela havia perdido. Posy não podia acreditar como era possível sentir falta de alguém que passava a maior parte do tempo sendo um tormento em sua vida. Um Thorndyke em sua vida. Não podia acreditar que só agora percebia como ele fazia falta...

Ela deu um pulo quando ouviu alguém bater à porta. Viu um vulto alto e seu coração quase parou, mas não tardou a voltar ao ritmo habitual.

Era só Piers Brocklehurst. A última pessoa que ela queria ver. Ou, pelo menos, um dos cinco primeiros na lista das pessoas que Posy menos queria ver.

Abriu a porta.

— A Nina não está — disse ela, como cumprimento. — De qualquer modo, ela já te dispensou.

Piers sorriu com ar calculista. Mas tudo que ele fazia parecia calculista.

— Eu não vim aqui para ver a Nina. É mais uma visita de negócios.

Posy estava olhando para os sapatos Gucci dele. Havia alguma coisa em um homem que não usava meias com os sapatos que lhe causava aversão, mas as palavras dele a despertaram de seu devaneio e ela o fitou com o rosto preocupado.

— Eu achei que você e o Sebastian tinham encerrado esse assunto.

O sorriso de Piers evoluiu para algo tão sinistro que devia vir com um selo de advertência para os pais.

— Ah, eu não diria exatamente isso. Na verdade, é por causa do Sebastian que estou aqui.

A situação foi de ruim para pior e então para absolutamente catastrófica.

— O Sebastian te mandou aqui? Não acredito!

Posy estava à espera de um aviso para desocupar o local entregue pelos advogados de Sebastian. Ou, pior, um punhado de brutamontes para expulsá-la e ao irmão de imediato, para que eles pudessem trocar as fechaduras e interditar o local.

Tivera até a esperança de que Sebastian aparecesse pessoalmente, para que ela pudesse tentar fazê-lo escutar a voz da razão. Não que razão e Sebastian estivessem em harmonia, o que obviamente explicava por que ele poderia achar adequado enviar Piers para fazer seu trabalho sujo.

— Aquele homem é impossível! — Posy exclamou. — Não pode nem dar más notícias pessoalmente.

O rosto habitualmente presunçoso de Piers assumiu uma expressão intrigada por alguns instantes, mas ele não tardou a dar de ombros.

— O Thorndyke sempre foi uma pessoa profundamente suspeita.

— Eu esperava mais dele — disse Posy, porque, no fundo de sua intuição, ela ainda abrigava a certeza de que Sebastian voltaria atrás e assumiria o erro de ser tão autoritário. Que droga de intuição!

— Escuta, eu sei que isso é terrivelmente constrangedor, mas será que posso entrar? Tirar algumas medidas? — Piers já estava dentro, desviando-se de Posy. — Não se preocupe, você nem vai perceber que estou aqui.

E, então, antes que Posy pudesse esboçar qualquer reação, ele já estava passando pelo balcão e se dirigindo ao escritório nos fundos.

— Ei! — ela gritou, mas depois decidiu que... não. Que ele fizesse o seu pior com a fita métrica. O que importavam o comprimento ou a largura das coisas, se ele e Sebastian pretendiam derrubar o prédio inteiro, de qualquer maneira?

Só que... ele não estava na lista de prédios preservados? E por que ela estava deixando isso acontecer? Perder sua casa, seu meio de vida, o lugar onde tinha todas as melhores lembranças de seus pais e de Lavinia...

Lavinia jamais aceitaria isso, Posy pensou, olhando para a foto dela com Perry na mesa central. Nem os pais de Posy. E, se ela aceitasse, ou se não fizesse nada e deixasse Sebastian levar a melhor sobre ela, estaria desapontando todos eles. Profanando sua memória. Ah, meu Deus, como eles ficariam envergonhados se pudessem vê-la agora. Como se decepcionariam se Posy deixasse umas poucas estantes não pintadas a derrotarem.

Ela estivera desanimada por tanto tempo que era estranho sentir qualquer coisa. Algo que se inflamava dentro dela e a fazia apertar os punhos e os dedos dos pés.

Ainda podemos fazer o relançamento na segunda-feira. Se Posy e o restante da equipe trabalhassem como loucos o fim de semana todo, poderiam aprontar a sala principal, e talvez as salas da direita, e fechar com cortinas o lado esquerdo da loja, que levava ao salão de chá.

Não seria a reabertura grandiosa e completa com que Posy havia sonhado, mas serviria. E, quanto ao maldito Sebastian Thorndyke, ele não ia tirar sua loja. Posy sacudiu a cabeça, determinada. Faria outra matéria para a *Bookseller* denunciando Sebastian. Conseguiria que toda a Londres literária se unisse à sua causa. Iniciaria uma petição, um abaixo-assinado, uma campanha para manter a livraria nas mãos da mulher que a amava.

E, se o pior acontecesse, Posy encarnaria a primeira proprietária da livraria, a honorável Agatha, e se acorrentaria à porta da frente, no verdadeiro estilo sufragista.

Mas, primeiro, tinha que terminar a reforma da loja para reinaugurar na segunda-feira de manhã.

— Piers? — Assim que ela chamou seu nome, a cabeça dele apareceu sob o arco à direita.

— O que foi? — Ele franziu a testa. — Você está muito corada. Tudo isso foi um choque muito terrível? Bom, já era hora de você descobrir como o Thorndyke é de verdade.

Posy teria jurado que sabia como Thorndyke era. Que, sob toda aquela prepotência e provocação, ele não era tão ruim, apenas muito, muito irritante. E Nina não tinha dito que Piers parecia ser mau de verdade? Quando Posy recordou o expressivo resumo que Nina fizera do homem com quem tivera dois encontros, o sorriso de Piers de repente lhe pareceu muito traiçoeiro, e seu cabelo liso penteado para trás e os olhos mortiços lhe deram a aparência de um vilão de desenho animado. Posy sentiu um arrepio de medo. E então se lembrou daquele outro absurdo, que ela nunca soubera direito, de que Piers havia tentado descobrir algum podre sobre ela...

Ela ignorou o arrepio de medo. Verity talvez não fosse capaz de lidar com Piers, mas ela era.

— Vá embora — Posy disse com firmeza. — Não importa o que o Sebastian disse, eu não vou sair daqui. A Bookends vai reabrir como Felizes para Sempre na segunda-feira de manhã, nem que eu tenha que morrer para isso.

— Sem querer ofender, mas você não parece pronta para reabrir na segunda-feira como nada — Piers disse suavemente.

Posy fez um gesto com a mão mostrando a sala à sua volta.

— Pfffttt! É claro que vamos abrir! — Colocou as mãos na cintura. — Agora, eu não quero ser grosseira, mas tenho milhares de coisas para fazer, então receio ter que pôr você para fora. — Posy esperava que seu sorriso pudesse suavizar suas palavras, embora não estivesse muito preocupada com isso.

Ela se moveu para a porta e Piers a acompanhou.

— Eu entendo — disse ele. — Entendo mesmo. Acho muito bom você enfrentar o Thorndyke. Já estava mais do que na hora de alguém fazer isso.

— Eu sei! — Posy concordou com uma voz surpresa, como se nunca tivesse imaginado Piers como um aliado. De qualquer modo, ela o seguiu para fora da loja para ter certeza de que ele iria embora. — Ele é um grosso! Entra como um furacão, fica dando ordens, nunca escuta o que os outros falam. Quem ele pensa que é?

— E todos aqueles ternos pretensiosos — Piers desdenhou. — Não entendo o que as mulheres veem nele.

— Não esta mulher aqui!

— Sabe, você tem classe, Posy. Não é como a Nina. Muita bunda e nenhuma classe — disse Piers. E pensar que eles até vinham se dando bem.

Posy lançou a ele seu olhar mais reprovador.

— Isso é algo péssimo para dizer de qualquer mulher, mas especialmente de uma das minhas mel...

— O que tem lá embaixo? — Piers não a estava escutando, o que produziu uma pequena pontada de tristeza quando Posy pensou na outra pessoa que nunca a escutava. Ele apontou para o alçapão, fechado por duas portas de madeira gastas, na frente da grande vitrine saliente da livraria. — É uma adega?

— O quê? — Posy deu uma olhada à sua esquerda. — Ah, é o depósito de carvão. Não! Não destrave as portas. Não tem nada para ver aí. Por favor, Piers! Eu disse para não abrir! Por que vocês, homens, nunca escutam?

Ele abriu o alçapão e agora olhava para dentro do abismo escuro do depósito de carvão.

— Tem alguma coisa lá dentro.

Posy deu de ombros.

— É, aranhas. Agora feche essa porta.

— O que é aquilo no canto? Aquilo brilhando?

Contrariada, Posy se aproximou um pouco mais e espiou dentro do buraco.

— Talvez alguma velha estante de metal. Agora sai...Aaaai!

Um súbito empurrão e Posy foi lançada, de braços estendidos, para dentro da escuridão. Ela aterrissou de quatro, sem ar com o susto, com pó entre os dedos, sob as unhas, dentro da boca, tossindo freneticamente, com teias de aranha roçando seu rosto e seu cabelo. Virou desajeitada e tentou levantar, mas, antes de poder perguntar a Piers que brincadeira idiota era aquela, Posy teve um rápido vislumbre do sorriso de triunfo no rosto dele e as portas se fecharam sobre ela.

— Me deixe sair! — gritou, e suas palavras ecoaram de volta. — Não tem graça, Piers!

Não houve resposta.

Na última vez em que ela ficara presa no depósito de carvão, que só abria por fora, era pequena o suficiente para ficar de pé, mas agora era muito alta para isso. O melhor que conseguia fazer era se agachar, encurvada. E era um buraco mesmo — não dava nem para fingir que era uma salinha ou uma adega —, uma pequena câmara subterrânea para armazenar carvão e, em tempos mais recentes, caixas de inutilidades que Posy não sabia onde guardar.

O ar estava úmido e pegajoso, não que houvesse muito ar. Posy se sentou, com as pernas estendidas à frente. Não conseguia enxergar nada, mas, pela ardência e pelas ferroadas, podia dizer que havia esfolado a palma das mãos e os joelhos, seu jeans estava rasgado e era bem possível que só tivesse oxigênio para mais alguns minutos.

Então, sentiu algo se mover sobre a sua mão, onde ela se apoiava no chão. Algo deslizante e aracnoide e, quando aguçou os ouvidos, teve certeza de que podia escutar o raspar de unhas. Unhas de ratos. Ela gritou. Foi um grito fraco, frágil, porque ela já havia ficado sem ar quando Piers a empurrara para a perdição.

Porque, meu Deus, mesmo que não sufocasse ali embaixo, seria comida viva por aranhas e ratos. Seu corpo seria encontrado roído e ensanguentado dali a dias. Talvez os ratos acabassem de tal forma com ela que teria que ser identificada pela arcada dentária. Posy apertou os olhos com tanta força que viu estrelas dançando por sua visão, seguidas de perto pelas cenas dramáticas que se revelariam quando as portas do depósito de carvão fossem abertas.

A descoberta macabra. A polícia forense, recuperando uma pilha de ossos deixados pelos ratos — tudo o que restava da pessoa antes conhecida como Posy Morland. Sam tendo que ser segurado por Pants e pela Pequena Sophie enquanto tentava abraçar o que havia sobrado de sua amada irmã. Nina e Verity, soluçando e abraçadas em busca de apoio mútuo. Tom, um homem destroçado, balançando impotente para a frente e para trás. Sebastian vestido todo de preto, seu rosto duro e implacável, jurando aos céus que vingaria a morte de Posy.

As estrelas sumiram quando Posy sacudiu a cabeça, incrédula. O que estava acontecendo com ela? Escrever *Violada pelo devasso* tinha abalado sua mente. Ficara tão melodramática. Ninguém, muito menos Sebastian, vingaria sua morte.

Porque Posy ia escolher a vida. Hoje não era o dia em que ela morreria, devorada por ratos ou asfixiada. Para começo de conversa, ela tinha coisas demais para fazer.

Seus olhos agora se ajustavam ao escuro, discernindo formas indistintas, até que ela percebeu um velho banquinho infantil que havia sido relegado ao depósito de carvão depois do penúltimo estirão de crescimento de Sam. Tinha pernas de metal. Ia servir.

Preparando-se internamente e rezando para não dar de cara com um rato, Posy se levantou o máximo que pôde, bamboleou até o outro canto do buraco, pegou o banquinho e voltou para as portas do alçapão. Não havia nenhum som de vida do lado de fora. Nem mesmo o eco da risada sarcástica de Piers.

— Me tire daqui! — tentou uma última vez, mas Piers tinha ido embora ou estava fazendo sabe Deus o que com a livraria. Tom contara animadamente para ela sobre um pub em Oxford que estava listado como grau dois e foi incendiado por um empreendedor imobiliário que teve seus planos de construir um prédio no local rejeitados pela prefeitura. — Me tire daqui agora!

Toda aquela madeira! Todos aqueles livros! A livraria queimaria inteira em segundos!

Posy respirou fundo, ignorou a dor nas mãos e joelhos, juntou toda a energia que tinha e bateu o banquinho contra as portas do depósito de carvão com toda a força possível.

Elas permaneciam desafiadoramente fechadas, por mais forte que Posy batesse. Depois de um tempo, ela precisou largar o banquinho para recuperar o fôlego e a sensação nos braços. Estava alongando os membros doloridos quando, de repente, as portas se abriram. Posy piscou rapidamente, a luz fazendo seus olhos lacrimejarem, e viu um rosto conhecido olhando para ela.

— Morland! Graças a Deus você está bem!

—Sebastian! — Posy ofegou. — O que está fazendo aqui?

— O que parece que estou fazendo? — ele retrucou, estendendo a mão autoritária. — Venha, eu não tenho o dia inteiro.

Posy poderia ter passado sem um salvamento, justamente vindo de Sebastian. Ela era perfeitamente capaz de salvar a si própria, mas segurou a mão dele e deixou que ele a puxasse do depósito de carvão para o ar fresco com um gemido muito pouco lisonjeiro, como se ela fosse um mastodonte.

— Como você pôde? — ela se indignou, assim que se viu novamente de pé no abençoado calçamento de pedras de Rochester Mews. — Como pôde mandar aquele homem horrível vir fazer o seu trabalho sujo?

— Eu não mandei ninguém fazer nada!

— Então o que o Piers veio fazer aqui?

Houve um grande estrondo dentro da loja e eles se viraram a tempo de ver um tsunami de tinta cinza se espalhar pela vitrine, como se tivesse sido lançado por um mar furioso, depois deslizar inexoravelmente vidro abaixo, de repente ocultando da vista o interior da livraria.

— O que é isso?!

— Que droga é essa?!

Posy fechou os olhos, porque não suportava olhar. Depois os abriu de novo e: não, não era um terrível pesadelo. Estava realmente acontecendo. Levou as mãos ao rosto, horrorizada.

— Minha livraria! Está arruinada! Por que ele fez isso?

— Eu tenho uma ideia bem boa do porquê! — Sebastian declarou, com o rosto quase tão cinza quanto a tinta que gotejava da janela e se juntava em uma poça no chão de madeira. — Não se preocupe, Morland. Eu vou acabar com ele!

Com isso, Sebastian abriu a porta e entrou depressa na loja. Posy foi atrás. Ela havia dito que a livraria estava arruinada, mas não tinha ideia de metade do que acontecera. Não tinha sido só a vitrine. Havia tinta por toda parte, exceto onde deveria haver. Tinta no chão. Tinta sobre o balcão. Nas caixas de livros. Na mesa de centro, na foto de Lavinia e Perry, agora obscurecida — o que, de todas as coisas terríveis, foi a mais terrível, a que mais fez Posy querer chorar.

Só o que não estava coberto de tinta era Sebastian, quando voltou para junto de Posy, arrastando consigo um Piers que se debatia e xingava.

— Peguei esse bosta tentando fugir pelos fundos — Sebastian ofegou enquanto Piers lutava para se livrar da chave de braço que o segurava. — Como o covarde desprezível que ele é.

Piers gritou alguma coisa, que foi abafada pelo braço de Sebastian apertando sua garganta.

— Olhe só o que você fez! — Posy não conseguia nem gritar. Sua voz era frágil e desconsolada. — O que foi que eu fiz para você?

— Me solta, Thorndyke! — Piers se libertou do braço de Sebastian e ficou parado ali, odioso e suando. — Nada pessoal, Posy. Só que, na verdade, foi pessoal, porque você disse para a Nina não sair mais comigo, depois de eu ter pagado duas refeições muito caras para ela e não ter ganhado nem um boquete para compensar.

— Você é nojento!

Piers se empertigou, como se fosse um elogio.

— E quanto a você, Thorndyke, não mudou nada do traidorzinho infeliz que me dedurou e quase me fez ser expulso de Eton. Eu estava disposto a esquecer o passado, a ser superior a isso...

— Você não sabe absolutamente nada sobre ser superior. Não vai ser nenhuma surpresa se eu disser que o Brocklehurst costumava torturar os garotos mais novos que faziam tarefas para ele — Sebastian contou a Posy, flexionando os dedos e levando a mão de volta ao pescoço de Piers.

— Pouco importa. — Posy olhou para cima. Meu Deus, havia tinta até no teto. — Achei que vocês dois estavam numa boa. Vocês não estavam juntos no projeto de demolir Rochester Mews e transformar tudo em um condomínio fechado para ricaços?

— Eu nunca faria isso! — Sebastian exclamou, furioso, como se tivesse ficado ofendido com a mera sugestão. — Estou examinando várias opções para a praça e fiquei curioso para ver se o Brocklehurst tinha mudado para melhor quando ele entrou em contato comigo. Evidentemente não, como podemos ver.

— Não me venha com essa. Eu fiz os planos, te indiquei as pessoas de quem deveria molhar a mão na prefeitura. — Piers apertou os punhos e dirigiu a Sebastian um olhar de raiva tão intenso que Posy sentiu algo se torcer dentro da barriga, como se Piers tivesse enfiado uma faca em suas entranhas. — Eu já tinha um membro da família real saudita pronto para assinar a compra de uma cobertura de cinco milhões de libras. Tem alguma ideia de quanta puxação de saco isso me custou? E aí você decide dar para trás com uma merda qualquer de que o lugar é listado como grau dois? Você não passa de um boçal pretensioso, defendendo os direitos de pessoas imbecis demais para cuidar de si mesmas. — Piers inflou o peito, e Posy até se surpreendeu de ele não ter puxado os horríveis suspensórios vermelhos no processo. — Nunca ouviu falar de sobrevivência dos mais aptos? Não sei por que toda essa preocupação em proteger a Posy, como se fosse algum cavaleiro idiota em um cavalo branco. Até você, Thorndyke, poderia conseguir coisa melhor.

Sebastian parou para refletir por mais tempo que o necessário, porque Posy, obviamente, ainda não havia sofrido o suficiente para um único dia. Não que ela precisasse de proteção ou tivesse alguma ilusão de estar na mesma categoria das mulheres que Sebastian preferia, mas mesmo assim.

— Depende do que você entende por melhor — Sebastian admitiu.
— Mas ela é a minha Posy, e você a trancou no depósito de carvão, o que é tão vinte anos atrás. E acabou com a livraria, que a Posy ama, por isso agora eu vou acabar com você.

— Ha! Tenta só para você v... — Piers não foi mais longe que isso, porque Sebastian investiu contra ele, a cabeça abaixada como um touro furioso, e os dois saíram voando pela porta.

Rolaram um pouco pelo calçamento de pedra antes de se levantarem novamente.

— *En garde!* — Piers gritou, e ambos se enfrentaram com o braço estendido terminando em um punho rígido.

Porque os dois eram garotos refinados, e seu único conhecimento de luta vinha das aulas de esgrima em Eton. Posy sacudiu a cabeça enquanto Piers e Sebastian dançavam um em volta do outro, ocasionalmente avançando para tentar uma estocada, depois recuando de novo. Parecia haver pouco perigo de que alguém se machucasse a sério, o que era uma pena, porque Piers realmente merecia um bom pé na bunda.

— Patético! — ela murmurou. — Isso não vai ajudar em nada.

Mas então Piers fez uma manobra e arrastou Sebastian contra a janela da loja, de modo que ficou em posição perfeita para golpeá-lo sem piedade, enquanto Sebastian soltava gritos inarticulados e tentava rechaçá-lo.

Quando Piers agarrou Sebastian pelas lapelas, os gritos dele se tornaram mais claros.

— O terno não! Não toque o meu terno!

Posy já estava enjoada daquilo e não se responsabilizaria por suas ações se eles quebrassem sua vitrine. Ela correu para dentro da livraria, contornando a poça de tinta cinza no chão, e foi direto até o escritório, onde pegou o dicionário Roget's Thesaurus muito grande e pesado de Verity, que ela sempre tinha por perto para escrever cartas de reclamação.

Depois correu outra vez para fora, onde Piers ainda mantinha Sebastian encurralado na vitrine e estava prestes a desferir um cruzado contra o rosto dele. O belo rosto de Sebastian, não! Posy desceu o livro nas costas de Piers com toda a força que podia. O que era muita força. Afinal de contas, carregar caixas de livros era seu ganha-pão.

A sensação foi muito satisfatória, então Posy repetiu o golpe.

— Isto é pela minha livraria! — ela gritou, quando Piers se esquivou dela e Sebastian conseguiu escapar. — E isto é por tentar socar o meu

Sebastian, e isto é por ter posto suas mãos nojentas no terno do Sebastian, e isto... isto é pela Nina, e isto é pela minha livraria outra vez, e isto...

— Chega! Tire essa vaca maluca de cima de mim! — Piers estava curvado, com os braços erguidos para proteger o rosto.

— O quê? E isto é por me chamar de vaca! — Posy deu outra pancada nas costas de Piers com o dicionário, e então Sebastian pôs a mão, hesitante, em seu braço.

— Eu venho em paz, Morland! — disse ele, porque era evidente que o sangue de Posy estava quente e uma palavra errada, um olhar torto, e ele também conheceria a força do dicionário. — Detesto interromper, sério, mas acho que você devia parar agora.

Posy parou depois de mais uma pancada, "por me empurrar para dentro do depósito de carvão", e ficou ali, ofegante e suja de tinta. Também podia dizer, pelo modo como suas faces pareciam ter entrado em um alto-forno, que devia estar mais vermelha do que jamais havia estado na vida.

Piers deu um passo para trás. Estava ofegando e, quando endireitou o corpo, fez uma careta. Também tinha o rosto vermelho, mas lançou a Posy seu olhar mais sombrio.

— Vou te processar por agressão.

— Como quiser. — Posy pôs as mãos na cintura. — E eu vou te processar por crime contra o patrimônio.

— Agressão, talvez até lesão corporal grave, sempre ganha de crime contra o patrimônio — disse Piers, e de fato já estava tirando o celular do bolso de seu ridículo jeans vermelho de garoto rico. Posy ficou com medo. Muito, muito medo.

— Provavelmente — disse Sebastian, ajeitando as lapelas do terno. Posy não sabia como ele havia conseguido, mas Sebastian não tinha uma gota sequer de tinta e parecia imaculado como sempre. — Mas, no tempo que você levar para chamar a polícia, eu posso esvaziar suas contas bancárias e enviar por e-mail para sua mãe qualquer imagem desagradável que você tenha no seu computador. Um hacker amigo meu, sabe. Ele mora em Mumbai. Cara muito legal, mas é melhor estar sempre de boa com ele. Como está sua mãe, por falar nisso? Ela ainda mora em Cheam?

Piers enrijeceu e pôs o celular de volta no bolso.

— Imbecil! — praguejou, afastando-se a passos decididos. — Vaca!

Posy queria morrer por deixar Piers ter a última palavra, mas tudo que desejava gritar para ele envolvia obscenidades e várias sugestões sobre o que ele poderia fazer com diferentes partes de seu corpo, então permaneceu em silêncio e observou Piers começar a correr assim que chegou à esquina.

— Claro que eu podia ter lidado com o Brocklehurst sozinho, mas quem poderia imaginar que você tinha esse lado violento, Morland? Eu certamente não vou fazer mais nada para provocar a sua raiva.

— Posso ter isso por escrito?

— Nunca assino nada sem meu advogado.

Tendo se livrado de Piers, Posy agora só tinha Sebastian para lidar.

Só Sebastian. Posy sentia falta dos dias despreocupados em que Sebastian era uma visita muito irritante, mas pouco frequente. Desde a morte de Lavinia, ele estava sempre no pé dela, sempre tornando impossível que ela caísse de volta em sua velha inércia. Mesmo em sua ausência, ele continuava a assumir o centro do palco em *Violada pelo devasso*. O que significava que Posy estava constantemente pensando nele. Pensando neles dois, em todo tipo de posições comprometedoras, corpetes sendo rasgados, bocas sendo invadidas... Ainda bem que estava escuro o bastante para esconder seu inevitável rubor, mas não o bastante para esconder a devastação dentro da Bookends.

— Nem sei por onde começar — ela disse, mais para si mesma, porque Sebastian estava agora estranhamente quieto, talvez porque toda a sua atenção estivesse concentrada em seu celular. — Quem sabe este seja o modo de o universo me dizer para desistir. — Ela suspirou. — Você venceu. Pode ficar com a livraria.

Houve um silêncio que se estendeu diante deles até que Sebastian finalmente levantou a cabeça e olhou em volta.

— Um plano muito esperto, Morland. Tentando se livrar dessa bagunça jogando para cima de mim. Mas não vai funcionar. Você tem toalhas de papel?

Como de costume, Posy estava tendo dificuldade para acompanhar.

— O quê?

— Toalhas de papel, panos, esse tipo de coisa. Olhe aqui, eu procurei no Google. — Sebastian enfiou o celular na cara de Posy. — Aqui diz que é essencial limpar o máximo de tinta antes que seque. Vamos logo, Morland, o tempo é fundamental.

E era mesmo. Posy nem teve tempo de rir quando Sebastian entrou no macacão que Nina insistira em usar para não manchar de tinta seu jeans e camiseta. Era curto demais para ele — uns bons dez centímetros de perna ficaram de fora. Em vez disso, juntou o material e começou a trabalhar. Era surpreendente o que se podia fazer com água morna, um produto de limpeza e praticamente todas as toalhas que ela conseguiu encontrar.

Claro, houve baixas. Os livros que estavam na mesa de centro. Uma das luminárias parecia ter queimado. E uma das caixas de livros estava arruinada, mas foi apenas uma caixa de livros, poderia ter sido muito pior. O chão e os sofás já estavam cobertos com plásticos por causa de incidentes anteriores de respingos de tinta, quando Posy produzira uma trilha de manchas cinza ao ser chamada para atender um cliente.

Trabalharam sem parar por mais de uma hora. Posy passou o tempo todo preparada para os inevitáveis comentários sarcásticos de Sebastian. Sobre como ela não conseguia fazer nada certo, como tinha sido boba de deixar que Piers a jogasse dentro do depósito de carvão. Mas nada. Só um silêncio profundo, mortal.

Num determinado momento, ela lhe perguntou:

— A vila está mesmo listada como grau dois?

— Claro que não! Mas eu tinha que dizer alguma coisa ao Brocklehurst para ele largar do meu pé. — Sebastian ficou muito interessado na mancha de tinta que estava removendo do balcão. — E para você não ficar com medo de que eu transformasse a vila num estacionamento ou coisa parecida. Você costuma pensar o pior de mim.

— Sim, mas... eu não penso *sempre* o pior de você.

Mas Sebastian se recusou a continuar a conversa. Aquilo era muito desconcertante. Enquanto Posy esfregava um resto de tinta das prateleiras abençoadamente limpas, arriscou uma olhada para Sebastian, que limpava a fotografia emoldurada de Lavinia e Perry. Ele parecia meio descomposto, com os cabelos em desalinho, mas era verdade que havia brigado e, no momento, vestia um macacão branco de trabalho, o que deixava até mesmo Sebastian prejudicado.

— Acho que acabamos — disse Posy, por fim. — É irônico, não é, que a gente tenha precisado remover tinta das prateleiras que precisavam ser pintadas?

Sebastian não respondeu, o que era um fato inédito. Mas foi a expressão em seu rosto que deixou Posy alarmada. Ele estava de cenho franzido, lábios projetados em um beiço feroz... quando não abria a boca e a fechava de novo, como se todas as palavras o tivessem abandonado.

— Você está bem? — ela perguntou, com alguma preocupação. — Quer alguma coisa? Água? Chá? Quer se sentar?

— Eu não estou bem. — Sebastian deslizou pela estante mais próxima até seu traseiro fazer contato com o chão agora limpo. — Não estou nem um pouco bem.

Não devia ser nada tão grave, se ele ainda conseguia fazer drama, Posy pensou consigo mesma, enquanto se empoleirava no braço do sofá, de frente para onde ele estava largado no chão.

— O que foi?

— Acho que você já sabe a resposta. — Sebastian cruzou os braços e baixou tanto a cabeça que seu queixo encostou no peito. — Estou muito confuso, Morland.

— Mesmo? Eu diria que você é a pessoa menos confusa que eu já conheci. — Foi a vez de Posy franzir o cenho. — Você é decidido. Um homem de ação. Eu nunca descreveria você como confuso.

Ele levantou os olhos preocupados para ela.

— É a única palavra que resume como eu me sinto depois de ler aquele artigo na *Bookseller* e...

— Você lê a *Bookseller*? — Posy perguntou, incrédula. — Por que faria isso?

— Eu te disse que tinha assinado. — Sebastian massageou o nariz. — Às vezes acho que você não ouve nem uma palavra do que eu digo, Morland. Isso é muito desanimador.

Posy suspirou.

— O mesmo digo eu. — Ela respirou fundo, levantou do braço do sofá e se ajoelhou na frente de Sebastian. — Não quero mais brigar com você. Falo de briga mesmo, de passarmos dias e dias sem nos falar; foi horrível e não quero que aconteça de novo. Mas é verdade que eu tentei te contar mais de uma vez que ia abrir uma livraria especializada em ficção romântica. Fui bem clara quanto a isso. Mas peço desculpas por ter mentido para você e fingido concordar com seus planos para A Adaga Sangrenta só para aproveitar sua oferta de uma gestora de projetos. Você tem que acreditar no meu pedido de desculpas, porque eu não posso suportar esse silêncio terrível entre nós.

— Eu também não posso. E é possível que *talvez* eu tenha exagerado na minha reação quando você finalmente confessou, mas nunca imaginei que durante todo esse tempo você estivesse sendo... — Sebastian sacudiu a cabeça ao descobrir, uma vez mais, que suas palavras eram inadequadas para a tarefa. — Você foi...

— Uma grandessíssima mentirosa? — Posy sugeriu.

— Maquiavélica. — Havia um começo de sorriso brincando nos lábios de Sebastian agora. — Astuta. Ardilosa. Eu te subestimei muito, mas você tem que admitir, Morland, A Adaga Sangrenta era uma ideia incrível — ele resmungou.

Claro que ele não ia esquecer aquilo tão facilmente.

— Eu detesto histórias de crimes, Sebastian. Detesto. — Sem pensar, Posy segurou a mão de Sebastian e entrelaçou seus dedos nos dele para suavizar qualquer possível agressividade de suas palavras, e ele ficou visivelmente sem ação, pego desprevenido, porque deixou que ela fizesse isso, embora a observasse com olhos cautelosos, como se desconfiasse de suas intenções. — Elas sempre começam com um assassinato, um corpo, algo horrível acontecendo, e eu já tive coisas horríveis demais acontecendo na minha vida para querer ler sobre elas no meu tempo livre. Você entende?

— Eu entendo — ele respondeu baixinho e se inclinou para a frente, de modo que, por um momento, a testa deles se tocou, como se respirassem no mesmo ritmo perfeito. Posy não saberia dizer quanto tempo ficaram assim, até que Sebastian quebrou o encanto. — Mas romance, Morland. Aqueles livros são absurdos — ele declarou com desdém, mas sem soltá-la. Seu polegar afagava ritmadamente as costas da mão dela, o que era estranhamente tranquilizador. — Eles dão às mulheres a falsa esperança de que um dia vão encontrar um cavaleiro numa armadura reluzente, quando isso não existe. É um ideal impossível, e você só vai se decepcionar se insistir em procurar um homem que seja como um de seus heróis românticos.

— Eu sei que a vida real não é como uma história romântica — disse Posy, e a mão de Sebastian apertou mais a sua. — Meu Deus, como eu sei, mas ainda quero acreditar que seja verdade. Talvez seja por isso que me emociono por tabela quando leio romances sobre duas pessoas que superam todos os obstáculos, a maioria deles construídos por elas mesmas, até poderem viver felizes para sempre. Eu sei que deveria sair e namorar, mas, desde que meus pais morreram, fiquei travada.

De repente lágrimas correram pelo seu rosto. Sebastian procurou por dentro do macacão e puxou seu lenço de bolso. Com uma gentileza de que Posy não acreditava que ele fosse capaz, Sebastian enxugou seus olhos.

— Agora assoe o nariz — ele a instruiu.

— Não quero sujar seu lenço de meleca — disse Posy, porque ele estava certo, a vida não era nem um pouco como um livro romântico. — Provavelmente tem um tanto de fuligem nas minhas narinas também, das *horas* que passei no depósito de carvão.

— Acho melhor você arruinar o lenço do que ficar aí sentada com o nariz escorrendo — disse Sebastian. — Não é uma visão bonita, Morland. Você não fica bonita quando chora, então sugiro que pare agora mesmo. E, a propósito, você não ficou horas no depósito de carvão. Eu vi o Brocklehurst te empurrar para dentro quando entrei na vila. Você ficou lá por um minuto. Na verdade, acho que nem chegou a um minuto.

— Foram horas — Posy protestou. — Eu vi a cara da morte. Isso leva mais do que um minuto.

Estavam de volta a terreno conhecido. Posy olhou brava para Sebastian, que parecia totalmente impassível, depois agarrou o lenço da mão dele e assoou o nariz bem alto e molhado, tentando ignorar a expressão horrorizada de Sebastian quando avistou as marcas de sujeira escura em seu lenço outrora imaculado.

— Obrigada — disse ela. Ele realmente era o mais irritante dos homens, mas havia muito mais nele além disso. — Sabe, eu estava travada, mas nesses últimos meses sinto que finalmente estou conseguindo me mexer e seguir em frente. E, na verdade, você teve uma enorme participação nisso.

— Eu?

— Claro! — Posy fez um gesto mostrando a loja. — Você podia não acreditar na Felizes para Sempre...

— Só o nome já me dá vontade de vomitar...

— Ah, dá um tempo, Sebastian! Eu não poderia ter feito tudo isso sem você — Posy lhe disse, mas ele simplesmente deu de ombros, como se fosse indiferente ao seu voto de confiança. — Se você não estivesse sempre me importunando e me provocando, eu nunca teria me mexido. Teria continuado fazendo listas e arrancando os cabelos cada vez que a Verity me dissesse que não tínhamos dinheiro. — Ela mudou de posição e se sentou ao lado de Sebastian, porque todo aquele tempo ajoelhada no chão duro não era muito confortável. — Tenho a sensação de que vivi como uma sonâmbula durante anos, mas você... você é como um despertador muito grosso: "Morland, acorda, sua vagabunda preguiçosa!"

Sebastian bufou, indignado.

— Eu não falo assim. E eu *nunca* te chamei de vagabunda.

— Você me chamou de desleixada — Posy o lembrou. — É a mesma coisa.

— Claro que não. Só significa que suas habilidades para cuidar de casa são praticamente inexistentes. Devia pensar em arrumar uma faxineira, Morland. Não pode ser bom para você e o Sam ter tanta poeira se acumulando em seus pulmões. Por que você está sorrindo? Eu não estou brincando. — Ele a cutucou com um cotovelo pontudo. — Estou falando muito sério.

— Estou sorrindo porque finalmente entendi você.

— Duvido. Eu sou um enigma, uma charada, um mistério, um paradoxo...

— Bom, você certamente gosta do som da própria voz. Mas tem razão, você é um paradoxo. Você diz as coisas mais detestáveis, Sebastian. Você diz coisas grosseiras, cruéis, mas acho que elas não contam quando as coisas que você *faz* são tão gentis e atenciosas.

— Se você cair no clichê e disser que uma ação fala mais que mil palavras, vou sair daqui ou chorar, das duas uma — disse Sebastian, mas ações *de fato* falavam mais que palavras, e ele não foi embora, então Posy decidiu que era hora de beberem alguma coisa.

Ela foi pegar a garrafa de pinot grigio guardada no frigobar do escritório para emergências. Sebastian tomou um gole quando ela lhe passou a garrafa e nem reclamou da falta de higiene de beber no gargalo. Embora não tenha resistido a dizer algumas coisas específicas sobre a qualidade de qualquer vinho que viesse em uma garrafa com tampa de rosca.

Então, fortificada por alguns bons goles de pinot grigio, Posy disse:

— Desde que a Lavinia morreu, tirando as horas em que ficou me insultando por tudo, do meu cabelo ao meu gosto literário, você sempre esteve por perto. Você me ajudou, me emprestou funcionários, ofereceu todo tipo de convivência masculina e de programas tecnológicos para o Sam que eu não posso oferecer, e comprou um guarda-roupa novo para ele... embora eu ainda esteja meio brava por causa disso. Mesmo em toda aquela história do sofá da Lavinia, você estava tentando ser gentil.

— Eu não sou gentil. Sou o homem mais grosso de Londres — Sebastian retrucou, defensivo. — Mas eu não conseguia ficar tranquilo sabendo que você se arriscava a espetar algum órgão interno cada vez que sentava naquele seu sofá velho.

— O que nos leva a toda essa confusão da livraria — Posy continuou. — Eu sei que você achou que estava tentando me ajudar, que achava que uma livraria especializada em ficção policial seria um modelo de negócio melhor do que uma livraria especializada em ficção romântica... Mas, Sebastian, se tem uma coisa que eu sei é que a gente só pode ter sucesso se gostar do que está fazendo. E eu sou apaixonada por livros românticos.

Eu conheço o mercado, conheço os leitores. E, se tudo der terrivelmente errado, e *já* deu terrivelmente errado, pelo menos eu acreditava no que estava fazendo. Eu caí lutando.

— Não deu terrivelmente errado — disse Sebastian, enquanto pegava a garrafa que ela lhe passou. — Eu não vou deixar que isso aconteça. Mesmo que tenha que comprar cada um dos livros melados e enjoativamente sentimentais da loja.

— Olha aí você de novo — Posy falou. — Grosso e adorável em uma mesma frase. Não sei como consegue fazer isso.

— Anos de prática. — Sebastian ficou sério. — De qualquer modo, eu não sou adorável. Sou grosso. Mau. Horrível. Sedutor de virgens e de mulheres bem casadas. Arquiteto do declínio moral da sociedade: essa última saiu na *Spectator*.

— Ah, cale a boca, Sebastian. Ou meu próximo projeto será mudar sua marca para O Homem mais Adorável de Londres.

— Não comece a ficar sentimental comigo, Morland — Sebastian protestou. Posy estava sentindo os olhos úmidos. Embora ele tivesse o dom de deixá-la irritada, ela gostava muito dele. Depois de uns tantos goles de pinot grigio, gostava mais ainda. Na verdade, ela achava que nunca havia gostado tanto dele quanto naquele momento. Foi um alívio quando Sebastian cortou o clima levantando-se do chão e, em seguida, estendendo a mão para ela. — Você podia me mostrar essa sua livraria.

Posy deixou Sebastian puxá-la para cima (embora ele tenha feito uma careta com o esforço, mas insistisse que era por causa da briga com Piers), depois fez uma visita guiada com ele pela loja.

Estava escuro agora, então Posy acendeu o restante das luzes e mostrou a Sebastian as salas mais distantes à direita, para que ele pudesse ver como ficavam as estantes pintadas de cinza, e não com tinta cinza jogada sobre elas, e o nome de cada seção destacado em rosa-lavanda. Mostrou-lhe as caixas e caixas de livros aguardando para ser arrumados nas prateleiras. Mostrou fotos de suas estantes vintage que ainda estavam perdidas, e o estoque que seria colocado nelas: velas, cartões, cadernos, canecas. Mostrou os marcadores de livros que seriam incluídos em cada livro vendido, e as sacolas e camisetas. Mostrou a pequenina estante que abrigaria seus únicos livros policiais: os romances sobre Peter Wimsey e Harriet Vine escritos por Dorothy L. Sayers, alguns livros de Margery Allingham e Ngaio Marsh e mais alguns títulos escolhidos. A mesa de centro seria sempre dedicada aos livros favoritos de Lavinia e, por fim, Posy levou Sebastian até a entrada do salão de chá, que tinha sido limpo e preparado para a pintura.

Sebastian havia permanecido em silêncio na maior parte do tempo e deixado Posy falar, embora não tivesse resistido a provocá-la por sua obsessão pelas sacolas. Agora que haviam terminado, ele olhou em volta para a loja vazia e quieta e falou em voz baixa:

— Nada mal. Nada mal mesmo, Morland. Eu gostaria de ter uma parte maior do crédito, mas isso tudo é trabalho seu. Essa é a sua visão, e provavelmente por isso você decidiu comprar aquelas estantes velhas e gastas quando poderia ter optado por peças boas e novas, mas elas têm um certo charme.

Vindo de Sebastian, aquele era um grande elogio. Posy não soube o que fazer com ele, então baixou a cabeça.

— Bom, a questão é que o lugar não vai estar pronto antes da grande abertura da segunda-feira. Não tem como. Já aceitei isso, mesmo que não me deixe feliz. Se eu trabalhar direto e esquecer de dormir, posso conseguir ter a sala principal e as salas da direita arrumadas e estocadas durante o fim de semana, mas todo o resto vai ter que esperar.

Sebastian concordou com a cabeça e, felizmente, não fez nenhum comentário sarcástico sobre como Posy se desorganizava inteira quando ele não estava por perto para ajudar. Ela teria que quebrar a garrafa de vinho na cabeça dele se isso acontecesse, logo agora que haviam estabelecido uma trégua.

Sebastian espiou pelas portas duplas de vidro que levavam ao salão de chá.

— O que vai funcionar aqui?

Posy fez uma careta hesitante.

— A Mattie espera abrir antes do fim das férias escolares, mas primeiro precisamos adequar a cozinha aos padrões...

— Eu não vinha aqui desde... bom, desde que fechou. — Sebastian não havia mais tocado nela depois que a levantara do chão, mas agora segurou a mão de Posy. — Sempre espero ver sua mãe sair apressada da cozinha com um prato de panquecas na mão.

Os dois olharam para a porta da cozinha atrás do balcão, mas ela permaneceu fechada.

— Eu também — Posy suspirou. — Mas, por mais que eu deseje, isso não vai acontecer.

Sebastian apertou a mão dela.

— Como você mesma disse, não dá para ficar dormindo para sempre. A Lavinia sempre me dizia que você só precisava de um pouco mais de tempo. Já faz tempo suficiente agora, Morland. Você tem que acordar.

— Nos últimos tempos, sinto que estou bem acordada.

— Eu nem cheguei a te contar por que vim aqui hoje — Sebastian disse, com a voz rouca, como se estivesse gripado ou, mais provavelmente, inalado muitos vapores de tinta. — Foi a entrevista na *Bookseller*. Nós não estávamos nos falando, mas mesmo assim você me agradeceu. Disse que eu era da família. Imagino que você me veja como um irmão mais velho mandão.

— Bom, com certeza a parte do mandão — Posy murmurou, e ficou contente por estar na sombra, assim ele não podia ver o inevitável rubor em seu rosto. Sebastian não era nem um pouco como um irmão para ela. Ninguém escreveria obscenidades da Regência sobre um homem que se considerasse irmão honorário. Havia o errado, e havia o errado. errado, errado, com pedaços extras de erro.

Posy respirou fundo para olhar para Sebastian, e ele também olhou para ela. Ele estava quieto novamente, o que sempre era perturbador, e, por mais que tentasse, Posy não conseguia pensar em nada para dizer. Ainda estavam de mãos dadas e a situação começava a ficar constrangedora. Não exatamente constrangedora, mas tensa, até mesmo carregada. Posy sentia-se, de repente, assustadoramente consciente de sua mão, quando antes nem dava muita atenção ao fato de ela apenas estar ali, no fim de seu braço. Agora, apavorava-se de que ela pudesse ficar úmida, ou começar a ter alguma contração involuntária, e estava a ponto de se soltar quando Sebastian de repente a soltou primeiro.

Então ele segurou-lhe o rosto e, enquanto o coração de Posy começava a palpitar como o de uma dama de boa família da Regência que nunca tivesse conhecido o toque de um homem, pressionou os lábios na testa dela.

— Isso é ridículo — disse ele.

Posy se sentiu inexplicavelmente tímida.

— É, não é? Eu não tinha ideia de que você... de que eu... Deus, isso é muito ridículo. Absurdo, até.

Sebastian despenteou o cabelo dela de um jeito muito anticlimático e de irmão mais velho antes de dar um passo rápido para o lado.

— Quer dizer, agora que somos amigos outra vez, irmãos honorários toda essa besteirada, não faz sentido você ter um site acabado pela metade ou uma loja pronta pela metade. Eu pergunto toda hora para o Sam se ele terminou a arte do site. Agora eu entendo por que ele estava tão arredio. — Ele lançou um olhar de desaprovação para Posy. — Não acredito que você arrastou o Sam para o seu joguinho.

A tensão estava rompida. Embora parecesse que a tensão havia existido de um lado só, na verdade, e não havia absolutamente nenhuma razão para Posy estar decepcionada. Aquele era Sebastian, e ele não era do tipo amoroso. Ele era do tipo abater-e-largar. E, de qualquer modo, *aquele era Sebastian*! E ela era Posy, e eles eram como óleo e água, ou listras e bolinhas, e uma infinidade de outras coisas que não combinavam entre si. Além disso, ele era muito grosso. Agora estalava os dedos na frente do rosto dela.

— Acorde, Morland! Não volte a dormir!

— Pare com isso! Você vai arrancar o meu olho — Posy protestou.

— E, a propósito, o Sam ficou horrorizado com essa minha história. Tive que usar chantagem emocional extrema para impedir que ele me entregasse.

— Ótimo. Eu detestaria pensar que o Sam estava tramando contra mim também — disse Sebastian, em seguida bateu as mãos. — Então, onde está o modelo da arte para o site? Será que você vai me dar antes da próxima Era do Gelo?

— Está em um pen drive — disse Posy. — Lá em cima. Vou pegar.

— Agilize isso, então. A julgar pelo estado do seu apartamento, será que dez minutos são suficientes para você encontrar?

— Eu sei exatamente onde está — ela respondeu, mas isso só porque Sam tinha batido o pé e insistido que todos os pen drives, cabos e outras coisas de computador ficassem em uma única gaveta.

— Se você não voltar em meia hora, eu envio uma equipe de busca — Sebastian a advertiu.

Enquanto subia as escadas, Posy ainda não conseguia entender como eles haviam passado tão depressa de alguma coisa para absolutamente nada.

19

Depois de uma busca frenética para encontrar o pen drive na gaveta de coisas de computador, ela o entregou a Sebastian, que saiu com sua usual desenvoltura.

— Não vá dormir de novo agora, Morland!

Dormir era a última coisa que passava pela cabeça de Posy. Não havia absolutamente nenhuma chance de se aconchegar no sono depois que Sebastian despertara nela toda espécie de sentimentos. Sentimentos que ela havia desejado tão desesperadamente ter por alguém como Jens, com quem havia todas as possibilidades de que fossem retribuídos. Agora teria que abafá-los de alguma maneira, como quem apaga as derradeiras brasas de uma fogueira e joga terra sobre elas para que parem de arder. Era muito mais seguro desse jeito.

Além disso, dormir não era uma opção quando Sam ainda perambulava por Camden Town, onde rondavam drogados, arruaceiros e todo tipo de marginais. Até que ele estivesse em casa, são e salvo, Posy esperaria acordada.

Sentiu-se tentada a ligar o computador e rascunhar mais um capítulo de *Violada pelo devasso*, mas aquela noite havia provado, sem nenhuma sombra de dúvida, que nada de bom poderia sair daquilo. Enquanto a Posy da ficção poderia ter o final feliz que merecia, a Posy da vida real sabia que talvez houvesse um mundo de dor e sofrimento à espreita depois que o herói e a heroína se beijassem, jurassem amor eterno e partissem juntos em direção ao pôr do sol.

    Assim, enquanto subia a escada novamente, ela abandonou por completo a ideia de encontrar conforto nas páginas de um livro. Naquela noite, não havia como isso lhe proporcionar a cura para tudo, como geralmente acontecia. Em vez disso, pegou a chave pendurada em um gancho na cozinha e abriu a porta do quarto de seus pais.

    Posy não mentira para Sebastian quando lhe dissera que entrava sempre ali. Mas só ficava tempo suficiente para passar o aspirador de pó no chão e ajeitar coisas que não precisavam ser ajeitadas, porque não havia ninguém ali para desarrumá-las. Posy nunca se demorava.

    O quarto estava exatamente como seus pais o haviam deixado, de modo que, se eles voltassem, poderiam se encaixar de novo ali como se nunca tivessem saído. As escovas de cabelo de sua mãe, sua maquiagem, as fotos de família emolduradas continuavam na penteadeira. O livro que seu pai estava lendo, usando um cartão-postal velho como marcador, continuava em sua mesinha de cabeceira.

    Posy tinha desligado o aquecedor há muito tempo e, embora o dia tivesse sido quente, o ar no quarto estava frio e mofado. Não sentia mais o aroma doce de madressilva do perfume de sua mãe, ou o cheiro antiquado da loção de cabelo de seu pai.

    Ela olhou em volta por um longo momento, depois respirou fundo, endireitou os ombros e decidiu fazer o que nunca havia tido coragem de fazer antes.

    Na prateleira de cima do guarda-roupa havia caixas de sapatos abarrotadas de fotos e cartões de aniversário, cartões de Natal, boletins escolares, cartas de agradecimento. Os velhos cadernos pautados em que seu pai tinha escrito seus poemas, centenas de pedaços de papel e cartões, milhares e milhares de palavras que compuseram duas vidas.

    Posy as havia escondido ali, fora de vista, nunca olhara para elas, tentara não pensar nelas, mas, quando Sam chegou em casa, apenas cinco minutos antes de sua hora limite, encontrou-a sentada no chão de pernas cruzadas, cercada de lembranças, chorando tanto que seu corpo sacudia com a força dos soluços.

— Posy! O que está fazendo aqui? — A princípio ela mal o ouviu, depois o pânico na voz dele e o tom agudo que o fazia soar muito mais novo que seus quinze anos perfuraram sua dor e ela tentou limpar as lágrimas, enxugando furiosamente as faces molhadas com mãos trêmulas.
— Por favor, não chore.

Sam era seu irmãozinho. Posy tomava conta dele. Cuidava dele. Fazia de sua saúde e felicidade a prioridade máxima. Mas, naquela noite, foi Sam que se ajoelhou no chão e a tomou nos braços, embalando-a gentilmente enquanto afagava seus cabelos.

Pareceu demorar uma eternidade para que seus soluços se transformassem gradualmente em respirações entrecortadas. Sam mudou de posição e se sentou ao lado dela, com o braço sobre seus ombros.

— Você está bem agora? — perguntou, ansioso.

Posy fungou, depois concordou com a cabeça.

— Estou. Meu Deus, eu sinto muito. Você não precisava me ver assim.

— Tudo bem. Eu não me incomodo — Sam respondeu, hesitante. — Aconteceu alguma coisa? — O olhar dele pousou na garrafa meio vazia de pinot grigio. — Você está bêbada? — acrescentou, em um tom mais acusador.

— Não! O Sebastian passou aqui mais cedo e bebeu uma parte. Eu só tomei uma taça. Talvez duas. — Posy se sentia mais calma agora, como se estivesse mesmo precisando de um bom choro para afastar as teias de aranha.

— Ele disse alguma coisa que te magoou? — Sam insistiu. — Porque você nunca entra aqui...

— Eu entro, sim...

— Só para passar o aspirador de pó, e você é muito ruim com o aspirador, então isso só leva cinco minutos. E você pegou todas essas coisas. — Sam tocou muito delicadamente a borda de uma foto, depois tirou a mão depressa, como se tivesse se queimado. — Você nunca encosta nisso. — Ele tocou a foto de novo. — Quando ela foi tirada?

Posy pegou a foto para olhar melhor.

— É o baile de verão no último ano deles em Oxford, então deve ser, hum, deixe ver... 1986. — Ambos pareciam tão jovens, não muito mais velhos que Sam; seu pai em um terno de segunda mão e chapéu de feltro de aba curta, sua mãe em um vestido de baile anos 50, salpicado de papoulas. — Os dois tinham vinte e um anos. Só um mês de diferença. Você sabia disso? A mamãe em novembro, o papai em dezembro. — Uma lembrança distante de repente flutuou diante dela e Posy a agarrou depressa. — Durante um mês, todos os anos, o papai provocava a mamãe dizendo que ela era muito mais velha que ele, e ela ficava irritada e respondia: "Ian, é só a droga de um mês!" — Ela deu uma olhada para Sam por baixo dos cílios. — Você acha que poderia ir para Oxford? Sem querer pressionar, mas seria legal pensar em você seguindo os passos deles.

Sam mordeu o lábio. Não importava que, por um breve momento, a posição deles tivesse sido invertida. Ele agora parecia muito novo e inseguro enquanto pegava a foto da mão de Posy.

— Às vezes eu tenho medo de esquecer como eles eram — ele disse baixinho. — Porque, bom, nós não temos fotos deles pela casa. E eu sei por quê, é que isso te deixaria mal, mas às vezes é difícil lembrar deles.

Eles se moveram de novo, e agora era Posy quem tinha o braço sobre os ombros de Sam. Ela afagou o cabelo dele e beijou seu rosto. E o fato de ele deixar que ela fizesse isso era um claro sinal de que estava mesmo chateado e um pouco perdido.

— Desculpe — disse ela. — É muito doloroso para mim... Essa é a primeira vez que olho essas coisas desde que as guardei aqui. Eu achei que não sentiria tanta falta deles se não tivesse muitos lembretes em volta, que poderia fingir que eles não tinham realmente ido embora, mas eu nunca parei para pensar em como você se sentiria. Você me odeia por isso?

— Claro que não — Sam disse com firmeza. — Além do mais, eu encontrei uns vídeos no YouTube do papai lendo as poesias dele. Em um desses vídeos, dá para ver a mamãe de pé na lateral do palco. Mas eu não gosto de ficar vendo muito, porque me deixa triste e esquisito, então eu entendo por que você não gosta de falar deles.

Aquilo não estava certo.

— Eu não gosto? — Posy franziu a testa. — É claro que gosto.

— Não, você não gosta, Posy.

— Estranho, porque eu penso neles o tempo todo. — Posy se inclinou e o beijou no rosto outra vez. — Desculpe, Sam. Eu fiz o melhor que pude, mas tive que ir aprendendo pelo caminho. Se você quiser conversar sobre a mamãe e o papai, se tiver coisas que queira saber, não pense nunca que não pode falar comigo.

Sam apoiou a cabeça no ombro de Posy.

— Tudo bem, desde que você prometa que não vai ficar chateada. Eu não gosto quando você chora. Quando chora de verdade. Só posso lidar com isso quando é aquele momento especial do mês.

Eles sorriram ao lembrar que, no último "momento especial do mês" de Posy, ela havia chorado porque começou a sair fumaça do forno, e isso disparou o alarme de incêndio, e ela teve que bater nele com a vassoura para que parasse de apitar. Posy mexeu na pilha de fotos no chão à sua frente.

— Eu deixei tudo isso trancado por tempo demais. Não está fazendo bem para nenhum de nós, não é? A gente devia tirar uma tarde de domingo para olhar todas as fotos juntos, escolher nossas favoritas e emoldurar. Sempre que você quiser olhar essas coisas, sabe onde está a chave. — Enquanto dizia aquelas palavras, Posy percebeu como não faziam sentido. — Na verdade, não existe nenhuma razão para trancar a porta. Que bobagem.

— E todas as coisas deles? Roupas e tal. — Sam tirou a franja da frente dos olhos. — Não acha que está na hora de cuidarmos disso?

Posy esperou a pontada de dor, mas houve apenas um latejamento difuso. Se ela podia suportar uma estranha, Mattie, no salão de chá, poderia facilmente mexer em um quarto cujos ocupantes haviam ido embora há tempos e não voltariam para vestir suas roupas e terminar os livros que tinham começado a ler. Sebastian estava certo quando disse que ela havia transformado o quarto dos pais em um santuário. Ela tinha tanto medo de perdê-los, mas, se os carregasse consigo, enchesse o apartamento de fotos de seus rostos preciosos, compartilhasse todas as suas histórias com Sam, eles sempre estariam ali.

— Este quarto é bem grande — Posy observou, olhando em volta. E parecia mesmo maior e mais vazio agora que ela o olhava de fato, em vez de ver as duas pessoas que antes preenchiam seu espaço.

— É, mas não deve demorar muito tempo para a gente arrumar — disse Sam.

— É maior que o nosso quarto. — Posy fez uma careta ao se levantar. Estava com o corpo duro de passar tanto tempo sentada. — No seu quarto mal cabem a sua cama e o armário. Você não devia ter que fazer a lição de casa todo espremido em um pedacinho do chão.

— Eu não me importo. Às vezes eu desço e uso o escritório.

Posy estava decidida. Não havia nada triste ou doloroso na ideia que acabara de ter. Na verdade, fazia total sentido.

— Você devia se mudar para cá — disse ela. — Poderia ter uma mesa perto da janela. Vamos comprar uma cama nova também, porque daqui a pouco você não vai mais caber na sua. E terá muito espaço nas prateleiras. Vai poder trazer amigos para dormir aqui, em vez de sempre ter que ir na casa deles. O que acha?

— Se isso for te deixar triste, se, por exemplo, não quiser entrar aqui para dizer boa-noite, eu posso ficar no meu quarto mesmo. — Sam olhou em volta. — Mas este é muito maior. Posso pintar as paredes de preto?

Havia um limite para o que Posy podia aceitar.

— Não, não pode — disse, horrorizada. — Não dá para ser um pouco menos emo? E não estou fazendo isso porque sou boazinha. É que assim vou poder usar o seu quarto para colocar meus livros que não tenho onde guardar. Talvez até o transforme em um cantinho de leitura.

— Estou surpreso de você não querer transformar este quarto em um megacantinho de leitura — Sam resmungou. — E me jogar na rua para pegar meu quarto também e encher tudo de livros.

Posy pôs um dedo no queixo.

— É uma ideia. Em quanto tempo você pode liberar o quarto?

Sam bufou e sacudiu a cabeça e, quando Posy o segurou pela manga da blusa e o puxou para um abraço especialmente apertado, ele se contorceu, tentando se soltar.

— Eu te amo — ela disse, muito séria. — Eu te amo demais. Sempre vou tentar fazer o que for certo para você, mesmo que às vezes eu faça tudo terrivelmente errado.

— Quem está sendo emo agora? — Sam murmurou, mas, por um segundo, a abraçou de volta e sussurrou com a mesma seriedade: — Eu te amo, Posy. Não sei o que teria sido da minha vida se você não tivesse assumido essa responsabilidade. Sei que às vezes eu sou um saco, mas reconheço tudo o que você faz. Agora pode me soltar?

Talvez tivesse sido o vinho, ou seu acesso de choro, ou por ter finalmente chegado a um acordo com seu luto, ou ainda de pura exaustão pelo excesso de trabalho e de nervoso, mas Posy dormiu o sono dos justos.

⁂

Posy não sabia o que a havia acordado, mas tinha certeza de que ouvia um barulho vindo da loja e, quando desceu as escadas às pressas, ficou surpresa ao encontrá-la cheia de gente.

Havia alguma coisa errada. Ainda não era hora de abrir. Era de madrugada, ela estava de pijama e...

— Mamãe? Papai?

Ali estavam seus pais. Muito mais jovens do que Posy se lembrava. Usando as roupas que tinham usado naquele baile de verão em Oxford, muitos anos atrás.

— Posy! Aí está você! — Eram Lavinia e Perry, mais jovens também, de volta à vida como na fotografia que ficava no meio da mesa de centro.

Havia outra mulher com eles. Em um vestido antiquado com uma armação atrás e uma faixa atravessando o peito que dizia: "Voto para as Mulheres".

— Agatha? — Posy gaguejou.

— É Honorável Agatha Cavanagh para você — Agatha informou a Posy, friamente. — O que andou fazendo com a minha linda livraria?

— Sim, Posy, o que você andou fazendo? Que bagunça você fez! — exclamou Lavinia, e Perry concordou com a cabeça, e então Posy percebeu que seus visitantes estavam todos cobertos de tinta cinza. — Como eu me enganei a seu respeito!

— Você começou tão bem, mas é péssima em ser adulta — seu pai interveio. — Eu admiro que tenha conseguido manter o Sam vivo todo esse tempo.

Sua mãe suspirou.

— O que é mais do que se pode dizer da Bookends. Sempre ensinei a você que, se algo merece ser feito, merece ser bem feito. No entanto, você vai reabrir uma loja que só está pronta pela metade. Nem pela metade.

Era delicioso vê-los outra vez. Tão perto que Posy teve vontade de correr e abraçar a todos, exceto Agatha, que parecia muito imponente, mas eles a olhavam com tanta decepção, tanto pesar.

— Bom... eu sei que a loja já esteve melhor, mas...

— Você devia ter deixado a livraria para o Sebastian, Lavinia — Perry fungou. — Ele tinha planos tão bons para ela. E o Sebastian é um homem de ação, não de vacilação. Você vacila demais, Posy.

— Eu sei — disse Posy. — Mas tenho tentado não ser assim.

— Não posso ter minha loja em tamanho estado de desordem e vendendo apenas livros banais. — Agatha cutucou Posy com uma placa de "Voto para mulheres" que de repente havia se materializado em sua mão.

— A Bookends só se tornará Felizes para Sempre sobre o meu cadáver!

— Não quero ser desrespeitosa, Agatha, mas você meio que já morreu. — Posy torceu as mãos. — Desculpem. Desculpem mesmo. Eu trabalhei tanto, mas deu tudo errado.

— Posy! Posy! Posy!

Os cinco estavam se aproximando de Posy e ela sentiu vontade de chorar. Queria que seus pais olhassem para ela com amor, a abraçassem e lhe dissessem que tudo ficaria bem. Queria que Lavinia e Perry tivessem orgulho dela e que Agatha ficasse feliz pela continuidade de seu legado, mas, em vez disso, todos entoavam seu nome como se estivessem se preparando para atacá-la com forcados diante de uma fogueira.

— O quê? — As figuras foram chegando mais e mais perto, até que Posy percebeu que não eram seus fantasmas, mas um Sebastian muito vivo. Cinco Sebastians!

— Acorde, Morland! Faz uma vida que estou esperando você acordar!

— Estou acordada! Estou muito acordada!

— Não, você não está! Posy! Posy! Acorde! Você tem que acordar! — Havia mãos nela, arrastando-a dos cinco Sebastians exasperados, e ela abriu os olhos e viu um único Sam exasperado, puxando seu lençol. — Até que enfim! E você tem coragem de dizer que sou eu que durmo como uma pedra.

Posy se sentou. Ela devia ter dormido de boca aberta, porque a sensação era como se alguma coisa tivesse rastejado lá para dentro durante a noite e morrido. Por falar nisso...

— Tive um sonho horrível.

— E daí?! — Sam puxou o braço de Posy. — Você tem que descer agora. Não vai nem acreditar.

Ela o empurrou.

— Acreditar em quê? — Deu uma olhada para o despertador. — Já são oito horas! Eu pretendia levantar extracedo para começar a pintar.

Ela jogou as cobertas e saiu da cama sobre pernas vacilantes, mas, antes que pudesse ir para o banheiro, Sam segurou seu pulso com força e a arrastou para a escada.

— Não dá tempo de banheiro agora. — A voz dele era muito agitada. — Tem gente aqui para falar com você!

O coração de Posy deu um pulo enquanto ela descia os degraus. E se Sebastian tivesse mudado de ideia? E se os oficiais de justiça estivessem na porta?

Ela parou no último degrau. Ouvia muito barulho lá fora. Quantos oficiais de justiça eram necessários para despejar uma mulher e um adolescente?

— Ah, meu Deus — ela murmurou.

— Vem logo, Posy! — Sam resmungou e a puxou do último degrau para a quina da parede. — Olha! Olha toda essa gente!

Do outro lado da janela da livraria (e Posy notou um borrão de tinta cinza que tinha ficado no vidro) havia uma multidão na praça olhando para ela. E, quando Posy se moveu em direção à porta sobre pernas ainda mais vacilantes do que quando saíra da cama, todos avançaram em uma onda.

— Toma! — Sam pôs a chave da loja na mão de Posy, e ela se atrapalhou para destrancar a porta.

— Mas o que...? — ela perguntou, porque na frente da fila estavam Velho Rabugento, Jovem Vaidoso e três outros homens de macacão manchado de tinta com uma escada de mão, baldes, uma caixa cheia de rolos e pincéis de pintura e vários apetrechos de decoração.

— O chefe nos mandou aqui — disse Greg. — Por onde quer que a gente comece?

— Eu não sei — disse Posy, enquanto mais pessoas entravam na livraria. — O que está acontecendo?

— Você não é a única que pode convocar reuniões de emergência — disse Nina, passando saltitante pela porta. — Na verdade, tivemos uma no Midnight Bell na noite passada.

— Foi mais como um conselho de guerra — acrescentou Verity, enquanto entrava com seus pais e duas de suas quatro irmãs que estavam de visita para um fim de semana prolongado. — A Pippa vivia dizendo que a união faz a força, então perguntamos a alguns clientes se estariam livres hoje, ligamos para pedir alguns favores...

— Só que a Verity se recusou a pegar no telefone — disse Tom, conduzindo para dentro uma turma de jovens. — Estes são meus alunos do curso de poesia da Primeira Guerra Mundial. Eles fazem qualquer coisa por alguns créditos extras.

E mais pessoas continuavam entrando. Os pais de algumas crianças que Posy ajudava com a leitura na escola. Pants, Yvonne e Gary. O belo Stefan da delicatéssen. A atendente australiana do Midnight Bell. Mais ao fundo, Posy viu Mattie, inteiramente obscurecida por uma pilha periclitante de recipientes plásticos, e Pippa, que tinha um iPad em uma das mãos e uma prancheta na outra.

— Não acredito — Posy ofegou, virando trezentos e sessenta graus completos para assimilar tudo. Todas aquelas pessoas, amigos, colegas, vizinhos, estranhos totais. Era difícil não cair no choro; mas, em vez disso, Posy se contentou em ficar ali de pé, abrindo e fechando a boca, porque tinha perdido todas as palavras. — Eu estava me sentindo um fracasso tão grande, e agora... tudo isso.

Pippa pôs um braço nos ombros de Posy.

— Como Maya Angelou disse certa vez: "Você pode encontrar muitas derrotas, mas não deve se deixar derrotar". Podemos ter perdido algumas batalhas, Posy, mas vamos vencer a guerra. — Ela sorriu, vitoriosa. — Você se importa se eu organizar as pessoas? Atribuir tarefas? Tomei a liberdade de rascunhar algumas planilhas no caminho para cá.

Posy balançou a cabeça, atordoada.

— Sim, por favor. Divirta-se.

Parecia que todo mundo tinha algo para fazer, menos Posy. Tom e Nina juntaram os universitários e começaram a estocar as prateleiras que já estavam pintadas. Do outro lado do arco, as antessalas estavam sendo pintadas. Greg já havia puxado Posy de lado para cumprimentá-la pelo "belo trabalho que você fez com a lixa e a camada de fundo".

E, na sala principal, um exército de pessoas tinha esvaziado a loja — tudo que podia ser carregado para fora estava na praça —, e agora lavavam, lixavam e passavam a camada de fundo nas estantes.

Era incrível. Inacreditável. Miraculoso. Mas talvez o momento mais incrível, inacreditável e miraculoso de todos tenha sido quando Verity ouviu a conversa tensa que Posy estava tendo com a empresa de entregas postais e arrancou o fone da mão dela.

— Ouça bem o que eu vou dizer — Verity gritou de um jeito que fez seu pai, um religioso, apertar as mãos e os lábios em uma prece silenciosa. — Se essas estantes não estiverem aqui até as três horas da tarde, eu vou até o seu escritório e quebro aquela porra toda. Está claro? Certo? Ótimo! Porque eu garanto que vocês realmente não querem que eu vá até aí.

As estantes vintage apareceram às três em ponto, enquanto Posy terminava de orientar o pintor de letreiros e se preparava para sair em uma missão de emergência atrás de mais chá, café, leite e biscoitos, embora Giorgio e Toni, do restaurante virando a esquina, tivessem trazido peixe e fritas para todos os voluntários na hora do almoço.

Agora, caminhando para o supermercado, três coisas ocorreram a Posy. A primeira era que a Bookends seria transformada em Felizes para Sempre até o fim do dia. A loja inteira. Todas as salas. Em um só dia. Na verdade, estavam tão adiantados no cronograma que Greg e Mattie se encontravam no momento no salão de chá conversando sobre como estaria o piso sob o velho revestimento rachado de linóleo. Não seria uma reabertura meia-boca, improvisada, na segunda-feira de manhã.

A segunda coisa era que a única pessoa que faltava ali era Sebastian. O que não era nenhum problema. Realmente. Sebastian tinha enviado Pippa, Greg, Dave e vários outros ajudantes e passara uma hora na véspera limpando a tinta derramada. Mas Posy ficou o dia inteiro consciente de sua ausência. Muitas vezes parara o que estava fazendo para olhar em volta, à procura de um homem alto e magro de terno, com cabelos impossivelmente escuros, e se decepcionara um pouco porque ele não estava lá.

E a outra coisa que ocorreu a Posy quando ouviu uma mulher sussurrar para a amiga — "Meu Deus, o que aquela moça está vestindo? E o que são aquelas estampas de cocô?" — foi que ela ainda estava de pijama.

⁂

Às cinco da tarde, estava tudo pronto. Os últimos voluntários foram embora com os sinceros agradecimentos de Posy repercutindo no ouvido e um convite para a festa oficial de lançamento na noite do sábado seguinte.

Posy *ainda* estava de pijama quando ela e Tom empurraram os sofás de volta aos lugares e Nina e Verity ligaram o grande ventilador industrial que ajudaria a secar as últimas estantes durante a noite.

— Certo, gente — Posy declarou. — Hora de ir para casa. E isso é uma ordem!

— Pub? — Nina perguntou, esperançosa, como sempre fazia a essa hora nos sábados.

Posy sacudiu a cabeça.

— Estou tão cansada que acho que não consigo nem me arrastar pelos poucos metros até o Midnight Bell.

— Você parece mesmo esgotada — disse Verity. — Vá dormir cedo. Não tem muita coisa para fazer amanhã, então você pode ficar na cama até mais tarde. Gostaria de poder também — ela acrescentou com voz triste, porque suas responsabilidades familiares estavam pesando bastante e, de acordo com Verity, seus pais e irmãs "nunca param de falar. Assim que um faz uma pausa para respirar, alguém pega o bastão da tagarelice e eu não consigo ouvir nem meus pensamentos". Ela fechou os olhos e suspirou. — Só mais um dia de falação incessante. Eu posso aguentar mais um dia. São só vinte e quatro horas e vou dormir durante parte desse tempo.

— Se você quiser, eu e o Sam podemos ir almoçar com vocês amanhã — Posy sugeriu, enquanto segurava a porta para Verity. — Tem aquele bar em Islington, que faz uma carne assada deliciosa aos domingos. Me mande uma mensagem.

Nina ficou mais cinco minutos para defender a proposta de uma bebida rápida no pub, mas Posy permaneceu firme e, por fim, trancou a porta e se arrastou escada acima.

Posy havia imaginado um fim de semana muito diferente. Um em que ela passaria a maior parte do tempo enfiada até os cotovelos em tinta cinza, parando de vez em quando para chorar um pouco, portanto era de fato uma novidade não ter planos para aquela noite, mas uma variedade de opções. Uma pilha de novos livros que ela ainda não tivera tempo de começar. Três episódios gravados de *Call the Midwife*. O resto da garrafa de pinot grigio na geladeira e uma caixa de bombons trufados que ela havia ganhado de uma cliente agradecida, porque Posy conseguira localizar um romance antigo de Florence Lawford que ela vinha tentando encontrar há anos.

Não era exatamente o programa dos sonhos, mas, no que se referia a sábados à noite, Posy havia tido piores. No entanto, meia hora mais tarde, ela se viu sentada na frente do computador, abrindo um documento em branco no Word, porque sentiu que realmente precisava de um tipo de felizes para sempre diferente do que havia recebido naquele dia.

Violada pelo devasso

Apesar de tudo que ele havia feito, do tratamento indigno, da vergonha, da humilhação a que a havia submetido, Posy ainda ansiava por lorde Thorndyke. Desejava seu toque, sonhava com seu sorriso, perguntava-se se havia imaginado a sua ternura.

Mas Posy não o procuraria. Ele iria rejeitá-la. Mandá-la embora. E ela não imploraria seu amor para depois se ver em dívida com ele. Podia não ter muito em termos de posses materiais — na verdade, parecia certo que a casa teria que ser vendida para pagar os credores e evitar que ela e Samuel fossem presos —, mas tinha seu orgulho.

E, assim, foi ele que veio até ela, em uma noite tempestuosa em que o vento uivava e a chuva açoitava as janelas. Todos os criados já haviam se retirado, até mesmo a Pequena Sophie, e, quando Posy ouviu as batidas insistentes à porta, não teve escolha a não ser atender pessoalmente, mesmo receando que pudesse ser outro oficial de justiça.

O nervosismo e o medo em seu coração a fizeram se atrapalhar com a chave pesada, mas, quando finalmente abriu a porta, foi para ver Thorndyke de pé à sua frente. Tinha as roupas encharcadas, seus cachos muito negros pingavam e havia uma expressão aflita e ansiosa em seus olhos. Antes que ela pudesse fechar a porta, ele a segurou com a bota.

— Não! Escute-me, pelo menos — disse ele, com a voz rouca.

— Tenho certeza, senhor, de que não há nada que possa me falar que eu deseje ouvir.

— Talvez seja verdade, mas eu preciso lhe dizer que a amo. Ah, como eu a amo! Isso me queima, me consome, me inebria, e foi o que me trouxe a procurá-la e pedir que me alivie desse sofrimento. Se não puder retribuir meu amor, pois eu sei que não lhe dei nenhuma razão para isso, eu deixarei este lugar, deixarei Londres, retirar-me-ei para minha propriedade no campo e jamais desonrarei sua porta outra vez. Mas meu coração será sempre seu.

Posy levou a mão ao peito, onde seu próprio coração tremia. (Nota: não seria muito ruim ter outro tremor depois de tanto tempo, não é?)

— Senhor! Não está se sentindo bem? — ela perguntou, pois não podia imaginar outra razão para ele ter pronunciado tais palavras a não ser que estivesse febril.

— Não ouviu o que eu disse, mulher? Meu amor por você me queima e escalda, a ponto de eu não saber mais quem sou. Certamente não um homem digno de seu amor. Será que poderia me amar ao menos um pouco?

— Eu jamais poderia... — ela começou a responder, mas por força do hábito, não pela verdade de seu coração. Conseguiria viver sem aquele homem impossível em sua vida? Sem dúvida seria uma existência enfadonha e vazia.

Ele ensinara seu corpo a cantar e, sem ele, ela voltaria a ser muda.

— Talvez, senhor, eu pudesse amá-lo — disse ela. — Talvez eu pudesse amá-lo muito. Talvez meu coração já seja seu para fazer com ele o que...

Não! Não! Não! NÃONÃONÃONÃONÃONÃONÃONÃONÃONÃO!!!!!!!

Chega! Chega disso, Posy se repreendeu com firmeza, enquanto começava a apagar cada linha, cada palavra que havia escrito.

Aquilo não era real. Não era mais que um devaneio fútil. Algo que ela começara a escrever para ter um espaço seguro para descarregar todas as suas frustrações em cima de Sebastian sem correr o risco de lhe causar danos corporais de verdade. Mas, em algum ponto do caminho, havia se transformado em uma história de amor. Uma história de amor exagerada e afetada, mas uma história de amor mesmo assim.

Sebastian não merecia ser o objeto de suas fantasias de época encharcadas de hormônios, não quando tudo o que ele fizera desde a morte de Lavinia fora tentar ajudá-la. Sim, ajudá-la e também ser muito grosso, mas esse era Sebastian, e ela havia escrito um rebuscado romance pornográfico da Regência sobre ele. Não tinha nem alterado seu nome!

E por que a história havia tomado aquele rumo tão alarmante? Será que ela nutria algum sentimento por ele? É claro que sim. Ela nutria sentimentos por ele desde que se conhecia por gente. Eram sentimentos que cobriam todo o alfabeto, de A de amolante a Z de, hum, zombeteiro, o que explicava a energia estimulante que Posy sentia quando eles trocavam insultos ininterruptos, como um ponto longamente disputado em uma final de Wimbledon.

E, então, houve o momento na noite anterior que ficara subitamente cheio de uma tensão que nunca estivera presente antes. E também as mãos dadas, muitas mãos dadas, e o momento em que Sebastian segurara seu rosto e se inclinara para ela, e Posy pensou que ele fosse beijá-la. Tinha uma sensação esquisita no coração quando se lembrava daquilo. O que ela teria feito se ele a tivesse beijado?

Não precisou pensar muito para saber. Ela o teria beijado de volta, e então Sebastian a teria afastado e falado algo sarcástico, porque teria sido tudo uma brincadeira cruel. Na melhor das hipóteses, ele tinha pena dela e a considerava uma irmãzinha irritante, e, na pior, ela não poderia nem começar a competir com as legiões de mulheres que andavam com ele. Não quando sua vida era tão caótica e confusa e ela tinha que fingir ser uma mulher adulta. Apesar de tudo o que havia conseguido naquelas últimas semanas, ainda se sentia como se tivesse parado no tempo e não tivesse evoluído emocionalmente daquela menina de vinte e um anos que perdera os pais de repente em uma noite de verão.

Por que algum homem, especialmente Sebastian, ia querer se envolver com alguém assim?

Então era hora de pôr um ponto-final naquilo. Encerrar. Apagar. Apagar. Apagar.

Posy abriu a gaveta onde moravam todas as coisas de computador e remexeu freneticamente em busca do pen drive. Não poderia ter um minuto de paz enquanto não destruísse os indícios. Mas todos os pen drives pareciam iguais — eles haviam comprado vários da última vez — e, quando finalmente encontrou o que estava procurando e o conectou à entrada USB do computador, Posy começou a suar e, sim, suas mãos começaram a tremer.

Não havia nenhum *Violada pelo devasso* no pen drive. Em vez disso, o que havia lá eram vários arquivos de InDesign contendo a arte que o tatuador de Nina tinha feito para a Felizes para Sempre. O que não significava nada, porque Sam teve que copiar os arquivos em vários pen drives diferentes para mandar para o pessoal do material de papelaria, das sacolas e da gráfica. Não significava realmente nada. Então não havia razão para Posy de repente se sentir como se tivesse perdido a capacidade de respirar.

— Droga, droga, droga! — ela murmurou. Depois não disse mais nada enquanto testava todos os pen drives da gaveta.

Violada pelo devasso não estava em nenhum deles, então Posy revirou o apartamento inteiro: abriu cada gaveta, revistou cada vasinho de porcelana e cada latinha decorativa que continha botões e chaves velhas, mas nenhum pen drive.

Teve vontade de chorar. Depois achou que ia vomitar, porque só havia uma única razão plausível para ela não conseguir encontrar o pen drive que continha todas as suas fantasias tórridas e doentias sobre Sebastian.

Ela o havia entregado ao próprio sujeito dessas fantasias.

Posy foi direto para a geladeira, abriu a garrafa de pinot grigio, despejou tudo que restava em uma caneca e engoliu metade de uma só vez. A bebida para momentos de choque deveria ser conhaque, mas ela nunca havia bebido conhaque na vida, então o pinot grigio teria que servir.

Fez mais uma busca infrutífera pelo pen drive, depois sentou na escada e pensou se deveria ligar para Sebastian. Era sábado, ele provavelmente ainda nem havia tido oportunidade de olhar os arquivos, e ela podia passar pelo apartamento dele em Clerkenwell, trocar o pen drive e pronto.

Problema resolvido. Vida que segue.

Ela pegou o celular no bolso da calça, deslizou pela lista de contatos até chegar ao número de Sebastian e ficou olhando para ele.

Mas e se ele tivesse aberto o pen drive, visto o arquivo e cedido à curiosidade? Sebastian era terrivelmente curioso com tudo, então o que aconteceria?

Ah, meu Deus, ela não suportava nem pensar nisso.

Tomou outro gole entusiástico de vinho e apoiou a cabeça nas mãos. Demorou um tempo até perceber o som de batidas. Alguém estava à porta. Talvez fosse Nina, que tivesse parado para tomar algumas no Midnight Bell e agora precisasse fazer uma escala ali. Tomara. Nina saberia o que fazer.

Posy cambaleou pela escada e atravessou a loja, mas a pessoa que viu através do vidro não era Nina. Não era mesmo Nina.

20

As mãos de Posy estavam realmente trêmulas, como nunca haviam estado antes, quando ela abriu a porta, embora parte dela, uma enorme parte dela, quisesse mesmo era fugir para o andar superior, pular na cama e puxar as cobertas sobre a cabeça.

— Ah, oi, Sebastian — Posy disse assim que a porta se abriu. Ela fez uma careta por causa do tom esganiçado de sua voz. — O que foi?

Ele estava vestido todo de preto, com uma expressão muito séria quando entrou na loja, fechou a porta e virou a chave.

Posy se apoiou na mesa de centro e apertou a borda nas mãos suadas.

— Um pouco tarde para visitas sociais, não é? — perguntou.

Sebastian continuou mudo, observando Posy com a cabeça inclinada para o lado. Ele não parecia bravo; também não parecia prestes a rir e fazer um monte de piadas cruéis com Posy e seu ridículo romance da Regência.

Então talvez ele não tivesse lido e aquela fosse de fato uma visita social.

— Que bom que você passou por aqui — disse Posy, um pouco desesperada. — Acho que eu dei o pen drive errado para você ontem à noite. Agora encontrei o certo. Nem precisa olhar aquele, não tem nada importante nele. Nada importante mesmo. Nada que possa te interessar, mas...

— É mau indício assim nos encontrarmos ao luar, minha cara srta. Morland — disse Sebastian, dando um passo na direção de Posy, que arregalou os olhos em alarme. — Como está encantadora. Tão adoravelmente descomposta.

Ah, não! Não! Não! Não! NÃONÃONÃONÃONÃONÃONÃONÃONÃONÃONÃONÃO!!!!!!!

Posy ensaiou uma risadinha despreocupada e terminou engasgando enquanto seu coração batia como o de um corredor de maratona se aproximando da marca de quarenta e dois quilômetros.

— Andou bebendo? — ela disparou. Ele ainda caminhava em sua direção. — Acho que você devia ir embora, Sebastian. É tarde e eu estou muito cansada. Além do mais, é noite de sábado. Você deve ter algum encontro "caliente".

Sebastian continuou se aproximando, sem nenhuma pressa.

— Acho que enjoei de raparigas de taverna, cortesãs e mulheres casadas. — E ele devia ter memorizado cada palavra horrível que ela havia escrito, porque bateu um dedo nos lábios de Posy enquanto ela o encarava aterrorizada e tentava não desmaiar. Não pela proximidade de Sebastian. Mas porque, mesmo com um ventilador industrial girando no canto, de repente ficou muito quente dentro da loja. Posy estava ardendo. Ah, Deus, ele cheirava tão bem. — Mas aposto que não vou enjoar de você.

Posy contornou a mesa, com uma das mãos levantada para manter Sebastian afastado, porque ele estava sorrindo agora, e era um sorriso tão diabólico quanto o de seu personagem no romance da Regência.

— Por favor, Sebastian, você tem que ir agora — disse ela. Mas, quando se virou para fugir, ele segurou seu braço e a puxou para perto, o suficiente para poder se inclinar e... ele estava beijando seu rosto? Estava, apenas um leve roçar dos lábios, e Posy não poderia se mover nem se quisesse.

E ela queria, queria mesmo, mas suas pernas não pareciam ter recebido a mensagem.

— Isso, faça-me correr atrás de você, srta. Morland. A caçada só acelera meu sangue — Sebastian sussurrou no ouvido dela e beijou a face ardente e enrubescida de Posy outra vez. Porque ele havia lido seu romance ridículo, entendido que no processo ela havia desenvolvido sentimentos por ele, e agora achava tudo aquilo muito engraçado. Por isso achou que poderia ir até lá rir da cara dela.

— Pare! — Posy tentou se afastar, mas os braços dele estavam em volta de sua cintura agora. — Não tem graça! Na verdade, isso machuca muito. Por favor, você não pode fazer isso comigo.

Sebastian deixou as mãos caírem nas laterais do corpo, e Posy queria que ele dissesse alguma coisa, saísse do personagem, lhe fizesse alguma provocação para ela poder revidar com alguma resposta impertinente — porque era isso que eles sempre faziam. Então Sebastian segurou a mão dela, levou-a à boca e beijou a palma, enquanto Posy o olhava, cautelosa e desconfiada.

Sebastian franziu o cenho, possivelmente porque a mão dela estava muito, muito suada, o que talvez explicasse por que ele mudou de ideia e decidiu beijar o canto da boca de Posy.

— Posso sim, porque não vou ter paz de espírito enquanto não fizer isso — ele disse e a beijou suavemente outra vez. — Ah, como você me atormenta, me intriga, me possui com pensamentos de torná-la minha.

— Certo. Agora chega! — exclamou Posy, porque bastava. Sem um pensamento sequer para o terno dele, ela o empurrou até afastá-lo. — Eu não devia ter escrito o que escrevi. Na verdade, eu não escrevi aquilo. Estava lendo o texto de uma amiga e achei que seria divertido trocar os nomes. O que foi errado. Sim, eu sei que foi errado, mas...

— Por que eu deveria deixá-la em paz quando estou em tormento? — Ele parecia falar sério, o que era o mais cruel de tudo. Ou talvez fosse o jeito como ele estava avançando sobre ela outra vez, feito uma longa e esguia pantera com um brilho predador nos olhos.

— Você fez coisas bem questionáveis comigo ao longo dos anos — Posy lhe disse, furiosa, com as mãos na cintura. — Mas acho que isto é ainda pior do que quando você me trancou no depósito de carvão. Você *é* mesmo um devasso!

— Cale essa boca, Morland — disse Sebastian, de repente voltando a ser ele mesmo. — Estou tentando te seduzir de verdade, então, caramba, se dê uma chance de ser seduzida!

Ele pareceu tão chocado com suas palavras quanto Posy, mas de repente ela lançou os braços em torno do pescoço dele, porque percebeu que realmente gostaria de ser seduzida por Sebastian. Gostaria muito.

— Bom, nesse caso, vá em frente — disse ela. — Me seduza, caramba!

E ele de fato a seduziu. Ou melhor, ele a beijou e ela o beijou de volta. Quando não estava dizendo coisas cruéis, a boca de Sebastian era maravilhosa. Terna, mas intensa; brincalhona, mas decidida, e Posy não queria nunca mais parar de beijá-lo, mesmo enquanto ricocheteavam nos móveis da livraria até estarem tropeçando pela escada, ainda unidos em um abraço frenético.

Houve um momento em que eles se esparramaram desconfortavelmente nos degraus e tentaram recuperar o fôlego, enquanto Sebastian desabotoava a blusa florida de Posy com dedos instáveis.

— Estou tremendo — ele disse, com um sorriso tímido. — Estremecendo, vacilando, mas principalmente tremendo.

— Quieto! — Posy exclamou. — Não quero ouvir você citar nem mais uma palavra de *Violada pelo devasso*.

— Então é melhor me beijar de novo — Sebastian respondeu, e Posy fez o que ele pedia. Quando finalmente chegaram à cama dela, puxando a roupa um do outro até estarem pele contra pele, ele baixou a cabeça para beijar a pinta logo acima do umbigo dela e murmurou: — Ao contrário da crença popular, eu sei ouvir "não". Então vou lhe perguntar educadamente: posso entrar nesse lugar doce e convidativo entre suas coxas macias, Morland?

— Você é um homem muito, muito mau — disse Posy, mexendo-se sob ele de um jeito que fez Sebastian apertar os dentes. — Mas, como já está mesmo na metade do caminho, acho que pode continuar.

⁂

— Isso foi bom — Sebastian disse depois. — Muito bom. O que lhe falta em experiência você compensa com entusiasmo, Morland.

Posy se sentia flutuar em uma nuvem de euforia, embora não estivesse flutuando, mas aninhada nos braços de Sebastian enquanto ele afagava seus cabelos, parando ocasionalmente quando seus dedos encontravam um nó.

— Já você tem entusiasmo e experiência — ela comentou. E, então, não soube mais o que dizer. Fazia um tempo, um longo, longo tempo que não recebia um visitante masculino e não sabia bem se eles deveriam ter uma conversa extensa sobre o que haviam acabado de fazer, o que então levaria a uma tensa discussão sobre o que aconteceria em seguida. O que depois levaria a uma briga, o que terminaria com Sebastian indo embora bravo ou Posy o expulsando de lá, e ela não queria que nada disso acontecesse. Para começar, ela mal podia se mover.

Mas seria complicado, para não dizer estranho, porque eles tinham um passado complicado e estranho e, ah, Deus, ela acabara de transar com Sebastian e agora era mais um nome na longa lista de mulheres que ele levava para a cama depois abandonava por uma modelo mais nova e mais vistosa.

Posy não se sentia mais eufórica, estava agora tomada de pânico, mas, antes que pudesse obrigar seus membros moles a recuperarem a força, Sebastian esfregou o nariz atrás da orelha dela e a abraçou mais apertado.

— Morland, detesto cortar o clima, mas estou morto de sede. Você acha que poderia me fazer uma de suas intragáveis xícaras de chá?

— Se elas são intragáveis, por que eu deveria me dar o trabalho? — Posy revidou. Estranhamente, a resposta ríspida e a provocação gratuita sobre suas exemplares habilidades de produção de chá não cortaram o clima, nem quando Posy teve que pegar seu roupão e vesti-lo embaixo do lençol, porque, mesmo tendo acabado de fazer amor, não estava pronta para sair andando nua por aí. Ser ríspidos um com o outro e trocar insultos era o que ela e Sebastian faziam, e o fato de ainda estarem fazendo isso depois de *fazerem aquilo* deixava Posy mais à vontade com a situação.

E, como era uma ocasião especial, ela usou os saquinhos de chá orgânico, leite integral fresco e até arrumou uns biscoitos em um arranjo decorativo em um prato. Depois levou a bandeja carregada para o quarto, onde Sebastian estava acomodado em seu lençol de cama floral, parecendo muito à vontade.

— Você demorou demais — ele reclamou e, quando Posy estava prestes a comentar em sua defesa que até mesmo ele precisava esperar a água ferver, Sebastian fez uma expressão de lamento. — Senti terrivelmente a sua falta.

— Foram só cinco minutos — Posy protestou, entregando a caneca a Sebastian, e, quando seus dedos roçaram, isso deflagrou um pequeno incêndio e todas as terminações nervosas de Posy começaram a formigar, desde a ponta dos dedos dos pés até o alto da cabeça, onde ela sentiu o cabelo eriçar. Mas, pensando bem, seu cabelo devia estar mesmo eriçado depois de ter sido puxado e despenteado, pois houve um momento em que ela se vira de cabeça para baixo, com metade do corpo para fora da cama.

— Nunca vi ninguém corar tanto quanto você — Sebastian comentou, quando Posy tirou rapidamente o roupão e voltou para a cama. — É bem bonitinho, agora que eu sei que você cora inteira. E quero dizer realmente inteira.

Sebastian não corava, porque era imune a constrangimentos, mas seu cabelo também estava em um estado de descuidado abandono e, considerando que eles se conheciam há tanto tempo e estavam ali juntos na cama, era bobo ela se sentir de repente tão tímida.

Só que aquilo não fazia parte do cotidiano de Posy, enquanto Sebastian devia estar acostumado ao bate-papo pós-coito e a ficar à vontade em camas que não eram a sua. E aquelas outras mulheres, nenhuma delas durou muito, e ela e Sebastian não eram amigos... e agora Posy nem sabia mais o que eles eram...

— Você está pensando muito alto, Morland. — Sebastian baixou sua caneca de chá para poder beijar o ombro de Posy. — Está me dando dor de cabeça.

— Eu odiei quando a gente passou aquele tempo sem se falar — ela disparou. — Quando você parou de vir aqui. E, se isso significa que vai acontecer tudo de novo, porque você não tem um bom histórico de relacionamentos de longo prazo, então talvez seja melhor reduzirmos os danos agora mesmo. É só concordar que foi um momento de loucura e que é melhor a gente...

— Se casar — Sebastian interrompeu, como se fosse a coisa mais natural do mundo. — Especialmente agora que eu me aproveitei de você. Não é assim que funciona naqueles seus romances horríveis?

— Eles não são horríveis — disse Posy. — Bom, aquele que eu escrevi era, mas eu também me aproveitei de você e... Espera aí! Volta a fita! Você está... Você está me *pedindo em casamento*?

— De novo, Morland, vou ter que perguntar se você alguma vez ouve uma única palavra que eu digo. Sabe, eu até que gostei de ser um herói romântico — Sebastian declarou, enquanto Posy tentava se sentar. — Pare de se remexer. Embora eu deva lhe avisar que não tenho força suficiente para levantar você até a sela do meu cavalo. E também não sei andar a cavalo, mas não importa, nós temos que nos casar mesmo assim.

Foi o incentivo de que Posy precisava para conseguir se soltar dos braços de Sebastian e olhá-lo de frente. Ele não parecia estar brincando. Parecia totalmente sério.

— Por que razão nós *teríamos* que fazer isso? — ela perguntou.

Sebastian se sentou e se acomodou com dois travesseiros nas costas, depois cruzou os braços e suspirou, como se não conseguisse entender por que Posy estava complicando tanto.

— Bom, a Lavinia te adorava. Mas ela me adorava também, o que prova que ela não era particularmente boa em julgamento de caráter. Eu tentei te contar sobre isso ontem à noite.

— Tentou? — Posy franziu a testa. — Eu não me lembro de nada disso.

— Preciso destacar mais uma vez que você nunca ouve nada do que eu digo, não é? — Sebastian sacudiu a cabeça com tristeza. — Nós estávamos falando do seu longo período de sono e de como a Lavinia vivia me dizendo que você não estava pronta para acordar. Me deixe te fazer uma pergunta: por que você acha que ela deixou a vila para mim e a livraria para você?

— Ela disse na carta que queria que nós fôssemos amigos. — Posy sorriu. — Disse também que eu devia te dar um puxão de orelha de vez em quando. — E então sua expressão ficou mais séria. Sempre que surgia o assunto de Sebastian, Lavinia sacudia a cabeça e parecia exasperada,

mas amorosa ao mesmo tempo, e dizia coisas como: "Ele é um menino impossível. Um coração de ouro, claro, mas que a gente precisa espremer para encontrar, porque ele o esconde muito bem". Mas também...
— Ela disse algumas vezes que você precisava do amor de uma boa mulher.
— Você não foi a única que recebeu uma carta — disse Sebastian, movendo-se debaixo do lençol para tatear o chão em busca de sua calça. Voltou com a carteira, de onde tirou uma folha dobrada de papel creme.
— Aqui.
Ver a caligrafia de Lavinia em azul-marinho ainda doía um pouco. Da mesma forma que quando Posy encontrava por acaso uma lista de Lavinia no fundo de uma gaveta no escritório, ou um velho cartão de controle de estoque, e sentia de novo todo o peso da perda.

Querido Sebastian,
Meu amado menino. Como é difícil dizer adeus. Por favor, nunca duvide de quanto eu o amo. E, porque eu o amo, só quero vê-lo feliz. E sei que só há uma coisa que vai fazer você feliz.
Posy.
Ela ainda não está pronta, Sebastian. Ela está dormindo profundamente. Ainda perdida. Mas eu sei uma maneira de fazer Posy se encontrar outra vez e, depois que ela tiver se encontrado, encontrará você.
Essa não é a única razão de eu deixar a Bookends para Posy, mas é uma das razões. É a casa dela, e eu fiz uma promessa para ela e para Sam, quando os pais deles morreram, de que aquele sempre seria o seu lar. Mas eu sei que o negócio não está indo nada bem e tem que ser Posy a dar um jeito na situação. Eu tenho confiança de que ela mudará a sorte da Bookends. Trará vida à livraria outra vez. Ela precisa saber que é forte e que pode tomar as próprias decisões e, quando conseguir fazer isso, ela será capaz de lidar com qualquer coisa. Até com você, meu querido menino.
Obviamente, estou deixando a vila para você, o que será uma maneira inteligente de aproximá-lo de Posy. Ajude-a como puder, Sebastian, mas

não a pressione. Se as coisas não derem certo ou os oficiais de justiça aparecerem na porta, por favor, ofereça orientação e apoio a ela, mas lhe dê o tempo e o espaço de que ela precisa.

Vocês dois chegarão lá no fim e, se forem uma fração que seja tão felizes quanto Perry e eu fomos, terão anos maravilhosos juntos.

Estou contando com isso. Contando com você. Não me decepcione, Sebastian.

Talvez eu não continue aqui por muito mais tempo, mas nunca deixarei de amar você.

Com amor,
Lavinia

Foi difícil ler as últimas linhas, porque os olhos de Posy estavam embaçados de lágrimas que desciam por suas faces, da ponta do nariz e no queixo, porque Sebastian tinha razão na noite anterior quando lhe dissera que ela não ficava bonita quando chorava.

— Ela amava muito você, Sebastian — disse Posy, porque isso era evidente, mesmo sem pensar em todo o restante que Lavinia havia escrito para ele.

— E amava você também. Ela sempre disse que, se fosse uma mulher de apostas, apostaria em nós dois juntos no fim — Sebastian falou baixinho. — Só estou seguindo os últimos desejos da Lavinia, Morland.

— Tem certeza? — Posy perguntou. — Um dos últimos desejos da Lavinia era que você não me pressionasse, mas você não teve problema nenhum em ignorar esse pedido.

Ele fingiu engasgar com um gole de chá.

— Não foi pressão. Foi amor exigente. E, muitas vezes em que eu tentei intervir e salvar a pátria, você já a tinha salvado sem mim. Você se tornou uma mulher independente, Morland. — Sebastian lançou a Posy um olhar de lado com um ligeiro arquear de sobrancelha que causou arrepios em partes dela que ainda estavam se recuperando. — Como a Lavinia disse que aconteceria.

Ainda não é nem metade de uma boa razão para se casar. *Casar!* — Posy puxou o lençol sobre a cabeça para não ter que olhar para Sebastian, que parecia ter herdado a expressão ao mesmo tempo exasperada e amorosa de Lavinia.

— É uma excelente razão para se casar. Mas eu tenho outras razões também. Quer ouvir quais são? — ele perguntou, solícito.

— Não — Posy respondeu debaixo do lençol.

— Desculpe, não estou te ouvindo, Morland. Isso foi um sim? Bom, para começar, você é ótima com o Sam, então é lógico pensar que será uma boa mãe, embora eu ache que não devíamos ter filhos logo. Pelo menos não até ele ir para a faculdade, e então você terá... o que... trinta e um, e a gente vai ter que pensar nisso. Dois ou quatro filhos, eu estava pensando. Não quero número ímpar, porque alguém sempre vai se sentir de fora. Com certeza não vamos ter um filho, porque eu sou filho único e veja só o que me tornei.

Posy baixou o lençol para poder se sentar e dar um soco no braço de Sebastian. Não foi um soco forte, mas ele fez uma grande encenação de contorcer o rosto e esfregar o local onde ela mal o havia tocado.

— Você está mesmo falando sobre o número de filhos imaginários que vamos ter?

— Mas nós precisamos ter filhos, caso contrário seria um desperdício das suas ancas tão adaptadas para a maternidade! Além disso, para constar, você tem peitos incríveis. — E, já que eles estavam logo ali, na frente dele, Sebastian não pôde resistir a roçar o polegar em um mamilo rosado, o que atrapalhou um tanto a concentração dela. — Você não está mais saindo com o conde Jens de Uppsala, está?

— Você nunca vai parar de citar trechos daquela história horrível na minha frente, não é?

— Nunca. Guardei tudo na memória. E não é horrível. É só um rascunho inicial. Uma obra em andamento. Eu achei que prendeu muito a atenção. E também gostei do lorde Sebastian Thorndyke. Ele é muito impulsivo e dinâmico — Sebastian lembrou afetuosamente, enquanto se movia para o outro seio dela, até que Posy bateu nas mãos dele e puxou o lençol para cobrir o peito. — Você ainda está saindo com ele, então?

— Nós decidimos, ou o Jens decidiu, que ficamos melhor como amigos. — Aquilo não ia levar a nada, não tinha como. Eles certamente não iam se casar, mas... — E quanto a você e a Yasmin?

— Não vejo a Yasmin desde o dia da liquidação de livros. Ela me mandou uma mensagem dizendo que eu era demais para ela. — Sebastian mudou de posição para ficar deitado em cima das cobertas, com a cabeça no colo de Posy. — Sua vez de afagar meu cabelo, Morland. — Ele esperou até ela obedecer, depois suspirou. — Sabe, eu não sou muito bom com as mulheres.

A mão de Posy parou no meio dos cachos de Sebastian.

— Sebastian, você já esteve com *milhares* de mulheres.

— Não pare, e não foram milhares. Centenas. Nem uma centena. Eu consigo as mulheres, mas depois não tenho ideia do que fazer com elas — ele disse muito sobriamente. — Passei a infância sendo mimado pelos meus avós e por uma infinidade de babás, enquanto todos os padrastos me odiavam, depois fui mandado para uma escola só de meninos, onde convivi alegremente com os outros geeks e joguei jogos de computador até não conseguir mais enxergar direito. Aos dezoito anos, quando fui para a faculdade, de repente surgiram todas aquelas meninas andando atrás de mim, sem que eu precisasse me esforçar nem um pouco, então eu nunca me preocupei em correr atrás. Não tenho muita certeza se foi uma boa estratégia.

— Sebastian, por mais que me doa dizer isso, você é bonito e rico, e a Lavinia estava absolutamente certa: você tem um bom coração quando deixa que as pessoas o vejam. Então é claro que as meninas iam se interessar por você — disse Posy.

— Eu não sou bonito — Sebastian insistiu. — Isso não é muito másculo. — Então levantou um braço. — E sou magrelo. Agradeço a Deus por um terno bem cortado. Você devia me ver de jeans e camiseta. Parece que estou fazendo greve de fome há um ano.

— Eu sempre te achei bonito — Posy admitiu. — Até você me trancar no depósito de carvão.

— Esqueça isso, Morland — Sebastian aconselhou. — Eu sou terrível com as mulheres. Por exemplo, quando eu realmente gosto de uma garota, quando realmente gosto dela, em vez de declarar minhas intenções, eu acabo a insultando. Sou um caso perdido.

— Sebastian, você insulta todo mundo! — Posy o lembrou.

— Na verdade, não. Sim, eu sou pouco diplomático, mas, quando estou com você, eu tropeço nas palavras e, mesmo quando estou tentando ser gentil, a tendência é sempre sair terrivelmente errado. Mas vou tentar com mais empenho no futuro, prometo. Agora, de volta aos nossos planos de casamento.

O coração de Posy havia se animado. Como se ousasse sonhar outra vez. Mas, agora, ela fechou brevemente os olhos.

— Não vai haver casamento. Nós nem namoramos!

— Para que namorar? Namorar é um tédio. Nós nos conhecemos desde sempre, então, se formos pensar nisso, pulamos a parte do namoro e passamos direto para a parte em que já estamos casados há anos.

— Sebastian, a gente briga o tempo todo.

— As cutucadas do flerte. Seus pais costumavam discutir. Houve aquela vez em que a Angharad ficou sem falar com o Ian por três dias inteiros porque ela estava fazendo um bolo e ele pegou o livro de receitas que ela estava usando e vendeu antes que ela terminasse de misturar os ingredientes — disse Sebastian. Posy não se lembrava de nada disso, mas guardou a história para contar para Sam depois. Sam! Não podia nem imaginar o que ele ia dizer desses novos acontecimentos. — E a Lavinia e o Perry adoravam um bom barraco. Ele me contou que eles não paravam de brigar durante o primeiro ano de casados e que uma vez ela jogou um frango assado inteiro nele. Não me importo se você quiser jogar frangos assados em mim.

— Falou o homem que tem um ataque se eu encosto um dedo no terno dele. — Posy segurou um grande cacho escuro. — Mas eu gosto de tocar no seu cabelo. Não que isso seja uma boa base para um casamento. Não chega nem perto, então vamos conversar sobre outra coisa, certo?

— Bom, eu não gosto de noivados longos. O que você pensa de grandes festas de casamento? Conhecendo você, provavelmente vai querer o vestidão armado, o enfeite no centro da mesa e uma primeira dança coreografada, mas acho que podíamos casar no cartório em Euston numa manhã e estar em Paris a tempo para o jantar. Podíamos levar o Sam junto, se você quiser. A propósito, onde ele está?

— Na casa do Pants. Disse que o cheiro de tinta estava lhe dando dor de cabeça.

— Devíamos nos vestir logo e ir até a casa do Pants para eu poder pedir formalmente ao Sam a mão da irmã dele. Será que conseguimos casar na segunda, se obtivermos uma licença especial? Quanto tempo demora para obter uma licença especial? Onde está o meu celular? Vou procurar no Google.

Posy teve que gritar.

— Eu não vou me casar. Você está louco? Por que eu ia querer casar com você?

— Porque eu te amo, Morland. Acompanhe a conversa. Estou a fim de você já faz um bom tempo, mas demorei para perceber. Foi por isso que passei as últimas semanas tentando te mostrar como você é importante para mim e, agora que fiz isso, podemos passar os próximos sessenta anos brigando, depois nos reconciliando com sexo fantástico. Vai ser ótimo.

— Shhh, pare com isso. — Posy pôs um dedo nos lábios de Sebastian para interrompê-lo. — Nós não vamos casar. Eu posso sentir algo por você, uma paixonite antiga, mas eu não te amo.

Sebastian beijou a ponta do dedo de Posy, depois afastou a mão dela de sua boca.

— Ah, não? — Ele não parecia nem um pouco incomodado pela confissão dela. — Acho que você vai descobrir que ama, sim. E eu preocupado que você me visse como um irmão mais velho substituto. Você mesma disse isso ontem à noite...

— Foi você que insistiu que eu te via como um irmão mais velho mandão — Posy o lembrou. — Mas eu só concordei com a parte do mandão.

— É uma pena que você não tenha sido um pouco mais específica e a gente não tenha resolvido tudo isso ontem à noite — Sebastian disse, mas depois sorriu. — Acho que posso te perdoar, depois que você passou todo esse tempo escrevendo um livro *romântico*, tendo você e eu como amantes impossíveis. E, como você está toda hora martelando com essa história de Felizes para Sempre, então aposto que tinha um final feliz planejado para a srta. Morland e lorde Thorndyke.

— Bom, sim, mas eles não são reais... — E então Posy se lembrou do que estava escrevendo uma hora antes: um final feliz. Seu coração e seus dedos se adiantaram a ela. — Talvez. Talvez eu possa te amar, mas isso não significa que vou casar com você.

— Nós vamos casar.

— Não, não vamos.

— Permita-me discordar, Morland.

Não havia como dissuadi-lo. Sebastian não ouvia mais nada depois de pôr uma ideia na cabeça. Então Posy disse o que havia dito na última vez em que se vira nessa situação.

— Ah, que seja.

21

Posy havia imaginado aquele dia por tanto tempo que não podia acreditar que ele tinha chegado.

Estava cercada por todas as pessoas que amava: Sam, seus avós, tias, tios e primos do País de Gales, Nina, Verity, Tom, e, sim, Sebastian, porque ela descobriu que o amava também. Posy finalmente estava tendo seu Felizes para Sempre.

Havia outras pessoas reunidas na sala: Pants, a Pequena Sophie, seus respectivos pais, a maior parte dos lojistas da Rochester Street, clientes preferenciais.

Posy não conseguia parar de sorrir, embora seu rosto já estivesse doendo com todo aquele uso pouco habitual dos músculos faciais. Achava que nunca havia sido tão feliz quanto naquele momento, naquele dia, e de repente não pôde mais suportar e teve que encontrar um cantinho sossegado para respirar. Deveria ser proibido alguém ser tão feliz assim. Não parecia justo.

— Por que está encolhida aí no canto? O Sebastian está tendo um ataque. Acha que você fugiu. — Nina apareceu de repente bem diante dela, agachada para poder olhar dentro do cantinho em que Posy havia se escondido da agitação. — Está tudo bem. Ninguém ia te culpar se você resolvesse fugir.

— Só estou um pouco zonza — Posy admitiu. — Tudo aconteceu tão depressa. Acho que ainda não consegui acompanhar o ritmo.

— Você deve ser a mudança que deseja ver no mundo. — Nina foi empurrada do caminho por Pippa. — Venha, está na hora de cortar o bolo, depois os discursos. Você tem um discurso pronto, não tem?

Posy não tinha. Ela ia improvisar. Tentar dar voz ao que estava em seu coração, que, no momento, batia violentamente dentro do peito.

— Não, mas vai dar tudo certo. "Ela recolhia livros como nuvens e as palavras se despejavam como chuva" — Posy citou, e Pippa franziu a testa.

— Steve Jobs disse isso? — perguntou.

— Não, não foi ele — Posy riu e deixou que Pippa a levantasse de seu esconderijo, depois ajeitou a saia do vestido branco enquanto Nina a conduzia pela sala, sem deixar que ela parasse para falar com ninguém, enquanto cumprimentos e votos de felicidade choviam sobre ela ao longo de todo o caminho.

Nina não parou de conduzi-la até chegarem à mesa no meio da sala, onde Sebastian e Sam a esperavam.

— Até que enfim! — Sebastian exclamou, embora Posy tivesse se afastado por apenas dez minutos. — Vou mandar implantar um chip de localização em você.

— Eu acho que isso não é permitido — disse Sam, pensando por um momento. — Também não é muito uma atitude de marido.

— Não é, né? E eu pretendo ser o melhor marido que puder — Sebastian declarou solenemente. — Quer dizer, eu não reclamei nenhuma vez da bagunça no apartamento, certo?

Posy revirou os olhos.

— Isso porque você mandou a sua faxineira quando sabia que eu não estaria lá e, de qualquer modo, eu não sei por que você toda hora volta para...

— Senhoras e senhores, um minuto de sua atenção, por favor — Nina bateu palmas antes que Posy pudesse esclarecer algumas coisinhas com Sebastian. — Vamos cortar o bolo, e eu sei que a Posy gostaria de dizer algumas palavras. E o Sebastian provavelmente gostaria de dizer um monte de palavras também.

— Verdade — Sam murmurou e Sebastian deu um soquinho de leve na lateral da cabeça dele.

— Quietinho, Morland Júnior — ele o repreendeu. — E pensar que você era meu Morland favorito.

Alguém havia entregado um prato com uma fatia de bolo para Posy, que ela usou para cutucar as costelas de Sebastian até que ele fez um gesto de passar um zíper na boca. Ah, se isso pudesse acontecer mesmo...

Posy virou-se para os convidados reunidos, com um sorriso nervoso fixo no rosto. Mas seu sorriso se alargou quando olhou para a loja atrás deles. Sua linda livraria, pintada naquele adorável cinza-fosco, e até Tom acabou concordando que o rosa-lavanda não era *tão* rosa.

Espalhadas pela loja, mas não perto dos livros, porque Posy fora inflexível quanto a isso, velas cintilavam. As velas Felizes para Sempre que Posy tinha encomendado perfumavam o ar com aroma de madressilvas em memória de sua mãe, rosas em memória de Lavinia e, de alguma forma, Elaine, a fabricante, havia conseguido captar um toque do cheiro mofado de livros velhos também.

Nas estantes vintage que agora ocupavam uma parede inteira da sala principal, havia canecas, material de papelaria, camisetas, as queridas sacolas de Posy, colares e anéis adornados com citações de romances escritas em esmalte e todo tipo de objetos com referências literárias.

E, então, havia os livros.

As estantes estavam repletas de livros, cada um esperando que alguém o comprasse para que pudessem partir juntos em uma aventura. Apaixonar-se perdidamente. Talvez as palavras impressas nas páginas fossem as palavras que o leitor ouvia há tanto tempo bem no fundo de sua alma, sem que nunca tivesse conseguido expressá-las. Cada livro prometia a seu leitor que, por mais dificuldades e tormentos que a vida pudesse lançar em seu caminho, ainda havia finais felizes a serem alcançados.

Mesmo que fosse em um livro, ainda valia como um final feliz.

— Discurso! Discurso! Discurso!

Posy foi despertada de seus devaneios e encontrou todos os pares de olhos voltados para ela, que estava ali de pé, com a boca entreaberta, brandindo o prato de bolo como se fosse uma arma mortífera. Então sentiu o deslizar morno de dedos de encontro aos seus, quando Sebastian entrelaçou sua mão na dela.

— É sua hora, Morland — ele murmurou.

Posy respirou fundo. Estava entre amigos, portanto não havia razão para ter medo. Era só falar o que vinha de seu coração, porque seu coração nunca a decepcionaria.

— Vou ser breve, porque prefiro continuar com a parte de cortar e comer o bolo — ela começou, em uma voz surpreendentemente aguda. — Queria agradecer a todos por terem vindo. Todos vocês ajudaram meu Felizes para Sempre a se tornar realidade. Mas queria agradecer principalmente aos meus maravilhosos colegas. Que sorte eu tenho de trabalhar com meus melhores amigos todos os dias: Nina, Verity, Tom e a Pequena Sophie. Obrigada por todo o seu esforço. — Posy teve que fazer uma pausa, porque as pessoas estavam aplaudindo e ela precisava de ar. Então ela se virou para Sam, que fez "não" com a boca e sacudiu a cabeça. — E obrigada ao meu irmãozinho inteligente por criar nosso site e concordar em embarcar nessa aventura, e à Pippa, por me ensinar como dar um PPS. Mas, principalmente, eu gostaria de agradecer aos meus pais, por me ensinarem que eu nunca estaria sozinha se amasse os livros, e à Lavinia, por acreditar em mim e me confiar sua livraria e, por fim...

— Pode concluir logo, Morland? — Sebastian sussurrou em seu ouvido bem quando Posy ia começar a agradecer a ele por despertá-la de seu sono de sete anos. — Acontece que mulheres inteligentes e bem-sucedidas me excitam e daqui a pouco vou ter que te beijar.

Ele a fizera perder o embalo e agora ela só conseguia pensar em beijar Sebastian. Posy vinha pensando muito em beijar Sebastian nessa última semana, quando não estava de fato beijando Sebastian, coisa que havia feito muito também.

— E eu queria agradecer ao Sebastian, mas acho que ele vai ficar muito metido se eu fizer isso. — Posy apertou a mão dele e ele apertou a dela de volta, até que ela precisou soltar a mão para cortar o lindo bolo veludo vermelho com cobertura que Mattie havia feito e decorado com uma citação de Jane Austen: "Eu declaro, afinal, que não há maior prazer que a leitura!"

O trabalho de Posy ali estava encerrado, mas, antes que ela começasse a distribuir as fatias de bolo, Sebastian pôs o braço sobre os ombros dela.

— Eu também queria dizer algumas palavras — ele falou com a usual desenvoltura, embora, pressionada contra ele como estava, Posy pudesse sentir como o coração dele estava acelerado. — Esta livraria está em minha família há cem anos, e eu gostaria de agradecer à Morland por fazê-la ganhar vida de novo. Eu queria transformá-la em uma livraria de ficção policial, e ainda acho que teria sido uma ideia que ia sacudir o mercado, mas acabei percebendo que ficção romântica não é tão ruim assim, afinal. E acho que é apropriado que a Felizes para Sempre seja uma livraria familiar especializada em romance, porque a Morland e eu vamos casar...

— Não, nós *não* vamos casar — Posy lembrou a ele. — Eu nunca disse que íamos.

— Você disse: "Ah, que seja". Eu consultei meu advogado e ele me disse que isso conta como um acordo verbal — Sebastian informou a ela.

— Você não tem testemunhas. E, de qualquer modo, um juiz sem dúvida indeferiria a opinião do seu advogado, com base no fato de que você não está em pleno gozo de suas faculdades mentais.

— Não seja ridícula. Nós dois sabemos que já estaríamos casados se não houvesse essa obrigatoriedade de vinte e oito dias de antecedência. — Sebastian levantou a cabeça para olhar para as pessoas reunidas. — Vocês todos estão convidados.

— Talvez, em algum momento no futuro, nós *possamos* casar, mas nenhuma pessoa racional casa com alguém sem nem ter namorado antes — disse Posy, e ela gostaria que não estivessem falando sobre aquilo *outra vez*, ainda mais na frente de tantas pessoas, cujos olhares se moviam de um lado para o outro entre ela e Sebastian, como se aquilo fosse muito mais divertido do que ouvir mais discursos.

Mas também era possível que só estivessem esperando pelo bolo.

— Nós vamos casar, Morland, e não há nada que você possa fazer a respeito, exceto aparecer no dia marcado usando um vestido bonito e segurando um buquê de flores.

— Nós *não* vamos casar — Posy repetiu, mais alto desta vez, para ser ouvida pelos que estavam no fundo da sala e talvez não a tivessem ouvido da primeira vez.

Sebastian ficou em silêncio pelo tempo que ela levou para cortar a primeira fatia do bolo, mas, enquanto ela a transferia para um pratinho de papel, ele se agitou de novo.

— Ainda faltam três semanas até podermos conseguir a licença, então podemos namorar durante esse tempo — ele decidiu. — *Depois* podemos casar. Não podemos?

— Vou pensar a respeito — Posy respondeu e, antes que ele pudesse falar qualquer outra palavra sobre o assunto, ela enfiou um pedaço de bolo na boca de Sebastian. — Mas é muito pouco provável. Agora, fique quieto e coma o bolo.

E, tendo ocupado Sebastian com isso, Posy levantou rapidamente seu copo e convidou todos para se juntarem a ela em "um brinde à Felizes para Sempre e a todos os que navegarem nela!"

Enquanto as palavras "Felizes para Sempre" ecoavam pela livraria, Posy sacudiu a cabeça. Casar com Sebastian? Sério? Era a coisa mais ridícula que ela já havia escutado.

L eitor, ela se casou com ele.

AGRADECIMENTOS

Obrigada a Rebecca Ritchie por ser uma superagente, a Karolina Sutton, Lucy Morris, Melissa Pimental e a todos na Curtis Brown. A Martha Ashby, que sabe uma coisinha ou outra sobre ficção romântica, Kimberley Young, Charlotte Brabbin e à equipe da Harper Collins.

E muito obrigada a Eileen Coulter, pela paciência de me ouvir praticamente ditar o livro inteiro para ela enquanto caminhávamos para cima e para baixo pelo norte de Londres.

Impresso no Brasil pelo Sistema Cameron da Divisão Gráfica da
DISTRIBUIDORA RECORD DE SERVIÇOS DE IMPRENSA S.A.